Buch

Eine Frau um die vierzig gerät beruflich und privat in eine schwere Krise. Sie kann weder lieben noch arbeiten. Sie traut sich kaum noch aus dem Haus. Ängste und Panikattacken werden ihre ständigen Begleiter. Auf der Suche nach Ursachen und Gründen beginnt sie, sich mit ihrer Familiengeschichte zu beschäftigen und enthüllt die traumatischen Erlebnisse ihrer Mutter und Großmutter in den Wirren von Flucht und Vertreibung am Ende des Zweiten Weltkrieges. Die Aufdeckung und Aufarbeitung der schrecklichen Ereignisse lässt sie den Zusammenhang zu ihren eigenen Lebensschwierigkeiten erkennen. Der mühevolle Erkenntnisprozess führt – in winzigen Schritten – zur Heilung ihrer Ängste und wirkt sich schließlich positiv auf all ihre Beziehungen, vor allem auf die zu ihrer Tochter aus.

Autorin

Angela Baumgart, geboren 1963 in Eisenach als Tochter eines ostpreußischen Vaters und einer schlesischen Mutter.

Sie arbeitet heute als Bühnen- und Kostümbildnerin am weltberühmten und vielfach preisgekrönten Puppentheater Halle.

In der *Anthologie Nebelkinder – Kriegsenkel treten aus dem Traumaschatten der Geschichte*, Europa Verlag, Berlin, München, Wien 2015 erschien ihr Beitrag: *Schlag drein; dass noch ihre Enkel und Urenkel zittern!*

Angela Baumgart

Ich war ein Nebelkind

Bibliografische Information der Deutschen Nationalbibliothek:
Die Deutsche Nationalbibliothek verzeichnet diese Publikation in der Deutschen Nationalbibliografie; detaillierte bibliografische Daten sind im Internet über http://dnb.dnb.de abrufbar.

TWENTYSIX – Der Self-Publishing-Verlag
Eine Kooperation zwischen der Verlagsgruppe Random House
und BoD – Books on Demand

© 2019 Angela Baumgart

Herstellung und Verlag:
BoD – Books on Demand,Norderstedt

ISBN: 978-3-740-75434-1

Umschlaggestaltung: Anna Kolata unter Verwendung eines Aquarells von
Barbara Dimanski

Inhalt

Was ich in meinem Leben alles mitmachen musste

„Was ich in meinem Leben alles mitmachen musste und immer noch mitmachen muss", sagt meine Mutter, noch ehe ich die Eingangstür zu ihrer Wohnung richtig geschlossen habe. Sie erzählt mir wortreich vom Enkelkind von Tante Christa. Der Kleine ist drei Monate alt, er kam mehrere Wochen zu früh zur Welt und ist in seiner Entwicklung zurückgeblieben. Nun wurde ein Loch im Kopf festgestellt, die Fontanelle hat sich nicht geschlossen. Letzte Woche musste er operiert werden, in einer Spezialklinik. Gaby, die Mutter, wohnt mit ihrer Familie in einem kleinen Dorf und musste für diese komplizierte Operation extra nach Zwickau kommen. Meine Mutter ist überzeugt, wenn das Baby in eine Spezialklinik eingeliefert wird, ist es besonders schlimm, und sie hat sich die ganze Zeit um Gaby und das Baby gekümmert und so viele Sorgen damit gehabt. All das erzählt sie mir, während ich vollauf mit meinen eigenen Problemen beschäftigt bin. Sie sei fix und fertig von dieser Woche, sagt sie.

Genau genommen sind wir mit Tante Christa gar nicht verwandt. Sie war nur bei allen Familienfeiern dabei, ich glaube, weil sie aus dem gleichen Dorf stammte wie meine Mutter. Ich bin eifersüchtig, dass sie sich um andere so kümmert. Um mich hat sie sich nie so gekümmert.

Seit einiger Zeit habe ich düstere Stimmungen. Es ist wie ein Fallen in ein tiefes Loch und ich habe Angst, nicht mehr klar denken zu können. Ende Januar hat sich Manuel von mir getrennt und ich bin mit Anna in eine neue Wohnung gezogen. Ich habe alles renoviert und den Umzug ohne fremde Hilfe bewältigt. Nun steht alles wieder an seinem Platz, aber ich komme nicht zur Ruhe. Meine Arbeit fällt mir zusehends schwer, ich habe jegliche Leichtigkeit verloren. Kurz vor Ostern habe ich Richard kennengelernt und mich neu verliebt.

Am Sonntag hat er mich zu sich nach Elmershausen eingeladen. Ich habe mich gefreut, aber die Vorstellung, allein in meinem Auto auf der Autobahn zu fahren und womöglich in einem engen Baustellenabschnitt ohne Standstreifen eine Panikattacke zu bekommen, hat mich schon Tage vorher geängstigt. Ich habe meine Freundin Laura gebeten, mich zu begleiten. Sie war einverstanden, am späten Abend allein mit dem Zug zurückzufahren. Ich wollte bei Richard übernachten. Er hatte ein wunderbares Essen vorbereitet, Thüringer Klöße, Schweinebraten und Rotkohl. Ich habe nichts herunterbekommen. Ich kann seit einiger Zeit kaum etwas essen. Ich wiege nur noch neunundvierzig Kilo. Die ganze Zeit habe ich so getan, als ob ich esse, aber jeder Bissen fiel mir schwer, mit jeder Minute wurde es mir unangenehmer, dass mein Teller noch voll war. Ich versuchte, heimlich Laura etwas zu geben und lächelte angestrengt. Mir war, als bin ich gezwungen, alles aufzuessen. Ich traute mich nicht zu sagen, dass ich keinen Appetit habe.

Am nächsten Morgen fährt Richard sehr früh zur Arbeit. Als ich etwas verspätet aufwache, bin ich allein in seiner Wohnung. Ich gehe unter die Dusche. Ich muss mich langsam beeilen und zurück nach Zwickau fahren, denn zehn Uhr habe ich eine Besprechung mit unserem Spartenleiter am Theater.

Ich gehe in die Duschkabine, nehme das Duschbad in die Hand und stelle das Wasser an. Plötzlich bekomme ich keine Luft mehr. Mein Herz beginnt zu rasen, der Hals ist wie zugeschnürt und mir wird schwarz vor Augen. Fluchtartig verlasse ich die Duschkabine und setze mich auf den Bettrand im Schlafzimmer. Das Herzrasen hört nicht auf, ich muss den Notdienst anrufen, denke ich, sonst sterbe ich und niemand findet mich hier. Aber es ist peinlich, den Notdienst zu rufen oder überhaupt jemanden anzurufen. Das muss doch wieder weggehen oder aufhören, aber es hört nicht auf. Ich sitze da, noch halb nass und horche, wie mein Herz klopft und ob es überhaupt noch klopft. Ich versuche, mich auf meinen Atem zu konzentrieren, aber es gelingt mir nicht. Das Einatmen funktioniert nicht mehr richtig. Ich muss mich weiter anziehen, aber beim Aufstehen wird mir schwindlig und das Herzklopfen wird schlimmer. Ich will hier weg, denke ich, schnellstens, muss heraus aus dieser Wohnung an die frische Luft. Ich schaffe es irgendwie mich fertig anzuziehen, packe notdürftig meine Sachen zusammen und hoffe draußen wird es besser. Schließlich stehe ich auf der Straße und will in mein Auto steigen, aber schlagartig wird mir klar, ich kann nicht mehr Auto fahren. Resigniert mache ich die Autotür wieder zu. Ich werde mit dem Zug fahren müssen. Aber was wird Richard denken, wenn er heute Abend heimkommt, mein Auto steht noch da und ich bin weg? Das ist doch eindeutig krank oder verrückt. Seit meinem Aufwachen ist zu viel Zeit verstrichen. Ich rufe meinen Chef an und sage ihm, dass ich zu spät komme zu unserem Termin. Auf dem Weg zum Bahnhof wird mir klar, dass ich überhaupt nicht hingehen kann. Ich muss also noch mal anrufen. Ich habe noch nie in meinem Leben eine Besprechung abgesagt, was sage ich denn überhaupt, warum ich plötzlich nicht kommen kann? Ich zögere. Vielleicht geht „das", was ich habe, in der nächsten Stunde weg und ich kann am Theater sein, nur etwas später als verabredet. Im Zug zurück nach Zwickau begreife ich, „das" geht nicht mehr weg. Ich muss jetzt aus dem Zug steigen, muss die Besprechung absagen und zu meiner Ärztin gehen.

„Was habe ich für eine Krankheit?", frage ich sie, als ich endlich drankomme. Ich deute an, dass vor ein paar Monaten meine letzte Beziehung zu Ende gegangen ist und füge schnell hinzu, dass es für mich nicht weiter schlimm war. Aber ich fange auf einmal an zu heulen. Das erste Mal seit vielen Jahren. „Sie hängen noch sehr an Ihrem Freund, der Sie verlassen hat", sagt sie. „Sie haben ihn sehr geliebt und haben die Trennung noch nicht verkraftet." Ich denke, nein, das kann nicht sein, ich habe doch längst einen Neuen und bin wieder verliebt.

Sie verschreibt mir ein Antidepressivum und sagt: „Sie brauchen eine Therapie!" Beim Schreiben des Rezeptes sage ich zu ihr, dass ich das nicht nehmen will. Sie gibt mir etwas Pflanzliches und sagt: „Dann versuchen Sie es mit diesem Präparat." Mal sehen, denke ich, ob ich das überhaupt nehme. Ich will von nichts und niemandem abhängig sein.

Nun bin ich krankgeschrieben. Ich sitze zu Hause und fühle mich von Tag zu Tag schlechter. Inzwischen habe ich einen Termin bei einer Fachärztin für Psychiatrie und befürchte, in eine Klinik gehen zu müssen. Ich will etwas tun gegen diese Krise und dabei muss mir jemand helfen, denke ich. Andererseits will ich es allein schaffen, ohne Medikamente und ohne fremde Hilfe.
Ich weiß nicht, wohin mit mir. Ich hätte lieber Krebs als dieses Elend. Ich bin gelähmt, kann nicht mehr arbeiten. Ich will unbedingt das nächste Bühnenbild machen, das ist meine Chance, endlich auf der Großen Bühne arbeiten zu können. Die Premiere ist im Herbst, bis dahin ist noch etwas Zeit, aber jetzt müssen die Entwürfe abgegeben werden und mir fällt der Zeichenstift aus der Hand. Ich will das Modell bauen, aber ich starre nur in den schwarzen Bühnenkasten. Ich will ein Kostüm zeichnen, aber es geht einfach nicht. Ich bekomme Angst, meiner Arbeit nicht mehr gewachsen zu sein. Alles wird zusammenbrechen.
Nach einer Woche zu Hause gehe ich in den Wald. Laufen ist bestimmt gut. Zehn Jahre lang bin ich nicht mehr allein spazieren gegangen, stelle ich währenddessen fest. Ich habe nur für meine Arbeit gelebt, wollte alles richtig machen, indem ich mehr als nötig tue und immer anwesend bin. Für meine Tochter Anna blieb nicht viel an Zeit übrig und für meine Partner auch nicht. Deshalb musste es so kommen, wie es gekommen ist, auch dass Manuel sich von mir getrennt hat.
Es ist Nacht. Ich halte die Einsamkeit nicht aus. Ich umschleiche das Telefon und überlege, ob ich eine Klinik anrufe.

Dann holt mich der Notdienst ab mit einem Arzt und eine Schwester legt mich in ein schönes weißes Bett und ich werde gefragt, wie es mir geht. Ich stelle mir vor, dass sie mir das Essen bringen und sich um mich kümmern. Vor allem wäre ich nicht mehr allein und wenn die Angst wiederkommt, könnte ich jemanden rufen. Jemand würde sich an mein Bett setzen und mich trösten, ich könnte endlich ruhig schlafen. Das wäre schön.

Die Nacht vergeht und ich rufe nirgendwo an. In eine Klinik zu gehen wäre für mich das Eingeständnis meiner Ohnmacht. Diese Krise ist wie der Beginn einer Reise, aber ich weiß nicht, wohin sie führt. Am Telefon spiele ich allen Kollegen, mit denen ich etwas besprechen muss, die organisch Kranke vor, die von zu Hause aus alle Arbeitsprozesse im Griff hat. Aber währenddessen habe ich das Gefühl, überhaupt nichts mehr bewirken zu können.

Die Zeit ist ein großer grauer Klumpen. Sie vergeht nicht. Bloß nicht noch eine Woche nutzlos verbringen, aber es gibt kein Vor und kein Zurück in meinem Zustand. Ich bin zermürbt. Ich will so schnell wie möglich gesund werden und meine Arbeit wieder machen. Wenn ich jetzt noch eine Woche länger krankgeschrieben bin, werden sie am Theater sagen, sie sollte das Weihnachtsmärchen auf der Großen Bühne ausstatten und nun versagt sie. Am Wochenende wollte ich mit Anna nach Berlin fahren zur Love-Parade, eine Woche später eine Dachterrassenparty zu meinem fünfunddreißigsten Geburtstag veranstalten, danach mit Richard nach Bregenz zu den Seefestspielen und nach Hannover zur Expo 2000 fahren. All das fällt für mich aus und meine Urlaubsreise kann ich auch vergessen. Ich hasse mich, ich hasse diesen Zustand. Ich habe Wut auf diese Krankheit.

Die Tragik meiner letzten kaputten Liebesbeziehung stürzt auf mich ein. Es war wie ein Sog, auf den Zusammenbruch hinzuarbeiten. Ich habe mich nach der Trennung von Manuel nicht geschont, habe gearbeitet wie eine Maschine und nichts mehr gegessen. Ich habe fünf Inszenierungen ausgestattet in nur drei Monaten und habe mir alles abverlangt.

Ich gehe zu meiner Mutter und frage sie hilflos, was ich machen soll, wenn ich nie mehr arbeiten kann. Sie sagt zu mir: „Vielleicht lebe ich noch ein bisschen, dann sorge ich für dich, der Vater und ich haben eine gute Rente."

Auf einmal will sie für mich sorgen. Als Kind habe ich kaum Liebe bekommen, da zählte nur meine Leistung. Und überdies wollte meine Mutter mich gar nicht haben. „Um Gottes willen, nicht noch ein Kind in dieser schwierigen Situation mit der Oma", sagte sie und meinte damit ihre Schwiegermutter. „Dein Vater wollte immer Geschlechtsverkehr und da ist es passiert. Dein Vater ist schuld."

Sie haben in ihrem Leben eine offene Rechnung, sagt meine Therapeutin Frau Klatt in der ersten Stunde, und die muss mit ihrer Mutter zu tun haben. Ich war das freundliche Kind, das leistungsfähige Kind. Das hochbegabte Kind, das schon im Kindergarten lesen, rechnen und schreiben konnte und welches die erste Klasse überspringen sollte. Ich habe mich immer angestrengt, es allen recht zu machen.

Nach der ersten Stunde mit Frau Klatt träume ich einen merkwürdigen Traum. Ich bringe frisches Obst und Gemüse in einen Keller und soll dort etwas kochen. Meine eingekauften Lebensmittel trage ich in einen dunklen Raum. Dort stehen eine alte Badewanne und Utensilien, die an einen Kreißsaal erinnern, ein Gynäkologenstuhl, eine Babybadewanne und eine Waage. Ich frage den Mann, der dort sitzt, ob das früher einmal eine Geburtsklinik war. Er sagt, nur so etwas Ähnliches, er habe hier früher Kinderleichen verbrannt. Die Leichen der Babys, die gleich nach der Geburt gestorben sind. Er lacht dabei merkwürdig. Alle Gegenstände in diesem Raum, die Badewanne, das Waschbecken, ein Wasserkrug und eine Porzellanschüssel, sind dunkel angelaufen aber blitzsauber. Sie sehen aus, als wären sie mit einer dicken schwarzen Rußschicht überzogen. Über dieser Rußschicht ist ein glänzender Lack aufgetragen, der den Gegenständen eine abwaschbare, blanke Oberfläche verleiht.

Ich liege zu Hause auf meinem Sofa und grübele niedergeschlagen über mein bisheriges Leben nach. Ich habe oft Selbstmordgedanken gehabt. Viele Jahre lang bewahrte ich eine Ampulle mit Insulin und eine passende Kanüle dazu in meiner Schreibtischschublade auf. Beides hatte ich mir zugelegt in der Zeit, als ich nach dem Abitur im Krankenhaus gearbeitet und mir ausgedacht habe, welche Methode wohl am besten ist, um schnell und relativ schmerzlos zu sterben. Diese konkreten Gedanken verschwanden mit der Zeit, aber bis heute denke ich, wenn ich eines Tages Krebs bekomme und sterbe, ist wenigstens dieser Lebenskampf zu Ende.
In der nächsten Therapiestunde erzähle ich Frau Klatt, dass mein Vater aus Ostpreußen stammt und meine Mutter aus Schlesien. Sie sind beide Flüchtlinge und am Ende des Zweiten Weltkrieges dazu gezwungen worden, ihre Heimat zu verlassen. Frau Klatt sagt daraufhin: „Das, worunter Sie leiden, gibt es oft in der zweiten Generation dieser Familien."
Wenn meine Mutter mich anruft, erzählt sie mir gruselige Geschichten. Die erste ist, dass ein entflohener Mehrfachmörder in Thüringen gesehen worden sein soll. Thema Nummer zwei ist das fünfzehnjährige Mädchen, das in Zwickau verschwunden und wahrscheinlich vergewaltigt worden ist. Es gibt keine Katastrophe in Deutschland oder der Welt, die an meiner Mutter spurlos vorübergeht. Keine schreckliche Nachricht, die nicht ausgebreitet und ausführlich beredet wird. Wie es mir geht, das fragt sie auch nach stundenlangen Gesprächen nicht.
Kommen von ihr all meine Ängste vor Einbrechern und Mördern? Wenn ich als Kind abends allein war, habe ich alle Zimmertüren um mich herum abgeschlossen, alle Lampen angeschaltet, mir aus der Küche das größte Messer geholt

und es auf meinen Nachtschrank gelegt. Ich habe mich zitternd ins Bett gelegt, auf jedes Geräusch gelauscht und konnte erst einschlafen, wenn meine Eltern wieder da waren. Sie sind immer gemeinsam ausgegangen, haben überhaupt alles gemeinsam gemacht, aber sich dabei ununterbrochen gestritten wobei der Streit vorrangig von meiner Mutter ausging. Alles, was mein Vater tat, war in ihren Augen unzulänglich. Ständiger Streit und lautes Schimpfen und Brüllen gehörte zur Tagesordnung und lange Zeit in meinem Leben habe ich gedacht, dass es in allen Familien so zugeht. Manchmal, wenn es besonders heftig wurde, hat meine Mutter mit Selbstmord gedroht. Die Schuld wurde auch auf uns Kinder geschoben und sie hat gesagt: „Ich gehe jetzt in den Wald und hänge mich auf, dann müsst ihr sehen, wie ihr allein klarkommt. Ihr werdet euch alle umgucken, wenn ich nicht mehr da bin."

Als Barbara und ich älter waren und abends ausgingen, hat sie uns gewarnt: „Ihr müsst euch immer von Freunden nach Hause bringen lassen. Ihr dürft auf keinen Fall allein die dunklen Straßen entlanggehen, es kann Schreckliches passieren." Sie konnte erst zu Bett gehen, wenn wir wieder heil zu Hause angekommen waren, mit zunehmendem Alter fehlten ihr wegen mir viele Stunden Schlaf.

Sie war oft inkonsequent, hilflos und hat viel durchgehen lassen, aber in einem Bereich war sie äußerst streng. Ich war hübsch und frühreif, deshalb wurden jegliche anfangs völlig harmlose Kontakte mit Jungen in meinem Alter peinlich überwacht und wenn möglich verhindert. Als ich mit dreizehn Jahren mit einem Schulfreund im Schwimmbad war, gab es hinterher heftige Ohrfeigen. Also habe ich alles heimlich gemacht, bin zum Beispiel in Schlabberhose und Wollpullover aus der Wohnung gegangen und habe mir im Keller den Minirock für die Disko angezogen. Ich konnte vieles verbergen, aber wenn sie etwas herausbekam oder ich zu spät zu Hause erschien, wurde sie zur Furie und hat mich furchtbar beschimpft. Sie hat am ganzen Körper gezittert, mich wegen harmloser Treffen mit Freunden als Nutte beschimpft und Ausgehverbot erteilt. Ich habe trotzdem, so gut es ging, gemacht, was ich wollte und es genossen. In dieser Hinsicht habe ich mich losgesagt von ihr, aber ihre Ängste, die habe ich übernommen. Nach dem Abitur wohnte ich während meiner Ausbildung für ein Jahr in Berlin in einem Wohnheim in Grünau, am Waldrand. Ich hatte ein Zimmer im Parterre. Eines Nachts polterte es an meinem Fenster, ich schreckte auf und sah in das Gesicht eines NVA-Soldaten, der dabei war, in mein Zimmer einzusteigen. Erstarrt, wie ich war, konnte ich nicht einmal schreien. Er bemerkte seinen Irrtum und sagte entschuldigend, er habe sich im Fenster geirrt und wolle zu einem anderen Mädchen. Noch lange danach bin ich vor Angst, dass er mir etwas antut, fast gestorben.

Seit ich meiner Mutter erzählt habe, dass ich eine Gesprächstherapie mache, ist unser Verhältnis noch schwieriger geworden. Ich sage zu Frau Klatt: „Ich habe Angst, die Liebe meiner Mutter zu verlieren." „Warum haben Sie Angst, etwas zu verlieren, was Sie gar nicht besitzen?", fragt sie. Sie hat recht. Funktioniere ich nicht so, wie meine Mutter es sich vorstellt, verfolgt sie mich mit ihrem Hass. Zu meinem Geburtstag habe ich eine Karte bekommen von meinen Eltern. Auf dieser Karte steht wie immer:

Zum Geburtstag die besten Wünsche übermitteln dir deine Eltern

Voller Wut stelle ich sie diesmal zur Rede. „Diese Redewendung ist dermaßen förmlich, das klingt wie der offizielle Schriftverkehr in einer Bankfiliale", sage ich zu ihnen. „So schreibt ihr an euer eigenes Kind!"

Meine Mutter rechtfertigt sich und freut sich schon auf ihren Seitenhieb, den sie gleich austeilen wird: „Diese Karte hat der Vater geschrieben."

Ich sage: „Wenn der Vater so eine förmliche Karte schreibt, hättest du doch noch eine eigene gefühlvolle schreiben können." Darauf schreit sie mich an: „Warum hätte ich dir überhaupt eine Geburtstagskarte schreiben sollen, nun, wo ich an allem schuld sein soll? Jetzt, wo du zu einer Frau gehst und ihr lauter Lügengeschichten über mich erzählst."

Ich schreie zurück: „Weißt du, was Siegmund Freud gesagt hat? Der größte Egoist ist der, der noch niemals in seinem Leben daran gedacht hat, dass er ein Egoist sein könnte."

So ist es oft. Wenn ich meine Mutter besuche, sagt sie schon an der Tür zynisch zu mir: „Das ist ja schön, dass du dich auch mal wieder blicken lässt." Da möchte ich am liebsten wieder umdrehen. Bei fast jeder Familienfeier gibt es Zoff. Manchmal läuft es glimpflich ab, dann denke ich, diesmal war alles in Ordnung, und nach ein paar Tagen treffe ich sie in der Stadt und sie fängt aus heiterem Himmel an, mich zu beschimpfen. Dass ich mich das letzte Mal wieder unmöglich benommen hätte vor anderen Leuten und sie bedauert sich, da keine Mutter eine so furchtbare Tochter hat wie sie. Zeit ihres Lebens sei sie gestraft mit mir, vor allem, weil sie sich mit mir nur blamiert.

Soll sie doch endlich tot sein, denke ich, dann hört das auf. Dann kann sie mich nicht mehr verletzen.

Mit der Flugangst fing alles an, am Beginn meiner Beziehung mit Manuel. Ich hatte eine Urlaubsreise nach Malta gebucht, mit Anna und meinen Eltern.

Kurz zuvor hatte ich mich von Victor getrennt. Manuel, mein neuer Freund, hat kurzerhand die gleiche Reise gebucht. Wir landen in der Hauptstadt La Valetta und plötzlich wird mein Name auf dem Flughafen ausgerufen. In gebrochenem Deutsch wird gesagt, ich solle mich unverzüglich an einem der Schalter melden. Mir wird ein Telegramm ausgehändigt von Victor. Er hat herausgefunden, dass Manuel mit uns gefahren ist und droht, mir unverzüglich hinterher zu reisen. Jeden Tag und jede Nacht bekomme ich mehrere Anrufe von ihm auf meinem Hotelzimmer. Mal beschließt er, alle meine

Möbel zu einer Spedition zu bringen und ein neues Schloss in unserer noch gemeinsamen Wohnung zu installieren. Dann wiederum bettelt er, dass ich zu ihm zurückkommen soll. Wieder ein anderes Mal kündigt er an, sofort ins nächste Flugzeug zu steigen und unsere Idylle zu zerstören.

Beim Frühstück und beim Abendessen schaue ich die ganze Zeit, wahrscheinlich genauso oft wie meine Mutter, auf die Eingangstür des Hotels. Jeden Moment befürchte ich, dass er hereinkommt mit einem Revolver in der Hand und mich aus Wut erschießt. Vor meinem geistigen Auge sehe ich schon meine Mutter hilflos vor ihrem erschossenen Kind stehen. Ich habe Angst und versuche, sie vor ihr zu verbergen. Auch sie hat Angst und verbirgt sie vor mir. Der gesamte Urlaub ist für mich eine Qual, ich komme nicht zur Ruhe und fürchte mich immer mehr vor der Rückreise. Auf dem Flug gibt es Turbulenzen und meine Angst beginnt sich zu steigern. Ich bin überzeugt, wenn Victor nicht nach Malta gekommen ist, steht er bestimmt in Frankfurt auf dem Flughafen und wird mich dort in der Ankunftshalle erschießen. Im Flugzeug sitzen Leute neben uns, die mehrmals im Jahr nach Malta fliegen. Sie lesen entspannt in ihren Zeitungen. Aber als die Turbulenzen heftiger werden, schlagen auch sie die Zeitungen zusammen und fächeln sich damit Luft zu. Nun bin ich gänzlich erstarrt und überzeugt, dass wir jeden Moment abstürzen.

Wir sind nicht abgestürzt und ich bin auch nicht erschossen worden, aber seitdem bin ich nie wieder in ein Flugzeug gestiegen. Mit dieser Flugangst hatte es angefangen und andere Ängste sind dazugekommen.

In den nächsten Theaterferien habe ich eine Busreise nach Kroatien gebucht. Fliegen kann ich ja nicht mehr. Ich fahre allein mit Anna. Sie ist jetzt dreizehn Jahre alt, entwickelt ihren eigenen Willen und beginnt sich von mir abzunabeln. Nur mit Mühe konnte ich sie zu gemeinsamen Unternehmungen während der zwei Wochen überreden. Die übrige Zeit traf sie sich mit älteren Jungen aus unserem Hotel und ich war häufig allein unterwegs. Auf einem Schiffsausflug beobachte ich ein kleines Mädchen. Sie ist etwa fünf Jahre alt und sieht hübsch aus mit ihren zwei Zöpfen und ihrer hohen Stirn. So ähnlich habe ich auch ausgesehen auf meinen Kinderfotos, ich, ein niedliches, kleines Mädchen. Das Mädchen auf dem Schiff läuft hierhin und dorthin, guckt interessiert aufs Meer und stellt lauter neugierige Fragen. Zum Ausruhen lehnt es zwischendurch den Kopf an seine Mama und die streichelt es sanft übers Gesicht. Eine kurze Szene voller Harmonie. Warum konnte mich meine Mutter nicht so lieben, frage ich mich. Ich war doch genauso niedlich, mit neugierigen Fragen und meinem Bedürfnis, den Kopf in ihren Schoß zu legen. Aber das konnte ich nie tun. Das war ihr zu viel. Ich war ihr zu viel.

In meiner Kindheit, an jedem Sonnabend, wenn die große Hausarbeit begann, sagte sie zu mir und meiner Schwester: „Wenn ich euch nicht hätte, könnte ich mich auch, so wie die Nachbarin, den ganzen Nachmittag auf den Balkon in die Sonne legen. Aber ich habe euch und deswegen den großen Haushalt und muss mich tot schuften jeden Tag."

„Diese Verletzungen aus der Kindheit werden Sie noch eine Weile beschäftigen", sagt Frau Klatt. „Ich werde versuchen, auch Ihre Flugangst zu therapieren, aber selbst, wenn es uns in der gemeinsamen Arbeit gelingt, glaube ich, Sie werden nie mehr gerne fliegen." Ich bin enttäuscht. Ich bin davon ausgegangen, sie wird alles schnell „reparieren". Ich rechne mit ein paar Wochen, aber dann sollen gefälligst alle Ängste weg sein. Nun aber ist noch eine neue Angst ist hinzugekommen, ich muss umziehen. Im nächsten Jahr gibt es eine Spartenschließung am Theater in Zwickau und mein Vertrag läuft aus. Ich habe ein Angebot für Leipzig bekommen, aber schon jetzt fürchte ich mich vor dem Umzug in eine fremde Stadt.

Wie soll ich das schaffen, denke ich im Herbst bei einer Premierenfeier in Leipzig. Hier, wo ich bald arbeiten werde, sind alle große Künstler und alle sind viel besser als ich.

Teresa, die Assistentin des Intendanten, stellt mir ihre Familie vor, ihren attraktiven Mann und die hübsche Tochter, die in Annas Alter ist. Bei anderen ist alles in Ordnung, denke ich, die haben eine stabile Familie und ihre sichere Arbeit. Ich habe nichts von alledem. Anna ist in Zwickau geblieben, treibt sich mit Freunden herum, ich weiß nicht einmal genau wo und mit wem. Nach Leipzig zur Premiere wäre sie niemals mitgekommen. Und Richard ist an diesem Wochenende bei seinem Sohn. Ich fühle mich verloren und noch bevor ich hier angefangen habe zu arbeiten, fürchte ich mich vor den Anforderungen, die auf mich zukommen. Bisher war ich an einem einfachen Stadttheater tätig und habe das Gefühl, dass alles nichts wert ist, was ich bislang gemacht habe.

In Zwickau am Theater fühle ich mich inzwischen sicher und anerkannt, in Leipzig muss ich mich neu beweisen. Für diese neue Anerkennung muss ich mich noch heftiger anstrengen. Ich habe mich immer angestrengt, vor allem, um es meiner Mutter recht zu machen. Ich habe schon aus dem Kinderwagen heraus alle angelächelt, hat sie mir gesagt. Ich wollte und will liebenswert sein für andere, aber mich selbst kann ich nicht besonders gut leiden.

Reflexionen über meine Kindheit kreisen unaufhörlich in meinem Kopf. Am liebsten würde ich meiner Mutter mal einen Brief schreiben. Aber ich schaffe es nicht. Ich schreibe einen ersten Satz, der lautet:

Schon lange wollte ich Dir etwas sagen...

Aber weiter komme ich nicht. Ich scheitere schon bei der Anrede: *Liebe Mutti!* Da sträubt sich alles in mir. Tagelang, nächtelang, wochenlang denke ich über das nach, was ich schreiben will, aber ich komme zu keinem Ergebnis.

Kürzlich habe ich einen Film gesehen. Eine vierzigjährige Frau lebt mit ihrer Mutter zusammen in einer Wohnung. Die Frau ist beruflich äußerst erfolgreich, aber emotional völlig abhängig von ihrer Mutter. Sie kann sich nicht lösen, versucht es auch gar nicht, sie hat keinen Partner und kein eigenes Leben. Beide verbindet eine furchtbare Hassliebe. Es gibt wenig Berührungspunkte, ein paar Rituale wie ein gemeinsames Essen, ansonsten ertragen sie sich nicht. Sie sprechen entweder überhaupt nicht miteinander oder schreien sich an. Ein düsteres Schicksal scheint sie zu verbinden, sie sind verkettet. Die Tochter will eigentlich weg, sie will ausziehen, aber sie traut sich nicht, die Mutter zu verlassen. Niemand von beiden schafft es, unabhängig zu leben.
Ich bin mit zwanzig Jahren weggezogen von meiner Mutter, zu Georg nach Leipzig. Nach zwei Jahren kam Anna zur Welt. Ein paar Monate danach ging unsere Beziehung in die Brüche und als ich Georg verließ, war ich dreiundzwanzig Jahre alt, alleinstehend mit Kind und mitten in der Ausbildung. Da bin ich wieder zu meiner Mutter zurück. Ich habe gedacht, andernfalls mein Studium nicht beenden zu können. Und sie hat zu mir gesagt: „Ich werde dein Kind betreuen, also kommst du wieder nach Elmershausen." So bin ich zurück in mein altes Kinderzimmer. Allein mit Anna zu leben hätte ich nicht vermocht. Und jetzt habe ich Angst, nach Leipzig zu ziehen, ohne Mann und mit einem Kind, das gerade in der Pubertät ist und zu mir sagt: „Wenn wir umziehen, komme ich nicht mit. Da gehe ich lieber in eine Wohngruppe für Minderjährige."

Früher war meine stets gut gelaunte, immer bis zur Selbstaufgabe arbeitsbereite äußere Seite auch verinnerlicht. Ich habe an meine Fassade geglaubt. Mir war gar nicht klar, dass ich eine hatte. Nun zerfalle ich in zwei Hälften. Die eine Seite von mir kann sehr gut arbeiten, verbreitet überall gute Laune und wirkt selbstsicher. Die andere Seite ist unsicher, von Ängsten und Zweifeln geplagt, müde und lustlos. Diese Seite will ich verstecken. Ich bin überzeugt, dass ich mir meinen Erfolg nur durch übergroßen Einsatz erarbeitet habe. Damit habe ich mich eingeschlichen in Kreise, zu denen ich nicht gehöre, und ich habe mit meinem Arbeitseifer zugedeckt, dass ich eigentlich gar nichts kann. Ich befürchte eines Tages werden das alle merken, wenn sie es nicht schon längst gemerkt haben.

Von Richard habe ich mich etwas entfernt. Ich bin verletzt, wenn er sich nicht um mich kümmert und ich ihn mit seinen Kindern und seinen Freunden teilen muss. Nach zwei Jahren Beziehung bin ich wieder einmal desillusioniert und es stellt sich die Frage, was uns verbindet außer meiner Abhängigkeit. Einen großen Teil meines Lebens habe ich mich emotional von Männern abhängig gemacht. Wenn ich mich, wie so oft, gleich bei der ersten Begegnung verliebt habe, habe ich mir vorgestellt, wie mich dieser Mann von meiner quälenden Gegenwart erlösen wird. Nun wird mir klar, dass ich nach der Verliebtheit, die ich alle paar Jahre bei neuen Partnern gesucht habe, immer wieder in der Realität ankomme. Vielleicht führt diese Erkenntnis dazu, mit der quälenden Sehnsucht nach Verschmelzung, die es auch mit Richard nicht geben kann, besser umzugehen. Ich brauche tausendmal mehr, als mir ein Partner geben kann, und halte es doch bei keinem aus.

Neulich hatte ich ein langes Gespräch mit Alexander. Er, der mein zukünftiger Chef sein wird, sagt in schonungsloser Offenheit zu mir: „Du hast es nicht leicht in deinem Leben und mit deinen Mitmenschen. Du kannst keine wirklichen Freunde haben. Die Männer, von denen du denkst, sie sind mit dir befreundet, sind alle in dich verliebt und wollen dich besitzen. Und die Frauen, die mit dir zusammen sind, wollen teilhaben an deinem aufregenden Leben und sind insgeheim neidisch auf dich. Da hast du es ganz schön schwer", sagt er und es klingt wie Mitleid.

Das will ich nicht wahrhaben. Es ist furchtbar, durchschaut zu werden. Aber allmählich durchschaue ich mich selbst.
Das Problem ist, dass ich zu viel in mein Leben hineingepackt habe. Ich habe zu viele Männer gehabt, zu viele Veränderungen, zu viel Arbeit und zu viele Wohnungen. Ich muss Langsamkeit üben. Ich wünsche mir eine Liebe, die anhält, eine Arbeit, die bestehen bleibt. Und eine Wohnung, aus der ich nicht nach ein oder zwei Jahren wieder ausziehe. Aber diese letzte Lektion kann ich jetzt nicht angehen, ich muss ja umziehen nach Leipzig, eine neue Arbeit beginnen und lauter neue Menschen kennenlernen.

Ich sitze den letzten Abend in Zwickau in meiner Wohnung, die ich sehr geliebt habe. Alles ist gepackt, morgen früh kommt der Möbelwagen. Abschiedsschmerz steigt auf. Ich denke an Frau Klatt und daran, wie sehr sie mir geholfen hat. Zum Glück kommt Laura zu mir und lenkt mich von meinen trüben Gedanken ab. Sie wird sich morgen um das Essen für die Umzugshelfer kümmern. Einer von Richards Freunden ist inzwischen da und es wird ein lustiger Abend. Wir trinken alle Wodka und ich trinke viel davon. Die traurigen Gefühle sind verschwunden. Es ist halb vier, als wir ins Bett gehen und nur drei Stunden später sind meine Umzugshelfer vom Theater da. Niemand von uns hat gefrühstückt, das Packen und Heruntertragen beginnt hektisch und mir geht es schlecht. Nach dem Tragen einiger Umzugskartons bekomme ich heftige Angstzustände. Während alle weiterarbeiten, muss ich mich ins Schlafzimmer auf mein noch verbliebenes Bett legen. Mir ist schwindlig. Nach ein paar Minuten Ruhe wird der Gedanke unerträglich für mich, dass alle meinetwegen wild herumwirbeln und ich mich zurückziehe. Also quäle ich mich wieder hoch und arbeite weiter mit. Erst spät am Nachmittag auf der Autobahn nach Leipzig verschwindet meine Unruhe.

Es ist September, ich sitze in der neuen Wohnung in Leipzig. Ich warte auf Anna, dass sie von der Schule nach Hause kommt. Das Zusammenleben mit Richard fehlt mir. Annas Ratte hat sich in die Matratze ihres Bettes gefressen, sich dort häuslich eingerichtet und kommt nicht mehr heraus. Unsere Katze ist seit Tagen spurlos verschwunden und ich bin schuld. Sie hat sich am ersten Abend nach dem Umzug im Treppenhaus versteckt und ich habe gedacht, sie sei in der Wohnung. Ich habe die Eingangstür verschlossen und die Katze hat die ganze Nacht davorgesessen, gemaunzt und in ihrer Verzweiflung die Tür zerkratzt. Am nächsten Morgen war sie weg und ich konnte sie nirgends finden. Nachmittags habe ich alle Nachbarn gefragt. Ein Hausbewohner, der gegen fünf Uhr zur Arbeit ging, hat sie gefunden. Sie klemmte im angekippten Fenster und weil er sie retten wollte und nicht wissen konnte, dass die Katze mir gehört, hat er sie nach draußen gesetzt. Die arme kleine, verletzte Katze, die nur unsere Wohnung kannte, irrt jetzt draußen ängstlich umher. Mehrere Nächte habe ich auf dem Hof im Auto gesessen und auf sie gewartet in der Hoffnung, dass sie nachts zurückkommt. Aber umsonst, sie blieb verschwunden.

Nun muss ich weiter Kisten auspacken, die Fenster putzen, aufräumen, Annas Schreibtisch aufstellen, Mittag kochen, vorher abwaschen und für alles fehlt mir die Kraft.

Mein Arbeitsvertrag beginnt erst im Oktober. Ich freue mich, wieder regelmäßig arbeiten gehen zu können, das lenkt mich von den traurigen Gedanken ab. Andererseits wird mir die neue ungewohnte Arbeit auch wieder Angstzustände verursachen. Ich brauche meine Arbeit, sie ist wichtig für mein Selbstwertgefühl. Wenn ich gut bin, kann ich mir wenigstens sagen, ich werde gebraucht. Gleichzeitig zweifle ich aber daran, ob es gut war, wegen der Arbeit in Leipzig das Zusammenleben mit Richard aufgegeben zu haben.

Ich tue mich schwer mit Märchen. Ich muss ein Bühnenbild entwerfen für „Schneewittchen", meine erste Ausstattung in Leipzig, für Kinder. Ich habe keine Ahnung, wie ich das machen könnte. Mir fehlt ein emotionaler Bezug zu meiner Kindheit. Auch wenn ich lange darüber nachdenke, fällt mir nicht ein, wie ich als Kind dachte oder fühlte. Erik, mein Regisseur sagt zu mir: „Du kannst in deiner Kunst immer nur von dir ausgehen." Ich weiß aber nichts oder nur wenig von mir.

Um mich vorzubereiten, lese ich Bruno Bettelheims „Kinder brauchen Märchen". Aus seiner jahrelangen therapeutischen Praxis hat der Autor geschlussfolgert, dass sich nahezu jedes Kind mit irgendeiner Märchenfigur identifiziert. Mir waren vor allem die artigen, angepassten Kinder nahe. Rotkäppchen, wie es ganz allein und mutig durch den dunklen Wald zur Großmutter geht, weil es eine Aufgabe bekommen hat, die es erfüllen will. Oder Schneeweißchen und Rosenrot, die immer fleißig und furchtlos sind. Ich wollte ein fröhliches und braves Kind sein. Meine Aufgabe in meiner Familie war: ICH MACHE EUCH ALLE GLÜCKLICH MIT MEINEM DASEIN. Trotzdem gab es die ablehnenden Reaktionen, vor allem die meiner Mutter mit ihren tausend Vorwürfen. Und ich hatte das Gefühl, ich erfülle die Aufgabe nicht, ich bin schlecht.

Meine Eltern hatten zu Beginn meiner Gesprächstherapie in Zwickau ein Schreiben verfasst. Ich sollte es Frau Klatt geben. Es hatte die Überschrift:

Familiäre Verhältnisse zur Zeit der Geburt bis zum 6. Lebensjahr unseres Kindes Gabriela

Sie hatten offenbar Angst, verantwortlich gemacht zu werden für meine Schwierigkeiten. Das Schreiben wurde auf Geheiß meiner Mutter von meinem Vater verfasst. Es begann mit biographischen Angaben wie in einem Lebenslauf:

Vater: 46 Jahre alt, evangelisch, Hauptbuchhalter im VEB Elektrotechnik

Mutter: 36 Jahre alt, katholisch, Fachgebietsleiterin bei der Staatsbank Elmershausen eine Schwester: besuchte ab der Geburt des zweiten Kindes halbe Tage den christlichen Kindergarten

Großmutter väterlicherseits: Mitglied der Familie, dadurch waren beide Kinder im elterlichen Schlafzimmer untergebracht

Die ersten drei Lebensjahre war die Mutter Hausfrau ohne jegliche Erwerbstätigkeit, danach besuchte Gabriela halbtags den Evangelischen Kindergarten.

Durch das Zusammenleben auf engem Raum gab es öfter Auseinandersetzungen und Streitereien.

1968 im Frühjahr fuhr der Vater zur Kur. Danach gab es Diskussionen über seinen Kurschatten und eine eventuelle Scheidung, welche vonseiten der Mutter und auch des Vaters niemals zur Debatte stand. Der Mutter und auch dem Vater ist es demzufolge unerklärlich, warum Gabriela und Barbara zu diesem Zeitpunkt über eine eventuelle Scheidung der Eltern gesprochen haben.

Da Gabriela von ihrer Geburt an ein fröhliches, aufgeschlossenes Kind war und Barbara eine stille und zurückgezogene Natur hatte, gab es eher bei Barbara Anzeichen einer Zurücksetzung anlässlich der Geburt von Gabriela. Gabriela war auch immer der Liebling der Oma väterlicherseits.

Am Ende dieses Schreibens steht:

Im Kindergarten wurde Gabriela wegen ihrer Fröhlichkeit sehr gelobt, jedoch wegen ihrer ungezügelten Art auch öfter getadelt.

Dieses Schreiben habe ich natürlich nicht abgegeben.

Ende Oktober fahren Richard, seine Tochter Mariella und ich in die Lüneburger Heide. Es ist das erste längere Zusammensein, seit ich in Leipzig wohne. Am ersten Abend beachtet er mich kaum und kümmert sich ausschließlich um seine Tochter. Am nächsten Tag fahren wir in den Heidepark Soltau. Ausgelöst durch die gedrückte Stimmung zwischen Richard und mir fange ich plötzlich an zu weinen. Ich gehe von den

sich drehenden Karussells weg und laufe durch den angrenzenden Wald. Mein Weinen wird schlimmer, ich kann plötzlich die Verachtung meiner Mutter und ihre Ablehnung körperlich spüren. Mir laufen die Tränen, aber ich fühle auch Erleichterung. Ich laufe allein im Wald herum und es tut gut.
Die Stimmung mit Richard ändert sich auch in den nächsten Tagen nicht. Ich bin verletzt und beleidigt, weil er sich nicht bemüht, dass es auch für uns beide ein schöner Urlaub wird.
Ich rede kaum noch mit ihm. Am Ende des Urlaubs bekomme ich einen richtigen Weinkrampf, mir laufen die Tränen, wie ich es nicht kannte seit mindestens fünfzehn Jahren. Ich weine über meine Kindheit, aber nun kommt hinzu, dass ich begreife, was ich meiner Tochter Anna alles angetan habe. Ich habe sie genauso lieblos behandelt, wie meine Mutter mich. Darüber habe ich zwar oft mit Frau Klatt gesprochen, aber ohne Emotionen. Sie hat zu mir gesagt: „Erst, wenn Sie beim Daran-Denken keine Luft mehr bekommen, wenn es Ihnen oben in der Kehle sitzt, dann sind Sie dran am Gefühl. Und deshalb will auch Ihre Mutter nicht wahrhaben, dass sie oft so hart zu Ihnen war, weil es ihr sonst die Kehle zuschnüren würde, wenn ihr bewusst wird, was sie Ihnen alles angetan hat." Sie sagt, ich soll diesen Schmerz in mein Leben integrieren und trotzdem weiterleben. Keine Ahnung, wie das gehen soll.
Ich bin von meiner Mutter so sehr verletzt und verachtet worden. Aber auf einmal kann ich zu mir sagen kann: „Dann geh wenigstens jetzt behutsam mit dir um." Damit könnte ich den Teufelskreis von Verletzungen in der Kindheit und meinem Hang zur Selbstzerstörung in der Gegenwart endlich durchbrechen.
Trotz einiger Erkenntnisse bekomme ich keine Stabilität in mein Leben. Ich fühle mich immer noch zerrissen, bodenlos und unsicher. Immerzu muss ich andere fragen, was ich tun soll. Deren Rat hilft kurzzeitig, aber beim nächsten Problem stehe ich wieder hilflos da.

Anna ist am Wochenende nach Zwickau gefahren zu ihrem Freund, obwohl ich es ihr verboten hatte. Sie hat ihre Tasche geschnappt und ist verschwunden. Nun sitze ich allein in Leipzig und überlege krampfhaft, wie ich sie wieder einfangen könnte. Aber ihre pubertäre Abnabelung lässt sich wohl nicht aufhalten, also muss ich mir überlegen, was ich stattdessen mit mir anfange. Ich könnte mir etwas Gutes tun, aber ich weiß nicht, wie das geht. Ruhig dasitzen und Tee trinken oder in die Sauna gehen, das wäre es, aber wenn ich nichts zu tun habe, beobachte ich nur krankhaft meine Ängste.

Es ist Winter. Ich arbeite gerade mit einem berühmten englischen Regisseur. Ich mache viele Bühnenbildentwürfe, aber ich finde, dass alles, was ich bisher entworfen habe, nicht gut genug ist. Es geht mir wieder schlechter und ich versuche, mich mit langen Spaziergängen von den anstrengenden Arbeitswochen zu erholen. Meine Unruhezustände verschwinden einfach nicht. Sie beginnen immer mit dem gleichen Muster. Ich lese zufällig einen Satz in einer Zeitschrift, zum Beispiel: *Herzinfarkt beginnt meist mit unauffälligen Schmerzen in der Herzgegend und innerer Unruhe.* Und sofort denke ich, dass ich diese Anzeichen habe. Immer häufiger spüre ich einen eisernen Panzer um meine Brust oder kleine Stiche im Herzen. Ich beobachte mich und bilde mir ein, dass sich die Symptome gerade verschlimmern. Mein Herz wird einfach stehen bleiben und keiner ist da, der mich zurückholen kann. Am liebsten wäre mir, ein Arzt kommt, schließt mich an ein EKG-Gerät an und ich kann selbst überprüfen, dass der Tod nicht im Anzug ist. Dann hätte ich wieder eine Weile Ruhe.

Meine Mutter ruft an. Sie sagt, sie könne mich nächstes Wochenende nicht besuchen. Es wäre ihr zu kalt und sie hat seltsame Herzattacken. Sie sagt, dass sie schon dachte, sie macht ihr Letztes. Dabei ist sie, wie ich weiß, kerngesund.

Sie will nicht kommen. Sie sagt: „Die Leute fragen mich schon alle, wie es denn bei meiner Tochter in Leipzig sei." Und sie antwortet ihnen, sie wäre neulich bei mir gewesen. So erzählt sie es ihren Bekannten, damit diese nicht denken, sie wäre eine gleichgültige Mutter. Nun wohne ich schon acht Monate in Leipzig und sie hat mich nicht ein einziges Mal besucht. Ich bin beleidigt und sage zu ihr: „Dann kommst du eben nicht, ist auch in Ordnung." Ich sage immerhin noch: „Schone dich ein bisschen", und lege auf. Ich weiß, sie kommt nicht, weil sie sauer ist, dass ich weggegangen bin aus Zwickau. Vor ein paar Jahren ist sie mit meinem Vater extra dorthin gezogen, um für mich und Anna da zu sein. Wir haben nah beieinander gewohnt, zwischen unseren Häusern lag nur eine Straße. Der Mann meiner Freundin Beate, ein Psychologe, hat gesagt, dass man sich bei mir fragen müsse, was dahintersteckt, wenn ich als erwachsene Frau so lange neben meinen Eltern gewohnt habe.

Das Wochenende, an dem meine Mutter kommen wollte, habe ich in schlechter Stimmung verbracht. Richard ruft nicht an und kümmert sich ausschließlich um seine Kinder. Meine Mutter besucht mich nicht und droht mit ihrem Tod.

Ich will ihr Kind sein, aber sie kümmert sich nicht um mich.

Nach einigen Wochen geht es mir immer noch schlecht, ich muss irgendetwas tun. Ich muss wohl wieder einen Psychologen konsultieren. Es geht einfach nicht mehr so weiter mit mir.

Frau Klatt hat am Ende der Gesprächstherapie zu mir gesagt, sie kann mir nicht mehr helfen, ich solle es noch mit einer anderen Richtung versuchen. Wenn ich meine vielen gescheiterten Männerbeziehungen aufarbeiten will, könne ich das nur bei einem männlichen Therapeuten machen.

Am letzten Sonntag, an dem meine Unruhezustände wieder einmal stundenlang anhielten, habe ich mit Beate telefoniert. Ich hatte plötzlich eine unendlich große Angst vor der Nacht allein. Ich hätte sie bitten können, bei ihr schlafen zu dürfen, das wäre kein Problem für sie gewesen, da sie selbst solche Zustände kennt. Ich habe aber nicht gefragt. Wieder wollte ich mir meine Hilflosigkeit nicht eingestehen. Sie hat mir geraten, eine Psychoanalyse zu machen. Ich bin skeptisch, aber in der darauffolgenden Woche habe ich mir einen Termin geholt bei dem Psychologen, den sie mir empfohlen hat. Ich soll vorerst zu fünf Vorbereitungsstunden kommen. Danach muss ich bis zum Herbst warten, ehe ein Platz für eine Psychoanalyse frei wird.

Es ist Frühling. Inzwischen habe ich mich in Leipzig eingelebt. Letztes Wochenende war Richard wieder mit Freunden unterwegs, aber diesmal ist es mir gelungen, das Wochenende gut ohne ihn zu verbringen. Ich habe einen Ausflug gemacht mit Anna. Wir waren mit dem Fahrrad im Muldetal. Ich bin mit ihr an den Ort gefahren, an welchem ich mit ihrem Vater oft war. Zu DDR-Zeiten war hier ein großes russisches Militärübungsgelände und man durfte das Gebiet nicht betreten. Die Landschaft war zerklüftet und zerstört durch die Panzer. Es gab Krater und Erdlöcher, plattgewalzte Sträucher, abgeholzte Bäume und Spuren von Kriegsübungen, die hier regelmäßig stattfanden. Wir haben Patronenhülsen gefunden und verrostete Konservenbüchsen mit „atomsicherem" Vollkornbrot.
Die Spuren dieser militärischen Übungen waren inzwischen weitestgehend verschwunden. Ich habe mit Anna Kräuter gesammelt und ihr von ihrem Vater erzählt.

Herr Gruber, der neue Therapeut, sagt in der ersten Vorbereitungsstunde zu mir: „Sie sind also nach Leipzig zurückgekommen." Erst konnte ich nichts damit anfangen, dann aber dämmerte es. Hier habe ich meine erste eigene Wohnung bezogen, hier habe ich Georg kennen gelernt, meine große Liebe, und habe mit ihm meine erste Ehe geschlossen, die nach drei

Jahren traurig scheiterte. Und hier ist Anna geboren. Bis dahin habe ich gedacht, es hat mich zufällig wieder nach Leipzig verschlagen.

Und es stimmt, seit ich hier wohne, kehre ich oft an die alten Orte zurück. Ich besuche das inzwischen abgebrannte, aber noch als Skelett dastehende Haus, in dem ich mit Georg gewohnt habe. Ich fahre häufig mit dem Fahrrad ins Muldetal oder laufe über das Gelände der Moritzbastei, wo der „Turm" steht, der alte Studentenklub. Dort waren wir oft mit Freunden tanzen und trinken. Eines Abends war Georg sehr betrunken und wurde, wie so oft in diesen Zuständen, aggressiv. Er schlug so wild um sich, dass selbst unser Freund Hans, der ein kräftiger Mann war, sich weigerte, ihn in seinem Auto nach Hause zu bringen. Hans fuhr mit seiner Frau weg und ich musste mich allein um Georg kümmern. Die Ordner hatten ihn aus dem Klub geworfen, weil er die Band, die dort spielte, unaufhörlich provoziert hat. Das hatte ihn noch aggressiver gemacht. Als ich draußen vorsichtig auf ihn zuging, um ihn zu beruhigen und ihn zu überreden, mit nach Hause zu kommen, hob er einen großen Stein auf und machte Anstalten, diesen Stein auf mich zu werfen. Ich rannte weg und er rannte mit dem großen Stein hinter mir her. Ich hatte Todesangst und rannte um mein Leben. Und war im vierten Monat schwanger. Am nächsten Morgen wusste Georg von alledem nichts mehr und ich wusch die Blutflecke aus seinem Trenchcoat, welche die Schlägerei mit den Ordnern hinterlassen hatte.

Ich habe ein Buch entdeckt: Reinhard Jirgl: *Die Unvollendeten*. In einer Zeitung war es als eine Flüchtlingsgeschichte angekündigt. Ich bin zu meiner Buchhändlerin gegangen und habe dieses Buch bestellt. Zwei Tage später war es da und ich konnte es kaum erwarten, es am Abend aufzuschlagen und zu lesen. Der Autor beschreibt das Leben seiner Mutter, seiner Tante und sein eigenes Leben in den Fünfziger- und Sechzigerjahren in der DDR. Sie sind Sudetendeutsche, geflohen und vertrieben aus dem heutigen Gebiet Tschechiens. Was er schreibt, kommt mir bekannt vor. All diese verzweifelten Versuche seiner Mutter und seiner Tante, sich anzupassen und besser zu sein als die Anderen. Er beschreibt ihre Scham darüber, anders zu sein als die Einheimischen und ihre immerwährende Angst, etwas falsch zu machen und dadurch aufzufallen. Und vor allem dieses Am-liebsten-nicht-darüber-reden. Beim Lesen werde ich wie durch einen Sog in meine eigene Familiengeschichte hineingezogen und am Ende ist mir klar, ich muss hier selbst etwas forschen. Ich setze mich an den Schreibtisch und trage ein paar Daten zusammen.

Für mich fängt die Geschichte meiner Familie 1899 an, in diesem Jahr ist meine Oma Klara geboren. Sie hatte drei Kinder, meinen Onkel Alois, Jahrgang 1924, meine Mutter Luzia, Jahrgang 1927 und Lenchen. Aber wann ist Lenchen geboren? Hier stocke ich. Ich rufe meine Mutter an und frage sie. Sie sagt 1937. Während des Telefonats schreibe ich mir diese Zahl auf die letzte Seite meines Jahreskalenders. Vorerst denke ich nicht weiter darüber nach.

Die fünf Vorbereitungsstunden bei Herrn Gruber, dem in Leipzig anerkannten Psychoanalytiker, sind um. Er hat zu mir gesagt: „Sie sind ein Nachkriegskind." Ich habe keine Ahnung, was das bedeuten soll.
Nach dem Sommer beginnt die eigentliche Therapie und ich freue mich darauf wie auf ein spannendes Abenteuer.
Mir wird allmählich klar, wonach ich mich in meinen Angstzuständen sehne. Mir fehlt jemand, der mich festhält und an dem ich mich festhalten kann. Ich sehne mich danach, mich einmal anlehnen zu können. Ich habe keinerlei Erinnerung an solche Momente mit meiner Mutter oder meinem Vater.
Wir fahren für zwei Wochen nach Schweden in den Sommerurlaub, Richard und ich, mit Mariella und Anna. Ich muss in dieser Zeit für mich klären, was aus unserer Beziehung und

der bevorstehenden Hochzeit wird. Auf der langen Autofahrt bin ich wie versteinert, rede die ganze Fahrt über kein Wort mit Richard und schweige vor mich hin.

In Schweden angekommen habe ich viel Zeit zum Nachdenken. Vor dem Urlaub hatte ich nochmal einen Gesprächsversuch mit meinen Eltern gestartet. Es ging um eine weitere Geburtstagskarte, die ich kurz zuvor von ihnen bekommen habe. Diesmal schrieb mein Vater:

Unsere herzlichsten Glückwünsche zu deinem 40. Geburtstag übermitteln wir Dir, verbunden mit den besten Wünschen für Gesundheit und Wohlergehen! Deine Eltern.

Das ist wieder so förmlich, ich werfe ihnen Gefühlskälte vor und sage: „Da ist doch nicht der geringste Ansatz von Wärme zu spüren." Da hakt meine Mutter plötzlich ein und sagt: „Ja, du hast recht. Wärme hat es in unserer Familie nie gegeben."

Ein überraschendes, klitzekleines Eingeständnis, welches ich aufsauge wie ein trockener Schwamm. Ein kurzes Aufblitzen von Harmonie, ein Ansatz von Endlich-darüber-reden-können.

Im Urlaub habe ich wieder Albträume. Ein immer wiederkehrendes Motiv ist, dass ich einen Berg von Arbeit vor mir habe, aber zu müde bin, um irgendetwas zu tun. Ich träume, dass ich endlos die Treppen zum Theater im Mühlweg hinaufsteige. Es sind viele Stockwerke. Die letzten Stufen vor der Ankunft schaffe ich nicht mehr. Ich bin außer Atem und muss stehen bleiben. Obwohl ich mich ungeheuer anstrenge, gelingt es mir nicht, ganz oben anzukommen. Meine Beine gehen einfach nicht weiter. Und ich bekomme meine Augen nicht auf. Ich habe das schreckliche Gefühl, zu schlafen und nie dort anzukommen, wo ich hinmuss, obwohl ich doch so viel zu tun habe. Aber am meisten befürchte ich, meine Kollegen könnten all das bemerken.

Die Hälfte des Urlaubs ist um. Am Anfang hatte ich die Erkenntnis, dass vieles an der Beziehung zu Richard Flucht vor mir selbst und letztlich Illusion ist und ich mich eigentlich trennen müsste. Aber inzwischen überwiegt wieder das Bitte-verlass-mich-nicht-Gefühl.

Alle Entscheidungen die nächste Zukunft betreffend fallen mir schwer. Soll ich in der kommenden Spielzeit eine Inszenierung zusätzlich in Kassel ausstatten oder nicht so viel arbeiten und lieber meine Zeit für Freunde und Erholung nutzen? Soll ich mich vollständig auf die Therapie konzentrieren oder mich lieber an meiner Arbeit festhalten?

Unaufhörlich denke ich im Urlaub weiter über die Beziehung zu Richard nach und was aus unserer beabsichtigten Heirat wird. Dann denke ich an meinen Alltag, wie ich die Arbeit in Leipzig und meine Partnerschaft in Zwickau organisiert bekomme. Vor allem aber denke ich darüber nach, wer ich eigentlich bin.

Nach drei Wochen Schweden weiß ich, dass die Hochzeit mit Richard nicht stattfinden kann. Aber wie ich ihm das beibringen soll, weiß ich nicht.

Vielleicht gibt es ein dunkles Geheimnis

Nach über einem Jahr besucht mich endlich meine Mutter in Leipzig. Aber sie kommt nicht wegen mir. Sie ruft an und sagt, dass sie zum fünfundachtzigsten Geburtstag meines Vaters mit ihm kommen will. Sie sagt, sie wolle an diesem Tag nicht zu Hause sein, denn da kommen Leute zum Gratulieren, ein Abgeordneter von der Stadtverwaltung und der evangelische Pfarrer, zu dem mein Vater sonst nie geht, und da will sie nicht anwesend sein. Ich habe keine Ahnung, wovor sie sich fürchtet und kann sie auch nicht trösten. Jedenfalls legt sie fest, dass dieser Geburtstag in Leipzig gefeiert wird. Ich freue mich trotzdem, ihr nun mein neues Zuhause zeigen zu können. Ich habe gründlich aufgeräumt, habe Getränke, Kaffee und Plätzchen eingekauft und zwei Kuchen gebacken. Aber sie bringt natürlich alles selber mit, den Kuchen, Kirschsaft für die Kinder und vor allem Sekt. Barbara kommt auch mit ihrem Mann und den Kindern. Undenkbar, dass sie oder ich an einem Geburtstag unserer Eltern nicht bei ihnen wären. Wir essen ein spätes Frühstück draußen im Innenhof des Hauses, es ist ein schöner sonniger Spätsommertag. Meine Mutter will, dass jetzt der Sekt getrunken wird, den sie mitgebracht hat. Ich sage zu ihr: „Niemand möchte jetzt Sekt trinken, es ist gerade einmal elf Uhr am Vormittag." Doch sie besteht darauf. Trotz nochmaliger Aufforderung hole ich die Gläser nicht und sage noch einmal: „Ich will jetzt keinen Sekt und die anderen wollen auch nicht."
Da entbrennt wieder der schlimmste Streit. Sie schreit mich an und sagt, sie wäre extra zu mir gekommen, obwohl es so beschwerlich für sie war. Ich sage: „Das kann alles sein, aber wenn jetzt niemand Sekt will, dann wird der Sekt auch nicht aufgemacht. Und dein Extraherkommen hat sowieso nichts mit mir zu tun." Meine Schwester und mein Vater sagen

nichts. Sie lassen meine Mutter und mich wie üblich aufeinander losgehen.

Nun ist ihre Stimmung verdorben und meine Mutter reagiert wie immer bei solchen Eskalationen. Sie bekommt ein verkniffenes, wütendes Gesicht und zetert die nächsten Stunden unaufhörlich weiter. Alle seien gemein zu ihr, beschimpft sie uns. Nur mit ihr können wir so etwas machen. Auf sie nimmt niemals jemand Rücksicht. Sie wird nicht mehr lange leben und wir werden uns alle noch umgucken, wenn sie nicht mehr da ist. Mittags auf dem Weg zum Restaurant geht sie entweder zehn Schritte hinter uns oder holt uns ein und schimpft weiter darüber, wie wir ihr den Geburtstag verdorben haben. Dann geht sie zu Anna und sagt ihr, wie furchtbar ihre Mutter doch sei. In dieser Stimmung vergehen der Mittag, der Nachmittag und der Abend und als wir uns verabschieden, sieht sie an mir vorbei. Ich bin Luft für sie. Da weiß ich, nun ist wieder Funkstille zwischen uns. Wir werden uns mehrere Wochen lang nicht anrufen.

Es ist Ende September, meine Therapie hat angefangen und zweimal in der Woche liege ich bei Herrn Gruber auf einer dunkelroten Couch. Zuerst soll ich eine harmonische Familienszene aus meinem Leben beschreiben. Ich denke nach, mir fällt keine ein. „Denken Sie ruhig länger nach", sagt er. Ich überlege und sage: „Manchmal, abends im Winter, wenn mein Vater wie üblich die Woche über auswärts arbeiten war, haben meine Schwester und ich zusammen mit meiner Mutter ferngesehen, die Meisterschaften im Eiskunstlauf zum Beispiel. Wir haben Abendbrot gegessen, während der Fernseher lief, das war am Wochenende verboten. Meine Mutter hatte es im Wohnzimmer schön warm gemacht, denn mein Vater, der aus Sparsamkeit immer die Heizung herunterdrehte, war ja nicht da. Da haben wir beieinandergesessen und die Ergebnisse der einzelnen Läufer kommentiert, meine Mutter, meine Schwester und ich. Wie bei Schneeweißchen und Rosenrot. Zu dieser Zeit war ich so zehn, elf Jahre alt." Ich soll weiter nachdenken, über die Zeit, als ich ein kleines Kind war. Doch da finde ich auch nach längerem Überlegen nichts.

Nach einer quälenden Pause fragt er nach meinen Großeltern, Onkeln und Tanten. Ich erzähle, dass mein Vater eine Schwester hatte. „Es gab noch zwei jüngere Geschwister, die wohl im Säuglingsalter gestorben sind. Meine Mutter hatte neben ihrem älteren Bruder, meinem Onkel Alois, noch eine kleine Schwester", sage ich, „aber von der war nie die Rede. Beide Schwestern sind tot. Sie sind lange vor meiner Geburt gestorben. Ich habe sie nicht gekannt und darüber wurde auch nie gesprochen." Herr Gruber sagt: „Falls Sie Ihre Eltern dazu fragen können, versuchen Sie herauszufinden, woran deren Geschwister gestorben sind. Vielleicht gibt es ein dunkles Geheimnis. Vielleicht sind sie im Krieg umgekommen oder haben sich umgebracht."

Ich gehe die Treppe der Praxis hinunter und mir fällt mein Jahreskalender ein, in den ich das Geburtsjahr der Schwester meiner Mutter eingetragen habe. Und da steht es: 1937. Es trifft mich wie ein Schlag. Lenchen war zehn Jahre jünger als meine Mutter, also muss sie noch im Kindesalter gestorben sein. Ich erinnere mich, dass ich als kleines Kind oft mit auf den Friedhof gehen musste, da standen wir an Lenchens Grab. Auf dem Grab befand sich nur ein einfaches Holzkreuz ohne Daten, nur mit dem Namen. Ich hatte keinerlei Vorstellung von diesem Lenchen. Meine Oma hatte eine Bekannte in ihrem Alter, sie hieß Lenchen Kramm. Lenchen war für mich ein altmodischer Name, den ich in meiner Vorstellung nur mit einer alten Frau verband.

Ich bin aufgewühlt. Es ist Freitagnachmittag. In zwei Stunden fahre ich nach Zwickau zu Richard. Wenn ich angekommen bin, werde ich sofort zu meinen Eltern gehen und sie fragen. Ich will ihnen Zeit geben. Deshalb rufe ich sie an bevor ich losfahre und sage: „Ich komme in zwei Stunden zu euch. Bis dahin könnt ihr euch überlegen, woran eure Schwestern gestorben sind."

Ich setze mich ins Auto und als ich bei ihnen in die Straße einbiege, stehen sie schon in der Tür. Ich habe sie aufgescheucht. Beide haben einen Zettel vorbereitet.

Auf dem Zettel meines Vaters steht:

Der Vormarsch der Roten Armee im Raum Rössel-Bischdorf in Ostpreußen ging so schnell im Januar 1945 vonstatten, dass die Menschen keine Zeit zu einer organisierten Flucht hatten. So blieben meine Eltern mit meiner Schwester Hertha, sie war neunundzwanzig Jahre alt, in ihrem Wohnort. Mein Vater wurde als Uniformträger der Deutschen Reichsbahn nach Russland verschleppt. Meine Schwester wurde zu Viehtransporten nach Russland gezwungen, kam nach einigen Wochen zurück und verstarb kurz darauf an einer auf dem Transport zugezogenen Krankheit: Diphtherie. Ohne fremde Hilfe hat meine Mutter ihre Tochter auf dem naheliegenden Friedhof in Bischdorf beerdigt.

Auf dem Zettel meiner Mutter steht:

Meine Schwester Lenchen starb im Jahre 1949 an Herzversagen. Die Flucht im Winter am 20.1.1945 und die Einwirkungen der zweijährigen Besatzungszeit von Russen und Polen, durch Hunger und Kälte. Sie hatte hochgradige Erfrierungen bei der zweiten Vertreibung 1946/47 im Monat Dezember und Januar. Davon hat sich Lenchen nicht mehr erholt. Sie war ein gebrochenes Kind.

Da lagen nun diese beiden kleinen Zettel. Die Geschichte der Schwester meines Vaters war mir nicht neu. Ich kannte sie von meiner Oma Martha. Sie hat mir manchmal erzählt, von Ostpreußen, vom Krieg und von den Russen. Von Lenchen hatte ich dies alles noch nie gehört. Ich frage vorsichtig, ob sie sich umgebracht haben könnte, so schnell hatte ich in dem Moment ihre Lebenszeit nicht ausgerechnet.

Meine Mutter rastet aus und schreit: „Wie kommst du denn auf Selbstmord, sie war doch noch ein Kind! Wo hast du diesen Quatsch her?", schreit sie weiter, „du weißt doch überhaupt nicht, wie es damals war und was wir alles mitgemacht haben. Du hast doch überhaupt keine Ahnung, wie das mit dem Krieg war und mit der Flucht."

„Ja", sage ich, „ich habe keine Ahnung, aber woher soll ich denn eine Ahnung haben, wenn du mir nichts erzählst?"

Meine Mutter schreit weiter, was ich auf einmal von ihr wolle, ich solle mich um die Lebenden kümmern und nicht um die Toten. Mit den Lebenden meint sie natürlich sich selbst und wirft mir wieder einmal vor, dass ich mich um sie überhaupt nicht scheren würde. Die Toten solle ich in Ruhe lassen, da wäre nichts mehr zu machen.

Schon etwas eingeschüchtert frage ich sie trotzdem nach der Sterbeurkunde von Lenchen und sie antwortet, sie wisse nicht, wo die sei. Nun fängt es in mir an zu brodeln und wütend sage ich zu ihr: „Du weißt nicht, wo die Sterbeurkunde ist? Was bist du denn für eine Schwester? Was ist das überhaupt für eine Familie, in die ich da hineingeboren wurde?"

Wir schreien uns weiter an, bis ich beschließe, zu Richard zu gehen. Mein Vater begleitet mich traurig zur Tür. Er hat Mitleid mit mir, weil ich so vorsichtig gefragt habe und meine Mutter mich nur angeschrien hat. Er sagt behutsam: „Wenn du noch etwas von mir wissen willst, vom Vorrücken der Roten Armee, dann frag mich nur, ich erzähle es dir." Doch für heute habe ich genug.

Ich gehe nach Hause zu Richard und setze mich hilflos heulend auf die eine Ecke vom Sofa. Er sitzt an der anderen Ecke, weit entfernt von mir und meinen Tränen. Er kann nichts damit anfangen und weiß nicht, wie er sich verhalten soll. Ich kann ja selbst damit nichts anfangen. Er kann mich nicht in den Arm nehmen und ich hätte es auch nicht gewollt.

Anna hat vor einiger Zeit in der Schule eine Hausaufgabe bekommen zum Thema ZEITZEUGEN DES ZWEITEN WELTKRIEGES. Die Jugendlichen können wahlweise ihre

Großeltern befragen oder Menschen ausfindig machen, die berichten können, wie es war, als Hitler an die Macht kam. Sie sollen außerdem erfragen, wie das mit der Judenverfolgung war und was die älteren Menschen im Krieg erlebt haben. Zwei Wochen lang geht sie Abend für Abend zu meinen Eltern und hat am Ende zwanzig Seiten gefüllt. Nach diesen zwei Wochen sagt sie zu mir: „Ich glaube, dass Oma vergewaltigt worden ist." Ich frage sie entsetzt: „Hat sie dir das gesagt?" und sie antwortet: „Ja, sie hat es angedeutet." Ich bin beleidigt, dass meine Mutter es meiner Tochter erzählt hat und nicht mir. Das sage ich aber nicht und wir schweigen darüber.

Für diese Hausaufgabe hat meine Mutter Anna einige Fotos gegeben und ein paar alte Briefe. Die Briefe hat mein Vater fein säuberlich von deutscher in lateinische Schrift übertragen, damit Anna sie lesen kann. Darüber hinaus gibt es ungefähr fünfzehn Postkarten, die mein Onkel Alois aus russischer Kriegsgefangenschaft geschrieben hat. Alles wird von Anna ordentlich in Klarsichthüllen gesteckt und abgeheftet. Dann schreibt sie das von meiner Mutter Erzählte in Schönschrift ab. Am Ende ist es ein dreißigseitiger Hefter geworden, den sie in der Schule bei ihrer Klassenlehrerin abgibt.

Diese Hausaufgabe wird bewertet und sie bekommt dafür die Note Zwei. Meine Mutter ist wütend und meint, dass sie eine Eins verdient hätte, denn Anna habe sich so viel Mühe gegeben. Ich habe den Eindruck, sie selbst ist verletzt. Nun hat sie ihr ganzes schlimmes Leben preisgegeben und dann gibt es dafür nur eine Zwei.

Die Schwiegermutter meiner Cousine Ulrike in Bad Homburg hat ihren neunzigsten Geburtstag gefeiert. Ihr zu Ehren wurde ein langer schöner Vortrag über ihr Leben gehalten. Dabei ist Ulrike aufgefallen, dass sie nun alles über die Vergangenheit ihrer Schwiegermutter weiß, aber nichts über ihren eigenen Vater, meinen Onkel Alois, der Anfang des Jahres 1989 mit nur vierundsechzig Jahren gestorben ist. Ihre Mutter, meine Tante Hiltrud, ruft daraufhin meine Mutter an und fragt, ob sie noch ein paar Informationen und Dokumente aus der Familiengeschichte hätte. Sofort ruft meine Mutter mich an und sagt, der Hefter von Anna müsse schnellstmöglich zweimal kopiert werden, für Tante Hiltrud und für meine Cousine. Ich habe andere Dinge zu tun und schaffe es einfach nicht. Bei jedem Telefonat fragt sie mit vorwurfsvoller Stimme, ob ich das endlich gemacht hätte. Scheint ihr irgendwie wichtig zu sein.

Ich habe den Hefter zwar durchgeblättert, aber gelesen habe ich ihren Bericht nicht. Warum nicht? Ich glaube zu wissen, was drinsteht. Nur Trauriges und Schlimmes von Flucht und Vertreibung. Das soll sich meine Verwandtschaft im Westen ruhig durchlesen und einen „glanzvollen" Vortrag halten über meinen Onkel zu seinem fünfzehnten Todestag oder wann auch immer. Wohl bekomms! Es wird nichts Schönes drinstehen über sein Leben.

Das Kopieren ist umständlich. Jede Postkarte muss ich einzeln einlegen, Vorder- wie Rückseite ablichten und die alten Schriftstücke vorsichtig behandeln. Ich bin froh, dass die Originale bei uns bleiben und nur die Kopien nach Bad Homburg geschickt werden. Beim Kopieren erinnere ich mich, dass ich diese Briefe schon einmal in der Hand hatte. Das war vor zwanzig Jahren, als meine Oma Clara gestorben ist. Von ihren Sachen wurde nur eine Kiste aufbewahrt und mit dieser Kiste saßen wir eines Abends da. Meine Mutter nahm einige Schriftstücke heraus, um sie mir zu zeigen. Da war zum Beispiel eine Bescheinigung über die Witwenrente für meine Oma von 1949 und ein fast zerfallenes Papier. „Das ist der letzte Brief, den wir von unserem Vater bekommen haben", kommentierte sie. Ich erinnere mich auch an die Postkarten, die Alois aus der Gefangenschaft schreiben durfte. „Einmal im Monat durfte er eine solche Postkarte schreiben, die Wörter wurden genau abgezählt", sagte meine Mutter. Auf eine

der Karten hatte er einen Tannenzweig gezeichnet und geschrieben, dass er Weihnachten gut verlebt habe. „So mussten
sie schreiben", sagte sie, „es wurde ja alles kontrolliert." Ich
schaute mir das eine und andere an, dann packten wir es
wieder weg. Ich habe mich damals nur halbherzig dafür interessiert. An weitere Einzelheiten erinnere ich mich nicht und
habe auch nicht weiter nachgefragt. Aber eines weiß ich noch
genau, über diesem Abend hing eine bleierne Traurigkeit.

Anfang Januar, ich habe ein paar Tage frei und Richard und
ich fliegen in die Türkei. Immer, wenn ich Zeit habe, träume
ich viel. In einer Nacht standen mir deutlich die Räume meiner Kindheit vor Augen. Ich sah das Zimmer, welches sich in
unserem Haus im Erdgeschoss direkt neben dem Hausflur
befand. Es war genau so eingerichtet, wie früher bei meiner
Oma Martha. In der Mitte lag der verschlissene dunkelrote
Teppich auf den braunen Dielen. Diesen Teppich hat meine
Oma einmal wöchentlich mit einer Bürste auf ihren Knien
rutschend sauber gemacht. Einen Staubsauger hatte sie nicht
und den von meiner Mutter wollte sie sich nicht borgen. Sie
hatten kein gutes Verhältnis zueinander, meine Mutter und
ihre Schwiegermutter. Sie haben sich nur gestritten, es fiel
niemals ein liebes Wort. Einmal zu Weihnachten ist der Streit
eskaliert und meine Mutter ist in ihrer Wut auf meine Oma
losgegangen. Diese hat sich zu Boden geworfen, was sehr
dramatisch aussah. Sie wollte, dass ihr Sohn sieht, was für
eine böse Frau er sich gegen ihren Willen genommen hat.
Mitten in der Stimmung des Heiligabends, die Bescherung
war noch nicht zu Ende, ist sie wortlos nach unten in ihr
Zimmer gegangen und die verzweifelt versuchte friedvolle
Atmosphäre von Weihnachten war endgültig vorbei.
In meinem Traum standen die vielen dunklen Möbel meiner
Oma aus der Gründerzeit an ihren angestammten Plätzen.
Ich sah das große Bett, in das ich oft zu ihr kuscheln kam.
Links neben der Tür stand der mächtige Kleiderschrank, in

der Mitte des Zimmers der große, ausziehbare Tisch mit vier Stühlen, rechts hinten der Spiegelschrank und gegenüber dem Fenster der von uns so genannte Bücherschrank, ein schönes Möbelstück mit einer breiten Flachfacette an den Glastüren und vielen Schnitzereien. Diesen Schrank besitze ich zum Glück heute noch. Alles andere haben meine Eltern nach dem Tod meiner Oma für fünfhundert DDR-Mark verkauft an den VEB Antikhandel Pirna, die Scheinfirma vom Waffenhändler und Devisenbeschaffer Schalck-Golodkowski. Davon ahnte man damals aber nichts.

Im Erdgeschoss befanden sich neben diesem Zimmer die Waschküche, der Kohlenkeller und der Kartoffelkeller. In meinem Traum stand in diesem Kartoffelkeller ein gedeckter Tisch mit vier Stühlen. Sonst erschien mir der Keller, wie er in Wirklichkeit ausgesehen hat. Rechts gegenüber der Eingangstür stand die Kartoffelhorde mit den Einkellerungskartoffeln, auf die im Herbst beim Einlagern Unmengen von Keimstopp geschüttet wurden. Links daneben stand das Regal, in dem die Einweckgläser in drei Etagen standen. Dieses Regal war eher eine Art Schrank. An den Seitenteilen waren zwei Türrahmen befestigt, die mit Fliegengittern aus Metall bespannt waren. Dadurch war das Regal abschließbar und wurde, aus welchem Grund auch immer, ständig abgeschlossen, obwohl nur eine einzige, überaus vertrauenswürdige Frau mit uns in diesem Haus wohnte. An der langen freien Wand stand allerhand Zeug, unter anderem zwei Holzböcke mit drei nebeneinanderliegenden Brettern darauf. Dieses Konstrukt wurde von meinem Vater als Werkbank benutzt. Seitlich darüber war in alter Typographie auf die geweißten Ziegelsteine geschrieben: *Luftschutzkeller für 5-6 Personen*

Das hat uns als Kinder sehr beeindruckt und gab Raum für allerhand Phantasien. Ich habe mir vorgestellt, wie unsere Familie in diesem dunklen Keller hausen müsste. Vor der Werkbank, die mein Vater selten benutzte, stand ein großer alter, etwas morscher Handwagen. In meiner Kindheit wurden damit Eisblöcke aus der nahegelegenen Brauerei geholt zum Kühlen für den sogenannten Eisschrank. Seit es einen modernen Kühlschrank gab, wurde der Handwagen nie mehr benutzt. Er wurde aber auch nicht auf den Sperrmüll gegeben, obwohl er nur im Weg stand. Vielleicht hat meine Mutter gedacht, dass man ihn eines Tages nochmal brauchen könnte. An diesem schön gedeckten Tisch mit vier Stühlen, der da mitten im abgestellten Kram des Kartoffelkellers stand, saß in meinem Traum ein junger Mann. Er war etwa Mitte dreißig und sah sehr gut aus. Er sagte zu mir, er hätte einen Auftrag für mich. Ich sollte eine Ausstattung an einem mir unbekannten Theater machen und er wollte mir alles ausführlich erklären. Meine Schwester kam dazu und da ich bei seinen Erklärungen nicht alles gleich verstand, mischte sie sich in unser Gespräch und führte das große Wort. In der Wirklichkeit ist das nicht ihre Art. Aber im Traum hat sie mir ungehalten alles nochmal erklärt, was der Mann sagte, und sie machte mir allerlei Vorschriften für diese Arbeit. Bei all diesen Erklärungen war ich schläfrig und bekam meine Augen nicht auf, obwohl ich mich anstrengte, genau zuzuhören. Und am Ende wusste ich nicht, was das überhaupt für ein Auftrag sein sollte.

Ich mache mir wieder viele Gedanken wegen Richard. Wir verstehen uns nicht gut in diesem Urlaub. Mir wird bewusst, dass wir zusammen sind, weil wir beide Angst vor dem Alleinsein haben. Die Angst, die ich bei ihm vermute ist die, pflegebedürftig zu werden und niemanden zu haben, der bei ihm ist. Ich dagegen fürchte mich nicht nur vor der Zukunft, sondern schon vor der Gegenwart. Ich brauche jemand, der sich um mich kümmert. Schon wenn ich nur erkältet bin, fühle ich mich hilflos wie ein kleines Kind, von der Bedürftigkeit während meiner Angstzustände ganz zu schweigen.
„Da sind Sie nah dran an Ihren Verlassenheitsgefühlen", sagt Herr Gruber, als ich ihm davon berichte.

Nach einer Woche Türkei sitze ich an derselben Stelle am Flughafen wie vor dem Abflug. Richard holt das Auto und ich warte auf ihn. Welch ein Wunder, dass ich überhaupt geflogen bin. Ich hatte während des Fluges den Rat meiner Mutter befolgt und Klosterfrau Melissengeist getrunken. Bei ihr würde das immer helfen, hat sie gesagt. Bei mir hat es nichts genützt, ich hatte trotzdem Angst. Wahrscheinlich bewirkt bei mir eine so geringe Menge Alkohol nichts. Ich trinke öfter Bier und Wein und manchmal auch zu viel davon. Meine Mutter trinkt sonst nie etwas.

Ich hatte am Anfang der Therapie Herrn Gruber von meiner Flugangst erzählt und kürzlich sagte er: „Ich ahne, woran es bei Ihnen liegt. Sie bekommen Angst, wenn Sie sich an etwas ausliefern müssen. Wenn Sie nicht selbst die Kontrolle über etwas haben." Ich sagte: „Ich verliere dann den Boden unter den Füßen."

Aber nun habe ich mich wieder in ein Flugzeug getraut und habe es überstanden. Gleich nach der Landung rufe ich Anna an und wünsche mir, dass sie mich fragt, wie der Flug für mich gewesen ist. Aber sie fragt nicht, sondern sagt nur, dass sie schon die ganze Zeit auf mich gewartet hat. Dann rufe ich meine Mutter an. Auf ihr Mitgefühl hoffe ich nicht und erzähle nichts vom Flug. Aber sie fragt mich plötzlich teilnahmsvoll, wie ich die Reise mit meiner Flugangst überstanden habe. Ich sage: „Erstaunlicherweise gut!" und sie freut sich mit mir. Ich lege auf, spüre einen Schmerz und denke, wenn sie tot ist, werde ich von niemandem mehr nach meinem Befinden gefragt. Ab und an hat sie doch Anteil genommen an mir und meinem Leben.

Es ist meine Mutter gewesen, meine Leiche

Sonntagabend haben wir noch telefoniert, meine Mutter und ich. Sie ruft mich in Leipzig an und fragt, ob Anna, die am Wochenende bei ihr zum Mittagessen war, wieder gut bei mir angekommen sei.

Am Montagmorgen sollen für mich die Proben zur Oper „Martha" beginnen. Ich stehe schon auf dem Flur, mit meinem Bühnenmodell in den Händen, da klingelt das Telefon auf meinem Schreibtisch. Es ist mein Vater. Ich erschrecke, er hat noch nie an meiner Arbeitsstelle angerufen. Für den Bruchteil einer Sekunde denke ich, ihm wird etwas passiert sein, schließlich ist er schon sechsundachtzig und zehn Jahre älter als meine Mutter. Gleichzeitig aber frage ich mich, wieso kann er dann noch anrufen? Ich sage: „Hallo?" und mein Vater sagt: „Die Mutti ist eingeschlafen."

Der Hörer fällt mir aus der Hand. Ich drücke der Assistentin mein Bühnenmodell in den Arm. Du musst allein zur ersten Probe gehen, sage ich ihr und verlasse das Theater. Ich steige in mein Auto und fahre zu Annas Schule. Wo sich ihr Klassenraum befindet, weiß ich. Ohne irgendjemanden zu fragen oder das Klingeln abzuwarten gehe ich mitten in die Schulstunde hinein. Die Katastrophe ist in unserer Familie, da kann ich mir alles erlauben. Anna ist meine Tochter, sie muss das sofort erfahren und sie muss sofort mitkommen. Ihr den Tod ihrer Oma mitzuteilen ist für mich erleichternd.

Bei meinem überstürzten Aufbruch hat mir mein Kollege Erik einen Satz mit auf den Weg gegeben: „Gabriela, setz dich an ihr Bett und sage ihr noch alles, was du ihr immer sagen wolltest." Ich weiß, dass er weiß, wovon er spricht. Vor einem Jahr ist seine Mutter gestorben, sie war erst fünfzig Jahre alt. Mit diesem Satz im Kopf fahre ich über die Autobahn. Es liegt Schnee auf den Seitenstreifen, auf den Wiesen und in den angrenzenden Wäldern. Es ist Ende Januar. Es ist der Schnee der Flucht, denke ich. Ich rufe von unterwegs meinen Vater an. Er hat bereits das Bestattungsinstitut bestellt, sie kommen jeden Moment, um meine Mutter abzuholen.

„Bestelle es sofort wieder ab", schreie ich ins Telefon, „ich muss noch mit ihr reden." Mein Vater antwortet kleinlaut: „Na gut, wenn du es willst, bestelle ich sie wieder ab." Ein Glück, er macht fast immer, was ich will. Meine Mutter hat dazu immer gesagt: „Deinen Vater kannst du um den Finger wickeln."

Nach zwei Stunden Fahrt kommen wir in der Wohnung meiner Eltern an. Ich beachte meinen Vater kaum und gehe ins Schlafzimmer. Da liegt sie in ihrem Bett, meine Mutter, das blau geblümte Nachthemd an. Mir fällt sofort die Szene vor einem Jahr ein, als ich noch in Zwickau wohnte. Anna kam eines Nachts aufgeregt in mein Schlafzimmer und sagte, es wäre ein komischer Anruf an unserem Telefon gewesen, es klang wie die Stimme von Oma, die wimmerte, wir sollen ihr helfen. Ich bin mit Anna und dem Schlüssel zu ihrer Wohnung gegangen um nachzusehen. Denn genau für einen solchen oder ähnlichen Fall hing ihr Schlüssel schon jahrelang an unserem Schlüsselbrett.

Ganz leise haben wir uns ins Schlafzimmer geschlichen. Entweder liegt sie jetzt tot da oder, wenn Anna sich alles nur eingebildet hat, erschrickt sie dermaßen darüber, dass mitten in der Nacht jemand vor ihrem Bett steht, dass sie davon den Herzinfarkt bekommt. Sie lag in genau diesem blau geblümten Nachthemd da. Ich sprach sie vorsichtig an und zu meiner Erleichterung erhob sich ihr Oberkörper. Aber in diesem Moment war mir klar, dass es eines Tages diese Szene noch einmal geben wird und sie sich nicht mehr aufsetzt. Dieser Tag ist heute.

Ich schaue sie intensiv an. Ihr Kopf ist ein wenig verdreht, der Mund steht halb offen. Mein Vater hat offenbar nichts an ihrer Position verändert.

Inzwischen ist meine Schwester Barbara aus Elmershausen gekommen und steht hilflos mit mir vor dem Bett. „Warum ist sie auf einmal gestorben?" frage ich. „Du musst darauf eine Antwort haben, du bist schließlich Krankenschwester! Wir müssen sie obduzieren lassen." Sie sagt gleichmütig: „Selbst wenn du es weißt, ändert das nichts. Was immer es gewesen ist, das zu diesem plötzlichen Tod geführt hat, es ist halt ein letaler Prozess abgelaufen in ihrem Körper." So einfach ist es für meine Schwester.

Ich vermute, sie ist an ihrem Frust gestorben, aber das sage ich nicht. Vielleicht ist es gut so, Pflegebedürftigkeit hätte meine Mutter nicht ertragen, niemals hätte sie sich von jemandem helfen lassen. Eigentlich habe ich immer damit gerechnet, dass sie einmal mitten in ihrer rastlosen Hausarbeit stirbt. Weihnachten zum Beispiel hat sie immer drei Gänsebraten für die Familie gemacht mit der Begründung, der Braten meiner Schwester würde nichts taugen.

Unvorstellbar also, dass wir sie als alte Frau mit unseren unzulänglichen Kochkünsten hätten versorgen müssen. Sie hätte nur daran herumgemäkelt. Immer musste alles perfekt sein.

Zur Geburtstagsfeier meiner Nichte, einen Tag vor ihrem Tod, hat sie zwei Torten gebacken, ist mit den Schachteln im Zug nach Elmershausen gefahren, hat die Wohnung meiner Schwester aufgeräumt und geputzt, hat alle Gäste bewirtet, danach den Abwasch gemacht und wieder alles aufgeräumt und geputzt. Dann ist sie nach Hause gefahren und gestorben, am Geburtstag meiner kleinen Nichte.

Meine Schwester verlässt das Schlafzimmer und ich bin allein mit meiner toten Mutter. Ich nehme ihre kalte Hand, ganz vorsichtig. Das hätte ich zu ihren Lebzeiten nie gemacht. Diese Art von Berührungen gab es in unserer Familie nicht. Jetzt traue ich mich, sie kann sich ja nicht mehr wehren. So, wie sie sich gegen meine Geschenke zu ihrem Geburtstag oder zu Weihnachten gewehrt hat. Ich habe mir Mühe gegeben und überlegt, womit ich ihr eine Freude machen könnte, was sie Schönes gebrauchen könnte, aber sich selbst nicht gönnen würde. Ich habe ihr eine edle Feinstrumpfhose gekauft zum Beispiel oder einen Kaschmirpullover. Aber sie hat gesagt: „Das war doch nicht nötig!", oder: „Das war doch viel zu teuer!" Und sie hat es für mein Empfinden achtlos weggelegt. Jedes Mal war ich zutiefst beleidigt.

Was mir Erik vor ein paar Stunden geraten hat, kommt mir nun in den Sinn und ich sage ihr, wie leid mir alles tut, was ich ihr angetan habe, als Kind, aber vor allem in meiner Jugendzeit und auch später noch. Sie hatte es nicht gerade leicht gehabt mit meiner Impulsivität und meiner Widerständigkeit. Ich will weitersprechen, aber ich weiß nicht worüber. Auf einmal wird mir klar, dass ich kaum etwas weiß von ihrem Leben. Ich würde sie gerne fragen, jetzt habe ich plötzlich den Mut dazu, aber sie kann ja nicht mehr antworten. Ich flüstere nur noch: „Für dich ist es bestimmt in Ordnung, dass du gestorben bist und jetzt in den Himmel kommst", und öffne das Fenster. Man soll das Fenster öffnen, damit die Seele davonfliegen kann, habe ich mal gelesen. Obwohl ich gar nicht gläubig bin, will ich der Seele meiner Mutter hinterher schauen und hoffe, etwas zu erblicken, einen Hauch von Nebel vielleicht. Eine schöne Vorstellung, aber ich rufe mich zur Ordnung und sage mir, das ist totaler Quatsch.

Zurück im Wohnzimmer setze ich mich zu den Anderen. Mein Vater erzählt emotionslos die Einzelheiten. Am Sonntagabend nach der Geburtstagsfeier sind sie mit dem Zug nach Hause gefahren. Es war zweiundzwanzig Uhr, als sie am Bahnhof in Zwickau ankamen. Da sie trotz ihrer guten Rente zu geizig waren, ein Taxi zu nehmen, sind sie zu der schon bereitstehenden Straßenbahn gerannt. Im Zug und in der Straßenbahn hatte meine Mutter wie üblich die ganze Zeit darüber geschimpft, was für eine misslungene Feier der fünfzehnte Geburtstag meiner Nichte war, wie falsch sich mein Vater wieder verhalten hat, dass er unangemessene Gespräche ge-

führt hat und sie sich damit total blamiert haben vor den Bekannten meiner Schwester.

Nach den üblichen Streitereien haben sie sich schlafen gelegt.
Nach ein paar Minuten hätte meine Mutter unüblicherweise
nach einem Glas Wasser verlangt. Mein Vater brachte es ihr
und es fiel ihr aus der Hand. Er hat sich nichts dabei gedacht.
Etwas später ist sie zur Toilette gegangen. Ihr Gang war
schwankend, sagt er. Er habe nachgefragt, was mit ihr wäre,
aber sie hat ihm nicht geantwortet. Nun weiß er, da war sie
schon auf dem halben Wege dahin. Sie hat sich wieder ins
Bett gelegt. Später hat sie angefangen zu wimmern und davon ist er aufgewacht. HERR ERBARME DICH MEINER,
waren ihre ständig wiederholten Worte.

Ich kenne diese Worte und weiß, welchen Klang sie bei ihr
hatten. Wenn es problematisch in ihrem Leben wurde, war
das ihre Klagelitanei.

Ich habe diese Worte aus meiner Kindheit im Ohr, wenn ich
schwer krank war und sie hilflos an meinem Bett stand. Als
sie Anna als Kleinkind betreut hat, während ich mit meiner
Freundin drei Wochen im Urlaub war, und Anna vierzig Grad
Fieber bekam, hat sie hilflos erst leise, dann allmählich lauter
so lange HERR ERBARME DICH MEINER gejammert, bis
die Nachbarin aus der oberen Etage kam und den Notdienst
für das Kind angerufen hat.

„Schließlich war es ruhig", sagt mein Vater und er ist eingeschlafen. Sie hat nicht über Schmerzen geklagt und hat auch
nicht zu ihm gesagt, rufe doch bitte einen Arzt. Also hat er
sich nichts weiter dabei gedacht.

Ich höre mir das alles ruhig an und mache ihm keinen Vorwurf. Aber wenn meine Mutter gerettet worden wäre, hätte
sie wütend gesagt: „Alles musste ich bei diesem Mann allein
machen, sogar bei meinem Schlaganfall musste ich mir selber
den Arzt rufen."

Am nächsten Morgen ist er aufgestanden, hat das Frühstück bereitet, ist an ihr Bett gegangen, wollte sie wecken und aber sie war tot. Und dann hat er mich angerufen.

Spät am Abend lasse ich die Leute vom Bestattungsinstitut kommen. Ich hasse sie schon, bevor sie da sind, diese Geschäftemacher. Sie schlagen Geld aus der Trauer der Menschen. Die meisten Angehörigen sind in dieser Situation hilflos und treffen überteuerte Entscheidungen. Das soll mir nicht passieren. Vor der Abholung stehen Barbara und ich vor der Frage, welches Nachthemd ziehen wir meiner Mutter zur Aufbahrung an. Welches Nachthemd könnte fein genug sein für die Öffentlichkeit, für welches beschimpft sie uns am wenigsten? Wir wühlen den gesamten Stapel in ihrem Schrank durch. Da gibt es ein paar alte, abgetragene für zu Hause, die kommen nicht infrage. Dann gibt es einige neu gekaufte für den Fall, dass sie ins Krankenhaus muss. Wie es auch eine nagelneue Reisetasche gibt, die komplett gepackt ist mit sauberen Handtüchern, Waschlappen, Kosmetikartikeln, Hausschuhen, Nachthemden und einem Bademantel für einen eventuellen plötzlichen Krankenhausaufenthalt. Sich zu blamieren mit schlechter Wäsche war eine ihrer großen Ängste. Ich wähle ein rotes Satinnachthemd aus und sage, das hätte sie bestimmt genommen. Es sieht sehr edel aus. Wir ziehen es ihr an. Wir sind unbeholfen, obwohl wir mit Toten Erfahrung haben. Barbara arbeitet seit fünfundzwanzig Jahren als Krankenschwester und ich habe nach dem Abitur eine dreijährige Ausbildung in einem katholischen Krankenhaus gemacht. Aber bei der eigenen Mutter sind wir unbeholfen und es dauert ziemlich lange. Schließlich schauen wir uns unser Werk an. Das Nachthemd ist sehr rot, zu rot. Viel zu auffällig hätte sie gesagt. „Aufreizung zum Klassenhass" waren ihre typischen, aber etwas unzutreffenden Worte dafür. Mit dieser Aussage wurde oft meine auffällige Kleidung gerügt. Wir müssen ein dezenteres nehmen. Wir entscheiden uns für ein hellgrünes aus Kunstseide, welches nur zurückhaltend schimmert. So müssen wir die ganze Prozedur noch einmal durchziehen. An deren Ende finden wir, dass sie sehr blass darin aussieht, das rote Nachthemd hat sie mehr belebt. Am liebsten würden wir sie fragen, denn eigenständige Handlungen in derlei Lebenslagen wurden immer kritisiert. Aber nun lassen wir es so. Wohl ist uns dabei nicht.

Ich würde gerne meine Mutter noch bei mir behalten, aber da klingeln schon die Geschäftemacher. Sie haben zwei Särge dabei, den teureren stellen sie gleich ins Treppenhaus. Ich schaue ihn mir an, er sieht aus wie eine DDR-Schrankwand, Eiche rustikal, und ich frage nach dem anderen Sarg. Ich weiß, dass meine Mutter in ihren immer wieder korrigierten Testamenten und Beerdigungsanordnungen geschrieben hatte, dass sie eine schlichte Beerdigung in einem schlichten Sarg haben möchte. Also lasse ich die Männer den teuren und hässlichen Landhausstileichensarg zurück ins Auto schleppen und fordere den schlichten und vor allem billigeren Sarg an. Für mich ungewöhnlich mutig fordere ich das ein, denn das tue ich in ihrem Sinne. Der schlichte Sarg sieht aus wie von IKEA. Natürlich sind die Männer vom Bestattungsinstitut zu faul, den Sarg in die zweite Etage zu tragen.

So kommt ein schwarzer stabiler Plastiksack mit Reißverschluss zum Einsatz. Die Männer treten an ihr Bett, schauen kurz betroffen zu Boden und dann auf das Nachthemd. Dieses Nachthemd geht nicht, sagen sie, das besteht aus Kunstfasern und diese dürfen nicht mitverbrannt werden in unserem umweltbewussten Land. Es muss ein Hemd vom Bestattungsinstitut sein. Ich sage, sie sollen eben unser Nachthemd vor dem Verbrennen ausziehen. Das aber geht erst recht nicht, sagen die Männer. Damit sind wir gezwungen, das Nachthemd vom Bestattungsinstitut zu nehmen. Wer weiß, wie viel das wieder kostet. Meine Mutter wird also noch einmal umgezogen und dann in den Plastiksack gesteckt. Es ist ein schwerer Moment für mich, wie der Reißverschluss über ihrem Gesicht zugezogen wird, aber ich halte es aus. Ich bin so stark, wie sie mich gewollt hat. Im Treppenhaus wird sie in den Sarg gelegt, als ob ein Treppenhaus der richtige Ort zum Aufbahren und Abschiednehmen wäre. Wir stehen noch einen Moment peinlich berührt daneben und befürchten, dass ein ahnungsloser Nachbar die Treppen herunterkommt. Dieser Moment dauert nicht lang, denn es ist spät geworden und die Männer wollen nun Arbeitsschluss haben. Sie tragen den Sarg den bequemen kurzen Weg vom Flur in ihr Auto und fahren davon. Ich hätte sie am liebsten die ganze Nacht dabehalten.

Wir rufen die wenigen Verwandten an, die wir haben. Alle sind geschockt über ihren plötzlichen Tod.

Nun müssen wir eine Todesanzeige aufsetzen, aber bekommen es nicht hin. Wir hängen lange an den Formulierungen der gebräuchlichsten Wortgruppen, selbst an einzelnen Worten.

Wir nehmen Abschied von ... oder *Plötzlich und unerwartet verstarb ...* Schreiben wir nun:

Wir nehmen Abschied von unserer lieben Mutti oder

Wir nehmen Abschied von unserer Mutter oder

In Liebe und Dankbarkeit nehmen wir Abschied oder

In unendlicher Trauer nehmen wir Abschied?

Wir können uns zu nichts entschließen. Bei der Aufzählung der Angehörigen gibt es Streit mit meinem Vater. Er ist der Meinung, ich muss als Tochter allein erwähnt werden, weil ich mit meinem Freund Richard nicht verheiratet bin.

Nach über einer Stunde ist immer noch nichts entstanden, was wir veröffentlichen könnten, und wir spüren, alles, was wir schreiben wollen, ist nicht in ihrem Sinne. Sie ist da oben, guckt zu und denkt sich, nicht einmal das bekommen sie ohne mich hin.

Während wir reden und überlegen, hat Anna eine Zeichnung für die Trauerkarte für meine Mutter gemacht, verschlungene Efeuranken mit einer Rose, daneben liegt ihr goldener Ring und ihr Rosenkranz mit dem Kreuz daran. Darüber schreibt sie in schwungvollen Buchstaben das Wort: ERLÖSUNG. Das also denkt sie über den Tod ihrer Oma. Sie kennt ihre Geschichte.

Barbara, Rainer und die Kinder fahren spät abends zurück nach Elmershausen, ich bin mit meinem Vater allein. Ich hatte vorsorglich meinen Schlafanzug eingepackt, aber ich will eigentlich nicht bei ihm bleiben und in dieser Wohnung schlafen. Ich frage ihn trotzdem, aus Pflichtbewusstsein und Verantwortungsgefühl, ob ich die Nacht über dableiben soll. Mein Vater sagt gleichmütig, das sei nicht nötig. Ich bin erleichtert, nehme meine Tasche und gehe zu Richard. Wäre es umgekehrt gewesen, wäre ich bei meiner Mutter geblieben. Sie hätte auch zu mir gesagt, das sei nicht nötig, du gehst nach Hause zu Richard. Aber ich hätte darauf bestanden, meine Mutter hätte ich beschützen müssen.

Am nächsten Tag fahre ich nach Elmershausen zu meiner Schwester, um mit ihr die nötigen Dinge in die Wege zu leiten. Meine Mutter möchte dort bestattet werden, in dem Ort, in welchem sie fast fünfzig Jahre gelebt hat und wo auch ihre Mutter begraben ist.

Am Abend bin ich wieder in Zwickau, Anna ist bereits unterwegs zu ihrem Freund, Richard ist zum Glück zu Hause.

Meine Freundin Laura kommt mich besuchen. Ich kann ihr alles erzählen. Ich lehne mich an sie, aber es nützt nichts. All meine Lebenskraft hat mich verlassen. Am liebsten hätte ich mich in das Totenbett zu meiner Mutter gelegt.

Das Requiem in der Kirche muss vorbereitet werden und die Trauerfeier auf dem Friedhof. Das alles soll in Elmershausen stattfinden, so hat sie es uns immer wieder gesagt. Wir beauftragen das Bestattungsinstitut, die Leiche meiner Mutter zu überführen. Die Rechnung dafür bekommen wir umgehend zugestellt. Für die Fahrt von Zwickau dorthin, für lächerliche fünfzig Kilometer berechnen sie zweihundertfünfzig Euro. Als ich das lese, ärgere ich mich, dass ich den Transport nicht selber gemacht habe. Das wäre eigentlich einfach gewesen. Ich hätte die Männer gebeten, den Sarg ins Schlafzimmer zu bringen unter dem Vorwand, meine Mutter dort über Nacht aufbahren zu lassen und am nächsten Morgen hätte ich den Deckel zugeklappt, in Richards Kombi die Rückbank ausgebaut, den Sarg eingeladen und die Fahrt für zehn Euro Spritkosten gemacht. Mit dem Sarg im Kofferraum hätte ich an der Friedhofshalle in Elmershausen geklingelt und gesagt, ich möchte die Leiche meiner Mutter abgeben, weil sie hier bestattet werden will. Wahrscheinlich hätte ich eine Strafe bekommen wegen Störung der Totenruhe, aber das wäre mir egal gewesen. Denn es war doch meine Mutter, meine Leiche. Die gehört nicht dem Staat oder einem privaten Bestattungsinstitut.

So ähnlich rede ich auch mit dem Pfarrer. Noch bevor er mit seinen Ausführungen beginnt, sage ich zu ihm: „Es ist meine Mutter und da bestimme ich, was in der Kirche während des Requiems gesprochen wird. Ich möchte nicht, dass sie vom Glauben und der Auferstehung predigen und davon, was es für ein Glück sei, in den Himmel zu kommen. Im Moment gibt es nur Trauer und den billigen christlichen Trost will ich nicht. Der Pfarrer sagt erbost zu mir: „Das müssen Sie schon mir überlassen, was ich in der Kirche spreche." Und ich entgegne ihm: „Nein, es ist meine Mutter, meine Trauer, also bestimme ich, was gepredigt wird." Er schaut mich mit seinen kalten Augen an. Nein, er traut sich nicht, mich anzuschauen, er schaut weg. Er hat einen unruhigen Blick, der hin und her schweift. Ein „Seelsorger", der meinem Blick nicht standhält, den kann ich nicht respektieren.

Inzwischen liegt noch mehr Schnee. Nur ein paar Verwandte sind zur Trauerfeier gekommen. Meine Tante Hiltrud aus Bad Homburg und meine Cousine Ulrike fahren in Ulrikes Porsche vor. Tante Christa mit Mann und Kindern sind da. Ich habe sie seit fünfzehn Jahren nicht gesehen. Obwohl

Christa und ihr Mann gerade krank sind und Gaby den kleinen, zarten Sohn mit der Spezialoperation zu Hause hat, sind sie gekommen, so wie sie früher zu all unseren Familienfesten gekommen sind. Ein Cousin meiner Mutter, Gerhard und seine Frau Maria sind aus Potsdam angereist. Gerhard ist einer von den zehn Cousins und Cousinen meiner Mutter. Nur zu ihm und der jüngsten Schwester Renate, die auch in Potsdam wohnt, hatten wir Kontakt. Die anderen habe ich nie gesehen. Einer von den Geschwistern ist tot und einige lebten im Westen, da war die Verbindung zu DDR-Zeiten abgerissen. Nun, da die Grenzen offen sind, ist noch eine Cousine mit ihrem Mann aus Westberlin gekommen. Obwohl wir uns das erste Mal sehen, sind uns Gerda und Heinz sofort vertraut.

Am Grab halte ich eine kleine Rede. Vorher habe ich mir alles aufgeschrieben, frei zu sprechen hätte ich nicht geschafft. Während ich rede, kommen mir die Tränen. Das ist mir unangenehm und ich will nicht, dass es jemand bemerkt. Ich weine deshalb, weil ich alles so traurig geschrieben habe.

„Wir stehen hier am Grab, in dem meine Mutter zur letzten Ruhe gebettet wird. Alles ist vorbereitet. Sie hat alles vorbereitet. Die Grabstätte war gekauft auf Ewigkeit, die Grabtafel lag schon da mit ihrem Namen und ihrem Geburtsdatum. Nun muss nur noch ihr Todestag eingraviert werden. Sie hatte alles für ihren Tod vorbereitet und das nicht erst vor Monaten, sondern schon vor Jahren. Ich habe mich gefragt, wieso sie sich so sehr mit ihrem Tod beschäftigt hat. Fast auf den Tag genau vor neunundfünfzig Jahren begann ihre Flucht aus Schlesien. Sie war siebzehn Jahre alt. Sie hat in den folgenden Jahren mehr Leid erlebt, als für ein Menschenleben auszuhalten war. Furchtbare Dinge sind geschehen, über die sie manchmal gesprochen hat, und noch furchtbarere, über die sie nie gesprochen hat. Sie hat dem eigenen Tod wohl oft ins Auge geblickt auf den eisigen Wegen. Heute weiß ich, in ihrem Kopf ging der Krieg, die Flucht immer weiter, bis zu ihrem Tod. Nur der Glaube an Gott gab ihr ein wenig Halt. Ihr

Leben konnte sie nie richtig genießen. Sie hat für uns alle gesorgt, sie hat sich um alles gesorgt und auf einmal war ihre Kraft zu Ende. Sie hatte einen schönen Tod."

Nach dieser Rede kommt ihr Cousin Gerhard zu mir und sagt ganz ergriffen: „Du hast in deiner Rede alles ganz genau getroffen. So war es!" Später, als unsere schwarze Gesellschaft zum Essen beisammensitzt, sagt er unvermittelt zu mir: „Ja, die Flucht... Wir sind ja auch geflohen, aber die Luzia und die Tante Clara, die sind liegengeblieben!" Was bedeutet „liegengeblieben"?, frage ich mich. Aber ich frage nicht ihn, es ist nicht der richtige Zeitpunkt. Nach einer Weile frage ich ihn doch noch etwas: „Was war eigentlich mit Lenchen, der kleinen Schwester meiner Mutter?" Gerhard sagt: „Ja, das Lenchen …" und macht eine lange Pause, „die war doch krank."

Ich schaue ihn fragend an und er fügt stockend hinzu: „Die war doch irgendwie mongoloid." Dann sagt er nichts mehr und ich auch nicht.

Es ist Abend, der „Leichenschmaus", was für ein furchtbares Wort, ist zu Ende. Gerhard und Gerda schenken unseren Kindern zum Abschied je zehn Euro. Tante Hiltrud und Ulrike brausen in ihrem Porsche auf und davon.

Anna ist dünn und blass. Sie hat ihre Oma verloren. Am Grab sagte mein Vater zu ihr, seine Tränen kaum zurückhaltend: „Nun wird dir die Oma kein Essen mehr kochen." Die zehn Euro, die sie geschenkt bekommen hat, wird sie mit ihrem Freund in Drogen umsetzen.

Zurück in Leipzig stürze ich mich in meine Arbeit. In der Nacht nach der Trauerfeier hatte ich einen seltsamen Traum. In diesem Traum bin ich ein paar Tage nach dem Tod meiner Mutter mit Anna nach Zedlitz gefahren, in ihr Heimatdorf. Wir waren anfangs mit dem Auto unterwegs und später mit dem Fahrrad. Es war merkwürdigerweise gar nicht weit von uns. Wir haben sofort das Haus meiner Mutter gefunden. Anders als bei unserer Familienreise im Jahr 1975 war das Haus in meinem Traum inzwischen schön hergerichtet. Alles war sehr ordentlich, die blanken Ziegelsteine an der Außenwand waren frisch gescheuert. Wir trafen auf die polnischen Bewohner, die sehr nett zu uns waren. Sie hatten den gesamten Dachboden aufgeräumt. In den alten Schränken standen frisch gespültes Geschirr, saubere Töpfe und verschiedene Küchengeräte. Sie zeigten uns dies und jenes und sagten, einer dieser Töpfe könne noch aus der Zeit von meiner Mutter sein und sie wollten ihn mir schenken. Ganz so alt ist er nicht, dachte ich enttäuscht, der Topf wird aus den Fünfzigerjahren sein. Er wird den ersten polnischen Bewohnern nach dem Krieg gehört haben, die so unfreundlich zu uns waren. Im unteren Teil eines Schrankes finde ich ein kleines Malerutensil und frage, ob ich das haben kann. Es ist eine uralte Rolle mit einem Relief aus Gummi ummantelt, mit der man farbige Muster auf eine Wand drucken kann. Ich freue mich, diese Rolle mit nach Hause nehmen zu können und werde meinen Vater fragen, ob dieses Ding aus der Zeit vor dem Krieg sein könnte.

Die polnischen Bewohner sagen zu mir, dass in den hinteren Räumen des Hauses gerade ein Film gedreht wird. Es geht um die Flucht und Vertreibung einer schlesischen Familie und um deren jetziges Leben. Sie sagen, in diesen Räumen ist alles so aufgebaut wie früher zu Hause bei meiner Mutter. Aber ich traue mich dort nicht hinein. Ich denke, ich dürfe das nicht, um die Dreharbeiten nicht zu stören. Sie zeigen mir ihre regionale Fernsehzeitung. In dieser Zeitung ist ein Jugendbild meiner Mutter abgedruckt und daneben das Foto der Schauspielerin, die für diesen Film ausgesucht wurde. Sie sollte ihr möglichst ähnlich sehen, heißt es in dem dazugehörigen Artikel. Ich nehme den Zeitungsausschnitt und zeige ihn Anna. Ich bin sehr stolz auf alles. Meine Mutter, ein Bild von ihr in der Zeitung und ihr Leben soll verfilmt werden. Ich fühle mich wohl in dem Haus. Alles ist schön und alle sind sehr nett zu uns. Später sitze ich in einer Drehpause beim

Filmteam. Sie sagen, dass sie mit mir arbeiten wollen. Ich soll bei einigen Szenen die Ausstattung der Drehorte übernehmen. Damit endet der Traum. Ich erwache und bin ganz ruhig. Es ist, als hätte meine Mutter mich heute Nacht besucht.

Derweil sucht mein Vater in Elmershausen das Sparbuch meiner Mutter. Mir hat sie gesagt, wo sie es versteckt hat, für den Fall, dass sie früher sterben sollte als er. Aber ich habe nicht zugehört, weil ich es furchtbar fand, dass sie es vor meinem Vater versteckt und mich ins Vertrauen zieht. Und ich wollte nicht zuhören, wenn sie wie so oft von ihrem Tod und dem zu vererbenden Geld sprach. Nun will mein Vater das Sparbuch unbedingt finden. Das scheint ihm das Wichtigste zu sein, eine Woche nach dem Tod seiner Frau. Aus Angst geht er am nächsten Tag zur Bank und möchte es sperren lassen, weil er glaubt, es könnte gestohlen worden sein. Um es sperren zu lassen, braucht er einen Erbschein, sagt die Bank. Also muss er mit dem Testament meiner Mutter zum Notar. Dort wird das Testament rechtmäßig eröffnet, beglaubigt und an die Erbberechtigten geschickt, also auch an mich. Ein paar Tage später liegt in meinem Briefkasten ein dicker Brief. Ich sehe Schrift durchschimmern, es ist die Schrift meiner Mutter. Für den Bruchteil einer Sekunde denke ich irritiert, wieso bekomme ich jetzt einen Brief von ihr.
Der Brief ist vom Justizzentrum Zwickau. Ich öffne ihn, er enthält das handgeschriebene Testament meiner Mutter und ein amtliches Anschreiben. Da steht im ersten Satz:
Da sie durch diese Verfügung von Todes wegen von der Erbfolge ausgeschlossen worden sind...
Weiter komme ich nicht und denke erschrocken: „Bin ich etwa enterbt?" Beim weiteren Lesen aber wird mir klar, dass es sich um eine Formsache handelt. Meine Eltern haben sich gegenseitig zu Generalerben eingesetzt und der Überlebende hätte unverzüglich den Pflichtteil an die Kinder auszahlen müssen. Durch die Angst meines Vaters um das Sparbuch ist

das Testament in amtliche Hände gelangt und wurde so an mich weitergeleitet.

Nun habe ich das gesamte Testament meiner Mutter vor mir. Am Abend ihres Todes wollte mein Vater uns das nicht zeigen. Auf meine Nachfrage hin schwindelte er, er wisse gerade nicht, wo es sei. In diesem Testament sind sämtliche Konten und deren Beträge benannt und wie das Geld der jeweiligen Konten aufgeteilt werden soll. Weiter steht da die genaue Beschreibung der von ihr gewollten Art der Bestattung, die Mitteilung der Friedhofsverwaltung über die gekaufte Grabstätte und Angaben zur vorbereiteten Grabplatte. Aus dem Verkauf der Wertpapiere soll die Grabpflege durch eine Gärtnerei finanziert werden. Dann folgt die Aufzählung der Musikstücke, die zur Trauerfeier gespielt werden sollen, das SANCTUS aus der Deutschen Messe von Franz Schubert und das AVE MARIA von Johann Sebastian Bach. Das wussten wir und haben es richtig gemacht. Am Ende des Testamentes steht die vorformulierte Todesannonce. Diese lautet:

Wir haben Abschied genommen von unserer ... Mutter, ... Oma, Schwägerin, Tante und Cousine.
Luzia Baumgart, geb. Fengler
In stiller Trauer Die Töchter mit Familien und Angehörige

Mein Vater ist nicht erwähnt. War sie überzeugt, dass er vor ihr sterben würde oder wollte sie ihn nicht erwähnt haben? Der letzte Satz der Annonce lautet:
Auf Wunsch der Verstorbenen fand die Trauerfeier im engsten Familienkreis statt. Und danach die Erklärung für uns: *Bei meinem Ableben soll die Anzeige in der Zeitung erst nach Beisetzung der Urne aufgegeben werden.*
Wir haben eine Menge falsch gemacht. Wir haben die Annonce falsch und noch dazu zu früh in die Zeitung gesetzt. Wie haben wir uns gequält bei der Formulierung, dabei hätten wir uns gar nicht abmühen brauchen, sie hatte uns diese Arbeit im Vorfeld abgenommen. Gedacht hat sie dabei, dass wir dazu

sowieso zu blöd sind. Nur die Eigenschaftswörter, die hat sie offengelassen und ich habe ihre Stimme im Ohr wie sie sagt: „Ihr habt mich doch sowieso nicht geliebt, da könnt ihr hinschreiben, was ihr wollt."

Ein Glück, das uns das jetzt erst in die Hände gefallen ist, sagen meine Schwester und ich. Wir hätten ihren letzten Willen erfüllen müssen. Wir hätten niemanden anrufen dürfen und wären zur Trauerfeier allein gewesen. Sie hat also gewollt, dass niemand zu ihrer Beerdigung kommt. Es war ihr egal gewesen, wie es uns damit geht. Vielleicht sollten wir mit niemandem zusammentreffen.

Ich komme nicht zur Ruhe. Ich möchte wissen, woran sie gestorben sein könnte. Ich habe herausgefunden, bei wem sie in Behandlung war. Auf ihrem Nachtschränkchen lag ein Überweisungsschein mit dem Stempel ihrer Allgemeinärztin.

Meine Mutter hat auf alle ihre Ärzte geschimpft. Diese kümmern sich nicht wirklich um sie, weil sie denen nicht interessant genug ist, hat sie sich beklagt. Andere werden bevorzugt behandelt, sie ist immer hintenangestellt. Sie ist eine Zugezogene, eine Fremde, eine, die keine Beziehungen hat. Ihre Beschwerden wären den Ärzten egal.

Ich lese das Praxisschild ihrer Hausärztin, darauf steht:

Dr. Ruth S., FÄ für Innere Medizin / Psychotherapie.

Das kann kein Zufall sein. Ich nehme all meinen Mut zusammen und betrete die Praxis. Ich bin unsicher, was ich sagen soll. Wie soll ich den Schwestern an der Rezeption erklären, warum ich hier bin. Auf welche Krankheit sollte ich mich behandeln lassen, wenn ich einfach so zur Sprechstunde komme. Ich hätte mir einen Termin geben lassen sollen, aber dann hätte ich am Telefon sagen müssen, welche Beschwerden ich habe. Hätte ich sagen sollen, meine Beschwerden sind, dass meine Mutter gestorben ist und ich wissen will woran? Ängstlich stehe ich am Tresen vor der Sprechstundenhilfe und sage, ich bin die Tochter von Frau Luzia Baumgart

und Frau Luzia Baumgart ist vor ein paar Tagen gestorben. Die Sprechstundenhilfe ruft aus: „Nein, die Frau Baumgart ist gestorben, das kann nicht wahr sein." Der Hausmeister kommt zufällig vorbei, hört den Dialog und ruft ebenfalls aus: „Was, die Frau Baumgart ist gestorben? Nein, das glaube ich nicht, diese lebensfrohe, attraktive Frau." Die Ärztin wird gerufen, sie kommt aus ihrem Sprechzimmer und ruft ebenfalls entsetzt: „Das kann doch gar nicht sein, Frau Baumgart, die war erst vor ein paar Tagen hier, da war doch alles in Ordnung! Sie sind die Tochter?", fragt sie mich, „warten Sie einen Augenblick, ich rufe Sie gleich herein." Ich weiß nicht, wie mir geschieht. Ich bin wichtig, meine Mutter ist wichtig, es stimmt nicht, dass sich niemand für sie interessiert hat. Selbst der Hausmeister kannte sie. Ich sitze im Wartezimmer und fange an zu heulen. Als ich hereingerufen werde, sage ich zur Ärztin, dass ich nicht so recht weiß, was ich hier will und ihr eine Frage stellen möchte, bei der ich weiß, dass sie sie nicht beantworten kann. Ich will ihr diese Frage aber trotzdem stellen. „Woran ist meine Mutter gestorben?" Ich schicke gleich hinterher, dass sie nicht etwa denken soll, ich will sie verantwortlich machen oder gar verklagen. Ich weiß nicht, wie ich es sagen soll, dass ich nur mit ihr reden will, aber sie hat das natürlich längst bemerkt und sagt nachdenklich: „Ihre Uhr war wohl abgelaufen." Ich nicke und sage: „Wahrscheinlich haben Sie recht."
Sie lässt sich die Krankenakte bringen, blättert in den Karteikarten und fragt mich, an welchem Tag sie gestorben ist. Ich sage, am 26. und sie sagt: „Am 21., da war sie bei mir, genau fünf Tage vor ihrem Tod. Sie hatte erhöhten Blutdruck, der an dem Tag gemessene Wert war einhundertfünfzig zu einhundertzehn, das war aber nicht wirklich schlimm und schon gar nicht lebensbedrohlich", sagt sie weiter. „An dem Tag, an dem Ihre Mutter das letzte Mal hier war, ich erinnere mich genau", sagt sie, „war die Praxis ganz leer. Ich habe Ihre Mutter noch einen Moment dabehalten, es war Zeit zum Re-

den. Letztendlich haben wir uns dann zwei Stunden lang unterhalten und Ihre Mutter hat mir ihre Lebensgeschichte erzählt. Und am Ende dieses Gespräches habe ich spaßeshalber zu ihr gesagt, jetzt messen wir noch mal den Blutdruck, und was soll ich Ihnen sagen, da hatte sie einhundertdreißig zu neunzig. Ganz normal." Ich sage: „Danke, vielen, vielen Dank. Sie haben mir sehr geholfen." Ich gehe schnell hinaus, ich möchte die Ärztin nicht länger aufhalten. Was meine Mutter erzählt hat, frage ich in meiner Aufregung nicht. Ich hätte mich auch nicht getraut. Das hätte meine Mutter nicht gut gefunden.

Zwei Wochen später ist die Urnenbeisetzung. Nun ist es endgültig. Solange der Körper meiner Mutter noch da war, war sie für mich wie anwesend. Jetzt ist ihr Körper weg, verbrannt. Ich schraube die Urne auf, heimlich in der Wartehalle auf dem Friedhof. Ich will die Asche sehen, aber die Urne ist versiegelt. Unter dem Deckel, den ich abgeschraubt habe, befindet sich eine Metallplatte, die mit dem Rest der Urne verschweißt ist. Auf der Metallplatte eingestanzt, wie bei einer Erkennungsmarke von Soldaten, stehen ihr Name, das Todes- und das Verbrennungsdatum. Wer weiß, ob das jetzt die richtige Asche ist.

In den letzten Tagen habe ich häufig von meiner Mutter geträumt. Einmal war ich mit ihr verabredet. Wir wollten uns auf dem Marktplatz in Zwickau treffen. Ich freute mich darüber, dass sie wieder da ist. Im nächsten Moment fiel mir ein, sie ist tot, ich kann sie nicht treffen. Ich bin nur mit meinem Vater verabredet.

Ein andermal träumte ich, dass sie tot ist und auch Richard gerade gestorben ist. Ich war unendlich verzweifelt. Meine Kollegen am Theater bedauerten mich zwar, waren aber mit ihren Ferienzielen beschäftigt. Es war der letzte Arbeitstag vor der Sommerpause, ich war als Einzige noch da und hatte niemanden, mit dem ich in den Urlaub hätte fahren können.

Ich machte den großen Abwasch in unserer Theaterküche und räumte mein Büro auf. Dann ging ich traurig nach Hause.

Knapp drei Wochen sind seit dem Tod meiner Mutter vergangen, sie fehlt mir sehr. Was hätte ich ihr nicht noch alles sagen wollen. Ich hätte sie einmal in den Arm nehmen sollen, denke ich. Nun ist es zu spät.

Beates Mann, der Psychologe, hat kürzlich gesagt, Gabriela hat eine Psychoanalyse angefangen und deshalb ist ihre Mutter gegangen. Sie hätte sich nicht mehr damit auseinandersetzen können.

Vielleicht ist da etwas dran. Es könnte aber auch anders sein. Wir hatten uns beide ein wenig verändert durch die angefangene Therapie. Da mich Herr Gruber oft nach der Vergangenheit und nach dem Schicksal meiner Eltern im Krieg befragte, hat sie gemerkt, dass es auch um sie geht. Und hat so etwas wie Verständnis aus der Ferne gespürt. Im letzten halben Jahr gab es fast keinen Streit mehr. Wir haben ihr zusammen einen schönen Pullover zu Weihnachten gekauft und sie hat uns im Einkaufstempel den teuren frischgepressten Fruchtsaft spendiert. Sie hat sich darüber gefreut, dass es mir besser geht. Aussprechen konnte sie das nicht, sie hat nur manchmal gesagt, dass ich erholt aussehe. Möglicherweise konnte sie gehen, weil sie gemerkt hat, dass ich nun die Kraft habe, am Leben zu bleiben.

Bei allem Schmerz bin ich trotzdem versöhnt mit dem Zeitpunkt ihres Todes. Ich habe noch etwas gefragt und eine Winzigkeit erfahren. Tiefer hätte ich nicht in sie dringen können, dem hat sie sich vielleicht wirklich entzogen.

ES IST ALLES ZU ETWAS GUT hat sie immer gesagt. Aber was soll gut sein an ihrem plötzlichen Tod? Ist das eine Aufgabe für mich, damit ich etwas lernen soll? Immerhin habe ich begriffen, wie man sich verhalten soll, wenn jemand gestorben ist. Man sollte die Angehörigen nach ihrem Schmerz fragen und ihnen nicht aus Verlegenheit aus dem Weg gehen.

Zur Trauerfeier meiner Mutter waren Freunde von mir mit in die Kapelle gekommen und danach ohne ein Wort zu sagen gegangen. Ich war verletzt, dachte aber, sie werden sich nicht getraut haben. Nun weiß ich, wie gut es tut, angesprochen zu werden. Meine Mutter wusste das. Sie hat ihren Bekannten beigestanden, die es schwer hatten, da war sie mitfühlend und sensibel. Nur bei ihren eigenen Kindern war sie es nicht oder nur selten. Ich habe zu Beate gesagt, dass meine Mutter zwar immer für uns gekocht, aber sich nie für unsere Probleme interessiert hat. Beate sagte darauf: „Das war die einzige ihr mögliche Art, uns ihre Liebe zu zeigen."

Richard ist vor einer Woche nach Norwegen zu einer Skitour aufgebrochen. Zur Urnenbeisetzung ist er nicht da gewesen. Er hätte die Reise absagen müssen. Das dachte ich, habe es ihm aber nicht gesagt. Er wird gemeint haben, drei Wochen sind vergangen, das Schlimmste müsste sie überstanden haben. Sie kann ja schließlich nicht ewig trauern.
Alles, was ich im Moment schaffe, ist meine Arbeit zu machen für die Oper, die ich gerade ausstatte. Zwei Tage nach dem Tod meiner Mutter bin ich wieder arbeiten gegangen, ich musste schließlich die Proben betreuen und in die Werkstätten gehen, um den Bühnenbau zu überprüfen. Zeit zum Trauern habe ich mir nicht genommen.

Es ist März, es ist Premiere. Für diesen Abend kaufe ich mir ein neues Kleid für viel Geld und lasse mir von meiner Friseuse eine Hochsteckfrisur machen. Meine besten Freunde aus Zwickau sind da und gratulieren mir zu dieser Arbeit. Ich bin gut gelaunt und strahle. Ich habe erreicht, was ich mir gewünscht habe, ich habe meine erste Oper ausgestattet. Beim Applaus, beim Verbeugen denke ich an meine Mutter, ich widme ihr diese Arbeit. Schade, dass sie nicht mehr kommen konnte.

Es ist ihr passiert

Zögerlich ist Frühling geworden. Zwei Schulfreundinnen meiner Mutter sind nach Elmershausen gekommen. Damals zur Beerdigung lag Schnee, da wollten und konnten beide die Fahrt nicht machen. Nun wollen sie das Grab besuchen. Charlotte Köpke aus Braunschweig hat Martel Weber, die bei Bad Hersfeld wohnt, mit dem Auto abgeholt und gemeinsam besuchen sie meinen Vater, der inzwischen nach Elmershausen gezogen ist. Ich bin aus Leipzig angereist. Ich hätte das nicht machen müssen, aber ich erhoffe mir etwas von der Begegnung. Beide Frauen, das weiß ich von meinem Vater, sind mit meiner Mutter in ihrem Heimatdorf in Schlesien in eine Klasse gegangen.

Charlotte ist eine attraktive und sehr unternehmungslustige Frau. Sie hat schwarz gefärbte Haare, trägt schicke Sachen und wertvollen Schmuck und fährt noch wie selbstverständlich Auto. Sie steht mitten im Leben und ist sehr redselig.

Die andere Freundin, Martel, ist still und zurückhaltend. Sie hatte mehrere Herzoperationen und inzwischen drei Bypässe. Gezeichnet von ihren Krankheiten jammert sie leise vor sich hin: „Ach, diese lange Fahrt nach Elmershausen, das hätte ich allein nicht geschafft."

Alle sind im gleichen Jahr geboren, 1927, aber in ihrem gesundheitlichen und mentalen Zustand hätten sie unterschiedlicher nicht sein können. Meine Mutter wäre in der Mitte gewesen. Autofahren und in der Welt umherreisen wie Charlotte, das hätte sie nicht gekonnt und hat es so nie getan. Aber so krank und gebrechlich wie Martel war sie auch nicht. Martel und ihr Mann haben uns früher ein paar Mal besucht. Meine Mutter hatte mir erklärt, es seien Bekannte. Nie hat sie gesagt, dass es ihre Schulfreundin aus der alten Heimat ist, aus Zedlitz, ihrem Geburtsort. Ich fand Martel sehr nett. Aber ihren Besuchen haftete immer etwas Merkwürdiges und

Trauriges an. Später hieß es, Martel habe es schwer, ihre geliebte Tochter war an Leukämie gestorben. Sie war nur fünfzig Jahre alt geworden und viele Jahre davor schwer krank. Meine Mutter hat ihr oft lange Briefe geschrieben. Es ging um die Chemotherapie und um das Leiden der Tochter. Meine Mutter hat mitgelitten und versucht, ihre Freundin zu trösten. Krankengeschichten wurden ohnehin gern und lange besprochen in den Kreisen meiner Mutter. Ich erinnere mich an die Geschichte einer Bekannten, die lange Zeit häufig über Kopfschmerzen geklagt hat. Alle haben zu ihr gesagt, das liegt am Wetter, und wollten sie beruhigen, indem sie ihr sagten, dass sie selbst auch oft Kopfschmerzen haben. Aber am Ende stellte sich heraus, dass es ein Hirntumor war. Und der Tumor hatte Metastasen gestreut. Sie ist daran gestorben, an dem Tumor im Kopf, der mit harmlosen Kopfschmerzen begann. So kann es uns allen gehen, war die übereinstimmende Überzeugung.

Anders als Martel strotzt Charlotte vor Gesundheit und Lebensfreude. Sie ist nach der Flucht in den Westen gegangen und hat dort in einem eigenen Haus gelebt. Das hatte sie sich vom Lastenausgleich gebaut, den die Flüchtlinge im Westen bekommen haben, als Ersatz für verlorenes Hab und Gut. So hat es meine Mutter erzählt und bitter hinzugefügt, die Charlotte habe es immer gutgehabt. All die Jahre während der DDR hatten sie kaum Kontakt zueinander. Nur zu Weihnachten wurden die üblichen förmlichen Kartenglückwünsche ausgetauscht. Dann kam die Wende und die Leser des Heimatblättchens *Das Fraustädter Ländchen* haben ein Jahrgangstreffen organisiert. So haben sich alle vom Jahrgang 1927 in Zedlitz getroffen. Charlotte erzählt begeistert davon. Ich denke, viele werden es nicht mehr gewesen sein, nach Flucht und Vertreibung und dem daraus folgenden Elend. Charlotte erzählt weiter: „Fünfzig Jahre waren vergangen, seitdem deine Mutter und ich uns das letzte Mal gesehen haben und zwischen uns war kein bisschen Fremdheit."

„Das Wiedersehen war bestimmt sehr bewegend nach allem, was geschehen ist", sage ich, aber sie geht nicht darauf ein und von der Flucht erwähnt sie nichts. Ich frage auch nicht, heute geht es nur um den zu plötzlichen Tod meiner Mutter. „Ich hadere damit", sage ich zu ihr und hoffe auf Trost. „Vielleicht hätten wir sie noch zurückholen können, mein Vater hätte einen Arzt rufen sollen, dann würde sie vielleicht noch leben." Charlotte sagt: „Wahrscheinlich hat es Gott so gewollt." Das tröstet mich überhaupt nicht. Dann aber erzählt sie mir die Krankengeschichte von ihrem Ehemann. Der hatte vor ein paar Jahren einen Schlaganfall und kam mit dem Notdienst ins Krankenhaus. Sie und ihre Kinder waren sehr besorgt, sein Zustand war äußerst kritisch und sie haben den Arzt gefragt, ob es noch eine Chance gibt, dass er überlebt. Der Arzt sagte, er wüsste es nicht, im Moment helfe nur noch beten. Sie haben alle gebetet und er hat seinen schweren Schlaganfall überlebt. „Aber nun pflegen wir ihn schon mehrere Jahre", sagt sie weiter. „Er sitzt im Rollstuhl, muss gefüttert und ins Bett gebracht werden. Er wird immer dicker und schwerer, kann seinen Urin nicht halten und bekommt Windeln umgebunden. Es ist eine Plage, die schon viel zu lange anhält und neulich hat mein Sohn zur ganzen Familie gesagt, wahrscheinlich haben wir damals zu viel gebetet." Das tröstet mich.

Am Grab sagt Martel: „Die Luzia hat es gut, die hat es hinter sich." Die lebensfrohe Charlotte sagt so etwas nicht. So offen wie Martel hat meine Mutter die Toten nicht beneidet, aber insgeheim schon. Ich glaube, dass sie eigentlich auch nicht mehr leben wollte.

Zurück vom Friedhof sitzen wir am Kaffeetisch in der neuen kleinen Wohnung meines Vaters. Jetzt stelle ich meine Frage. Einige Wochen schon beschäftigt sie mich, nun bringe ich sie über die Lippen. Ich stelle sie Charlotte. Charlotte ist aufgeschlossen, sie wird sie mir beantworten, hoffe ich.

„Ich habe in letzter Zeit viel darüber gehört und gelesen, dass die Russen so viele Frauen vergewaltigt haben, in Schlesien, auf der Flucht, vor allem junge Frauen. Ich habe nachgerechnet, meine Mutter war damals siebzehn. Sie war auf der Flucht und die Russen sind doch nach Schlesien gekommen. Gibt es eigentlich einen Grund, warum es ausgerechnet ihr nicht passiert sein sollte?"

Ich halte den Atem an und nach einer kurzen Pause antwortet Charlotte: „Es ist ihr passiert! Sie hat sich mir einmal anvertraut."

Mir bleibt der Kuchen im Hals stecken. Es ist ausgesprochen! Obwohl meine Tochter Anna es schon vermutet hat, ist mir unangenehm, dass sie jetzt dabei ist.

Ich möchte am liebsten unter den Tisch kriechen. Der Boden wankt unter meinen Füßen, dabei sitze ich auf einem Stuhl. Es ist, als würde eine ungeheure Spannung aus mir entweichen, in dessen Folge ich erschlaffe. Das dunkel Geahnte ist ausgesprochen. Im nächsten Moment will ich es nicht mehr wahrhaben, sage: „Aha", und esse weiter meinen Kuchen. Das Gespräch, von dem mein Vater nichts mitbekommen hat oder nichts mitbekommen wollte, gleitet wieder in ruhigeres Fahrwasser.

Nach einer Weile frage ich noch etwas: „Was war mit dem Lenchen?" Hier wird Charlotte plötzlich redselig. Sie habe auch so spät wie meine Mutter noch eine kleine Schwester bekommen, beide waren sie zu diesem Zeitpunkt elf Jahre alt. Ihre Schwester hieß Dorchen und war ebenso ein Nachzüglerkind wie Lenchen, sie wurden im Abstand von einem Monat geboren. „Wir haben uns gefreut und haben beide stolz den Kinderwagen geschoben mit unseren kleinen Schwestern, ein bisschen waren wir ja wie die Mütter von ihnen", erzählt sie munter weiter. Aber dann stockt sie und sagt: „Mit dem Lenchen stimmte etwas nicht. Deine Mutter musste später nicht so oft auf ihre kleine Schwester aufpassen wie ich. Darum habe ich sie beneidet, ich dagegen musste mein Dorchen überall mit hinnehmen, ob ich wollte oder nicht." Ich frage aufgeregt: „Was stimmte nicht?"

Nun kommt ihr Redefluss fast zum Erliegen.

„Es war komisch", sagt sie, „wenn ich Luzia zu Hause besuchen wollte und mich der Gartenpforte näherte, stand die Oma, die mit dem Lenchen auf der Bank vor dem Haus spielte, auf und verschwand im hinteren Teil des Gartens. Ich habe Lenchen dann gar nicht mehr zu Gesicht bekommen, die haben sie vor mir versteckt. Und ich weiß gar nicht warum."

Nun frage ich Martel, was sie davon mitbekommen hat. Martel sagt: „Da war nichts. Lenchen hat schlimm Masern gehabt und die sind nach innen gegangen." Seltsam, jeder erzählt etwas anderes. Ich überlege, dass Martel am anderen Ende des Dorfes gewohnt hat und die Familien nicht so eng miteinander befreundet waren. Möglicherweise hat sie es nicht genau mitbekommen. Wer nicht viel Kontakt mit der Familie hatte, dem wurde die Geschichte von den Masern erzählt. Es war 1937, die Nazis an der Macht und die ersten Euthanasiegesetze wurden erlassen.

Am späten Nachmittag reisen die beiden alten Damen wieder ab und Martel sagt beim Abschied zu Anna: „Du siehst blass aus, du armes Kind." Ich verabschiede mich von meinem Vater und fahre mit Anna nach Leipzig zurück.

Es ist Frühsommer und es gibt Neuigkeiten für mich. Alexander, mein Chef, bereitet seine Intendanz am Schauspielhaus vor und ich werde mitgehen ins neue Team an das neue Haus. Die Beziehung zu Richard bleibt schwierig. Wir streiten uns oft und rufen uns tagelang nicht an. Ich bin ratlos und durcheinander und befürchte, dass er sich trennen will. Also schaue ich mich nach etwas Neuem um. Fast jeden Abend gehe ich mit Alexander und einigen Kollegen des zukünftigen Teams in eine Bar. Da sitze ich dann stundenlang, trinke Prosecco, führe interessante Gespräche und fühle mich gut. Spannende Aufgaben warten auf mich, ich bin wichtig und werde gebraucht. So allmählich nach dem Tod meiner Mutter lebe ich wieder auf.

Richard ist unterwegs mit Freunden zum Motorrad fahren. Er sagt, dass er mich vermisst. Wenn er mich vermisst, warum bleibt er dann nicht bei mir. Ich bin traurig wie ein kleines Kind, wenn er so häufig weg ist. Aber so langsam muss ich erwachsen werden.

Alexander verkündet mir, dass ich Ausstattungsleiterin werde in seinem neuen Team. Die Arbeit läuft gut, aber das mit den Männern funktioniert nicht bei mir.

Kurz vor der Sommerpause fahren Alexander, die Schauspieler und ich zum Theaterfestival nach Zwickau und ich wohne über eine Woche lang bei Richard in seiner Wohnung. Es ist ein fast normaler Alltag zusammen. Während ich mit unseren Gastaufführungen am Theater beschäftigt bin, erlebe ich einen liebevollen, anhänglichen Richard. Unsere Beziehung scheint sich wieder einzurenken. Alles könnte gerade so schön sein.

Als ich nach der Festivalzeit zurück nach Leipzig komme, habe ich am ersten Urlaubstag ein bisschen Zeit und bin zu Hause. Ich stöbere in Annas Zimmer, finde ihr Tagebuch, lese darin und begreife plötzlich: Sie ist seit einem halben Jahr drogenabhängig. Und ich, immerzu beschäftigt mit meiner Arbeit und meinen Beziehungsproblemen, habe nichts davon gemerkt. Mit einem Mal ist mein neuer Lebensentwurf dahin, mein Traum von heiler Familie, neuer großer Wohnung, Ausstattungsleitung am Schauspielhaus und erfolgreicher Frau mit Kind, die alles im Griff hat.

All das ist plötzlich nichts mehr wert. Ich habe riesige Angst um Anna und will alle negativen Gefühle über mein eigenes Versagen ganz schnell in Aktionen umwandeln. Ich will sie entweder sofort an Institutionen abgeben, an eine Klinik mit Langzeittherapie oder vierundzwanzig Stunden am Tag selber für sie da sein. In einem ungewöhnlich schnellen Erkenntnisprozess spüre ich überdeutlich, was ich ihr in ihrer Kindheit angetan habe. Ich habe sie oft allein gelassen und war selten eine stabile Mutter für sie. Zu sehr war ich mit meiner eigenen Bedürftigkeit beschäftigt, meiner Suche nach Männern und nach Erfolgen in der Arbeit.

Meine Urlaubspläne für diesen Sommer habe ich schweren Herzens aufgegeben. Wir wollten gemeinsam nach Finnland fahren, Richard und Mariella, Anna und ich. Das kann ich vergessen. Richard will natürlich nun allein fahren, aber ich habe ihn gebeten, in der Nähe zu bleiben. Anna muss für vier Wochen in eine Klinik zur Entgiftung und ich habe Angst, dass sie von dort abhaut und ich nicht klarkomme mit diesem Problem.

Morgen habe ich zum Glück wieder eine Stunde bei Herrn Gruber. Er schlägt vor, Annas Vater einzubeziehen. Ich entgegne: „Ich habe mich immer um alles allein gekümmert und auf Georg kann ich sowieso nicht zählen." Nach einer Weile des Nachdenkens sage ich: „Na gut, wenn Sie mir das empfehlen, werde ich es versuchen."

Ich renne von einer Freundin zur anderen, von einem Arzt zum nächsten, beschreibe meine Situation und will mir Rat holen, den ich in die Tat umsetzen könnte. Die Ärztin, von der wir die Einweisung für das Krankenhaus bekommen haben, sagt bedeutungsschwer zu mir: „Ich wünsche Ihnen viel Kraft für die nächsten Jahre."

Anna musste sich ihre gesamte Kindheit über all das von irgendwo holen, was ich nicht geleistet habe. Ab jetzt ist es meine wichtigste Aufgabe, ihr Halt zu geben. Vielleicht sollte ich meine Arbeit aufgeben und vollständig für sie da sein. Sie war und ist mein Ein und Alles und eigentlich hat sie mich gestützt, wenn ich nicht mehr leben wollte. Vom Moment ihrer Geburt an war sie meine Daseinsberechtigung, sonst hätte ich mich längst umgebracht. Aber nun muss ich sie stützen.

Ich sitze in meinem Auto vor dem Krankenhaus. Nach einer Woche Kontaktsperre durfte ich Anna das erste Mal für eine

Stunde sehen. Ich hatte anfangs die Regeln für diesen ersten einstündigen Besuch nicht verstanden und angenommen, ich bin mit ihr allein. Aber die gesamte Zeit blieb der Arzt dabei und führte ein familientherapeutisches Gespräch mit uns. Als Anna von der Station in das Besuchszimmer geholt wird, geht sie an mir vorbei. Ich will sie in die Arme nehmen, aber sie setzt sich sofort auf den ihr vom Arzt zugewiesenen Stuhl. Ich bitte ihn darum, mit ihr ein paar Minuten allein sein zu dürfen. Er lehnt es ab und sagt, das sei nicht vorgesehen. In diesem Dreiergespräch wirft Anna mir vor, ich habe ihr in ihrem Leben das Gefühl gegeben, nichts wert zu sein. Ich habe sie beschimpft, habe unentwegt gefordert und war mit nichts, was sie tat, zufrieden. Sie habe daher absolut kein Selbstbewusstsein. Ich bin erschüttert und entgegne nichts. Die Stunde Besuchszeit ist schnell um und sie wird vom Arzt wieder auf ihre Station gebracht.

Im Auto wird mir klar, dass ich die ganze Zeit nur davon geredet habe, wie es weitergehen soll. Ich habe sie nicht gefragt, wie es ihr im Moment geht und wie sie die Entgiftung körperlich und seelisch verkraftet. Ich habe während des einstündigen Gespräches schon wieder so viel falsch gemacht. Auf meine Frage, was sie nach dem stationären Aufenthalt machen will, hat sie gesagt, sie möchte durchaus die zwölfte Klasse beenden. Aber ich war noch nicht zufrieden und habe weiter gefragt, ob sie schon eingesehen hat, dass sie nie mehr irgendwelches Zeug nehmen darf. Sie erwiderte darauf: „Was erwartest du? Es ist erst eine Woche um, ich habe noch drei Wochen vor mir." Ich habe wieder einmal Wunder erwartet, genau wie von meiner eigenen Therapie. Es soll immer sofort wieder alles gut sein. Und wenn nicht, kann ich das ungute Gefühl nicht aushalten. Ich muss dann etwas unternehmen, um das nicht zu spüren. Aber nun habe ich Urlaub und keinen dringenden Termin. Ich kann vor dem Krankenhaus stehen bleiben oder nach Hause fahren, es ist vollkommen egal.

Es ist niemand zu versorgen, Anna nicht und auch sonst niemand.

Am nächsten Tag habe ich meine letzte Therapiestunde vor dem Sommerurlaub und ich weiß nicht, wie ich die nächsten Wochen ohne Herrn Gruber überstehen soll. Ich bin überzeugt, dass er der Einzige ist, der mich versteht, und am liebsten möchte ich ununterbrochen mit ihm zusammen sein.

„Kann meine furchtbare Sehnsucht nach Verschmelzung jemals geheilt werden?", frage ich ihn und er sagt ruhig und behutsam: „Sie sind gerade dabei."

Am Ende dieser Stunde steht er auf und legt mir zur Verabschiedung etwas in die Hand. Einen kleinen Stein, ein hellbrauner, von weißen Adern durchzogener, glatter Halbedelstein. So habe ich etwas zum Festhalten für die lange Zeit.

Nach vier Wochen wird Anna entlassen. Sie freut sich über ihren Clean-Schein, der besagt, dass keinerlei Drogen mehr im Blut sind. Ich hätte gewollt, dass sie anschließend eine Langzeittherapie macht, irgendwo weit weg und möglichst viele Wochen, damit sich richtig was verändert. Aber der Stationsarzt sagte zu mir, das sei in ihrem Fall keine gute Idee. Schließlich seien bei Anna die familiären Umstände einigermaßen stabil, es gäbe da viel schlimmere Fälle. Und sie aus ihrem relativ gut funktionierenden sozialen Umfeld herauszureißen sei am Ende kontraproduktiv. Nun stehe ich allein da mit der Verantwortung.

Ich fahre mit ihr ein paar Tage zu Karla auf ihren Hof nach Mecklenburg. Hauptsache, sie ist aus Leipzig weg und trifft nicht wieder auf die alten Freunde. Aber ewig können wir dort auch nicht bleiben.

Im September bin ich wieder im Alltag angekommen. Ich habe mich kaum erholt in den Theaterferien und bin ziemlich deprimiert. Einigermaßen gut geht es mir, wenn ich Aufgaben erledigen kann und meine Tage wieder Struktur haben. Früh aufstehen, duschen, schick anziehen und zur Arbeit gehen.

Wenn ich in meinem Theater eine Liste habe, die ich Punkt für Punkt abhaken kann und dabei das Gefühl bekomme, vorangekommen zu sein, fühle ich mich besser. Erst wenn die Liste erledigt ist, kann ich in Ruhe nach Hause gehen und mich um Anna kümmern. Aber das ist leichter gesagt als getan. Ich möchte sie am liebsten einsperren und versuche, ihren Ausgang zu reglementieren. Aber schon nach wenigen Tagen beginnt sie zu rebellieren. Es gibt immer wieder Streit und einmal geht sie trotz meines Verbots an einem Sonntagnachmittag einfach los. Voller böser Vorahnungen fahre ich ihr mit dem Auto hinterher und suche sie an allen Drogenumschlagplätzen in Leipzig, die ich kenne. Ich finde sie nicht. Nach zwei Stunden gebe ich die Suche verzweifelt auf. Wenig später kommt sie nach Hause und sagt, sie sei doch einfach nur spazieren gegangen.

Meine Mutter ist ein Jahr tot. „Kennen Sie den Begriff: Gedenkkerzenkinder?", fragt mich Herr Gruber. „Wenn Holocaust-Überlebende ihre gesamte Familie in den Lagern verloren hatten und sich nach dem Krieg zusammentaten, heirateten und Kinder zeugten, wurden diese Kinder so genannt. Sie mussten ihren Eltern die Toten ersetzen. So ist es auch bei Ihnen." Das stimmt, denke ich, Barbara wurde mit Herta verglichen, der Schwester meines Vaters, die mit neunundzwanzig Jahren starb. Oma Martha hat oft gesagt: „Barbara ist so still und immer für sich, die ist wie die Herta." Da der Vergleich mit Herta vergeben war, blieb für mich die Identifikation mit der toten Schwester meiner Mutter, dem Lenchen. Darüber wurde aber nicht gesprochen.
Ich sage zu Herrn Gruber: „Das Lenchen war mongoloid." Das hätte jemand aus der Verwandtschaft auf der Beerdigung meiner Mutter zu mir gesagt und deren engste Freundin hatte es mir gewissermaßen bestätigt. Er schweigt einen Moment und sagt: „Dann haben Sie also eine geistig behinderte Tante. Das, was Sie in sich als minderwertig empfinden, das ist das

Lenchen. Wissen Sie eigentlich, dass die Nazis solche Familien sterilisiert haben? Daher kommt diese Angst in Ihrer Familie."

Ich sage, vielleicht stimmt das auch alles gar nicht, da meine Mutter nie etwas dergleichen gesagt hat, und mir fällt ein, dass ich auf einer Postkarte meines Onkels aus der Gefangenschaft den Satz gelesen habe:

Wie geht es Lenchen, geht sie fleißig zur Schule?

Ich sage, der Bruder müsse das doch gewusst haben, dass Lenchen behindert ist, wieso fragt er dann nach der Schule? Und gleichzeitig fällt mir ein, dass meine Mutter in einem unbedachten Moment erwähnt hatte, dass Lenchen nicht zur Schule gegangen sei. Auf mein Nachhaken hatte sie damals schnell gesagt: „Es war doch Krieg."

Herrn Gruber verwundert das alles nicht. „So etwas gibt es", sagt er. „Wenn jemand jahrelang ein Kind versteckt und Todesangst ausgestanden hat, dass es entdeckt werden könnte, dann bricht derjenige nie das Schweigen darüber, auch nicht, wenn die Gefahr längst vorbei ist."

Da ist es also, das Gesetz des Schweigens in meiner Familie. Nie mit jemandem über das behinderte Familienmitglied zu sprechen, auch nicht mit den eigenen Töchtern. Meine Mutter hat es uns nicht erzählt und Alois wird es seiner Tochter auch nicht erzählt haben. Das Einzige, was meine Cousine Ulrike von Lenchen weiß, ist eine kleine Begebenheit, die sie mir auf der Beerdigung meiner Mutter beiläufig erzählte: Alois, der große Bruder, kam aus der Gefangenschaft wieder und hatte Bonbons für Lenchen in der Tasche. Die hatte er irgendwo in Stalingrad erstanden und mit auf die tagelange Zugfahrt genommen. Als er in Elmershausen ankommt, stehen seine Mutter und seine Schwester Luzia auf dem Bahnsteig und erwarten ihn. Er wundert sich, dass nur sie beide da sind und fragt nach dem Lenchen. Auf dem Heimweg sagen sie ihm, dass Lenchen gestorben sei. Zu diesem Zeitpunkt war sie schon mehr als ein Jahr tot. Sie hatten ihm das nicht geschrieben und er hatte die Bonbons umsonst mitgebracht. Ich vermute, sie haben nie wieder ein Wort darüber verloren und er hat auch nie wieder etwas gefragt.

Ich schaue mir die beiden Fotos an, die es von Lenchen gibt. Auf diesen winzigen Schwarzweißbildern ist sie ein kleines Mädchen von drei oder vier Jahren. Sie trägt ein kurzes Kleid und hat eine große weiße Schleife im Haar. Ich betrachte ihr Gesicht. Sie hat leicht mongoloide Züge, das könnte Trisomie 21 gewesen sein, das Down-Syndrom.

Es ist ungeheuerlich. Bis zu ihrem Tod hat meine Mutter nie auch nur im Ansatz erwähnt, dass Lenchen behindert war. So groß war ihre Scham, sagt Herr Gruber in der nächsten Stunde.

Ich denke an ihren emotionalen Ausbruch, als ich sie nach Lenchen fragte, am Anfang meiner Therapie und kurz vor ihrem Tod. Jetzt glaube ich endgültig, was Beates Mann gesagt hat. Dass meine Mutter gestorben sei, weil ich diese Analyse angefangen habe. Sie hatte sich davongemacht, als sie ahnte, was ich alles herausfinden würde. Und deshalb wollte sie auch nicht, dass wir anlässlich ihrer Beerdigung mit ihren Verwandten zusammentreffen.

Die Sünden eurer Väter werden euch verfolgen bis ins dritte und vierte Glied. Das steht in der Bibel als geronnene Menschheitserfahrung. Die Sünden und das Unglück verfolgen mich und meine Tochter.

Wir wollten die Toten mit an den Tisch holen

Neulich habe ich ein Buch von Eugen Drewermann gelesen, über die tiefenpsychologische Deutung von Märchen. Bei einem darauffolgenden Gespräch mit meiner Schwester haben wir festgestellt, dass wir das gleiche Lieblingsmärchen aus der Sammlung der Gebrüder Grimm haben: „Der alte Großvater und der Enkel". Dieses Märchen ist sehr kurz und kaum jemand kennt es. Die Hauptperson ist ein gebrechlicher Großvater, der zittert und deshalb bei den Mahlzeiten sein Essen verschüttet. Er wird von seiner Familie vom Tisch verwiesen und muss einsam und allein in der Ofenecke sitzen und dort aus einem Holznapf essen. Er ist sehr hinfällig und wird bald sterben. Doch es gibt ein liebes Enkelkind, das Mitleid mit seinem Großvater hat. Indem es einen weiteren Holznapf baut für seine Eltern, führt es ihnen vor, wie hartherzig sie zu dem alten Mann sind. Die Eltern sind über ihre eigene Handlungsweise erschrocken und reumütig wird er wieder an den Tisch zurückgeholt.

Ich erzähle Herrn Gruber, dass für meine Schwester und mich dasselbe Märchen eine große Bedeutung hatte. Er erkennt darin ein Zeichen für unsere Familiengeschichte und sagt, wir Kinder wollten die Toten wieder mit an den Tisch holen.

Die toten Schwestern meiner Eltern wurden kaum oder nie erwähnt. Keine Kerze wurde jemals für Lenchen aufgestellt und auch nicht für Herta. An ihre Geburtstage wurde nicht gedacht, an ihre Sterbetage schon gar nicht.

Sie hätten doch vom Alter her all die Jahre noch bei uns sein können. Aber irgendwie haben meine Eltern das verdrängt, sie wurden einfach vergessen. Wahrscheinlich, weil es so furchtbar war, so unerträglich.

Am Wochenende hatte ich mit Richard wieder einen heftigen Streit. Ich weiß nicht einmal mehr, worüber. In meiner Wut habe ich Laura angerufen und mit ihr am Sonntag den Ausflug gemacht, den ich eigentlich mit ihm machen wollte. Als ich am Nachmittag zurückkam, hat Richard mir offeriert: „Ich fahre im Sommer mit dir auf diese Schiffsreise, die wir gebucht haben, aber bis dahin trennen wir uns für fünf Monate." Ich war zwar geschockt, habe es aber nicht so recht ernst genommen und bin nach Hause gefahren. Da ich viel eher als erwartet wieder da war, habe ich für Anna Zeit gehabt und wir haben nach langer Zeit wieder einmal ein inniges Gespräch geführt. Sie hat gesagt, dass sie mich lieb hat und dass ich daran denken soll, egal wie viel Mist sie noch baut. Ich habe sie in den Arm genommen. Sie war traurig und es war schön, sie zu streicheln und ihr nah zu sein. Das tat gut nach dieser schrecklichen Zeit. Danach konnte ich sie in Ruhe weggehen lassen zu ihren Freunden. Beim Abschied an der Wohnungstür sagte ich zu ihr: „Ich kann dich gehen lassen und wenn du, was zwar selten ist, mal nach Hause kommst, muss ich dich nicht mehr beschimpfen." So wie mich meine Mutter immer beschimpft hat, wenn ich sie besuchen kam und sie mich schon mit den zynischen Worten empfing: „Schön, dass du dich auch mal wieder blicken lässt."
„Am liebsten hätte ich mich gleich wieder umgedreht, so verletzt war ich jedes Mal", sage ich zu Anna. Und sie sagt daraufhin zu mir: „Ein Glück, dass du jetzt anders bist zu mir, sonst wäre ich bestimmt noch auf Heroin."

Allmählich realisiere ich, dass es Richard ernst meint mit der beabsichtigten Trennung. Seit zwei Wochen meldet er sich nicht. Ich halte es kaum aus, es fühlt sich an, als würde er mir damit sämtliche Lebenskraft entziehen. Zum Glück kommt Laura am nächsten Wochenende zu mir nach Leipzig. Herr Gruber sagt, er hat ein inneres Bild von mir, wie ich allein durch meine Wohnung laufe und jemanden suche. Er hat recht, ich fühle mich oft so allein, dass ich am liebsten auf die Straße rennen würde und irgendjemanden bitten möchte, mit mir zusammenzuleben.

Pfingstsonntag, Babke, Mecklenburg. Hier habe ich im vorigen Sommer bei Karla schöne Tage verlebt. Hier war ich, als mein Urlaub geplatzt und Anna in der Klinik war. Trotz meiner sorgenvollen Gedanken habe ich mich sehr wohl gefühlt. Und als Anna entlassen wurde, bin ich mit ihr noch einmal für eine ganze Woche hierhergefahren. Das habe ich genossen, nur wir beide. Sie war raus aus ihrem Umfeld und ich hatte sie unter Kontrolle.

Nun bin ich hier mit Richard. Vor ein paar Tagen hat er sein Vorhaben aufgegeben, mich bis zum Sommerurlaub nicht sehen zu wollen und so sind wir über Pfingsten zusammen weggefahren.

Ich weiß inzwischen, dass kein Partner mir erfüllen kann, wonach ich mich sehne und dass mir immer etwas fehlen wird. Es ist richtig, was Herr Gruber sagt. Ich suche in einer Beziehung das, was meine Mutter mir hätte geben müssen. Das werde ich natürlich nicht finden, aber ich möchte von Richard wenigstens Verständnis dafür. Ich möchte ein einziges Mal hören, dass er sich vorstellen kann, wie es mir geht. Aber wahrscheinlich kann er sich das nicht vorstellen.

Nur Herr Gruber hat für alles Verständnis und es tut mir gut, wenn er sagt, dass das, was ich denke oder fühle, nicht verrückt ist. Er erklärt mir, woher es kommt und mit welchem Ereignis aus der Vergangenheit es zu tun haben könnte.

Ich betrachte meine gegenwärtige Situation. Meine Mutter ist gestorben, viel zu früh, wie ich finde und mein verbliebener Vater ist nicht besonders liebevoll zu mir. Zu meiner Schwester habe ich kein gutes Verhältnis. Alle leiblichen Onkel und Tanten sind tot, zu meiner Cousine habe ich keinen Kontakt. Ich habe nicht den richtigen Partner und keinen Vater für

Anna, der mir und ihr beisteht in den noch immer andauernden Drogenproblemen.

Ich denke an das Foto, das bei meinem Vater im Wohnzimmer hängt, ein Foto seiner Familie aus dem Jahr 1935 in Ostpreußen. Darauf die sechs Geschwister meiner Oma Martha mit ihren Frauen, Männern und Kindern und meine Urgroßeltern, es sind an die dreißig Personen, aufgenommen bei einer Hochzeit. Auch wir waren einmal eine stolze Familie, aber dann kam der Krieg.

Mein Uropa wurde beim Einmarsch der Russen erschlagen, meine Tante vergewaltigt, mein Opa verschleppt. Eine glückliche Familie zerstört, die Überlebenden traumatisiert. Auf der mütterlichen Seite ist es nicht besser, alles genauso schlimm, nur davon weiß ich so gut wie nichts.

Jetzt begreife ich, dass ich sie besuchen muss, die Freundinnen meiner Mutter und die wenigen Verwandten, die noch leben. Sie sollen mir die Geschichte meiner Mutter erzählen. Eine Geschichte, die so schlimm gewesen sein muss, dass sie nicht darüber sprechen konnte.

Herr Gruber sagt: „Schreiben Sie alles auf. Tun Sie es für Ihre Mutter und für Ihre Tochter."

So langsam dringt es in mein Bewusstsein, ich bin die Tochter einer vergewaltigten Mutter. Einer Mutter, die in zwei Welten gelebt hat, in der Gegenwart, in der sie funktioniert hat und in der Vergangenheit, die abgeschnitten war und zu der ich niemals Zugang bekam. Ich habe nachgerechnet. Meine Mutter war siebzehn Jahre alt, als sie vergewaltigt wurde. Als sie heiratete, war sie einunddreißig. Sexualität war für sie eine furchtbare Sache und ihrer katholischen Einstellung zufolge durfte es vor der Eheschließung keinen Geschlechtsverkehr geben. In meiner Kindheit wurde gesagt, dass meine Mutter fünf Jahre lang mit meinem Vater nur „gegangen" sei. Obwohl sie Ende zwanzig war und mein Vater fast vierzig, durfte er nicht mit ihr schlafen. Meine Mutter konnte also nach dem schrecklichen Ereignis dreizehn Jahre lang keinen Mann an sich heranlassen. In einer Therapiestunde sage ich zu Herrn Gruber, dass es Glaubensgründe waren, die sie enthaltsam sein ließen. Aber Herr Gruber meinte daraufhin, dass der Glaube eventuell nur vorgeschoben war und es einen viel gewichtigeren Grund gab.

Fünf Jahre lang hat sie die sexuelle Begegnung mit meinem Vater hinausschieben können. Dann hat sie ihn nach einigem Hin und Her doch noch geheiratet. Nun konnte sie ihm nicht mehr ausweichen und musste es, ohne je mit ihm darüber sprechen zu können, über sich ergehen lassen. Wahrscheinlich empfand sie keinerlei Lust dabei, eher war es unerträglich, wenn die Erinnerungen hochkamen. Meine Schwester wurde ein Jahr nach der Hochzeit geboren. Zu mir hat meine Mutter gesagt: „Du warst nicht mehr gewollt, aber der Vater hat es eingefordert. Ihr habt als Kinder bei uns im Schlafzimmer geschlafen, weil wir kein extra Zimmer für euch hatten. Ich habe den Vater abgewehrt, weil ich nicht wollte, dass ihr das mitbekommt." So hatte sie eine gute Ausrede und insgesamt wird es wohl selten passiert sein.

Ich mache mich auf die Suche. Zur Beerdigung hatten einige Bekannte meiner Mutter, mehrheitlich alleinstehende Frauen, Beileidskarten mit Geld geschickt. Von diesem Geld habe ich Blumengestecke gekauft. Daran habe ich große weiße Schleifen gebunden, die jeweiligen Namen darauf geschrieben und die Gestecke auf das frische Grab gelegt. Dann habe ich es fotografiert, in den Unterlagen meiner Mutter die Adressen herausgesucht und den Freundinnen und Bekannten die Fotos davon geschickt.

Daraufhin traue ich mich, die erste dieser Bekannten anzurufen, Hannelore Domko. Ich stelle mich höflich vor am Telefon und sie erzählt mir sogleich, dass sie eine unmittelbare Nachbarin im Heimatdorf meiner Mutter war und beide Familien eng miteinander verbunden waren. Wir kommen ins Gespräch, erst über den plötzlichen Tod meiner Mutter und dann über die Vergangenheit. Wehmütig erzählt sie mir, dass sie noch kurz vor der Flucht geheiratet hat. Alle Familien aus der Nachbarschaft haben bei der Vorbereitung geholfen. Sie sagt dass meine damals noch jugendliche Mutter sämtliche Kuchen und Torten für ihre große Dorfhochzeit gebacken hat. Genau das Gleiche musste ich vor zwanzig Jahren bei der Hochzeit meiner Schwester machen. Einen ganzen Tag und eine halbe Nacht lang habe ich fünfzehn Tortenböden und fünf Blechkuchen gebacken. Obwohl ich keine Lust dazu hatte, habe ich diese Aufgabe ohne zu murren übernommen. Sonst habe ich immer lautstark rebelliert, wenn meine Mutter etwas von mir wollte, aber zu diesem Anlass ließ ich mich wie früher herumkommandieren. Noch heute habe ich all ihre Anweisungen für die Zubereitung des komplizierten Biskuitbodens im Ohr: „Um Gottes willen, nicht so viel Mehl in den Teig! Nimm mehr Öl! Du musst schneller mixen! Und länger, mindestens drei Minuten! Den Mixer immer in dieselbe Richtung bewegen, niemals entgegengesetzt, das hat Alois gesagt, der war Konditor." Sie hätte mir eigentlich sagen können, du machst das jetzt, weil ich das früher auch machen musste, aus Tradition. Aber das FRÜHER war abgeschnitten.

Ich blättere weiter durch die Adressbücher meiner Mutter und finde Uli und Liesel Wirth, zwei Schwestern, die in Artern wohnen. Diese Namen sind ab und an gefallen, es klang nett, was meine Mutter von ihnen erzählte und Artern ist nicht weit von Leipzig entfernt. Ich schreibe einen Brief und frage, ob ich sie besuchen darf. Schon zwei Tage später bekomme ich einen Anruf, sie freuen sich auf meinen Besuch. Ich ziehe mir ein schönes Kleid an, denn sie sollen einen guten Eindruck von Luzias Tochter bekommen. Ich setze mich ins Auto und fahre los, aber plötzlich bekomme ich ein schlechtes Gewissen. Eine Stimme meiner Mutter sagt zu mir: „Was willst du da? Du kannst nicht einfach so zu fremden Leuten fahren." Und eine andere Stimme von ihr sagt: „Wenn das so nah bei Leipzig ist, hättest du mal mit mir hinfahren können, aber für so was hattest du ja nie Zeit." Nun fahre ich allein hin. Aber vielleicht wäre es gemeinsam mit ihr auch nicht möglich gewesen.

Ich komme an und die beiden alten Frauen stehen schon auf der Straße und erwarten mich. Ich habe sie noch nie in meinem Leben gesehen, aber sie empfangen mich mit einer warmherzigen Gastfreundschaft, meine Mutter würde sie schlesisch nennen. Sie schließen mich sofort in ihr Herz und rufen erfreut aus: „Die Tochter der Luzia ist uns besuchen gekommen!" Ich fühle mich kein bisschen fremd.

Ursula, genannt Uli, Jahrgang 1924, ist einundachtzig Jahre alt und Elisabeth, genannt Liesel, ist ein Jahr älter als ihre Schwester. Es sind die Geschwister von Hannelore Domko, mit der ich telefoniert habe. Sie lebten direkt gegenüber meiner Mutter auf einem Gutshof, der einem der beiden Großbauern von Zedlitz gehörte, dem Gutsherren Hülße. Ihr Vater war dort Gärtner und auf der anderen Seite der Straße hatten meine Mutter und ihre Eltern ihr Haus mit dem Hof. Sie erzählen, dass meine Mutter oft zu ihnen gesagt hat: „Ihr hattet es gut, ihr habt auf dem Gutshof gewohnt."

„Insgeheim hat sie uns wohl beneidet. Dabei haben wir deine Mutter beneidet, die hatte es doch viel besser. Ihre Familie hatte eine eigene Landwirtschaft und unsere Eltern waren auf dem Gut nur angestellt, die hatten nichts Eigenes."

Typisch meine Mutter, denke ich, das war ihr Lebensthema. Dass andere es besser haben als sie. Ich habe immer gedacht, das liegt an der Flucht, aber nun merke ich, das Problem scheint älter zu sein.

Uli und Liesel haben insgesamt noch drei Geschwister. Mit der älteren Schwester Hannelore habe ich telefoniert und darüber hinaus gibt es zwei Brüder, Benno und Bruno. Bruno war für meine Mutter vorgesehen, erzählen die beiden. So hatten sich das die jeweiligen Elternpaare gedacht. Bruno ist jetzt Ende siebzig. Er ist schwer krank, liegt seit vielen Wochen im Krankenhaus und alle befürchten das Schlimmste.

Sie holen einen Brief heraus. Am letzten Weihnachten vor ihrem Tod hat meine Mutter ihnen einen sehr langen Brief geschrieben. Was ungewöhnlich war, da sie sonst nur eine Karte mit den üblichen Wünschen geschickt hat. Diesmal hat sie ausführlich berichtet, dass ihre Enkeltochter eine Zeitzeugenbefragung machen muss für die Schule zum Thema Zweiter Weltkrieg und dass sie ihr an vielen Abenden alles erzählt hat. Und dass dadurch ALLES in ihr „hochkam" und dass sie nun an Weihnachten, wieder sehr an die Heimat hat denken müssen. Am Schluss grüßt sie von ihren Kindern, also auch von mir. Das hat sie vorher nie getan, sagen die beiden.

„Erzählt mir etwas von früher", bitte ich sie, und als Erstes wird die Flucht erwähnt, danach erst folgen friedliche Geschichten von vorher, von zu Hause.

Als der Befehl zur Evakuierung Schlesiens kam, haben die beiden Glück gehabt, sagen sie. Liesel war gerade in Berlin im Pflichtjahr für junge Frauen und Uli kam mit einem Militärzug aus Fraustadt fort. „Wir waren also nicht auf dem Treck", sagen sie. „Aber deine Mutter und ihre Mutter und die kleine Schwester, die waren auf dem Treck. Sie kamen aber nur bis Primkenau, einem Dorf ungefähr fünfzig Kilometer entfernt von Zedlitz. Dort wohnten sie später bei einem Polen, da hatten sie es aber gut. Mehr wissen wir darüber nicht."

Ich frage nach Lenchen. „Ja, das Lenchen", sagen sie gedehnt, „die kam manchmal mit, mit der Clara, deiner Oma. Unsere Mutter war Schneiderin und Clara ließ sich gelegentlich etwas anfertigen. Da musste eine Anprobe gemacht werden und während Clara still dastand, nahm das kleine Lenchen das Maßband und lief damit um ihre Mutter herum. Sie sagte immerzu ganz schnell: ‚Uli Uli Uli Uli Uli Uli Uli' und ihre Stimme überschlug sich dabei. Sie legte das Band überall an, maß an den Kleidern nach und sagte irgendwelche Zahlen", erzählen sie lebhaft. „Aber dann hatte Lenchen Masern, die nach innen gingen. Da hatte die Clara was auszustehen. Lenchen hatte hohes Fieber, das ganze Dorf war in Aufruhr. Alle haben gedacht, sie stirbt. Nach dieser Krankheit war alles anders. Da konnte das Lenchen nicht mehr sprechen und laufen."

Ich verstehe das nicht und frage: „Es gab da aber doch diese geistige Behinderung. Gab es da nicht Probleme, es waren doch die Nazis an der Macht?"

„Nein", sagen sie, „auszustehen hatten sie nichts bei den Nazis. Na ja, wir wissen das auch nicht so genau, darüber haben unsere Eltern mit uns nicht gesprochen. Probleme gab es nur bei den schlimmeren Fällen, bei welchen, die heiraten wollten. Die wurden dann sterilisiert. Letztlich ist es doch gut, dass der Herrgott das Lenchen so früh zu sich geholt hat, sie war doch sehr, sehr krank."

„Wie alt war sie da eigentlich?", fragt mich Liesel und ich antworte: „Elf Jahre."

Darauf sagt Liesel: „Das ist gar nicht so ungewöhnlich, die werden doch auch nicht so alt."

Nun verstehe ich gar nichts mehr und frage mich, wen sie mit DIE meint. Die, bei denen die Masern nach innen gingen?

Alles, was Lenchens Schicksal betrifft, schwankt zwischen Halbwissen und Verdrängung. Ich spüre, es ist heikel. Niemand möchte so recht mit mir darüber sprechen und nur, wenn ich von mir aus andeute, dass ich von der Behinderung weiß, wird etwas dazu gesagt. Ansonsten gilt auch hier das Gesetz des Schweigens. Die beiden Schwestern lenken das Gespräch auf ein anderes Thema.

„Im Dezember 1944 hat sich deine Oma bei unserer Mutter eine Bluse machen lassen. Ihr Mann, dein Opa, war sehr spät noch eingezogen worden. Er kam nicht sofort an die Front, sondern war vorerst in einer Garnison stationiert. Dort durfte Clara ihn noch einmal besuchen. Und für genau diesen Besuch wollte sie sich die neue Bluse machen lassen. Dann kam überraschend die Flucht. Und ich weiß noch genau", sagt Uli,

„beim Zusammenpacken unserer Sachen hing da diese angefangene Bluse bei unserer Mutter in der Schneiderstube. Aber
das hat dann keinen mehr interessiert."

„Dein Opa", sagen sie, „musste zu den Partisanen. Von denen
ist niemand wiedergekommen." Ich wundere mich über das
Wort: Partisan. Das kenne ich nur aus dem Russischunter-
richt, der ruhmreiche Partisanenkrieg der tapferen Sowjet-
menschen wurde immer wieder beschworen.

Zu Hause frage ich Richard, der vor der Wende Offizier bei
der NVA war, was es damit auf sich hatte. Er sagt mir, dass
es auch in der Wehrmacht solche Einheiten gab, die in die
feindlichen Linien geschickt wurden. Diese Partisanen hatten
nicht die üblichen Erkennungsmarken, weil ihre Missionen
geheim waren.

Und damit erklärt sich, warum wir über den Tod meines Opas
nichts wissen und wahrscheinlich nie etwas erfahren werden.
Trotz Anfrage meiner Mutter beim Suchdienst des Deutschen
Roten Kreuzes und der Öffnung von vielen neuen Unterlagen
nach der Perestroika zu gefallenen und gefangenen deutschen
Soldaten gab es nicht den geringsten Hinweis und keine Spur
zu einem möglichen Grab. Er ist irgendwo verscharrt, in na-
menloser Erde, denke ich traurig.

Als meine Oma Clara starb, hat meine Mutter auf den Grabstein nicht nur die Daten ihrer Mutter schreiben lassen, sondern auch:

*Zum Andenken an Paul Fengler, vermisst im Januar 1945 in
Polen.*

So etwas steht auf keinem anderen Grabstein auf dem Elmershausener Friedhof. Hier hat sie etwas Besonderes gemacht, auffallen wollen war sonst gar nicht ihre Art. Auf
meine Frage nach ihren Beweggründen hat sie geantwortet:
„Das habe ich gemacht wegen dem Gerede der Leute in der
katholischen Gemeinde. Die haben mich nach der Flucht immer argwöhnisch gefragt, ob ich wohl gar keinen Vater hätte."
Das allerdings lag zum Zeitpunkt der Grabsteinanfertigung

auch schon fast vierzig Jahre zurück und es war angesichts der Anzahl gefallener Männer im Zweiten Weltkrieg nicht unüblich, dass eine junge Frau keinen Vater mehr hat. Keine Ahnung, wofür sie diese Rechtfertigung brauchte.

„Deine Uroma", sagen Uli und Liesel, „die Oma Schimke, die ist gestorben in Primkenau. Dort, wo deine Mutter und Clara während der Flucht liegengeblieben waren." Das war ihre Oma, deshalb wollte sie dort noch einmal hin, denke ich und habe im Ohr, wie sie zu mir mit dem üblichen Vorwurf in der Stimme sagt: „Ich will noch mal nach Primkenau, aber mit mir fährt ja keiner dort hin."

„Mit dem polnischen Bauern, bei dem sie wohnten, haben sie das Loch gegraben für die Oma", erzählen sie weiter. „Sie haben sie nur in eine Decke gehüllt, es gab ja keinen Sarg und nichts."

„Wisst ihr, wo sie begraben ist oder wurde sie auf der Flucht einfach an den Straßenrand gelegt?"

Uli sagt, so genau weiß sie das nicht, vielleicht haben sie sie doch auf einen Friedhof gebracht. „Ich habe so etwas gesehen", sagt Uli weiter, „da lagen die Säuglinge einfach erfroren am Wegesrand und hatten nur noch eine Windel um."

„Ach, all diese schlimmen Erinnerungen", seufzen die beiden Schwestern. „Als deine Mutter an Weihnachten davon geschrieben hat, haben wir uns gefragt, was ist denn mit der Luzia auf einmal los, und einen Monat später ist sie gestorben."

„Wisst ihr noch Genaueres über ihre Flucht?", frage ich.

„Wir haben gehört, dass der Treck sich geteilt hatte. Es war der Fengler Bruno, der nicht mehr weiterwollte oder konnte. Er hat gesagt, er kann nicht weiterfahren mit dem Treck, weil das Pferd fohlt, und so sind sie in Primkenau geblieben. Den Fengler Bruno haben sie dann auch geholt, als die Front nach Schlesien kam, der ist von den Russen erschossen worden. Deine Mutter hat ihm sein Zögern nie verziehen. Aber sie ist wohl heil davongekommen. Also vergewaltigt wurde sie nicht, das hätte sie uns bestimmt erzählt. Uns blieb das zum Glück erspart."

Ich weiß es inzwischen besser, sage jedoch nichts. Schade, dass sie nicht recht haben.

Am Ende meines Besuches bedanke ich mich höflich für alles, für den Kuchen, für den Kaffee und für die Geschichten. Sie bringen mich zu meinem Auto, stehen wieder auf der Straße und winken mir noch lange nach.

Ich konnte ihr nichts Gutes tun

Die fünf Monate, die wir fast vollständig getrennt zugebracht haben, sind um und Richard und ich fahren auf unsere lange im Voraus gebuchte Schiffsreise, zehn Tage Kreuzfahrt auf dem Mittelmeer. Ich bin froh, mich überhaupt auf das Schiff getraut zu haben. Vor ein paar Jahren wäre das für mich undenkbar gewesen. Eingeschlossen zu sein in einer kleinen Kabine auf dem offenen Meer war für mich eine schreckliche Vorstellung. Das halte ich jetzt gut aus. Nur vor hohem Seegang und davor, in Seenot zu geraten, habe ich Angst. Ich inspiziere genauestens alle Rettungsboote und rechne aus ob sie reichen für die tausendfünfhundert Passagiere. Das scheint zu passen, allerdings sind sie sehr aufwändig festgebunden. Ich befürchte, dass sie die im Katastrophenfall nicht schnell genug herunterbekommen.

Ich habe wieder viel Zeit zum Nachdenken. Stundenlang stehe ich an der Reling, schaue über das Meer oder hinunter ins tiefe Wasser. Ich steigere mich in Phantasien hinein, die mich gleichermaßen trösten und zerreißen. Ich stelle mir vor, wie ich meine Mutter zu dieser schönen Reise hätte überreden können und würde mir jetzt anschauen, wie sie alles genießt. Trotz allem Streit hatte ich oft das Gefühl, ihr etwas Gutes tun zu müssen.

Einmal habe ich ihr einen Massagegutschein geschenkt, weil sie oft gejammert hat, sie sei so verspannt. Damit sie ihn nicht achtlos liegenlassen kann, habe ich ihr bei einer Physiotherapeutin einen Termin gemacht. Nun konnte sie nicht anders und musste allein aus Höflichkeit und Pflichtbewusstsein hingehen. Sie kam von dieser Massage wieder und sagte mir vorwurfsvoll, dass ihr tagelang alles wehgetan hat. Ihre Verspannungen waren so tief, die ließen sich nicht so einfach wegmassieren. Ich konnte ihr nichts Gutes tun.

Und jetzt würde ich noch mehr tun wollen, nach allem, was ich inzwischen weiß. Ich würde unentwegt ihre Nähe suchen. Aber dann müsste ich auch ihre Macken aushalten. Mir wird klar, wie seelisch krank sie war. Das konnte ich, als sie noch lebte, fast immer erfolgreich von mir fernhalten. Ich bin ihr so weit wie möglich aus dem Weg gegangen. Nicht nur wegen der Macken, sondern auch, weil ich unterschwellig immer Angst um sie hatte. Wenn sie mit mir auf diesem Schiff wäre, müsste ich all die Ängste ertragen, die ich bekam, wenn es ihr schlecht ging. Ich hätte mir ununterbrochen Sorgen gemacht, dass ihr übel wird von zu hohem Wellengang oder dass ihr Herz das nicht verträgt. Ich hätte Angst gehabt, wenn sie geklagt hätte, dass ihr Magen rebelliert, weil der Fisch bestimmt verdorben war und sie nun an einer Fischvergiftung sterben wird. Oder wenn sie gesagt hätte, dass ihr gerade schwindlig ist und sie nicht weiß, woran das liegt.

Jeden Sonnabend in meiner Kindheit war das so. Sie ist sehr früh aufgestanden und hat den ganzen Tag im Haushalt geschuftet, hat das Haus von oben bis unten geputzt, die große Wäsche gemacht, das Mittagessen gekocht, zwei Kuchen gebacken, den Garten umgegraben und das Fleisch für Sonntag angebraten. Und mittendrin stand sie fix und fertig in der Küche. Mit hochrotem Kopf hat sie sich immer wieder eine Haarsträhne aus dem Gesicht gepustet und gesagt: „Mir geht es heute gar nicht gut. Mir ist so schwindlig." Und mich dabei vorwurfsvoll angeschaut, denn ich war schuld, weil ich zu wenig geholfen habe. Schon als kleines Kind hatte ich immer Angst, dass sie plötzlich umfällt und an der Überlastung durch ihren Haushalt stirbt. Sie ist all die Jahre nicht daran gestorben, aber meine Angst um sie ist geblieben.

Es ist schön auf dem Schiff. Es sind zwar entschieden zu viele Menschen auf engem Raum, aber an der Reling stehen, die Sonne und den Blick auf das blaue Meer genießen, in ruhigen Stunden lesen oder die Gedanken schweifen lassen, das ist wunderbar.

Wir fahren die Küste Afrikas entlang auf Ägypten zu, nach Alexandria. Die Einfahrt in diesen legendären Hafen ist beeindruckend. Ich könnte abheben vor Freude, aber ich bin nie ganz unbeschwert. Überallhin nehme ich sie mit, meine Verwandten mit all ihrem Leid. Letzte Nacht habe ich wieder von ihnen geträumt. Im Traum habe ich diesmal versucht, alle zu retten. Wir haben zusammen eine große Reise gemacht, meine Mutter, meine Oma Clara, Anna, Richard und ich. Diese Reise fing an wie ein Urlaub. Am Ende aber wurde es ungemütlich, wir mussten ein bestimmtes Ziel erreichen, einen weit entfernten Ort. Zu Beginn dieses Urlaubs war alles entspannt, dann gab es erste Schwierigkeiten und schließlich Katastrophen. Wir mussten endlos durch eine ausgetrocknete Landschaft laufen. Oma Clara war bei diesem beschwerlichen Weg dabei, obwohl es über ihre Kräfte ging. Sie war schon sehr gebrechlich. Eine greise Frau, weit über achtzig, die irgendwann erschöpft einschlief beim Gehen. Ich bemerkte es als Einzige und dachte erschrocken, um Himmels willen, ich muss sie retten. Ich wollte sie hochnehmen und tragen und stellte dabei fest, dass sie ganz leicht ist. Sie war innerlich ausgehöhlt und ihr Körper war nur eine dünne Hülle. Meine Oma fühlte sich leblos an wie eine Puppe. Auf einmal war auch ihr Körper verschwunden und ich hatte nur noch die äußeren Konturen meiner Oma im Arm. Am Ende dieser Reise waren dann auch noch Anna und Richard verschwunden und ich war allein. Es fiel ein sintflutartiger Regen in die trockene Landschaft und danach lagen Hunderte Autos in einem überschwemmten Flussbett.
Bei Richard weiß ich gerade nicht genau, woran ich bin. Wir verstehen uns recht gut in diesem Urlaub, aber ich kämpfe um mehr Nähe. Ich will über unsere Beziehung reden, will, dass er sich stärker zu mir bekennt. Inzwischen spreche ich vom Heiraten, aber er bleibt reserviert.
Ich habe die Pyramiden gesehen, ein spiritueller Ort von überwältigender Schönheit. Lasst mich einfach hier, dachte

ich, als ich nach zwei Stunden wieder in den Touristenbus steigen musste. Ich hätte Tag und Nacht hier sitzen bleiben können und die geometrischen Linien dieser wunderbaren Architektur bei wechselndem Licht betrachten wollen. Es geht mir gut, weil ich inzwischen durch die vielen Eindrücke von meinen traurigen Gedanken abgelenkt bin.

Ich habe auf dieser Schiffsreise wenig an meine Arbeit gedacht und nur ein einziges Mal von meinem Chef Alexander geträumt. Es war diesmal ein angenehmer Traum und nicht wie so oft einer dieser Albträume, die darum kreisen, dass ich das von mir Geforderte nicht schaffe, dass ich erschöpft bin und die Augen nicht aufbekomme, obwohl ich wichtige Sachen zu erledigen habe.

Für die letzten Tage meiner Sommerferien habe ich mir einen weiteren Besuch vorgenommen. Ich fahre zu Gerda Wolf, der Cousine meiner Mutter, die ich zur Beerdigung kennengelernt habe. Ich denke, sie wird einiges wissen von der Familiengeschichte, gehört sie doch zur engsten Verwandtschaft. Also fahre ich mit dem Auto zu ihnen, in den Westen Berlins nach Spandau. Das ist ein schöner grüner Vorort. Als ich Straße und Hausnummer endlich gefunden habe, stehe ich überrascht vor einem Neubaublock inmitten der vielen Bäume und Parks. Hier wohnen sie, Gerda und ihr Mann Heinz. Beim Betreten der Wohnung bin ich geblendet. Sämtliche Räume sind ausgestattet mit nagelneuen hellen Möbeln, blütenweißen Teppichen und fein aufeinander abgestimmten Gardinen und Badvorlegern, ebenfalls alles in Weiß oder höchstens cremefarben. Man findet kein Stäubchen weit und breit. Da liegt nicht ein Fitzelchen Papier herum oder ein aufgeschlagenes Buch oder eine Zeitung. Durch die hellen Möbel, die auf weißer Auslegeware stehen, auf der wiederum weiße Teppiche liegen, wirkt diese Wohnung wie in gleißendes Licht getaucht. Meine Mutter hätte sich angesichts dieser Einrichtung und Aufgeräumtheit zu Tode geschämt für ihre

Wohnung oder gar für meine, die sie immer peinlich fand, weil dort keine Gardinen hingen. Ich erinnere mich, wie sie eines Tages zu mir sagte: „Mein Cousin Gerhard und seine Frau möchten mich in Zwickau besuchen kommen. Gib mir doch bitte Bescheid, wenn du mal nicht da bist, damit ich sie einladen kann." Ich fragte sie: „Warum soll ich denn nicht da sein, ich möchte die beiden auch gerne wiedersehen?"

Und sie entgegnete mir: „Wenn du da bist, wollen die womöglich auch zu dir in deine Wohnung und die kann man ihnen nicht zeigen."

Gerda und Heinz haben keine Kinder. Ihr gesamtes Geld steckt offensichtlich in der Wohnung. Niemand würde sich hier trauen, auch nur einen Krümel fallen zu lassen. Enkelkinder gibt es nicht, die etwas beschmutzen könnten, trotzdem richten sie sich alle paar Jahre neu ein.

Gerda freut sich sehr über meinen Besuch und empfängt mich mit den Worten: „Ich glaube, deine Mutter hat ein großes Geheimnis mit ins Grab genommen. Da kamen doch dann die Russen und ein russischer Offizier, der wollte etwas von ihr. Aber sie hat gesagt, dann erschieß mich lieber. So stark ist sie gewesen. Er kam dann noch einmal, doch sie hat wieder zu ihm gesagt, er solle sie lieber erschießen. Aber sie hat auch etwas mit ins Grab genommen, das weiß ich genau." Das ist an diesem Nachmittag alles, was sie über meine Mutter sagt.

Ich frage sie nach den Eltern meiner Oma Clara, es sind ja auch ihre Großeltern, und sage zu ihr: „Durch meine Kindheit geisterte dieser angeblich äußerst strenge Vater."

Oma Clara, die meiner Mutter im Haushalt half, deckte jeden Freitagabend, wenn mein Vater von seiner Arbeitswoche heimkam, den Tisch für alle und auf den Platz meines Vaters stellte sie immer das größte Kompottschälchen und den größten Teller. Meine Schwester und ich waren neidisch auf das große Schälchen für den Vater, weil er dann auch das meiste Kompott bekam. Darüber beschwerten wir uns bei unserer Mutter. Wir fanden das schrecklich untertänig von meiner

Oma und fragten, ob das bei ihr zu Hause so üblich war und ob denn Omas Mann so streng war und den größten Teller und das größte Schälchen für sich eingefordert hätte. Da verteidigte meine Mutter augenblicklich ihren Vater und sagte: „Nein, mein Vater war nicht so, aber der Vater von Oma, der war sehr autoritär. Der hat viel geschimpft, seine Kinder geprügelt und war überhaupt sehr jähzornig. Und daher", erklärte sie uns weiter, „hat Oma diese Angst und dieses unterwürfige Verhalten."

Über diesen gemeinsamen Opa hat Gerda einiges zu berichten. „Er war", sagt sie, „Bauarbeiter, später Polier und Bauunternehmer und der Chef einer Maurerbrigade. Der war nicht gut, auch nicht zu seinen Leuten. Er hat das Haus gebaut in Zedlitz und eines Tages ist zum großen Entsetzen der Familie dieses Haus abgebrannt. Niemand konnte sich die Ursache erklären. Schließlich wurde im Dorf erzählt, es wären seine eigenen Leute gewesen. Aus Rache hätten seine Mitarbeiter ihm das Haus in Brand gesteckt, weil er sie so schlecht behandelt hat."

Endlich habe ich das alte und dunkle Familiengeheimnis herausgefunden, denke ich, ein schrecklicher Uropa mit einem abgebrannten Haus. In letzter Zeit habe ich mich oft gefragt, ob es nur die Flucht war, die meine Mutter so verbittert hat werden lassen, oder ob nicht ein noch früheres Schicksal dahintersteckt? Da haben also die Angestellten von meinem Uropa sein Haus in Brand gesteckt, weil er sie schlecht behandelt hat. Was muss da alles vorgefallen sein, dass sich so viel Wut und Hass anstaut und man das Haus seines Chefs anzündet?

„Die Oma von uns", sagt Gerda, „die Frau des bösen Maurerpoliers, hatte später einen Schlaganfall. Sie hat den zwar überlebt, war aber halbseitig gelähmt und musste den Rest ihres Lebens betreut und gepflegt werden, was für die Familie nicht leicht war. Im Dorf wurde gesagt, dieser Schlaganfall sei die Strafe dafür, dass ihr Mann so schlecht war zu seinen Arbeitern."

„Wir sind sehr gern zum Onkel Paul, deinem Opa, nach Zedlitz gefahren", erzählt sie weiter. „Das war ungefähr zehn Kilometer von unserem Dorf Ilgen entfernt. Mein Vater Josef hat angespannt, aber es durfte immer nur eins von uns zehn Geschwistern mitfahren, es war ja sonst kein Platz auf dem Wagen. Einmal, als ich etwa neun Jahre alt war, durfte ich dort übernachten und die Oma mit dem Schlaganfall geisterte nachts herum. Sie stand plötzlich in ihrem weißen Nachthemd in meiner Tür und ich habe mich fürchterlich erschrocken und nach Tante Clara gerufen. Ich schrie: ‚Tante, komm schnell, da ist jemand, da ist ein Geist.' Da kam Tante Clara und beruhigte mich mit den Worten: ‚Meine kleine Gerda, das ist doch nur die Oma.' "

„Die Tante Clara, die hat ihre Mutter rührend gepflegt, die vielen, vielen Jahre lang. Dein Opa, mein Onkel Paul, der war ein Stiller", sagt Gerda. „Der war gut und der hat immer alle beruhigt. Wenn er auf Urlaub nach Hause kam von der Front, hat er mit Lenchen gespielt in der Küche. Er hat sie auf den Arm genommen und durch die Luft fliegen lassen, er hat mit ihr herumgealbert und beide haben lauthals gelacht."

Als sie das erzählt, werde ich traurig. Es ist das erste lebendige Bild, das ich vom Familienleben meiner Mutter bekomme. Es ist das erste Bild, das sich bewegt und in meinem Inneren gibt es einen Ton und ein Geräusch dazu. Meine Mutter hat höchstens einmal eine kurze Bemerkung über ihr Zuhause fallen lassen, zum Beispiel: „Mein Vater war lieb oder die Landwirtschaft war schwer oder mein Vater hat geschimpft, weil ich die Kartoffeln nicht ausgelesen, sondern lieber Schulaufgaben gemacht habe." Sie hat niemals etwas ausführlich oder bildlich erzählt. Es gab keine lebendige Geschichte, alles war wie konserviert, wie abgestorben in ihr. Und nun habe ich dieses winzige rührende Bild von meinem Opa und Lenchen. Es ist, als habe ich plötzlich einen Opa bekommen, auch wenn er schon lange tot ist. Und meine Mutter hat eine kleine Schwester, die durch die Küche rennt und mit ihrem Vater Fangen spielt. Das ist ein Bild von etwas, was es bei uns nie gegeben hat. Nie haben meine Mutter oder meine Oma mit uns gespielt, herumgealbert oder Späße gemacht. Das war vorbei mit dem 20. Januar 1945, ein für alle Mal vorbei in der Familie Fengler.

Ich beschließe, Gerda weiter nach Lenchen ausfragen.

„Sie haben das Lenchen immer schön zurechtgemacht", sagt Gerda, „mit einem hübschen Kleid und mit einer großen Schleife im Haar." Ich hole das Bild hervor, auf welchem Lenchen an der Hand meiner vierzehnjährigen Mutter zu sehen ist. Lenchens andere Hand hält ein mir unbekanntes Mädchen und ich frage, wer das ist. Und Gerda ruft aus: „Das bin ich!"

„Lenchen hatte ganz dünne Arme und Beine", sagt sie, „und einmal, das war aber nach der Flucht, war deine Oma mit dem Lenchen bei uns in Seeberg zu Besuch. Da war es ganz still und hat gar nichts gesprochen. Es war ganz und gar zurückgeblieben."

Ich frage weiter: „Wie war das mit der geistigen Behinderung, wie waren die Symptome, wie schlimm war es?"

Und Gerda, wie schon die Bekannten aus Artern, zögert mit einer konkreten Antwort und sagt nur: „Deine Mutter hatte immer Angst bei euch vor einem weiteren behinderten Kind."

Stimmt, denke ich. Meine Mutter war immer besorgt bei den Schwangerschaften von mir und meiner Schwester. Während andere Mütter sich gefreut hätten, Oma zu werden, rief meine Mutter jedes Mal aus: „Um Gottes willen, du bist schwanger", als wäre es das größtmögliche Unglück, das ihr gerade zustößt. Da wir beide weder zu jung noch unverheiratet waren, konnte ich mir nicht erklären, was der Grund dafür sein könnte. Deshalb war ich unendlich beleidigt und habe sie gehasst für das Dramatisieren einer Schwangerschaft. Aber nun verstehe ich das plötzlich, meine Mutter hat damit gerechnet, dass sich das Unglück in ihrer Familie fortsetzt.

Gerda erzählt weiter, dass es damals, 1937, unter den Nazis so etwas wie eine staatliche Mütterberatung gab, zu der alle Frauen mit ihren neugeborenen Babys hingehen mussten. Eines Tages bekam auch meine Oma die Aufforderung, mit Lenchen zu dieser Mütterberatung zu gehen. Sie war erschrocken und hat gesagt: „Ich gehe da einfach nicht hin. Ich sage denen, ich kann nicht kommen mit dem Kind, denn das Kind ist gerade schlimm erkältet." Da hat sie wohl geahnt oder schon gewusst, was mit diesen Kindern passieren würde, die den Eltern weggenommen werden. Später lese ich in einem Bericht, dass die Hebammen, die im ländlichen Bereich tätig waren, für Hinweise zu behinderten Kindern fünf Reichsmark als Belohnung bekamen.

Als ob es noch nicht reichen würde, dass meine Mutter vergewaltigt wurde, das Haus in Brand gesteckt wurde, dass Lenchen behindert war und sie es vor den Nazis verstecken mussten, bringt Gerda noch eine weitere dunkle Geschichte ans Tageslicht.

Meine Oma Clara hatte zwei Brüder, Josef, den Vater von Gerda, und Leo. Leo war um einiges jünger als seine Geschwister. Er ging früh von Zedlitz weg und absolvierte eine Friseurlehre, machte seinen Meister und blieb in Berlin. Er war nicht verheiratet. „Der Onkel Leo", sagt Gerda, „der war doch bei der Stasi." Die aber gab es damals noch nicht, also meinte sie natürlich die Gestapo.

„Und weißt du", sagt sie weiter zu mir, „dass der einen Sohn hatte?" Ich sage: „Ich weiß von nichts." Woher sollte ich das auch wissen, von meiner Mutter habe ich nichts erfahren und von meiner Oma schon gar nicht. Ich wusste ja nicht einmal etwas vom behinderten Lenchen.

„Eines Tages, mitten im Krieg", erzählt Gerda, „es muss Ende des Jahres 1944 gewesen sein, kam eine junge Russin zu Clara nach Zedlitz auf den Hof, hochschwanger. Der Leo hätte sie nach Deutschland geschickt, seine Schwester würde ihr helfen und sie aufnehmen, sagte sie."

Leo war zu diesem Zeitpunkt seit mehreren Jahren in Russland an der Front. Und Clara, deren Mann und Sohn auch an der Front waren, wusste sich allein nicht zu helfen und hat umgehend ihren Bruder Josef von Ilgen gerufen: „Josef, du musst sofort herkommen. Da ist eine Freundin von Leo, schwanger, aus Russland, was sollen wir jetzt bloß machen?" Sie war sehr aufgeregt und Josef hat gesagt: „Wir können sie nicht wegschicken, es ist schließlich das Kind von unserem Bruder." In der Erzählung von Gerda entsteht eine lange Pause. Schließlich sagt sie nachdenklich: „Die Tante Clara, die war auch nicht immer gut. Nach einer Woche war die hochschwangere Russin verschwunden. Was weiter daraus wurde und wo sie geblieben ist mit dem Kind, das wissen wir nicht."

Ich rechne nach, das Kind der Russin wäre jetzt sechzig Jahre alt. Es ist ein Cousin meiner Mutter, ein Großcousin von mir, der vielleicht irgendwo noch lebt und nicht weiß, wer sein Vater ist. Und ich könnte es ihm jetzt sagen. Aber wie und wo ihn suchen?

„Wir sind schließlich von Ilgen aufgebrochen, meine Mutter mit uns zehn Kindern", erzählt Gerda weiter. „Wir haben uns zufällig noch einmal getroffen auf der Flucht in einem Quartier. Deine Mutter, die Tante Clara und Lenchen waren allein unterwegs, ich wollte bei denen bleiben und habe das zu meiner Mutter gesagt. Aber meine Mutter hat es nicht erlaubt. Sie wollte, dass alle ihre Kinder zusammenbleiben."

Ich hoffe, dass Gerda noch etwas über das Ende der Flucht sagt. Aber sie sagt nichts. Ich hatte erwartet, dass sie sagt: „Ein Glück, dass ich nicht bei deiner Mutter geblieben bin, sonst wäre es mir genauso ergangen." Aber es kommt nichts dergleichen mehr von ihr. Sie weiß entweder nichts Genaues oder auch sie will das Schweigen nicht brechen.

„Deine Mutter", sagt sie, „hatte zu Hause einen Freund oder besser gesagt einen Verehrer. Dessen Eltern hatten eine große Landwirtschaft. Mit dem hat sie geliebäugelt, aber da kam die Tante Clara dazwischen. Sie hat zu dieser Verbindung ganz klar nein gesagt. Trotzdem mit ihm anzubändeln, das hätte deine Mutter niemals gedurft und so musste sie sich diesen jungen Mann, in den sie sehr verliebt war, aus dem Kopf schlagen. Ihre spätere Beziehung mit Horst, deinem Vater, das war nicht das Richtige. Sie war nicht glücklich mit ihm, aber sie kam auch nicht von ihm los."

Offenbar hatte meine Mutter mit ihrer Mutter eine Rechnung offen. In letzter Zeit habe ich mich oft gefragt, warum sie sich nicht besonders gut verstanden haben. Vielleicht hat meine Mutter ihr nicht verziehen, dass sie gegen ihre Liebe war, gegen den, den sie sich ausgesucht hatte. Sie hat sie dafür verantwortlich gemacht, dass sie nicht glücklich geworden ist in ihrem Leben. Was später war zwischen meiner Mutter und ihrer Mutter, unterwegs auf dem Treck oder in den Jahren danach, das weiß ich nicht. Ich kann nur versuchen, es mir vorzustellen.

Meine Oma war in ihren letzten Lebensjahren dement, wir haben das damals „verkalkt" genannt. Das war für uns alle, aber besonders für meine Mutter, die sich nun täglich um sie kümmern musste, sehr schlimm. Meine Oma vergaß, wo sie das eben gekochte Essen hingestellt hatte. Wenn wir aus der Schule kamen, mussten wir die Töpfe suchen, manchmal waren sie im Bett, was zum Warmhalten noch einigermaßen Sinn machte, manchmal standen sie mit ihrem Inhalt wieder ordentlich weggeräumt im Schrankfach. Sie suchte stundenlang ihre Handtasche oder ihr Geld und beim alljährlichen Besuch ihres Sohnes erkannte sie dessen Frau nicht mehr. Tante Hiltrud war zeit ihres Lebens etwas übergewichtig und zu deren großen Unmut sagte meine Oma eines Tages, als sie beide die Treppe hinaufkamen: „Da kommt der Alois, aber wer ist diese dicke Frau daneben?"

Sie fand sich in der Wohnung und im Leben nicht mehr zurecht und jede sonst selbstverständliche Handlung wurde zur Prozedur. Wenn sie sich zum Beispiel abends waschen sollte, dauerte das über eine Stunde. Sie wusch sich zehnmal das Gesicht, aber alles andere nicht und meine Mutter wurde nervös. Sie wollte aber auch nicht die ganze Zeit danebenstehen und ihr helfen, Oma sollte das schließlich selber machen. Da es meiner Mutter aber insgesamt zu lange dauerte, kam sie ab und an ins Badezimmer und schimpfte mit ihr. Und wenn sie sich dann zum elften Mal das Gesicht wusch, schlug meine Mutter ihre Mutter auf den Rücken und schrie sie an, dass sie endlich hören und sich die Arme und die Beine waschen solle. Ich bekam das allabendlich mit und verkroch mich währenddessen in meinem Zimmer. Wenn ich jetzt daran denke, schäme ich mich dafür, wie es in meiner Familie zuging.

Vor kurzem habe ich in einem Erlebnisbericht eines Flüchtlings etwas gelesen, was mir möglicherweise das Verhalten meiner Mutter erklärt. Dieser Mann, der in einer von Schlägen geprägten Familie aufgewachsen war, schreibt darin:

Wenn jemand auf der Flucht vor Hunger oder Kälte nicht weiterkonnte, wurde er mit Schlägen vorangetrieben, damit er nicht am Straßenrand sitzen bleibt und erfriert.

Könnte es auch bei meiner Mutter so gewesen sein? Hat meine Oma geweint und gejammert und gesagt, wir schaffen es nicht? Und war meine Mutter die Starke, die sie weitergetrieben hat, oder war es umgekehrt? Das allerdings werde ich nicht mehr herausfinden.

Das alles liegt begraben an der Stelle auf dem Elmershausener Friedhof, die meine Mutter auf ewig gekauft hat und wo wir uns alle noch dazulegen können.

Ich packe das Fotoalbum aus, das ich bei meiner Mutter nach ihrem Tod gefunden habe. Darin sind ein paar Fotos aus der alten Heimat, Fotos von mir unbekannten Menschen auf Wanderungen und Ausflügen und von jungen Mädchen in der

Zedlitzer Badeanstalt. Gerda kann mir zu einigen die Namen sagen. Es gibt ein Foto, auf dem meine Mutter als junges Mädchen Arm in Arm mit einer Freundin zusammensteht. „Das ist Florchen", sagt Gerda, „die hat sich umgebracht. Die ist mit alledem nicht klargekommen, was ihr mit den Russen passiert ist." Ich schweige, dann gibt es Abendbrot.
Am Ende des Besuches packe ich mein Fotoalbum wieder ein und bedanke mich für die schönen Stunden. Ich umarme Gerda und freue mich, dass sie mir so viel erzählt hat.

Wieder zu Hause angekommen, sitze ich inmitten meiner Familiengeschichte, zwischen den Blättern, die ich schnell beschrieben habe, damit ich nichts von dem Gespräch vergesse, und zwischen den Fotos. Die Verwandten sind neben mir und ich fühle mich gut. Nach und nach habe ich sie alle zu mir geholt, die Toten und die Vermissten. Meine Mutter und meine Oma, die alles überlebt haben, konnten nicht über sie sprechen, weil es zu schlimm für sie war. Die Verstorbenen bekommen langsam ein Gesicht und Eigenschaften und diese Eigenschaften verdichten sich zu Persönlichkeiten. Ich habe also auch viele Verwandte. Sie stehen um mich herum, sie halten mich fest, sodass ich ihnen nicht mehr nachfolgen muss in ihren Tod.
Ich wäre gern richtig Kind gewesen. Ein Bäumchen mit Wurzeln und nicht nur ein Blatt im Wind. Seit nunmehr drei Jahren habe ich diese Angstzustände und dunklen Stimmungen. „Warum ging es meiner Mutter oder Gerda Wolf nicht so", frage ich Herrn Gruber, „die haben doch all das Schlimme erlebt? Die haben das Trauma. Mir ging es doch gut." Er sagt darauf: „Die hatten wenigstens noch eine behütete Kindheit. Die wissen, wo sie herkommen. Sie müssen das alles erst mühselig herausfinden."

Einen Monat später sind die Angstzustände weg, aber es macht sich eine große Traurigkeit in mir breit, eine unendlich große Traurigkeit. Gestern Abend hatte ich neununddreißig Fieber und lag mit Halsentzündung im Bett. Richard ist zu einer großen Familienfeier gefahren. Ich hätte mitfahren können, aber ich bin krank geworden. Es ist unerträglich für mich, mit anzusehen, wie er mit seiner Familie fröhlich zusammensitzt. Ich habe keine solche Familie.

Nach der Feier fliegt Richard für zwei Wochen mit seiner Tochter nach Australien. Er wird es genießen und ich bin wieder allein. Meine Familie besteht nur aus Anna, aber die ist nur noch selten zu Hause. Sie führt ihr eigenes Leben und hält sich von mir fern. Die gesamte Zeit, während Richard so weit weg ist, habe ich ein Gefühl der Verlorenheit.

„Ich muss an den Ort fahren, an dem meine Mutter ihre Seele verloren hat", sage ich zu Herrn Gruber in meiner ersten Therapiestunde nach dem Urlaub. „Wissen Sie denn, wo dieser Ort liegt?" fragt er mich. „Ja", sage ich, „ich weiß es, es ist Primkenau in Schlesien." „Sie meinen also", spinnt Herr Gruber diesen Faden weiter, „dass Ihre Mutter keine Seele hatte? Das ist ein interessantes Bild, auch zu mir sprechen Sie manchmal so, als ob ich keine Seele hätte."

Ich erwidere: „Ich selbst fühle mich so, als ob ich keine Seele hätte. Wenn ich aus dem Theater falle und Zeit habe, weiß ich nichts mit mir anzufangen. Dann weiß ich nicht, ob ich nach Hause will oder spazieren gehen soll oder mich lieber in ein Café setzen möchte. Ich weiß nicht, wohin mit mir. Ich fühle mich einsam und sehne mich danach, eine Freundin anzurufen und zu fragen, ob sie etwas mit mir unternimmt. Doch eigentlich will ich lieber für mich sein und schweigen. Aber das halte ich dann nicht aus."

Vier Wochen später habe ich wieder eine schwere Erkältung, das zweite Mal in diesem Herbst. Ich habe mir Pulmotin gekauft und reibe mich damit ein, um mich zu trösten. Beim Einreiben denke ich an das, was mir Tante Christa kürzlich in einem Brief geschrieben hat. Auch sie hatte ich vor ein paar Wochen gefragt, ob ich sie besuchen darf und ob sie mir etwas erzählen kann von Oma Clara und von Lenchen. Den Besuch hat sie abgelehnt, ausweichend schrieb sie, sie wäre gerade krank und an Lenchen könne sie sich auch nicht so recht erinnern. Das einzige, was sie noch von Oma Clara wüsste, ist, dass sie uns, wenn wir krank waren als Kinder, ganz oft mit Pulmotin eingerieben hat.

Wenn ich oder meine Schwester krank im Bett lagen, wurde sich rührend gekümmert um uns, voller Angst wahrscheinlich. Oma Martha las Märchen vor und Oma Clara machte Fencheltee und warme Milch mit Honig, rieb einen Apfel zu Apfelmus und kochte kräftigende Hühnerbrühe.

Bei Husten wurden wir auf Brust und Rücken dick mit Salbe eingerieben. Ich spüre noch heute ihre knochigen Hände auf meinem Körper.

Aber dann, wenn wir wieder gesund waren, war sie eher hart und lieblos zu uns. Mehr Nähe als in diesen kurzen Krankheitsphasen gab es von ihr nicht in meiner Kindheit.

Oma Clara hatte abgearbeitete Hände und einen krummen Rücken. Sie war sehr mager und ihr nackter Körper erinnerte an Fotos von KZ-Überlebenden bei ihrer Befreiung. Als Kind habe ich meine Mutter gefragt, warum die Oma so knochige, rote und rissige Hände hat. „Wir haben ja so viel mitgemacht", war die knappe Antwort. Ich habe mich damit nicht zufriedengegeben und weitergefragt: „Was habt ihr denn mitgemacht?" Nur stockend kam aus ihr heraus: „Unter den Polen musste die Oma Eichenrinde aus kochendem Wasser holen, mit bloßen Händen." Und bevor ich noch weiterfragen konnte, sagte sie unwirsch: „Du hast ja keine Ahnung, was wir alles durchgemacht haben." Das war immer ihre Aussage, wenn ich vorsichtig etwas zu ihrer Vergangenheit gefragt habe. Als ich älter wurde, kam noch der Vorwurf hinzu: „Du musstest doch nichts mitmachen, du kannst dein Leben genießen und treibst dich in der Weltgeschichte herum."

Es ist Herbst und ich arbeite viel. Wenn ich mitten im Produktionsprozess einer Inszenierung bin, bin ich abgelenkt und komme nicht zum Nachdenken. Aber sobald sich eine Lücke auftut, bin ich mit den Gedanken bei der Geschichte meiner Mutter. Es treibt mich weiter um. Ich rufe ihre Schulfreundin Martel Weber an, frage, ob ich sie besuchen kann und sage ihr, dass ich gerne das bei ihrem Besuch in Elmershausen begonnene Gespräch vertiefen möchte. Schon das Telefonat mit ihr ist schön, denn sie erzählt mir, dass sie meine Mutter und meine Oma schon kurz nach der Flucht besucht hat und dass zu diesem Zeitpunkt Lenchen noch gelebt hat. Ich schöpfe Hoffnung, dass ich von Martel noch etwas erfahre. Ich muss bald zu ihr fahren. „Es geht mir nicht besonders gut", hatte sie am Telefon gesagt und sich mit den Worten: „Wer weiß, wie lange ich noch lebe", verabschiedet.

Die Erzählungen beginnen immer mit der Flucht

Es ist Weihnachten. Ich habe mich wieder einmal mit Richard gestritten. Er will nach Zwickau fahren am ersten Weihnachtsfeiertag zu seinem Sohn, ich aber will bei Anna bleiben. Das ganze Fest über ist schlechte Stimmung, wir schaffen es einfach nicht, uns zu einigen. Deshalb bin ich froh, am zweiten Feiertag etwas ohne ihn geplant zu haben.

Ich fahre zu Martel. Sie wohnt in einem kleinen Dorf in Hessen und lebt dort in einem bescheidenen Zimmerchen im Haus ihres Sohnes. Martel hat drei Kinder geboren. Die Älteste, Rita, ist die Tochter, die mit fünfzig Jahren an Leukämie gestorben ist.

„Das hat mich sehr mitgenommen", sagt sie. Der Mittlere ist der Sohn, bei dem sie lebt. Zu ihm hat sie kein besonders gutes Verhältnis. „Man wohnt so nebeneinander her", beschreibt sie den Zustand. Zur jüngsten Tochter, Monika, hat sie eine innige Beziehung, aber sie wohnt weit weg. Mit ihr war sie erst kürzlich in der alten Heimat, erzählt sie mir. Die haben es gut, denke ich, die konnten noch zusammen dorthin fahren. Sie erzählt mir ganz beglückt von dieser Reise, dass eines Tages ihre Tochter mit dem Auto vor der Tür stand und sie einfach überredet hat, sie sich erst dagegen gewehrt hat und wie schön und bewegend dann alles für sie war.

Sie haben in einem Hotel in Schlichtingsheim gewohnt, sagt sie, im Nachbarort von Zedlitz. Das Hotel war neu gebaut, sehr modern und geschmackvoll eingerichtet.

Martel stammt aus einfachen Verhältnissen. Im Gegensatz zu den meisten Zedlitzern, die eine eigene Landwirtschaft betrieben, war ihr Vater „nur" Arbeiter und sie wohnte zusammen mit ihren sechs Geschwistern in einer Werkswohnung. Als ihr Vater 1942 starb, war sie vierzehn Jahre alt. Daraufhin musste die Mutter mit den sieben kleinen Kindern aus der Werkswohnung ausziehen und allein für den Lebensunterhalt der Familie sorgen.

Eine ältere Schwester von Martel bekam mit neunzehn Jahren ein Kind von einem Soldaten, unehelich. Sie war aber eigentlich in meinen Onkel Alois verliebt. Als er Jahre später aus der Gefangenschaft zurückkehrte, wollte sie ihn gerne heiraten. Aber meine Oma Clara war dagegen. „Eine mit Kind", sagt Martel, „die wollte sie nicht als Schwiegertochter haben, das konnte sie mit ihrem Glauben nicht vereinbaren."

Eine andere Schwester von Martel hat einen Bruder von Uli und Liesel Wirth geheiratet. „Hochschwanger und mit einem kleinen Kind an der Hand musste sie auf die Flucht gehen. Anfangs war sie in einem besonderen Wagen für Schwangere untergebracht, dieser Wagen fuhr allen voran, aber irgendetwas muss unterwegs passiert sein. Kurze Zeit später haben wir sie getroffen. Sie kam uns auf einem Feldweg entgegen, weinend. Das Kind hat sie unterwegs bekommen. Es ist ein paar Wochen später gestorben."

Die Erzählungen der alten Frauen beginnen immer mit der Flucht. Sind schließlich die wichtigsten, schlimmsten Sachen gesagt, geht es zurück in die friedliche Zeit, in die Kindheit und Jugend. Alle sind froh, wenn sie etwas erzählen können, spüre ich. Trotzdem habe ich ein schlechtes Gewissen, weil ich sie aushorchen will über meine Familie, denn die Stimme meiner Mutter sagt immer noch: „Du darfst das alles nicht fragen, das möchten sie dir vielleicht gar nicht erzählen." So bin ich auch ein wenig erleichtert, als Martel umschwenkt zu den „normalen" Erlebnissen.

Sie erzählt mir von ihrem Pflichtjahr. „Das mussten damals alle Mädchen absolvieren in der Nazizeit", sagt sie. „Ich habe das bei Verwandten von euch gemacht, bei den Niekes, die eine große Landwirtschaft hatten. Da habe ich im Haushalt und auch bei den Feldarbeiten geholfen." Dass sie sagt: „Bei Verwandten von euch" und, „dass sie froh war, da untergekommen zu sein", erfüllt mich mit stiller Freude. Wir hatten

Verwandte mit einer großen Landwirtschaft. Wir waren auch mal wer. Ich habe mich immer gefühlt wie hingeworfen auf diese Erde. Meine Mutter hatte mir beigebracht: „Wir haben alles verloren, wir sind nichts, wir haben nichts, wir sind Flüchtlinge." In mir führte das zu der Annahme, dass es keine Vergangenheit gab, dass vorher einfach nichts war.

Es ist so, wie Herr Gruber gesagt hat, meine Mutter hatte noch eine Heimat, wenigstens für siebzehn Jahre. Ich aber bin in diese Heimatlosigkeit hineingeboren und weil über das „Früher" nicht gesprochen wurde, spürte ich keinerlei Anbindung an einen Ort oder eine Familiengeschichte. Wenn sich jetzt die weißen Flecken mit Farbe füllen und ich erfahre, es gab eine große Familie und viele Verwandte, dann geht es mir langsam besser.

„Die Niekes mit der großen Landwirtschaft hatten viele Kinder und die Jungs der Familie haben mich oft geärgert", erzählt sie. Bei einer Rauferei in der Scheune ging ihr kostbarer goldener Ohrring im Heu verloren und trotz stundenlanger Suche hat sie ihn nicht wiedergefunden. „Das war eben wie die sprichwörtliche Suche nach der Nadel im Heuhaufen", sagt sie lächelnd. Nach über sechzig Jahren erinnert sie sich noch genau an diese winzige Episode.

Nachdem wir eine ganze Weile locker miteinander geplaudert haben, sagt sie plötzlich zu mir: „Ich will ganz ehrlich zu dir sein, wir waren gar nicht so sehr mit deiner Mutter befreundet. Die Luzia", sagt sie weiter, „war eingebildet." Dann schwächt sie ihr Urteil ab und sagt: „Vielleicht war sie gar nicht so eingebildet, sondern nur zurückhaltend oder verschlossen. Wir, Charlotte, Mariechen und ich, haben nicht auf sie gewartet auf dem Schulweg, sie ging entweder hinter uns oder vor uns. Vielleicht wollte sie was Besseres sein. Später, als wir erwachsen waren, da war sie nicht mehr so. Da war sie eine herzensgute Frau und wir hatten regen Kontakt miteinander. Und als meine Tochter im Sterben lag, hat deine Mutter mir sehr beigestanden."

Zurückhaltend und verschlossen, das stimmt. Ein offener, lebensfroher und mitteilsamer Mensch war meine Mutter jedenfalls nicht, aber „eingebildet", das kann ich mir bei ihrem mangelnden Selbstbewusstsein nur schwer vorstellen. Wobei, sie hat von Anfang an gehofft, etwas aus ihrem Leben zu machen, etwas Besseres zu werden und das hat sie schließlich auch geschafft. Aus der Landwirtschaft kommend, mit nur acht Jahren Schulbildung auf der Dorfvolksschule wurde sie Angestellte bei einer Bank, holte einen Facharbeiterabschluss nach und heiratete meinen Vater, der zweimal studiert hat.

ES IST ALLES ZU ETWAS GUT war das Lebensmotto meiner Mutter. Viele Hundert Male habe ich mich gefragt: Wozu aber sollen all das Leid auf der Flucht und die Vergewaltigungen gut gewesen sein? Das war alles einfach nur furchtbar, wie kann sie dieser Satz je getröstet haben? Bei meinen Besuchen und Gesprächen formt sich zunehmend das Bild von einer jungen Frau, die einfach nur vom Dorf wegwollte. Sie wollte nicht in der Landwirtschaft arbeiten, sie hat von einer schönen Stelle in der Stadt geträumt, bei der man sich schick anziehen kann und gepflegte Fingernägel hat. Das immerhin ist ihr gelungen, durch die Flucht. Nur der Preis war hoch. Ihr Vater und ihre Mutter hätten ihr nie gestattet, den Hof zu verlassen. „Wer hätte ihn sonst übernehmen sollen", konstatiert Martel, „der Alois war schon in der nächstliegenden Kreisstadt und hat Bäcker lernen dürfen."

„Es gab da im Dorf jemanden, der sich für deine Mutter interessiert hat", sagt sie. „Vor der Flucht war sie ein heranwachsendes Mädchen von fast achtzehn Jahren und hat sich umgeschaut."

Mir hat sie immer erzählt, sie sei im Gegensatz zu den anderen Mädchen ein Spätentwickler gewesen und hätte auch erst sehr spät ihre Regel bekommen.

„Jedenfalls hieß er Berthold oder so ähnlich", erzählt Martel weiter, „er ging von Hof zu Hof und kontrollierte die Milch der Bauern auf ihre Fettwerte. Er war selbst kein Bauer mit schwieligen Händen, er war Lebensmittelchemiker." Aber genau wie Gerda sagt auch Martel: „Leider war deine Oma Clara dagegen."

Ein widersprüchliches Bild von Clara entsteht. Als Oma hat sie für ihre Familie alles getan und an Hilfsbedürftige hätte sie ihr letztes Hemd verschenkt, wurde gesagt. Sie hat meiner Mutter den Haushalt gemacht, hat gekocht und geputzt, uns betreut, wenn wir krank waren und uns viel Geld geschenkt von ihrer kleinen Rente. Aber früher, als sie noch Dinge zu entscheiden hatte, war sie hart gegenüber ihrer Tochter und hat überdies die schwangere Russin vom Hof geschickt.

Auch Uli und Liesel Wirth waren nicht immer die guten alten Tanten, als die ich sie kennengelernt habe. Von denen berichtet Martel, dass sie ihre eigene Mutter im Alter nicht versorgt hätten. Benno, ihr Bruder, hatte eine Schwester von Martel geheiratet und die hat die alte Mutter Wirth pflegen müssen, während sich die eigenen Töchter zurückgezogen haben. „Beide Brüder Wirth, Benno, der mit meiner Schwester verheiratet war, und Bruno, der unverheiratet geblieben ist, haben viel getrunken", erzählt Martel.

„Der Bruno hatte es auf Luzia abgesehen", sagt Martel, „aber da hat sie gut daran getan, den nicht zu nehmen. So ist ihr manches erspart geblieben." Ich denke, sie hätte ihn ja nach der Flucht heiraten können, es wäre ein Stück Heimat gewesen. Aber sie heiratete meinen Vater, der bei der Deutschen Notenbank Hauptbuchhalter war und niemals getrunken hat. Aber mit ihm ist sie auch nicht glücklich geworden.

Martel erzählt von ihrem Leben nach der Flucht. Anfangs wohnte sie in Artern, wohin es auch die Familie Wirth verschlagen hatte. Dort lernte sie ihren Mann kennen, der ein Einheimischer war. Sie erzählt schöne alte Geschichten über ihre doch recht glückliche Ehe, ich höre geduldig zu, aber ich muss unbedingt noch etwas über Lenchen erfahren.

„Da hat die Oma Clara auch was mitgemacht", sagt Martel, als ich sie endlich direkt darauf anspreche. „Eines Tages ging es durch den Ort: Lenchen stirbt. Die war so schlimm krank, dass alle Angst um sie hatten. Und von dieser schlimmen Krankheit ist dann etwas zurückgeblieben. Sie hatte Hirnhautentzündung gehabt. Aber warum eure Mutter euch nichts davon erzählt hat, weiß ich nicht", sagt sie. „Das war doch nicht erblich oder so. Wahrscheinlich hat sie euch das nicht erzählt, weil sie Angst hatte, ihr könntet auch etwas davon haben."

Ein heikles Thema, merke ich wieder, Masern, die nach innen gehen oder Hirnhautentzündungen, die auf die nächste Generation übergreifen. Ja was denn nun? Wenn Martel sagt, dass es nicht erblich ist, wieso sagt sie gleichzeitig, dass meine Mutter Angst hatte, wir könnten auch so etwas haben. Offenbar wusste jeder im Dorf ein bisschen was und darüber wurde getuschelt. Gemeinsam ist ihnen die Scheu, offen darüber zu reden.

Martel ist sehr liebevoll zu mir, immer wieder wundert und bedankt sie sich, dass ich die weite Reise gemacht habe, um sie alte Frau zu besuchen. Eine Welle schmerzlich vermisste mütterliche Wärme überrollt mich, als sie zum Abschied zu mir sagt: „Ach Mädchen, sei nicht so traurig, du wirst deinen Weg schon machen." Beglückt nach dieser Reise in die Vergangenheit trete ich den Heimweg an.

Niemand war vom Schicksal ausgeschlossen

Genau zwei Jahre nach dem Tod meiner Mutter fahre ich im tiefen Winter bei minus fünfzehn Grad nach Schlesien, nach Zedlitz. Ich muss an den Ort, an dem meine Mutter ihre Seele verloren hat. Ich will die vereisten Straßen sehen, ich will frieren und mich in den Schnee legen. Es muss wehtun.

Ich stehe an diesem Sonnabend zu einer für mich ungewohnt frühen Zeit auf. Ich koche Königsberger Klopse für Anna, damit sie etwas zu essen hat am Wochenende, steige in mein Auto und fahre mit zwei unterschiedlichen Gefühlen los. Einerseits freue ich mich auf diese Fahrt wie auf eine Urlaubsreise in den Süden, andererseits weiß ich nicht, was ich dort eigentlich will. Ich beschließe, je nachdem welches Gefühl unterwegs überwiegt, fahre ich weiter oder drehe um. Die Fahrt habe ich für mich ungewöhnlich exakt vorbereitet. Sonst, wenn wir wegfahren, lasse ich das alles Richard machen. Ich bin nicht in der Lage, ein Urlaubsquartier zu buchen oder die Reiseroute herauszusuchen. Aber diesmal war ich schon Tage vorher beim ADAC, habe mich über die Einreisebestimmungen nach Polen informiert, mir die Wegstrecke ausdrucken lassen und Geld umgetauscht. Ich habe Kaffee und Süßigkeiten gekauft als kleine Geschenke und als Gegenleistung für Gefälligkeiten. Ich habe meine Tasche am Vortag sorgfältig gepackt und am Abend vor der Abreise meine Freundin Beate eingeladen, um nicht allein zu sein mit meiner Aufregung. Und da sie mir immer großzügig beisteht, wenn ich sie um etwas bitte, hat sie auch gleich bei mir übernachtet.

Es sind genau dreihundertvierundneunzig Kilometer von Leipzig nach Zedlitz. Es ist dreizehn Uhr, als ich die Grenze zwischen Deutschland und Polen passiere. Es ist gleichzeitig die alte Ländergrenze zwischen Sachsen und Schlesien. In meiner Kindheit und Jugend hieß sie Oder-Neiße-Friedensgrenze. Ich rechne die noch verbleibende Fahrzeit aus, es ist zu spät, um noch rechtzeitig vor Einbruch der Dunkelheit nach Zedlitz zu kommen und alle Zweifel an dieser Reise kommen hoch. Ich fahre trotzdem weiter. Hinter der Grenze ändert sich die Landschaft, alles wirkt fremd und irgendwie einsam. Aber die Häuser sehen vertraut aus, es sind die ehemaligen deutschen Häuser. Bei der Hinfahrt habe ich mich für die Schnellstraße entschieden, auf dem Rückweg will ich die andere Route nehmen, die der Flucht.

Ich halte kurz auf einem Parkplatz und will meine Eindrücke und Gedanken notieren, aber ich habe nicht die Ruhe zum Schreiben. Es treibt mich weiter. Über die Hälfte der Kilometer habe ich geschafft, ich bin mitten in Schlesien. Auf der Toilette der polnischen Tankstelle ist es sauber und warm, es gibt sogar Papierhandtücher. So etwas haben sie damals auf dem Treck nicht gehabt, denke ich.

Kurz vor sechzehn Uhr habe ich mein Ziel fast erreicht. Ich fahre nach Fraustadt hinein, die Kreisstadt bei Zedlitz, die für meine Mutter eine große Bedeutung hatte. Diese Stadt hat sie geliebt, hier ist sie zur Hauswirtschaftsschule gegangen. Das war ein Ereignis für sie, das Mädchen vom Dorf.

Ich habe keinen Schimmer, in welcher Richtung Zedlitz liegt. Ich bin zu aufgeregt, um anzuhalten und die ausgedruckte Wegstrecke aus der Handtasche zu holen, also folge ich einfach meiner Eingebung und biege in Richtung Gora ab. Und siehe da, auf dem nächsten Wegweiser steht: Siedlnica 2 Km.

Die Landstraße nach Zedlitz bietet einen wunderschönen Anblick bei untergehender Januarsonne und Schnee auf den Feldern. Kurz nach sechzehn Uhr fahre ich hinein in das Dorf. Ich stelle mein Auto auf einem kleinen Platz ab und laufe herum. Es ist still. Ich sehe die alten Bauernhäuser, viele davon sehen genauso aus wie das auf dem Foto von der Familie meiner Mutter von 1935. Das Foto habe ich dabei. Ob ich spüre, wenn ich zufällig davorstehe?

Die Straßen und die Wege, die ich entlanggehe, sind verschneit und vereist. Genauso könnte es damals bei der Flucht ausgesehen haben. Ich überlege, welcher Weg es gewesen sein könnte, über den sie ihr Dorf verlassen haben.

In einem Moment denke ich, es ist gut, dass ich hier bin. Aber im nächsten Moment zweifle ich daran und ahne, dass das, was ich suche, hier nicht zu finden ist.

Zwei Stunden bin ich in der Dunkelheit und dem klirrenden Frost durch den Ort gelaufen. Mit zwei Paar Socken und dicken gefütterten Stiefeln hatte ich trotzdem eiskalte Füße. Wie haben die das damals bloß ausgehalten, frage ich mich, und das kleine Lenchen saß draußen auf dem Kutschbock. Das hatte mir meine Mutter ein paar Tage nach unserem Gespräch über Lenchen, nachdem sie sich wieder etwas beruhigt hatte, gesagt: „Wir hätten das Lenchen in den Wagen setzen sollen, aber das haben wir ja nicht gedurft."

Die Flucht begann am 21. Januar 1945. Meine Oma hatte zehn Tage später ihren sechsundvierzigsten Geburtstag. Sie war mit ihren beiden Töchtern auf sich allein gestellt. Die Männer waren alle im Krieg, der Ehemann, der Sohn und ihre zwei Brüder. Einen Monat später wurde meine Mutter achtzehn Jahre alt, in Schnee und Kälte, von den Russen vergewaltigt. Niemand war vom Schicksal ausgeschlossen, alle in dieser Familie mussten kämpfen, um zu überleben.

Vielleicht war es gar nicht so schlimm, auf dieser Flucht zu sterben. Es war viel schlimmer, das alles zu erleben und damit weiterleben zu müssen.

LEBEN MÜSSEN, das ist mein Grundgefühl. Mein eigenes Leben fühlt sich oft wie ein Kampf an, selbst in Situationen, in denen es überhaupt nicht nötig wäre.

Es ist eine unglaubliche Ruhe in diesem Dorf, unterbrochen nur durch das vereinzelte Bellen eines Hundes. Es ist eine Stille, die zu mir zu sprechen beginnt. Ich werde ganz ruhig. Die Glocke der katholischen Kirche läutet, ein einsamer Klang in der Dunkelheit von Zedlitz, und ich bete zu meiner

Mutter, als wäre sie eine Heilige und könnte mich beschützen. Sie schaut auf mich herunter. Sie sieht ihr einsames Kind die Straßen ihres Dorfes entlanggehen, in der Dunkelheit, bei sternklarem Himmel und wie damals bei Eis und Schnee. Sie wundert sich, einundsechzig Jahre nach dem Beginn ihrer Flucht laufe ich in ihrem Dorf herum. Als wäre es noch nicht traurig genug, erscheinen mir die reglosen Bündel am Straßenrand, die Säuglinge, Kinder und alten Frauen. Und ich sehe meine kranke Uroma, das „Gespenst" mit dem Schlaganfall, erfroren und verscharrt in Primkenau.

Ich habe so viel Dunkles in meiner Seele. Richard sagt: „Hör endlich auf, immer daran zu denken!" Aber ich kann nicht aufhören, es ist in mir. Und es ist alles wirklich passiert.

Das ist der Unterschied, denke ich, eine warme Wohnung zu haben oder auf der kalten Straße zu sein, mit einem vertrauten Mann zu kuscheln oder einen besoffenen Russen über sich ergehen lassen zu müssen. Das ist der Punkt, an dem sich alles entscheidet, ein für alle Mal und für Generationen.

Es ist neunzehn Uhr, ich muss mich langsam um eine Übernachtung kümmern. Ich habe vorher nichts gebucht in der Hoffnung, in der nahegelegenen Kreisstadt wird sich schon etwas finden. Auf unserer Reise, die allerdings dreißig Jahre her ist, haben wir in einem Hotel übernachtet. Ich weiß noch, wie es aussah, muss aber, als ich davorstehe feststellen, dass sich in diesem Haus kein Hotel mehr befindet. Die Suche nach einem anderen, auf dem Ortseingangsschild ausgewiesenen Hotel, gestaltet sich schwierig. Erst nach mehrmaliger vergeblicher Stadtrundfahrt habe ich den Mut, jemanden zu fragen und werde zu diesem Hotel geleitet. Dessen Eingang ist so unscheinbar, dass ich schon dreimal daran vorbeigefahren bin. Es sieht auch nicht sehr vertrauenerweckend aus. Mir ist unbehaglich zumute, wie immer, wenn ich um etwas bitten muss oder auf etwas angewiesen bin. Obwohl es nicht ungewöhnlich ist, dass ein Reisender gegen Abend in einer fremden Stadt ein Zimmer sucht, kostet es mich einige Überwindung danach zu fragen.

Durch den unscheinbaren Eingang betrete ich einen leeren, mit kaltem Rauch gefüllten Raum, ausgestattet mit einem Billardtisch und einem Tresen. Obwohl es Samstagabend ist und die Stadt immerhin dreißigtausend Einwohner hat, ist dort kein Mensch zu sehen. Ein Portier führt mich durch einen dunklen Hausflur zwei Stockwerke hinauf. Sie sehen aus wie die Etagen eines ganz gewöhnlichen Mietshauses. Nur erscheint alles unbewohnt. Er öffnet eine Tür zu einer kleinen Wohnung mit einem Zimmer und einem Bad. Es sieht ordentlich aus, aber sehr düster mit einer großen, schwarzen Couchgarnitur. Er bemerkt mein Zögern und führt mich weiter, wieder über einen menschenleeren Gang, an dessen Ende er mir die Tür zu einer ähnlich ausgestatteten, aber größeren Wohnung öffnet. Der Preis ist annehmbar, aber ich zögere immer noch und sage, dass ich noch zu Abend essen wolle. Er sagt, dass das hier im Hotel nicht möglich ist und zeigt mir den Weg zu einem Restaurant, wahrscheinlich dem einzigen dieser Stadt. Das hatte ich bei meinen unfreiwilligen Stadtrundfahrten schon gesehen, es war voll mit polnischen Männern, Wodka trinkend am Samstagabend. Da will ich auf gar keinen Fall hin und sage dem Portier ausweichend, dass ich später wiederkommen würde. Ich gehe zu meinem Auto, lasse den Motor an und fahre los. Ich weiß nicht wohin, aber je weiter ich mich von der Stadt mit diesem unheimlichen Hotel und der gruseligen Kneipe entferne, desto besser geht es mir, obwohl ich die Frage der Übernachtung weniger denn je geklärt habe.

Auf meiner noch ziellosen Fahrt fällt mir ein, dass Martel etwas von einem schönen Hotel erzählt hatte, in Schlichtingsheim, einem kleinen Ort etwa fünfzehn Kilometer von Fraustadt entfernt. Ich schaue auf der Karte nach und fahre dorthin. Der Ort ist überschaubar und ich finde das Hotel ohne Mühe. Es sieht modern aus, es scheinen auch einige Gäste da zu sein und ich bekomme ein gemütliches Zimmer.

Inzwischen ist es einundzwanzig Uhr. Ich lege mich aufs Bett und lasse diesen seltsamen Tag an mir vorüberziehen. Meine Gedanken wandern zu Richard. Er ist nicht nur räumlich weit weg. Ich weiß, dass er jetzt mit seiner Kollegin Dorothea in einem Zimmer in einer Berghütte liegt und bin eifersüchtig. Sie machen zusammen einen Gletscherkurs. Dorothea ist jung und augenscheinlich in Richard verliebt. Angeblich war es nicht anders möglich, als dass sie zusammen ein Zimmer mieten, hat er zu mir gesagt. Ich glaube das nicht. Sie werden gemeinsam im Eis klettern und Spaß haben. Ich dagegen liege allein in einem Hotelzimmer in einem fremden Dorf in Polen.

Draußen ist es bitterkalt. Ich öffne das Fenster, um es gleich wieder zu schließen. Ich vermute, inzwischen sind minus zwanzig Grad.

Trotz mehrerer Dorfrunden habe ich das Haus meiner Mutter nicht gefunden und die Vergleiche mit dem alten Foto haben nichts gebracht. Auf diesem Foto ist ein zweistöckiges Backsteinhaus mit vorspringenden Steinen an der Außenwand zu sehen und ich war überzeugt, dass ich es daran erkennen würde. Aber viele Häuser sahen so aus und die alten Hausnummern stimmen nicht mehr. Trotz aller Bemühungen habe ich es nicht gefunden, obwohl ich gehofft hatte, dass ich spüren würde, wenn ich dem Haus näherkomme. Aber es hat sich nichts geregt. Ich muss morgen einen neuen, anderen Versuch starten.

Komisch, ich habe ein schlechtes Gewissen, weil ich nach zwei Stunden Kälte ins Auto steigen konnte und nun im warmen Hotelbett liege, Lenchen aber zwei Winter lang gefroren hat und am Ende daran gestorben ist. Nach den zwei Stunden in der Kälte habe ich zu meiner toten Mutter da oben gesagt: „Jetzt kann ich es mir ein wenig vorstellen, aber ich kann nichts dafür, dass ich nicht wusste, was ihr mitgemacht habt."

Am nächsten Morgen wache ich gegen acht Uhr auf. Ich habe wieder einmal von meiner Familie geträumt. Wieder so ein typischer Traum vom Chaos beim Packen, eine Szenerie, die oft wiederkehrt in meinen Träumen. Ich will meine Sachen zusammensuchen und schaffe es nicht. Es ist quälend, ich strenge mich an, aber ich finde nicht alles und die Zeit rennt davon. Wenn ich es im Traum schaffe, loszufahren, habe ich entweder meine Tasche nicht dabei oder nur die Hälfte einge-packt. Mir fällt ein, dass ich bestimmte Sachen dringend brauche, und überlege angestrengt, ob ich zurückfahren könnte, aber es geht nicht. In diesem Traum war es so, dass unsere Familie, mein Vater, meine Mutter und meine Schwester, irgendwo am Meer in einem Haus untergebracht waren und unser gemeinsamer Urlaub zu Ende ging. Meine Schwester wollte so spät wie möglich am Abreisetag nach Hause fahren. Aber ich wollte eher abfahren, weil ich am nächsten Morgen frühzeitig zur Arbeit musste. Ich flehte meine Mutter an, nicht auf meine Schwester zu hören, son-dern auf mich. Richard war bei diesem Urlaub nicht dabei, er war anderweitig unterwegs. Ich versuchte verzweifelt, ihn anzurufen um zu fragen, ob er nicht wenigstens den allerletz-ten Urlaubstag mit mir verbringen wollte, aber er war nicht aufzufinden und dann hatte ich seine Telefonnummer verges-sen. Ich dachte angestrengt über die Zahlenfolge nach und bekam sie nicht zusammen. Ich unternahm mehrere Wähl-versuche, aber alle Nummern waren falsch. Und mein Vater nahm keine Rücksicht darauf, dass ich telefonieren wollte, er hatte das Radio laut gestellt und machte keine Anstalten, es leiser zu drehen. Es kam dröhnende Musik, dann die Nach-richten und ich schrie ihn an: „Mach das doch bitte mal aus!" Ich kämpfte um mein Gespräch mit Richard, ich kämpfte ge-gen meine Schwester, die nicht abfahren wollte, kämpfte ge-gen meine Mutter, die zu meiner Schwester hielt und kämpfte gegen meinen Vater, für den ich Luft war mit meinem versuchten Telefonat. Ich kämpfte verzweifelt um meinen Platz in dieser Familie. Aber niemand verstand mich und keiner hielt zu mir.

Ich glaube, dass diese Träume etwas mit den in meiner Mutter und Oma gespeicherten Erlebnissen der Flucht zu tun haben: packen müssen, wegfahren und nicht alles mitnehmen können, oder im falschen Zug zu sitzen, oder den richtigen zu verpassen.

Eine Kollegin, deren Mutter und Großmutter viele Jahre in einem sibirischen Lager waren, träumte von Erdhöhlen und dass sie verfolgt wurde und um ihr Leben rennen musste. Später las ich in einem Bericht, dass sich die Insassen sibirischer Zwangsarbeitslager Erdhöhlen gebaut haben, um der unerträglichen Kälte zu entkommen.

Als Oma Clara in ihren letzten Lebensjahren dement war, wollte sie immer weglaufen, ohne zu wissen wohin. Einmal ist sie mitten in der Nacht aus dem Fenster gestiegen und war verschwunden. Wegen ihrer Verwirrtheit schlossen wir schon lange die Wohnung nachts ab und hielten den Schlüssel vor ihr versteckt. Sie ist trotz ihrer achtzig Jahre die Fensterbank hinaufgeklettert und über einen Meter tief hinabgesprungen auf das darunter liegende Blumenbeet. Wir haben ihr Verschwinden erst am nächsten Morgen bemerkt und überall nach ihr gesucht. Es war Spätherbst, draußen waren nur noch etwa fünf Grad und sie hatte lediglich ihr Nachthemd an, eine Strickjacke darüber und Hausschuhe. Wir sind alle zusammen losgegangen, meine Schwester und mein Vater in die eine Richtung, zur Stadt, meine Mutter und ich in die andere Richtung, in den Wald. Wir sind alle möglichen und unmöglichen Wege entlanggelaufen. Währenddessen hatte ich große Angst, dass sie da irgendwo liegt am Rand, tot, erfroren oder verunglückt. Wir haben sie stundenlang gesucht und die gesamte Zeit hatte ich mit meiner Mutter zusammen diese Angst. Gesprochen haben wir nicht darüber. Nach diesen zwei

oder drei Stunden haben wir uns wieder zu Hause getroffen und weil wir sie nicht gefunden haben, musste meine Mutter, so peinlich ihr das auch war, die Polizei anrufen. Dort erfuhr sie, dass meine Oma aufgegriffen wurde, gegen vier Uhr morgens am Bahnhof von Elmershausen. Man hatte sie in ein Krankenhaus gebracht, aus dem wir sie am Nachmittag wohlbehalten abholen konnten. Sie hatte einen Stoffbeutel dabei, darin befanden sich ein Handtuch, ihre Schürze und ein Löffel. Für nichts davon hatte sie eine Erklärung und redete nur wirres Zeug, vor allem aber sagte sie, dass wir alle wegmüssen. Danach wurde sie auch nachts nicht mehr allein in ihrem Zimmer gelassen. Mein Vater, der ohnehin die Woche über unterwegs war, wurde kurzerhand aus dem gemeinsamen Schlafzimmer ausquartiert. Meine Mutter hat dann mehrere Jahre bis zu Omas Tod mit ihr das Ehebett geteilt. Oma ist unzählige Male nachts aufgewacht. Sie ist aufgeschreckt aus ihren Albträumen, hat an meiner Mutter gerüttelt und gerufen: „Luzia, aufstehen, wir müssen packen, wir müssen fort!"
Ich habe das Herrn Gruber erzählt und ihm gesagt: „Wir haben gedacht, sie war dement." Doch er meinte: „Das war nicht nur Demenz, das war ihre Realität."
Beim Frühstück im Hotelrestaurant wundere ich mich über mich und meine Reise. Außer den chaotischen Träumen habe ich gut geschlafen und freue mich auf den Tag.
Doch dann denke ich an zu Hause, an Richard und seine Nacht mit Dorothea im Doppelzimmer und das quält mich. Und ich denke besorgt an Anna, weil sie immer noch ein chaotisches Leben führt, bei ihren Freunden schläft und nur selten zu Hause ist.
Es ist neun Uhr, nach einem schönen Frühstück fahre ich von meinem Hotel wieder nach Zedlitz. Jetzt weiß ich, wonach ich auf dieser Reise suche. Ich will herausfinden, ob es einen Sinn macht, dass ich lebe, wenn ich mich dabei so quälen muss mit den vielen dunklen Gedanken. Wenn meine damals siebzehnjährige Mutter mit einem Kopfschuss im Straßengraben gele-

gen hätte und nicht ihre Freundin, die sie neben sich umfallen sah, dann würde es mich nicht geben. Ich will wissen, welchen Sinn es macht, dass sie sich nach der Vergewaltigung oder in den achtzehn Jahren danach nicht das Leben nahm und schließlich mich auf die Welt brachte.

Ich stelle mein Auto an der Kirche ab. „Wenn du allein nicht weiterkommst mit der Suche nach dem Haus, dann geh zum Pfarrer", hat mir meine Freundin Beate mit auf den Weg gegeben. Heute ist Sonntag. Am Vormittag wird bestimmt eine Messe sein. Die Polen sind sehr katholisch. Ich entdecke einen kleinen Schaukasten, in welchem undeutlich eine Anfangszeit geschrieben steht, es könnte halb zehn oder um zehn sein. Ich beschließe, einfach in der Nähe zu bleiben und abzuwarten.

Die Dorfkirche ist ein wunderschöner, gut erhaltener Backsteinbau mit einem hochaufragenden Kirchturm. Dieser war das Wahrzeichen von Zedlitz, denn in den persönlichen Sachen meiner Mutter fand ich mehrere Abbildungen davon, darunter eine von Charlotte gefertigte Zeichnung, liebevoll als Glückwunschkarte gestaltet zum Geburtstag meiner Mutter. Darauf stand neben den üblichen Wünschen:

Das ist unsere Kirche, von mir gezeichnet, zur Erinnerung an die schöne Zeit.

Während ich warte, gehe ich möglichst unauffällig um die Kirche herum. Auf der rückwärtigen Seite steht eine große Grabanlage, *Gruft Peikert* ist mit goldenen Buchstaben darauf geschrieben. Die Gruft ist wie eine kleine Kapelle gestaltet. Familie Peikert, das waren neben Familie Hülße die Großgrundbesitzer von Zedlitz, der schlesische Landadel. Sie haben ihre Grabstätte restauriert, damit ihr Familienandenken bewahrt bleibt, oder haben es so, wie es war, wiederaufbauen lassen. In den Papieren meiner Mutter hatte ich einen Reisebericht gefunden, den sie nach ihrer Fahrt zum Jahrgangstreffen in Zedlitz im Jahr 1997 für *Das Fraustädter Ländchen* verfasst hatte. Aus diesem Bericht ging hervor, dass sich der katholische Friedhof direkt neben der Kirche befand. Sie schrieb, dass leider keine Gräber mehr erhalten sind, und tatsächlich ist außer der Gruft nichts mehr von einem Friedhof zu sehen. Keine Spur von meinen Ahnen, von den Fenglers und den Schimkes, keine Grabsteine und keine Inschriften mit vertrauten Namen, nichts.

Die kleinen Wege um die Kirche herum sind glatt, ich komme ins Straucheln und in diesem Moment tritt durch eine kleine Pforte in der Mauer, die um das Kirchengeländne führt, der Pfarrer in seinem Talar und sagt auf Polnisch zu mir: „Seien Sie vorsichtig!" Ich antworte: „Es tut mir leid, aber ich verstehe leider nichts". Woraufhin er zu mir in perfektem Deutsch sagt, ich solle aufpassen, dass ich nicht hinfalle. „Was machen Sie hier in einem kleinen polnischen Dorf mitten im Winter?", fragt er mich und ich sage: „Ich bin auf den Spuren meiner Verwandten." „Kommen Sie mit", meint er, „kommen Sie herein in die Kirche zur Heiligen Messe. Die ist leider auf Polnisch", sagt er entschuldigend, „Sie werden nichts verstehen" und ich sage: „Doch, ich werde etwas verstehen, ich bin auch katholisch und kenne die Liturgie." Zum ersten Mal in meinem Leben prahle ich mit meiner katholischen Herkunft.

Ich stelle mich hinten in die Ecke. Niemand soll mich bemerken hoffe ich umsonst, denn natürlich falle ich auf, in diesem Dorf mitten im Winter, in der Sonntagsmesse. Fast alle Besucher schauen mich höchst interessiert an und es wird noch schlimmer, denn der Pfarrer kommt, bevor die Messe beginnt, nochmal auf mich zu und sagt: „Welch ein Zufall, heute ist hier noch eine andere deutsche Frau. Sie steht auf der Empore, gehen Sie doch bitte zu ihr." Mir bleibt nichts anderes übrig, als aus meiner Ecke herauszukommen. Ich begrüße die Frau und will sie gerade fragen, warum sie hier ist. Die Antwort bleibt sie mir vorerst schuldig, denn in diesem Moment stürmt der Kirchenchor auf die Empore, lauter energische polnische Frauen mit Pelzmänteln und großen Pelzmützen. Wir müssen unseren Platz wechseln, aber die Frauen sind freundlich zu uns und schieben uns sanft an eine andere Stelle. Nun stehen wir schließlich ganz vorn in der ersten Reihe und die Orgelmusik setzt ein. Auf dieser Orgel habe ich gespielt auf unserer ersten Reise vor dreißig Jahren. Ich war elf Jahre alt und hatte seit einem Jahr Orgelunterricht. Der Küster, der uns damals die Kirche aufschloss, wurde von meinen Eltern gefragt, ob ich hier spielen dürfte. Er hat sich gewundert und es mit einer knappen Geste erlaubt. Das Instrument war alt und abgenutzt und das Gebläse wurde noch wie früher mechanisch betrieben. Meine Schwester musste den Blasebalg treten und ich habe einen Choral von Bach gespielt. Es muss bewegend für meine Mutter gewesen sein, aber das war mir damals nicht bewusst. Nun stehe ich nach so vielen Jahren wieder hier. Die Orgelmusik reißt mich in die Vergangenheit. Ich sehe Oma Clara mit Lenchen an der Hand dieselbe Orgel hören, es müssen auch dieselben alten Kirchenbänke von damals sein. Wie gerne möchte ich über das Holz streicheln. Wo haben sie wohl gesessen? Am liebsten möchte ich jetzt umfallen oder niederknien oder endlos weinen. Ich muss mich festhalten am Geländer der Empore und sofort die deutsche Frau ansprechen, damit diese Gefühle wieder weggehen. Denn nun sind sie alle ganz nah, die Seelen. Ich frage die Frau, ob sie auch auf Spurensuche sei. Ich bin überzeugt davon, dass es sonst keinen anderen Grund geben kann, mitten im Winter in ein abgelegenes polnisches Dorf zu reisen. Aber Monika, so heißt sie, sagt, sie besuche hier eine Freundin, die den Sommer über als Erntehelferin in Deutschland arbeitet.

Bei der Abkündigung spricht der Pfarrer abwechselnd Polnisch und Deutsch und teilt seiner Gemeinde mit, dass zwei deutsche Glaubensschwestern heute mit ihnen gemeinsam die Messe gefeiert haben. Da hätte meine Mutter Freude an mir gehabt.

Die Messe ist aus, der Pfarrer nimmt mich mit in sein Pfarrhaus und schenkt mir Schokolade. Das ist mir kein bisschen peinlich, ich bin ein kleines verirrtes Kind und Pfarrer sind für so etwas zuständig. Ich sage zu ihm, dass es hier alte Kirchenbücher aus der deutschen Zeit gegeben hat, in die wir damals schauen durften und frage, ob sie noch da sind. Er sagt: „Die sind inzwischen ausgelagert und befinden sich im Archiv des Kreisdekanats. Da müsse ich mich vorher anmelden und dann könne er sie wahrscheinlich besorgen." Ich lasse mir seine Adresse geben.

Monika hat draußen auf mich gewartet und bringt mich zu ihren polnischen Freunden Marya und Tomasz. Sie wollen mir helfen, das Haus meiner Mutter zu finden. Ich breite den alten Dorfplan aus, den ich bei meiner Mutter gefunden habe. Auf diesem Plan sind alle Häuser von Zedlitz verzeichnet, ihre genaue Lage und die dazugehörigen deutschen Familiennamen. Das Problem ist nur, dass es viele gibt, die Fengler hießen, und die alten Hausnummern stimmen nicht mehr, wie ich gestern festgestellt habe. Einen einzigen Anhaltspunkt habe ich, neben dem Gutshof Hülße befindet sich ein Haus mit dem Namen Wirth. Wenn die beiden Wirth-Schwestern die Nachbarn von meiner Mutter waren und auf dem Gut gewohnt haben, dann müsste es das Haus gegenüber sein, bei dem auch der Name Fengler steht. Ich zeige darauf und das polnische Paar denkt kurz nach. „Es müsste das Haus mit der alten Frau sein, die da mit ihrem Sohn zusammenlebt", sagen sie und dann sofort: „Komm, wir bringen dich dahin."

Wir gehen los, links neben mir Monika, Marya rechts von mir. Ich bin sehr aufgeregt und hätten die beiden mich nicht zwischen sich genommen, wäre ich umgefallen. Nach nur etwa zweihundert Metern stehen wir davor. Ich hole das Foto heraus und vergleiche die Backsteine und Mauervorsprünge. Es sieht alles genau so aus, nur die Eingangstür ist anders. Aber dann entdecke ich das alte Scheunentor. Es ist das Haus meiner Mutter und Oma.

Eine polnische Babuschka von ungefähr fünfundsiebzig Jahren in Kittelschürze und Kopftuch öffnet das Hoftor. Sie wirkt durch die Überraschung des plötzlichen Besuches unbeholfen, aber zeigt sich Marya gegenüber sehr aufgeschlossen und erzählt ihr sofort, dass vor vielen Jahren Deutsche kamen, die das Haus besucht hätten. Ich bitte Marya, sie zu fragen, wann sie in das Haus eingezogen ist und die alte Frau kritzelt auf den Zettel, den ich ihr schnell hinhalte: 1945.

Und nun erkenne ich die Ähnlichkeit. Es ist die gleiche Frau. Damals war sie Mitte vierzig, trug ein verschlissenes Kleid und zwei kleine, verwahrloste Kinder liefen über den Hof. Die Deutschen, die mal hier waren, das waren wir. Es ist die gleiche Frau, die meine Mutter damals so unwirsch empfangen und schließlich vom Hof gejagt hat. Sie hat geschimpft und geschrien, die Deutschen hätten ihr so viel angetan im Krieg und meine Mutter hat zurückgeschrien, dass ihre Mutter von den Polen geschlagen wurde. Es war für uns Kinder eine furchtbare Szene.

Heute ist diese alte Frau sanft und zurückhaltend und ich bin ganz vorsichtig. Die Zeiten haben sich geändert. Für sie ist das nun lange her und sie wird bald sterben. Und ich habe das alles nicht erlebt. Und es ist nicht mein Haus.

Wieso eigentlich hat meine Mutter so genau sagen können, was die Frau geschrien hat? Sie sprach doch kein Polnisch.

Ich werde in die Küche gebeten und es wird gesagt, ich solle mir ruhig alles anschauen. Ich bin so überwältigt, dass ich nur einen kurzen Blick in das Wohnzimmer werfe und denke, für heute ist es genug, den Rest hebe ich mir für ein nächstes Mal auf. Ich kann ja noch einmal wiederkommen. Wir sitzen am Tisch und mein Blick schweift über die alten Türen und Türrahmen. Was wirklich noch von früher ist, ist schwer auszumachen. Es ist nicht so wie vor ein paar Jahren in Ostpreußen, als wir mit meinem Vater im Haus seines Onkels waren und er sich genau an den noch vorhandenen Kachelofen erinnern konnte. Hier kann ich niemanden mehr fragen.

Alle, die in diesem Haus gewohnt haben, sind tot, meine Mutter, Onkel Alois und das Lenchen sowieso.

Der Sohn der alten Frau kommt hinzu. Er ist gerade aufgestanden. Es ist Sonntag, später Vormittag, und sein Auftritt lässt auf einen gehörigen Alkoholkonsum schließen. Er ist ungefähr vierzig Jahre alt, trägt einen dunkelblauen verschlissenen Pullover und eine Trainingshose. Er ist mir unheimlich und ich befürchte, dass er gleich lospoltern wird. Aber zu meiner Überraschung ist er ebenfalls sehr freundlich und bietet uns etwas zu trinken an. Ich hole nochmals mein Foto hervor und zeige es ihm. Er schaut es sich sehr genau an und sagt: „Solche alten Fotos haben wir hier im Haus gefunden. Die sind aber bei meiner Schwester." Mich ergreift eine vage Hoffnung. Haben sie etwa noch alte Fotos von meiner Familie? Ich überlege, wenn die Frau und ihr Sohn im Herbst 1945 eingezogen sind, dann haben sie alles vorgefunden, was meine Großeltern hinterlassen haben. Das wühlt mich nun gänzlich auf.

Nach etwa einer halben Stunde denke ich, dass es die Höflichkeit gebietet, sich zu verabschieden. Als kleines Dankeschön lasse ich ein Päckchen Kaffee und zwei Tafeln Schokolade da und gehe beschämt hinaus. Das Mitbringsel erscheint mir zu gering für das, was ich bekommen habe.

Was Marya, Tomasz und Monika für mich getan haben, können sie nicht ermessen, ich versuche, es ihnen durch einen überschwänglich herzlichen Abschied zu zeigen. Tomasz fragt mich noch, ob ich ihm eine Kopie des alten Dorfplanes schicken würde. Er möchte ihn haben für die Dorfchronik, die er schreibt. Ich freue mich sehr darüber und verspreche es. Wir tauschen unsere Adressen aus.

Dann laufe ich zu meinem Auto und steige ein. Aber ich fahre nur soweit, bis ich außer Sichtweite bin. Ich muss noch einmal allein sein, laufe hinter dem Haus die Feldwege entlang und überlege, welcher Acker meiner Familie gehört haben könnte. Ich suche „das Wäldchen", von dem meine Mutter erzählt hat, finde es aber nicht. Am Ende hebe ich einen kleinen Stein vom Feld auf und stecke ihn in meine Tasche. Einen kleinen, unspektakulären grauen Stein.

Zurück im Hotel packe ich meine Sachen und trete die Heimreise an. Alles hat perfekt geklappt. Ich bin voller Eindrücke. Der Rückweg führt mich noch einmal durch den Ort. Wie anders war es vor vierundzwanzig Stunden, als ich ankam. Alles war fremd und nun ist es ein bisschen vertraut. Heute ist es wärmer und die Sonne scheint. Vielleicht waren damals auf der Flucht nicht immer minus zwanzig Grad. Vielleicht hat manchmal die Wintersonne geschienen und die Menschen ein wenig gewärmt.

Eine Autokolonne fährt zu einer Beerdigung durch Zedlitz, etwa dreißig Autos folgen dem Wagen mit dem Sarg. Ich bin wieder in der Gegenwart. Hier leben jetzt andere Menschen mit anderen Geschichten. Es ist sechzig Jahre her, die Spuren sind verweht. Aber im Hof des Hauses, hinten, wo die Fassade unverputzt war, da war noch der Geist der Vergangenheit.

Jetzt fahre ich nach Primkenau. Auf der Oder treiben Eisschollen. So muss es damals auch gewesen sein. Als ich am Ortseingangsschild stehe, rechne ich die Entfernung aus. Fünfzig Kilometer sind es von Zedlitz bis hierher. Diese fünfzig Kilometer sind sie zu Fuß mit dem gesamten Gepäck in drei bis vier Tagen gelaufen. Die Landschaft sieht hier anders aus, nicht mehr so viele Felder, sondern dichte schlesische Wälder. Die Wälder, in denen sie ihre Sachen gesucht haben, welche die Russen nach der Plünderung weggeworfen haben. Hier also haben sie meine Mutter ausgezogen und vergewaltigt. Das ist der Ort, den ich gesucht habe.

Haben sie eigentlich auch meine Oma vergewaltigt und gar das arme Lenchen, frage ich mich. Auf dem Zettel meiner Mutter stand, sie war ein gebrochenes Kind. Gebrochen, zerbrochen, woran?

Ich stehe auf der Straße und frage mich, wo der Hof des polnischen Bauern sein könnte, von dem es hieß, dass sie es dort einigermaßen gut hatten. Wo könnte das Arbeitslager gewesen sein, in dem meine Oma Eichenrinde mit bloßen Händen aus kochendem Wasser holen musste? Wann waren sie zusammen in diesen Jahren der russischen und polnischen Besatzung und wie lange waren sie getrennt? Wohin musste meine Mutter das Vieh treiben und wo war sie an ihrem achtzehnten Geburtstag? Ich laufe hin und her, weiß nicht wohin und steige schließlich wieder in mein Auto.

Am Ortsausgang halte ich noch einmal an. Wie durch eine Fügung stehe ich vor dem Eingang des Friedhofs und denke, hier irgendwo könnte meine Uroma verscharrt liegen. Eine ganze Weile stehe ich einfach nur ratlos und untätig da. Primkenau ist ein großer hässlicher Ort. Wolken sind aufgezogen, alles ist inzwischen dunkelgrau. Hierher also wollte meine Mutter noch einmal und ich bin auf ihren Wunsch nie eingegangen. Sie wollte bestimmt an die Stelle, an der ihre Oma begraben wurde. Lag sie am Straßenrand oder auf einem Friedhof? Wurde sie in einer Holzkiste begraben oder nur in einem Sack? All diese Fragen verfolgen mich auf der Autobahn, die fast vierhundert Kilometer zurück.

Es ist weit nach Mitternacht, als ich zu Hause ankomme. Ich bin unendlich müde, aber ein wenig weiß ich jetzt, was ein Heimatgefühl sein kann.

Das Grauen, selbst wenn es noch so schlimm ist, hält nicht ewig an. Zwei Jahre Flucht und das Leben unter einer Besatzungsmacht sind eine lange Zeit, wenn ich die Zeit des schweren Anfangs in der neuen Heimat mitrechne, dann bedeutet das fünf Jahre Grauen. Aber vorher hatte meine Mutter siebzehn behütete und danach noch fünfundfünfzig gute Jahre in einer schönen Wohnung, mit zwei gesunden Kindern, einer erfüllenden Arbeit, einem, wenn auch ungeliebten Ehemann und später drei süßen Enkelkindern. Das Problem war nur, sie konnte nichts von all dem genießen.

Wieder zu Hause schaue ich auf eine Europakarte und suche die Geburtsorte meiner Eltern. Das weit entfernte Osterode in

Ostpreußen und das Zedlitz in Schlesien. Und ich schaue auf Elmershausen in Thüringen, wo ich geboren wurde. Dazwischen liegen über tausend Kilometer. Das alles ist meine Herkunft. Ich fühle mich zerrissen zwischen all diesen Orten.

Am Mittwoch in der Therapiestunde nach meiner Reise sagt Herr Gruber, dass er am Wochenende oft an mich gedacht habe und das Gefühl hatte, er hätte mich begleiten müssen.

Nach dieser Stunde gibt er mir ein Buch mit Geschichten von Flucht und Vertreibung aus der Sicht eines Psychologen. Darin begleitet eine Tochter ihre Mutter zur psychiatrischen Begutachtung. Die Mutter hat Furchtbares erlebt, Flucht und Lageraufenthalte. Der Arzt führt ein Gespräch mit beiden und erkennt in dessen Verlauf, dass eher die Tochter als die Mutter in eine Klinik eingewiesen werden müsste. Nach dem Lesen dieser Geschichte bin ich tagelang sehr niedergeschlagen. Aber meine Angstzustände sind tatsächlich weg und kehren auch nicht zurück. Vielleicht habe ich jahrelang stellvertretend für meine Mutter diese Ängste gehabt. Sie muss doch Todesangst gehabt haben vor dem Russen, als sie zu ihm sagte: „Erschieß mich lieber. Schieß doch, dann ist wenigstens alles vorbei."

Ich wühle in den Unterlagen meiner Mutter und suche den Reisebericht, den sie für *Das Fraustädter Ländchen* verfasst hat. Ich habe ihn nie richtig gelesen. Nun finde ich am Ende dieses Berichts den Satz:

Es wäre wünschenswert, wenn auch unsere jüngere Generation verstärkt unsere ehemalige Heimat besuchen und Land und Leute kennen lernen würde.

Ohne es zu wissen, habe ich ihr Vermächtnis erfüllt. Ich nehme mir vor, dass dieses Haus in Zedlitz, die Nummer 102, die jetzt die Nummer 90 ist, eines Tages eine Gedenktafel tragen soll zur Erinnerung an alle vertriebenen früheren Einwohner. Darauf soll stehen: Aus diesem Haus mussten am 21.01.1945 fliehen: Hedwig Schimke, gestorben 1945 in Primkenau auf der Flucht, Paul Fengler, geboren am 03.11.1898, vermisst im Januar 1945, Clara Fengler, Alois Fengler, Luzia Fengler mit ihren jeweiligen Lebensdaten und zuletzt Lenchen Fengler, geboren 1937, gestorben am 30.11.1949 an den Folgen der Flucht.

In einer der nächsten Therapiestunde berichte ich, dass meine Oma beim Mittagessen, wenn wir Kinder das Tischgebet nicht sprechen wollten, zu uns gesagt hat: „Ihr werdet das Beten schon noch lernen, wenn wieder Krieg kommt." Als Kinder dachten wir, was redet Oma für einen Quatsch, die will uns nur Angst einjagen, damit wir ordentlich beten. So schnell wird es keinen Krieg mehr geben, dafür wird die Sowjetarmee sorgen. Das wurde uns in der Schule vermittelt. Herr Gruber sagt: „Für Ihre Oma ging der Zweite Weltkrieg immer weiter. Es war in ihrem Kopf und hörte bis an ihr Lebensende nicht auf."

Am Wochenende nach meiner Zedlitzfahrt bin ich nach Elmershausen gefahren und habe mich an das Grab meiner Mutter gesetzt. Ich habe drei Kerzen angezündet, eine für sie, eine für Oma Clara und Opa Paul und eine für Lenchen und Onkel Alois, drei Kerzen für all ihr Leid. Da saß ich eine ganze Weile und schließlich habe ich meine Mutter gefragt: „Mutti, was soll ich denn nun machen mit all dem Leid?" Und sie hat gesagt: „Geh' nach Hause und koche dem Vater und dir einen schönen Kaffee." Da konnte ich aufstehen und losgehen. Und Richard hat uns Kuchen gebracht von der Lieblingskonditorei meiner Kindheit. Ich konnte all das genießen. Aber jetzt sitze ich wieder allein in Leipzig und komme nicht zur Ruhe.

Ich weiß nicht, wie ich einen einzigen Tag aushalten soll

Vier Wochen später trennt sich Richard wirklich von mir. Ich bin in Elmershausen bei meinem Vater und als mich Richard dort abholt fragt er mich, ob wir jemals aufgearbeitet hätten, dass mein Vater kurz vor der Wende meine Mutter, meine Schwester und mich verlassen hat und in den Westen abgehauen ist. Ich bin wie vor den Kopf gestoßen und frage ihn, wieso er das so moralisierend sagt, wo er doch selbst seine Frau mit den zwei gemeinsamen Kindern verlassen hat. „Ich war vierundzwanzig, als mein Vater wegging, aber als du dich von deiner Frau getrennt hast, waren eure Kinder noch klein", entgegne ich. Da dreht er sich um und geht allein zu seinen Eltern, die ebenfalls in Elmershausen wohnen. Ich gehe zu meiner Schwester, trinke dort Kaffee und fahre zwei Stunden später mit dem Auto zurück nach Zwickau. Richard ist noch nicht in der Wohnung und ich habe den Schlüssel vergessen. Immer wieder wähle ich seine Nummer, aber er geht nicht ans Handy. Bis nachts um drei sitze ich in meinem Auto vor seiner Tür. Ich kann nicht nach Leipzig fahren, denn ich habe meine Tasche in seiner Wohnung, außerdem liegt Schnee auf den Straßen und übermüdet, wie ich inzwischen bin, will ich die Strecke nicht mehr fahren. Als es auf halb vier zugeht beschließe ich, in einem Hotel zu übernachten. Ich fahre in die Innenstadt und miete ein Zimmer. Es ist teuer und ich mache den Rest der Nacht kein Auge zu.
Am nächsten Morgen hole ich mir von seiner Kollegin Dorothea den Schlüssel zu seiner Wohnung. Ich setze mich aufs Sofa und warte. Die Stunden vergehen. Er kommt erst am späten Nachmittag und sagt ungerührt, es wäre Schluss, weil er es nicht mehr aushält mit mir. Meine Bemerkung gestern hätte ihn zu sehr verletzt. Ich fahre am Abend völlig verwirrt zurück nach Leipzig und wache morgens um sechs

auf mit einem Stechen in der Brust, mit Angst und einem unerträglichen Schmerz. Herr Gruber sagt: „Versuchen Sie sich zu erinnern, woher Sie diesen Schmerz kennen." Es taucht ein Bild auf. Ich bin ein kleines Kind, bin übermütig schnell gerannt und dabei hingefallen und habe mir fürchterlich wehgetan. Meine Knie sind aufgeschlagen und bluten. Ich laufe weinend zu meiner Mutter, aber sie tröstet mich nicht. Sie schimpft mit mir und schreit mich an, ich sei selbst schuld, weil ich so schnell gelaufen bin.

Dann erinnere ich mich, ich habe etwas Schönes für sie gebastelt. Ich gehe zu ihr und will es ihr voll Freude zeigen. Aber sie hat keine Zeit. Sie sagt, sie hätte jetzt keine Nerven dafür. Sie schaut sich mein Gebasteltes nicht einmal an und wendet sich von mir ab.

Ich rufe Richard jeden Tag an, ich will ihn unbedingt zurückhaben.

Herr Gruber sagt: „Sie wollen ihn gar nicht zurückhaben, Sie haben nur Angst vor dem Alleinsein. Wenn Sie das jetzt durchstehen, ohne sich gleich wieder zu verlieben, dann haben Sie viel geschafft. Dann haben Sie einen großen Schritt für sich gemacht."

Es ist Wochenende. Am Morgen ging es mir etwas besser. Aber der Tag war nicht so gut, wie ich zunächst noch dachte. Schon nach dem Frühstück wurde mir schlecht, ich musste mich hinlegen, Herzschmerzen, Seelenschmerzen und keine Kraft mehr zum Einkaufen und Kochen.

Ich weiß nicht wohin mit mir. Soll ich in den Thüringer Wald zum Langlauf fahren? Dazu müsste ich allerdings meine Skier aus Richards Wohnung holen, das erscheint mir momentan unmöglich. Oder soll ich mir lieber einen ruhigen Tag zu Hause in Leipzig machen? Aber da kann ich meinen traurigen Gedanken nicht entkommen.

Am Sonntag gönnt mir der Schmerz eine kleine Atempause. Beate hat Richard angerufen und sich eine halbe Stunde mit ihm unterhalten, das hat mich getröstet. Meine zwei Katzen streichen um mich herum, ich fühle mich aufgehoben. Ich bin gar nicht so einsam. Ich habe meine Freundin Laura, die ich immer anrufen kann und meine Freundin Beate, die im Notfall Tag und Nacht für mich da ist. Wenn meine Seele mir jetzt eine schmerzfreie Pause gönnt und ich mich ein wenig erholen kann, dann ist es auszuhalten.

In der Therapiestunde nach dem Wochenende sagt Herr Gruber zu meinen Skifahrplänen, die ich im letzten Moment abgesetzt habe: „Da wollten Sie also in die Kälte?" Es stimmt, wenn ich Langlauftouren bei Schnee und Eis mache, sehe ich vor mir, wie meine Oma, meine Mutter und Lenchen in Schlesien im Winter auf die Flucht gingen. „Sie wollen in die Kälte", sagt er, „um all das nachempfinden zu können, was Ihre Familie durchmachen musste."

Ich habe Richard einen Brief geschrieben. Ich habe ihm gesagt, dass ich mich sechs Jahre lang auf ihn gestützt habe, dass er all meine Stimmungsschwankungen ausgehalten hat und ich ihm dankbar dafür bin. Ich habe ihn zu meiner nächsten Premiere eingeladen. Es kommt keine Reaktion.

Drei Wochen später ist Ostern. Nach mehreren vergeblichen Anrufen bei Richard wird mir klar, er ist über die Feiertage weggefahren, unerreichbar für mich. Nach meinem letzten verzweifelten Anrufversuch, bei welchem ich vorher dachte, es nicht aushalten zu können, dass er weg ist, stellte ich mir nochmal die Frage von Herrn Gruber: „Woher kennen Sie diesen Schmerz?" Ich habe mich still hingesetzt und gewartet. Diesmal dachte ich an meinen Vater, wie er jeden Montagmorgen zu seiner weit entfernten Arbeitsstelle fuhr und die Woche über wegblieb. Damit war er nicht mehr greifbar für mich und, was noch schlimmer war, er ließ mich mit meiner jähzornigen Mutter allein. Freitagabend durfte ich ihn vom Bahnhof abholen und hatte ihn eine halbe Stunde für mich. Er hat mich auf dem Heimweg gefragt, wie es in der Schule war, ich habe ihm von meinen Einsen und Zweien erzählt und er war stolz auf mich. Aber wenn wir zu Hause ankamen, hat meine Mutter, kaum hatte sie ihn flüchtig begrüßt, angefangen zu schimpfen und ihm berichtet, was ich die Woche über wieder „Schlimmes" angestellt hatte. Aufgehetzt durch meine Mutter wurde er wütend auf mich und hat noch stärker als sie mit mir geschimpft. Und Sonntagabend hat er wieder seinen Koffer gepackt, ist Montag weggefahren und hat mich mit dem Gefühl zurückgelassen, nicht liebenswert zu sein. Mit Richard ging es mir, wenn er wegfuhr, genauso. Ich hatte das Gefühl, ich bin es nicht wert, dass er seine Zeit mit mir verbringt. Immer wieder haben mein Vater oder Richard seinen Koffer gepackt und alle meine Anstrengungen konnten weder den einen noch den anderen aufhalten.

Am nächsten Tag kommt eine Nachricht auf meinem Handy an von Richard aus seinem Urlaub. Sie lautet: *Man kann auch in Gemeinschaft allein sein.*

Was meint er damit? Diese Nachricht scheint mich wiederzubeleben. Es ist Karfreitag und ich mache Bratkartoffeln und Brathering, das Essen, das es bei meiner Oma und meiner Mutter so lange ich denken kann gab an diesem Tag. Ich strenge mich an, ein normales Leben aufrechtzuerhalten, am Ostersonnabend putze ich die gesamte Wohnung, am Ostersonntag frühstücke ich mit Anna, verstecke Ostereier und versuche, all die Arbeit, die ich mir aufhalse, wie Saubermachen, Kuchen backen, Geschenke verpacken oder Gulasch kochen besonders gut zu machen. Ich müsste aber auch mal innehalten und ausprobieren, was passiert, wenn ich einfach nur auf dem Sofa sitze. Ich versuche es. Es geht nicht. Nach drei Minuten breche ich das Experiment ab.

Am Ostermontag fahre ich nach Elmershausen zu meiner Schwester und meinem Vater. Ich bin so traurig, dass ich keinem normalen Gespräch folgen kann. Allen jammere ich die Ohren voll und frage meine Schwester und meinen Schwager, wie sie es schaffen, schon über zwanzig Jahre verheiratet zu sein. Beide antworten: „Wir denken da nicht drüber nach.

Wenn wir darüber nachdenken würden, dann wären wir auch nicht mehr zusammen." Die haben es gut.

Ich überlege, wenn Richard am Montagabend wiederkommt, könnte ich Dienstag auf meiner Rückfahrt einfach bei ihm vorbeigehen. Mein Schwager sagt, ich soll ihn lieber vorher anrufen, bevor ich bei ihm auftauche. Wenn ich ihn aber anrufe und er mich nicht sehen will, was dann?

In übernachte bei meiner Schwester, ein wenig fühle ich mich bei ihr heimisch, aber Einschlafen kann ich nicht, zu sehr hänge ich meinen trüben Gedanken nach. Ich befürchte zu zerbrechen, wenn ich Richard nicht zurückbekomme. Ich werde nicht mehr arbeiten können und meine Wohnung aufgeben müssen, weil ich kein Geld mehr habe. Und am Ende meines Abstiegs werde ich mir ein Zimmer nehmen müssen in Elmershausen, in der Nähe meiner Schwester, weil ich niemanden sonst mehr habe. Ich werde mich von ihr pflegen lassen müssen, weil ich selbst nichts mehr machen kann.

Das ist meine Version von meinem Zusammenbruch infolge Verlassenwerdens. Richard hat mich, die Kranke, verlassen, weil es mit mir nicht mehr auszuhalten war und ich werde nie mehr jemanden finden, der mit mir leben will. Oder nur noch solche, mit denen ich nicht leben will.

Ich habe mir telefonisch einen Tag Urlaub genommen, um den gesamten Dienstag in Zwickau bleiben zu können. Am Nachmittag gehe ich in sein Lieblingscafé und warte dort auf Richard.

Da sitze ich nun in meinem neu gekauften Trenchcoat und meiner neuen schicken Sonnenbrille und muss sehr lange auf ihn warten. Als er schließlich kommt, ist er erst geschockt, dann freut er sich und weil ich mich allzu offensichtlich darüber freue ist er schließlich wieder abwehrend. Wir trinken einen Kaffee zusammen und als die Tassen leer sind, verabschieden wir uns.

Eine Woche später rufe ich ihn wieder an und er erzählt mir von seinen nächsten Plänen. Er will sein Leben mit neuen

Inhalten füllen, seine Wohnung renovieren, ein neues Bett kaufen, sich mehr um seine Kinder kümmern und seinen Sommerurlaub planen, ohne mich natürlich. Ich sehne mich nach einem lieben, hoffnungsspendenden Satz von ihm, der mich aus meiner schrecklichen Lage retten würde. Aber so ein Satz kommt nicht.

Es wäre alles wieder in Ordnung bei mir, sage ich zu Herrn Gruber, wenn Richard mich wieder lieben würde. Aber Herr Gruber sagt: „Nichts wäre da in Ordnung."

Ich ahne langsam, was er meint. Es muss sich von Grund auf etwas bei mir verändern. Aber ich komme nicht dazu, mich darum zu kümmern, weil meine Gedanken andauernd um Richard oder um einen neuen Partner kreisen.

Die nächsten Wochen vergehen sehr langsam. Laura sagt, du hast einen traurigen Sommer vor dir, ein Jahr dauert es mindestens, aber dann geht es dir besser. Das ist zu lange für mich. Ich weiß nicht einmal, wie ich einen einzigen Tag aushalten soll. Ich sage ihr, dass es kein normaler Liebeskummer ist, den ich habe. Es ist ein Schmerz, der mich zerreißt.

Ich muss täglich aufs Neue darum kämpfen, durch den Tag zu kommen. Wie ein Alkoholiker, der jeden Tag, den er trocken bleibt, wie einen Sieg erlebt, bin ich froh über jeden Tag, den ich durchgestanden habe.

Ich erzähle Herrn Gruber, dass ich Richard nun nicht mehr anrufen werde. „Er soll mich endlich so richtig vermissen." Aber Herr Gruber sagt: „Damit delegieren Sie nur die Wünsche, die Sie haben, an ihn. Aber Sie müssen in sich spüren, welch eine übergroße Sehnsucht Sie haben", sagt er. „Wenn ich diese Sehnsucht zulassen würde, dann würde es umso mehr wehtun, zurückgewiesen zu werden", sage ich und in dem Moment begreife ich, das Zurückgewiesen werden gehört in meine Kindheit, in der mich meine Mutter mal liebte und mal von sich wegstieß. Ich sage zu Herrn Gruber: „Ich brauche jetzt sehr viel Trost." Und er sagt: „Diesen Trost, den hätten Sie damals als Kind gebraucht." Ich bin sauer auf ihn, denn er tröstet mich nicht. Aber in den nächsten Tagen geht es mir besser, auch ohne seinen Trost.

Ich habe wieder einmal von meinem Elternhaus geträumt. In diesem Traum war ich seit einigen Monaten von zu Hause ausgezogen und komme zu einem Besuch zurück nach Elmershausen. Vor der Haustür stehen die alten Bücher und persönliche Sachen von Oma Martha. Noch bevor ich das Haus betrete, fordert meine Mutter mich mit ihrem üblichen vorwurfsvollen Ton auf, ich solle diese Bücher endlich mitnehmen. Sie stünden schon viel zu lange dort und seien ihr im Weg. Sie will Ordnung haben. Aber mir ist es jetzt zu viel, die Bücher und Papiere mitzunehmen. Ich habe keine Lust, mir alles anzuschauen, zu sortieren und zu entscheiden, was ich mitnehme und was ich wegwerfen kann. Da wird sie sehr böse auf mich.

Herr Gruber sagt: „Dieser Traum ist ein Zeichen. Sie können nichts annehmen. Sie können das Gute nicht annehmen, weder von Ihrer Oma Martha noch von Richard."

Ich beschließe, eines Tages werde ich eine Beziehung führen, wie ich sie mir wünsche. Mit Richard hoffentlich, weil ich ihn liebe, oder mit einem Anderen, der auch zu mir passt.

Ich erzähle Herrn Gruber von meinem Plan, Richard diesmal bei seinem alljährlichen Marathon auf dem Rennsteig zu überraschen. Ich habe mir vorgenommen, ihn im Ziel mit Blumen zu empfangen. Er sagt verwundert: „Das haben Sie wohl sonst nie gemacht?"

Drei Wochen später ist es soweit. Ich stehe sehr früh auf, dusche mich ausgiebig und ziehe mir meine neu gekauften Sommersachen an. Leider ist es heute kalt. Aber ich habe mir die Sachen extra dafür gekauft, dann friere ich eben. In Schmiedefeld angekommen kaufe ich einen schönen Blumenstrauß und stehe überpünktlich am Ziel. Anhand der Startzeit und seiner Geschwindigkeit habe ich mir ausgerechnet, wann er ankommen müsste.

Zum Glück erkenne ich ihn sofort trotz der vielen tausend Läufer. Er ist überrascht und in seiner Zieleinlaufseuphorie umarmt er mich. Aber nur wenig später klingelt sein Handy und da ist mir klar, es gibt eine andere Frau. Die nächste Stunde stehe ich im Zielstadion wie fehl am Platze neben ihm herum, fahre ihn noch zu seinem Shuttlebus und bin froh, als ich wieder in mein Auto steige. Ich beschließe, zu meinem Vater zu fahren. Dort angekommen fange ich nicht an, wie üblich die Wohnung zu putzen, denn ich habe keine Kraft dazu. Ich lege mich auf seine Couch und versuche, ruhig zu werden. Ich spüre mich nicht mehr. Meine Beine fühlen sich taub an und ich falle in ein tiefes Loch. Ich frage meinen achtundachtzigjährigen Vater, warum er mich so oft geschlagen hat als Kind. Nach langem Zögern antwortet er: „Das war wohl manchmal zu hart, das hätte ich vielleicht nicht tun sollen." Danach schweigen wir. Nach einer Stunde stehe ich auf und putze seine Wohnung, wie immer. Wir trinken Kaffee zusammen, essen Kuchen und am frühen Abend fahre ich zurück nach Leipzig. Nun versuche ich, Richard zu vergessen. „Aus euch wird kein glückliches Paar mehr", sagt Laura bei unserem abendlichen Telefonat.

Zwei Wochen später liegt ein Brief von Richard im Briefkasten. Ich öffne ihn nicht, sondern lege ihn unter meinen großen Zeitungsstapel und gehe mit Karsten, einem Freund von früher, in den ich mich vorsichtig verliebt habe, spazieren. Am späten Abend öffne ich den Brief. Es steht drin, dass er alles überdacht hat und doch noch eine Chance für uns sieht.
Jetzt macht er dieses Angebot, jetzt wo ich beginne, mich zu lösen und der Schmerz endlich nachgelassen hat.
In der nächsten Therapiestunde erzähle ich Herrn Gruber davon. Er sagt: „Etwas in Ihnen arbeitet gegen das, was Sie sich wünschen. Sie bekommen den Brief, nach dem Sie sich so sehr gesehnt haben, und danach gehen Sie zu einem Anderen. Das ist merkwürdig."

In der Nacht darauf habe ich einen Albtraum. Ich bin in meiner Wohnung in Leipzig und draußen ist ein bedrohliches Unwetter. Stürme, Orkane toben um meine Wohnung, die Fenster erzittern. Voller Angst warte ich auf Richard. Er kommt nicht. Ich versuche verzweifelt ihn anzurufen. Ich erreiche ihn nicht, er geht nicht ans Telefon. Von allen Seiten fühle ich mich bedroht. Aber schließlich halte ich es aus, die Stürme toben, aber die Bedrohung ist weg. Allerdings wage ich es noch nicht, herauszugehen.

„Sie haben Angst, auf eigenen Beinen zu stehen", sagt Herr Gruber in der nächsten Stunde. „Mit weniger Angst vor dem Leben könnten Sie realer auf die Männer schauen und damit besser Ihre Wahl treffen." Ich sage zu ihm: „Richard ist wie mein Vater, der immer weg war, und Karsten ist ein bisschen wie meine Mutter, die zwar immer da war, dabei aber kalt, abweisend und traurig. Karsten ist oft schweigsam und dann habe ich das Gefühl, dass ich ihn aufheitern muss. Ich weiß nicht, für wen ich mich entscheiden soll." Darauf sagt Herr Gruber: „Erst wenn Sie begreifen, dass Karsten nicht Ihre Mutter ist und Richard nicht Ihr Vater, dann werden Sie sich entscheiden können."

Es ist Anfang Juli. Gestern war Spielzeitabschlussparty. Es war ein wunderbarer Abend. Ich fühlte mich wichtig, war unterhaltsam, hatte mein schönstes weißes Kleid an und habe die Hoffnung, dass es mit Richard wieder etwas wird.

Mein Urlaub beginnt. Am Anfang werde ich ein Paddelwochenende mit Richard verbringen, dann mit Karsten wie verabredet nach Babke zu Karla fahren. Anfang August beginnt meine dreiwöchige Kur.

20. Juli, mein dreiundvierzigster Geburtstag. Obwohl ich allein sein werde, freue ich mich auf den Tag. Mein Vater hat mir eine Karte geschrieben mit dem Satz:

Wenn das Traurige überwiegt, dann bereitet sich das Schöne leise vor, unsere Seele wieder zu berühren.

Seit Neuestem steht so etwas auf seinen Geburtstagskarten.

Eine Woche nach meinem Geburtstag beginnt meine Kur in Bayern, die gleichzeitig meine Urlaubsreise sein soll. Ich fahre sechshundert Kilometer und fühle mich wie auf einer Reise ins Unbekannte, denn ich werde diesen „Urlaub" mit lauter fremden Menschen verbringen.

In der Kurklinik angekommen mache ich spätabends noch einen Spaziergang bei Regen durch den kleinen Ort. Mein Weg führt mich auf den Friedhof. Dort stehen gleich am Eingang viele hoch aufragende Holzkreuze, vor denen jeweils ein großer Stein liegt. Ich versuche, die verwitterte Schrift auf den Kreuzen zu lesen. Diese Holzkreuze sind den Gefallenen des Zweiten Weltkrieges aus diesem Ort gewidmet, allesamt junge Männer, meist um die zwanzig Jahre oder jünger. Da steht: *Soldat X. oder Gefreiter Y., geboren in Bayerisch Gmain, gefallen in Russland oder Polen, vermisst am Ural* oder sonst ein ferner Ort im Osten.

Auf einem dieser Kreuze steht: *Soldat Z., vermisst seit dem 26.1.1945 in Schlesien.*

Zu diesem Zeitpunkt hatte die Flucht begonnen und meine Mutter hatte erwähnt, dass sie Ende Januar die ersten desertierenden Soldaten gesehen haben. Vielleicht war er einer von ihnen, abgehauen in den letzten Kriegstagen auf dem Rückzug und dann doch noch erschossen von den eigenen Leuten. Nun bin ich von Leipzig so weit in die Ferne gefahren, stehe abends vor einem verwitterten Holzkreuz für einen toten Soldaten und die Geschichte meiner Familie holt mich wieder ein.

Im August sind die Salzburger Festspiele und weil mein Kurort nur fünfzehn Kilometer von Salzburg entfernt ist, habe ich mir eine sündhaft teure Karte für eine Festspielaufführung gekauft, für die Mozartoper „Don Giovanni". Die Karte hat zweihundertdreißig Euro gekostet. Leider bin ich schlecht ausgerüstet, denn ich habe zur Kur gar kein schickes Kleid mitgenommen. Nun sitze ich in einem einfachen dunkelgrünen Baumwollkleid im Straßencafé vor dem Festspielhaus und beobachte das Eintreffen der Opernbesucher. Es ist unglaublich, was die Gäste anhaben. Man sieht himmelblaue bodenlange Samtkleider mit dicken Colliers, riesengroße Sonnenbrillen mit Strasssteinen, bestickte Trachtenjacken, schwarze Gehröcke, Smokings und Fracks mit Einstecktüchern und Taschenuhrketten in der Weste, dazu farbige Fliegen, Krawatten und Plastrons. Die Damen tragen auf ihren Kleidern rosa Schleifen, Pailletten und Perlenketten. Ich sehe geschnürte Satinkorsagen, große Wasserfallkrägen, tiefe Rückenausschnitte, gepushte Dekolletés, riesige Taftkleider und unglaublich hohe Pumps. Ein Defilee wie aus einem Kostümbuch. Und ich sitze zwischen all den Festspielbesuchern, ich, das Flüchtlingskind mit seinem schlichten Baumwollkleid. Aber mit einer Eintrittskarte in der Tasche für einen Haufen Geld. Von so viel Geld hätten meine Mutter, meine Oma und das kleine Lenchen nach dem Krieg fünf Jahre gut überleben können.

Alte Ehepaare kommen, beide siebzig oder achtzig Jahre alt, Arm in Arm schreiten sie würdevoll und gutgelaunt ins Festspielhaus und ich habe erstmalig den Gedanken, dass ich das genauso noch erleben könnte. Bis vor kurzem war ich überzeugt, dass ich sowieso nicht alt werde. Ich hatte immer das Gefühl, jeden Tag könne etwas Schlimmes passieren.

Aber vielleicht passiert auch nichts und ich gehe noch dreißig Jahre mit einem Partner an der Seite durchs Leben. Verheiratet zu sein beinhaltete für mich unbewusst vor allem die Gefahr des Verlustes, der endlosen Trauer und der sinnlosen Hoffnung. So wie meine beiden Omas wegen ihren im Krieg vermissten Ehemännern bis an ihr Lebensende traurige, düstere Frauen waren. Oder verheiratet zu sein bedeutete, sich wie meine Eltern zu streiten, anzuschreien und zu missachten. Ein anderes Bild von Ehe habe ich nicht kennengelernt.

Es ist September, wir besuchen Freunde von Richard und gehen mit ihnen wandern. Ich genieße die frische Luft, schaue

auf die Bäume und versuche, mich an den locker plätschernden Gesprächen zu beteiligen. Aber ein Satz oder eine kleine Anekdote kann genügen, um mich in tiefes Schweigen zu versenken. Dietmar, der Freund von Richard erzählt, wie er als kleiner Junge mit seinem Opa in den Wald gefahren ist. Sie haben ihre Kuh vor ein Wägelchen gespannt und sein Opa hat zu ihm gesagt, das machen wir, damit die Kuh mal rauskommt. Alle können lachen darüber, nur ich nicht. Leider hatte ich keinen Opa, der so etwas Lustiges mit mir hätte machen können. Der eine lag zerfetzt in blutiger Erde, irgendwo in Polen Anfang 1945. Wann genau weiß niemand. Der andere wurde verschleppt in ein russisches Lager, wohin weiß auch niemand. Der eine war sechsundvierzig Jahre, als er starb, der andere war Anfang fünfzig. Mein Vater hat gesagt, wenn sein Vater nur sechs Monate seiner Verschleppung überlebt hat, dann hat er in diesen sechs Monaten mehr leiden müssen als er in sechs Jahren Krieg. Ich überlege, wann Herta gestorben ist, die Schwester meines Vaters. War das im Frühjahr 1945, im Sommer oder war es schon wieder Winter? Bei allen weiß ich nicht, wann sie gestorben sind, wo sie begraben sind und ob sie überhaupt begraben wurden. All diese Toten in meiner Familie, sie verfolgen mich. Je weniger ich mich mit Richard streite oder mich mit Arbeit ablenke, desto stärker kommen diese Gedanken hoch.
Es ist so, wie Herr Gruber gesagt hat über den endlosen Zwist meiner beiden Omas: „Streiten ist leichter als Leiden."

Wir haben ein harmonisches Weihnachtsfest. Die Beziehung zu Richard renkt sich zunehmend ein und an Anna habe ich seit ein paar Monaten viel Freude. Sie macht ein Freiwilliges Soziales Jahr in einem Freizeitklub für Behinderte. Sie ist dort beliebt und es macht ihr Spaß. Es gibt keine Drogenprobleme mehr.
Da sitze ich nun mit meinem schönen Leben ohne Zank und Streit vor dem Weihnachtsbaum, aber jetzt kommen schreck-

liche Bilder hoch. Ich sehe meine Oma, meine Mutter und Lenchen, allein in dem kalten kleinen Zimmer in der Bornstraße 22 in Elmershausen. Sie sitzen da mit nichts als ihrer Trauer und Hoffnungslosigkeit am ersten Weihnachten nach drei Jahren des Unterwegsseins.

Eine schlesische Tradition war es, am Morgen von Heiligabend Mohnklöße zuzubereiten, die nach der Christmette gemeinsam gegessen wurden. Mohnklöße sind eine süße Speise aus Mohn, Weißbrot, Rosinen, Mandeln und Zucker. Trotz der schweren Hungerzeit haben sie die Zutaten irgendwie zusammenbekommen. Nach der Zubereitung wurde die Schüssel tagsüber zur Kühlung ins Flurfenster gestellt. Als sie zum Abend die Schüssel hereinholen wollten, lag sie zerbrochen und leer am Boden. Der Hund der Vermieterin hatte die Schüssel vom Fensterbrett heruntergeworfen und die Mohnklöße aufgefressen.

Wie entsetzlich traurig muss dieses Weihnachten gewesen sein? Der Vater und die beiden Brüder von Oma fehlten. Sie waren vermisst oder schon gefallen. Alois war in Russland in Gefangenschaft, aber das wussten sie zu diesem Zeitpunkt noch nicht, er galt ebenfalls als vermisst. Für mehrere Jahre war er in Stalingrad in einem Gefangenenlager. In unserer Schulzeit fuhr meine Schwester eines Tages in diese Stadt, die inzwischen umbenannt war in Wolgograd. Eine Reise mit dem sogenannten Freundschaftszug, die sie als Auszeichnung erhielt für den ersten Platz bei der Bezirks-Russisch-Olympiade. Und es wurde gesagt, Barbara fährt in die Stadt, die ihr Onkel mit aufgebaut hat. Alois starb mit vierundsechzig Jahren, einen Monat, bevor er in Rente gegangen wäre, an den Folgen seiner schweren Zuckerkrankheit. Innerhalb weniger Wochen waren nach und nach Zeh, Vorderfuß, ganzer Fuß und schließlich sein Bein amputiert worden. Es wurde gesagt, diese Krankheit habe er sich in Stalingrad geholt.

Ein Jahr später, Weihnachten 1950, war Lenchen tot, aber Alois kam kurz vorher wieder. Sie haben ihn am Bahnhof

142

nicht erkannt nach all den Jahren, er war aufgedunsen von Hunger und Krankheit. Sie haben auf dem Bahnsteig gewartet, meine Mutter und meine Oma. Alois stieg aus nach mehrtägiger Zugfahrt durch Russland, Polen und halb Deutschland. Er war siebenundzwanzig Jahre alt, sein Gesicht war gezeichnet von zwei Jahren Krieg und sechs Jahren Gefangenschaft. Das, was er anhatte, war alles, was er besaß. Er würde auch nichts mehr von seinen Sachen vorfinden, denn seine Mutter und seine Schwester konnten nichts retten. Sie hatten selbst nur das, was sie auf dem Leib trugen. In der Tasche seiner russischen Wattejacke hatte er Bonbons fürs Lenchen, die hatte er irgendwo aufgetrieben und er fragte: „Wo ist Lenchen?" Sie haben es ihm nicht geschrieben und er hoffte, sie haben sie zu Hause gelassen, weil es so kalt war beim Warten auf dem Bahnhof. Auf dem Heimweg sagte meine Oma zu ihm, das Lenchen ist tot, und Alois schwieg. Das ist alles, was darüber gesagt wurde bis zu dem Tag im Jahr 2003, am Anfang meiner Analyse, an dem ich meine Mutter fragte, woran ihre Schwester gestorben sei und sie auf den Zettel schrieb: *Sie war ein gebrochenes Kind.*

Bestimmt gab Alois seiner Schwester Luzia die Bonbons und bestimmt war er über ihr Aussehen genauso erschrocken, wie sie über seines. Er wird ihr nochmal den Rat gegeben haben, sie solle endlich ihr Leben genießen. So wie er es ihr geschrieben hatte auf einer dieser Postkarten aus der Gefangenschaft: *Luzia soll sich nur etwas Abwechslung gönnen. Nur einmal ist man jung, nur einmal lebt man.*

Ich bin nun auch schon 24 Jahre alt. Wertvolle Jahre sind dahin, verloren im Leben und im Beruf. Ausgefüllt mit Arbeit, Entbehrungen und Sorge um euch. Darum soll Luzia Abwechslung suchen und genießen.

Auf einer anderen Karte stand: *Besonders freue ich mich auf das Wiedersehen mit Lenchen.*

Wieder und wieder habe ich diese Karten in den letzten Tagen gelesen, inzwischen kann ich sie fast auswendig.

Im Sommer 1948 schrieb er: *Hoffentlich kommt bald der Tag der Heimkehr. Von diesem Sommer werden wir wohl nichts mehr abbekommen. Wie sehr schmachten wir nach frischem Obst und Gemüse. Was ich im vorigen Jahr zu mir genommen habe, habe ich zu Hause, glaube ich, in einer Woche gegessen.*
Anfang 1949: *Die letzten Jahre haben mich sehr gealtert. Die grauen Haare kommen schon zum Vorschein. Man ist lange nicht mehr so auf Draht wie früher. Denk so für mich, dass ihr mich kaum wiedererkennt. Das harte Schicksal der Gefangenschaft war eine gute Lebensschule und hat uns hier alle reifer und verständiger gemacht. Hoffentlich haben sich Mama und Lenchen gut erholt. Mein größtes Sehnen geht ja der Hoffnung nach, dass Papa sich noch meldet.*
Und ein paar Wochen später wieder: *Meine größte Sorge ist die um Papa und Onkel Leo. Hoffentlich ist unser Warten nicht vergebens. Das wäre ein freudiges Wiedersehen, wenn wir seinen 50. Geburtstag alle zusammen feiern könnten oder das Weihnachtsfest.*
Im Sommer 1949 steht auf der Karte: *Ihr schreibt ja gar nicht mehr und hofft wohl jeden Tag auf meine Heimkehr. Leider ist es noch nicht so weit, wir wollen aber hoffen, dass wir dieses Jahr noch an der Reihe sind. Jetzt beginnt bald die Ernte zu Haus. Möchte so gern mal wieder ein Getreidefeld sehen.*

Mit solchen Gedanken begehe ich mein harmonisches Weihnachtsfest. Aber eigentlich möchte ich mit dem Leid meiner Familie gar nicht abschließen, ich möchte in deren Leben bleiben.

Düstere Geschichten haben mich schon immer magisch angezogen. Vorgänge, die mit Gewalt, Sterben und Tod zu tun haben, interessieren mich, vor allem, wenn es um kleine Kinder geht. Berichte darüber, dass jemand seine Kinder schlägt, misshandelt oder gar vernachlässigt, bis sie sterben, beschäftigen mich dann monatelang.

Schon zu DDR-Zeiten gab es einmal einen ausführlichen Gerichtsbericht darüber, wie eine Mutter ihre zwei kleinen Kinder allein in der Wohnung zurückgelassen hat und zu ihrem Freund gezogen ist. Sie hatte die Kinder aus ihrem Gedächtnis gestrichen. Das größere Kind, fünf Jahre alt, hat überlebt, weil es Essensreste im Kühlschrank gefunden hat. Aber das zweijährige Kind ist gestorben an Durst, Hunger und Unterkühlung.

Neulich habe ich eine Dokumentation gesehen über eine Mutter, die ebenfalls ihre Kinder allein in der Wohnung zurückgelassen hatte. Auch sie war zu ihrem neuen Freund gezogen, hat aber gedacht, ihre Mutter wird nach den Kindern schauen. Die Mutter wiederum war überzeugt, die Tochter habe die Kinder mitgenommen. Nach einer Woche kommt die Tochter zurück, geht zu ihrer Mutter und fragt, wo die Kinder sind. Die Mutter sagt, ich denke, sie sind bei dir. Sie gehen zusammen in die abgeschlossene Wohnung und beide Kinder sind tot.

In der Zeitung las ich kürzlich, dass eine Mutter mehrere ihrer neugeborenen Babys getötet und anschließend in Kübel und Kästen auf ihrem Balkon verscharrt hat.

Ich weiß nicht, warum mich solche Geschichten derart aufwühlen. Wenn ich mich darüber mit jemandem unterhalte, merke ich, dass dies nur mich so stark beschäftigt.

Vielleicht weil ich ein ungewolltes Kind bin? Oder hat es mit dem so früh verstorbenen Lenchen zu tun? Oder mit der Vergewaltigung meiner Mutter? Gab es da ein Kind, welches beseitigt wurde?

Im Krankenhaus, drei Tage nach Annas Geburt, habe ich geträumt, dass ich die Entbindungsstation verlassen habe, ohne mein Baby. Ich bin weggegangen und habe mein voriges Leben weitergelebt, als hätte ich kein Kind bekommen. Erst Tage später fiel mir ein, dass ich es im Krankenhaus vergessen habe. Es war ein Albtraum und ich fand mich nur schwer in die Realität zurück.

Auf dem Treck war jeder für sich selbst verantwortlich

Viele Fragen treiben mich noch um und ich habe mich bei Charlotte, der engsten Schulfreundin meiner Mutter angemeldet. Ich fahre zu ihr nach Braunschweig. Sie hat die Vergewaltigung meiner Mutter erwähnt, vielleicht erfahre ich noch Genaueres.

Dort angekommen stelle ich ihr als Erstes die Frage, die mir auf der Seele brennt: „Liebe Charlotte, können Sie sich erklären, warum meine Mutter so verbittert gewesen ist in ihrem Leben?" Darauf gibt sie die Antwort: „Das weiß Gott allein!"

Das ist eine klare Ansage der alten Dame und so traue ich mich nicht mehr, weiter in der Vergewaltigungsgeschichte herum zu graben.

Zweieinhalb Jahre sind nach ihrem Besuch in Elmershausen vergangen und Charlotte ist immer noch eine agile Frau mit jugendlicher Ausstrahlung. In ein paar Tagen wird sie achtzig Jahre alt, so wie meine Mutter demnächst achtzig Jahre alt geworden wäre. Charlotte wohnt mit ihrem pflegebedürftigen Mann und ihrer alleinstehenden Tochter in einem schönen selbstgebauten Haus, das sie mir ausgiebig und stolz zeigt. Das Haus steht auf einem großen Grundstück. Es gibt einen herrlichen Garten, den sie noch selbst pflegt. Charlotte erzählt viel aus ihrem Leben, vor allem aus ihrem Leben nach der Flucht. Sie erzählt mir, wie sie ihren Mann kennengelernt hat und wie gut sie es zusammen hatten. Sie spricht über ihre zwei erfolgreichen Kinder, der Sohn hat ein großes Haus ganz in der Nähe und alle drei Enkelkinder studieren. Sie erzählt von ihren vielen Urlaubsreisen in einem großen Auto und mit einem großen Boot, welches siebzehn Meter lang war, und dass sie immer einparken musste, weil ihr Mann das nicht konnte. Was für eine aktive Frau, denke ich, was die alles unternommen hat im Gegensatz zu meiner Mutter und wie glücklich sie über all ihre Errungenschaften ist. Dabei hatte sie doch das gleiche Flüchtlingsschicksal. Was ist bei ihr anders gelaufen als bei meiner Mutter? Warum ist meine Mutter so wenig mit ihrem Leben zurechtgekommen? Sie hatte kaum Kraft für den Alltag geschweige denn für große Unternehmungen. Charlotte dagegen fährt immer noch Auto, geht einmal wöchentlich zum Schwimmen und zweimal zum Kegeln und trifft sich regelmäßig mit ihren vielen Freundinnen. Sie hat in Braunschweig eine neue Heimat gefunden, die sie liebt. Für ihren schwerkranken Mann hat sie einen Pflegedienst engagiert und für ihr Haus eine Putzfrau und einmal im Jahr gibt sie ihren Mann für ein paar Wochen ins Pflegeheim, damit sie in den Urlaub fahren kann. Das hätte meine Mutter mit ihrer Mutter nie gemacht, sie hat sich die komplette Pflege meiner Oma allein aufgehalst. Und nichts von all diesen Aktivitäten hat sie gemacht. Sie konnte ihr Leben einfach nicht genießen.

Erst auf gezielte Nachfrage erzählt mir Charlotte von ihrem Zuhause in Zedlitz. Ihre Großmutter besaß einen riesigen Hof, sie waren nach den Gutsbesitzern die reichsten Bauern im Ort. Und sie saßen in der Kirche ganz vorn, denn die Bänke waren nummeriert. Die Reihenfolge richtete sich nach der Größe des Besitzes. Ich frage: „Wo saßen denn meine Großeltern?" und sie antwortet: „Die saßen in der Mitte." In der Mitte, denke ich, das war doch gar nicht schlecht. Meine Mutter hat immer so getan, als wären sie gar nichts gewesen. Natürlich ging es ihrer Familie materiell nicht so gut wie Charlottes Großmutter, die als einzige Bäuerin von Zedlitz einmal in der Woche mit der Kutsche in die Stadt fuhr, nach Fraustadt. Wenn sie zurückkam, schüttete sie die vielen mitgebrachten Süßigkeiten auf den großen Familientisch und alle ihre Enkelkinder konnten sich bedienen.

Charlotte zeigt mir ein altes Foto. Darauf ist ein sehr großer und sehr intakter Vierseitenhof zu sehen und Charlotte sagt: „Es tat weh, das alles verlassen zu müssen."

Das ist interessant mit den drei Freundinnen. Martel, das Arbeiterkind mit den vielen Geschwistern und dem früh verstorbenen Vater wohnt jetzt in einem winzigen Zimmerchen bei ihrem Sohn. Charlotte hat ein schönes großes Haus und meine Mutter hatte eine normale, aber schöne Mietwohnung. Charlotte saß in der Kirche ganz vorn, Martel mit ihrer Familie ganz hinten und meine Mutter saß in der Mitte. Alle haben alles verloren und trotzdem ist nach der Flucht die materielle „Hierarchie" der drei Frauen genauso wie vorher.

„Erich Kober hieß der junge Mann", sagt Charlotte, „der deiner Mutter gefallen hat. Seine Familie besaß eine angesehene Stellung im Dorf und er kontrollierte auf den Höfen der Bauern die Milchfettwerte. Nach dem Krieg hat er Agrarchemie studiert und später als Lebensmittelchemiker promoviert."

Ob das meine Mutter wusste und das ihren Wunsch erklärt, einer ihrer Schwiegersöhne solle Doktor oder Professor sein, damit wir, die Töchter, etwas erreichen, was ihr versagt blieb?

Charlotte sagt: „Deine Mutter hat sehr für diesen jungen Mann geschwärmt, aber deine Oma Clara war gegen diese Verbindung." Ich frage sie: „Warum?" und sie fragt erstaunt zurück: „Das weißt du wohl nicht? Der war doch evangelisch und die Evangelischen, die durften wir Katholischen nicht einmal anschauen. Das konnte sich deine Mutter aus dem Kopf schlagen."

Damals hat sie den gebildeten evangelischen Mann nicht nehmen dürfen. Und fünfzehn Jahre später hat sie vielleicht aus Trotz einen gebildeten evangelischen Mann geheiratet, meinen Vater.

Ich stelle Charlotte meine nächste Frage: „Wer hätte von den drei Kindern den Hof meiner Großeltern übernehmen sollen?" Charlotte überlegt: „Der Alois hätte den Hof nicht übernommen. der war intelligent, der hätte dazu keine Lust gehabt. Außerdem hatte er schon Bäcker gelernt und eine Arbeitsstelle in der Stadt gehabt. Deine Mutter hätte den Hof übernehmen müssen", sagt Charlotte entschieden. „Das Lenchen kam ja auch nicht infrage. Aber deine Mutter hatte dazu eigentlich auch keine Lust.

Ich weiß noch genau, wie es bei euch aussah", sagt Charlotte. Auch sie sagt „euch", obwohl es mich da noch gar nicht gab. „Ich kam hinein in das Haus und links ging es zur Küche und dort in der Küche saß die alte Oma Schimke mit dem Lenchen. Das Lenchen war ganz klein und immer ganz still, das hat überhaupt nichts gesagt. Ich habe das Lenchen nie sprechen hören. Ich weiß auch nicht warum", sagt Charlotte weiter, „aber deine Uroma, die ging später mit dem Lenchen weg, wenn sie mich kommen sah. Die haben das Kind verborgen gehalten. Ja, so war es, das Lenchen sollte keiner sehen, die haben es versteckt. Dabei war das gar nicht so schlimm bei ihr, ein wirkliches Mongolengesicht hat sie nicht gehabt, die war nur so still und sprach nicht. Es hieß natürlich auch, die Frau Fengler, die war schon alt, als sie schwanger war, sie war siebenunddreißig und ihr Mann, der war doch noch älter. Wobei, so alt war der noch gar nicht, aber so wurde halt geredet im Dorf."

Ich frage Charlotte, ob sie davon weiß, dass meine Oma mit Lenchen aus Angst nicht zur Mütterberatung gegangen ist. Sie sagt: „Ja, da war etwas, sie ging da nicht hin, aber Genaues weiß ich nicht." Klar, denke ich, Charlottes Vater, der Großbauer, war in der NSDAP. Ihr wird meine Oma das nicht erzählt haben.

„Wir haben als Jugendliche viel zusammen unternommen", erzählt Charlotte, „aber deine Mutter war nicht oft dabei. Ich war viel mit anderen zusammen und wenn im Dorf ein Fest stattfand, dann war ich dabei, deine Mutter aber nicht. Wenn im Dorf gefeiert wurde, waren bei Fenglers die Fensterläden zu. Ich ging in die Badeanstalt, deine Mutter ging nicht in die Badeanstalt. Sie konnte nicht schwimmen. Ich ging schwimmen, Mariechen ging, Martel ging, aber deine Mutter, die ging nicht schwimmen. Aber warum das alles, das weiß ich auch nicht.

Und dann mussten wir alle aufbrechen", sagt sie schließlich und fügt bedeutungsschwer hinzu: „Auf dem Treck war jeder für sich selbst verantwortlich."

Ich frage, wie lange es gedauert hat, bis sie nach Primkenau gekommen sind, der ersten Station auf der Flucht und sie ruft aus: „Ja stimmt, der Ort hieß Primkenau."

Sie wusste den Namen nicht mehr. Ich aber weiß ihn. Für sie und ihre Familie war dieser Ort nur eine Station auf einem längeren Weg. Für meine Mutter war er das vorläufige und schreckliche Ende.

Charlotte antwortet mir: „Ungefähr eine Woche hat es gedauert, bis wir dort ankamen. Es waren an die zwanzig Wagen aus unserem Dorf und auf den Straßen waren unglaublich viele andere Wagen und Gefährte. Wir fuhren immer von sechs oder sieben Uhr morgens bis zwanzig Uhr abends, dann wurde irgendwo übernachtet. Nach ein paar Tagen machten wir Quartier in Primkenau und als früh um sechs das Sammeln der Wagen begann, da kam aus der einen Richtung der Treck nicht. Das war der, wo deine Mutter dabei war. Dabei war das der Teil des Trecks, bei dem die meisten Männer waren. Aber die sind nicht weitergezogen. Die wollten nicht weiterziehen und dann sind sie eben überrollt worden. Aber wie ich schon sagte, auf dem Treck war jeder für sich selbst verantwortlich. Deshalb weiß ich nichts davon, wo deine Mutter geblieben ist." Schade, denke ich, und nun sprechen wir wieder vom Leben „davor".

Charlotte erzählt, sie wurde jedes Jahr zum Kindergeburtstag meiner Mutter eingeladen und war auch sonst oft da zum Spielen. „Der Vater deiner Mutter, der war ein Guter", sagt sie. „Der hat mit uns gespielt und herumgealbert. Mein Vater war ruppig, der war nicht lieb zu uns Kindern und hat oft herumgeschrien. So einen Vater, wie deine Mutter hatte, den hätte ich auch gerne gehabt."

Nach diesen Sätzen schwenkt sie wieder um und erzählt weiter von ihrem Leben nach der Flucht, von ihrem Haus und dem Boot, von den Kindern und gut geratenen Enkeln und ich höre ungeduldig zu. Ab und an versuche ich, das Thema wieder auf die Vergangenheit zu lenken, aber es gelingt mir nicht.

Spannend wird es, als Charlottes Tochter dazukommt. Ich war schon neidisch und dachte, bei Charlottes Familie ist alles in Ordnung. In ihrem Leben ist trotz Flucht alles bestens gelaufen. Es gibt ein überzeugend schönes Familienfoto von ihrer Goldenen Hochzeit mit all ihren Kindern und Enkeln. Alles ist so viel besser als bei uns, war mein Gedanke, bis eben.

Charlotte verlässt das Wohnzimmer, um sich um ihren Mann zu kümmern. Er wird mithilfe des Pflegedienstes aus dem Bett gehoben und zurechtgemacht für das gemeinsame Kaffeetrinken. Sie verschwindet in einem der hinteren Räume und die Tochter begrüßt mich mit den Worten: „Nun hoffen wir, dass der Vater bald erlöst wird."

Sie setzt sich zu mir. Sie ist eine intelligente, aufgeschlossene, redegewandte Frau von achtundfünfzig Jahren. Sie hat blond gefärbte Haare, ist dezent geschminkt und sieht für ihr Alter sehr gut aus. Sie ist die Ältere der beiden Kinder. Trotz ihres guten Aussehens wirkt sie verbittert und sagt kleine böse Sachen über ihre Mutter, traurige Sachen über das Leben allgemein und einige Gemeinheiten über ihren Exmann. Mit diesem Mann war sie mehrere Jahre lang in Afrika, mal da und mal dort. Er hat dort als Ingenieur gearbeitet. Aber sie blieben nie lange an einem Ort, sondern zogen von einem Land zum anderen. Kurz nach dem Mauerfall ging sie mit ihm in den Osten. Dort wohnte sie erst in Gera und dann in Schwerin. In der einen Stadt hatte sie ein Haus und in der anderen Stadt eine Eigentumswohnung. Insgesamt ist sie in ihrem Leben weit über zwanzig Mal umgezogen. Offenbar konnte sie, ähnlich wie ich, ihr Herz an keinen Ort hängen. Obwohl, ich komme nur auf dreizehn Umzüge.

Während dieses Gespräches ahne ich, dass es die Kinder sind, die zweite Generation, die schwer tragen an dem, was den Eltern passiert ist. Die durch die Welt flüchten, nirgends sesshaft werden können und nicht wissen warum.

Auf dem Heimweg spreche ich im Auto die Erinnerungen an das Gespräch mit Charlotte auf ein Diktiergerät, damit mir nichts verloren geht. Auf meine Frage vom Anfang, warum meine Mutter derart mit ihrem Schicksal gehadert hat, habe ich keine Antwort gefunden. Charlotte ist nicht so verbittert, die Wirth-Schwestern waren es auch nicht und Gerda Wolf ebenfalls nicht. Ich fahre die Autobahn entlang und ahne es langsam. Es muss daran liegen, dass sie „überrollt" wurden, dass sie „drinbleiben" mussten. Vielleicht liegt es daran, dass sie vergewaltigt wurde und die anderen nicht.

Auch ich hadere oft mit meinem Leben und beneide andere um ihr Haus, um ihren Garten oder um ihre Stabilität. Andere bauen sich ein Haus, finden eine Heimat und fühlen sich da wohl. Wenn ich zu Richard ziehen würde, hätte ich zwar eine Wohnung, aber kein Zuhause. Ich möchte eine Wohnung mit einem Garten haben und seine hat nicht einmal einen Balkon. Ich finde einfach keine Heimat.

Verreisen war für meine Mutter zeitlebens eine Qual

Wenn wir wegfuhren in den Urlaub, was selten genug vorkam, ging meine Mutter mit uns „auf die Flucht". In den späten Sechzigerjahren hatte mein Vater einmal einen staatlichen Ferienplatz ergattert und wir fuhren von Elmershausen nach Heringsdorf an die Ostsee. Ich war sechs Jahre alt. Für meine Mutter war das eine Weltreise. Tagelang vorher war sie aufgeregt und dachte unentwegt ans Packen. Das Wichtigste waren für sie vor allem die warmen Sachen, die mitgenommen werden mussten, zum Beispiel unsere Winteranoraks. Wir wollten zwar in den Sommerurlaub, im Monat Juli, aber dass wir Kinder ohne unsere Anoraks an die Ostsee fuhren, war undenkbar. Das Packen dauerte bei ihr viele Stunden, sie packte viel zu viel ein und die Koffer wölbten sich, sodass wir uns draufsetzen mussten, um sie schließen zu können. Neben den Winteranoraks wurden noch weitere dicke Sachen eingepackt wie Wollpullover, Mützen und Handschuhe. Allesamt Sachen, die wir Kinder auf gar keinen Fall mitnehmen wollten und wahrscheinlich auch nicht brauchen würden.

Wir träumten vom Meer, von Badengehen mit einem bunten Wasserball und einem aufgeblasenen Schwimmreifen, vom Buddeln im Sand mit einer großen Schaufel. Und dazu sollten wir dicke Pullover, Mützen und Schals mitnehmen. Heute weiß ich, damals beim Packen für die Flucht im Januar 1945 waren es zwanzig Grad Frost und das Lenchen ist am Ende an Erfrierungen gestorben. Als Kinder hatten wir davon natürlich keine Ahnung und somit war das für uns komplett unverständlich.

Am Abfahrtstag selbst wurde es noch schlimmer. Die Nervosität meiner Mutter nahm zu, alles Mögliche wurde noch hektisch eingesammelt. „Habt ihr auch alles?", wurden wir wie-

der und wieder gefragt und „Beeilt euch gefälligst!" wurden
wir angeherrscht. Nicht nur für uns hat sie so viel eingepackt,
auch für sich nahm sie fast all ihre Sachen mit. Könnte ja
sein, wir kommen nie mehr heim und müssten mit allem, was
wir mitgenommen haben, die nächsten Jahre auskommen.
Kurz vor dem Losgehen brach meine Mutter vollends in Hektik aus, sah auf die Uhr und schrie: „Wir sind viel zu spät
dran." Aber vorher musste ja unbedingt noch die Küche ge-
wischt werden, nachdem der umfangreiche Proviant vorbereitet war. Es gab einen großen Stapel geschmierter Brote für
uns alle, wie es für eine Reise mit der Transsibirischen Eisen-
bahn ohne Speisewagen und Fahrtunterbrechung ausgereicht
hätte. Es wurde nicht nur eine Unmenge von geschmierten
Schnitten gemacht, es wurden auch geviertelte Äpfel und ge-
schälte Möhren eingepackt, denn Vitamine müssen schließlich auch sein. Und viel zu trinken für uns alle, etwas Warmes in der Thermoskanne und etwas Kaltes in einer ver-
schraubbaren Glasflasche und in einer Plastiktüte ein ange-
feuchteter Waschlappen zum Saubermachen von Mund und
Händen nach dem Essen im Zug. Sie dachte einfach an alles.
Mit viel Aufregung und Geschrei waren wir schließlich auf
dem Bahnhof angelangt, aber letztlich viel zu früh und es war
noch Zeit bis zur Abfahrt. Wir Kinder wurden in den Zug verfrachtet mit all dem Gepäck und mussten die Plätze freihal-
ten gegen den Angriff fremder Leute. Unsere Eltern, erleichtert vom vielen Gepäck, auf das wir nun aufpassen mussten,
gingen weg und liefen irgendwo auf dem Bahnhof herum.
Dass es einen Fahrplan gab, konnten wir uns nicht vorstellen
und haben uns deshalb besorgt gefragt, woher sie wussten,
wann der Zug abfährt. Unsere größte Befürchtung war, dass
der Zug mit uns allein losfährt. Zurückgelassen im Zugabteil
starben wir tausend Tode. Bei jedem Ruckeln hatten wir
Angst, dass der Zug sich nun in Bewegung setzt und wir für
immer allein sind unter all den fremden Menschen. Also gingen wir unerlaubt an die Tür, hielten mit klopfendem Herzen

Ausschau nach unseren Eltern und passten nicht auf unsere Plätze und das Gepäck auf. Jede Sekunde des Alleinseins verlängerte sich ins Unendliche. Wenn der Zug losfährt, werden wir sie nie wiedersehen, das war für uns eine Gewissheit. Als sie endlich zurückkamen, war das eine gefühlte Millisekunde vor der Abfahrt. Wir waren unglaublich erleichtert und die Todesangst war vorbei.

Verreisen war für meine Mutter zeitlebens eine Qual. Ich habe es in ihren Augen gesehen, in all ihren fahrigen Bewegungen und hektischen Kommentaren: „Wenn wir nur erst angekommen wären! Wenn ich nur diese Reise erst überstanden hätte! Hoffentlich geht alles gut." Sie hatte Panik und wir fühlten uns überhaupt nicht beschützt.

Wenn ich heute verreisen muss, werde ich traurig. Züge und Bahnhöfe sind grau und kalt und ich muss weinen, auch wenn der Anlass der Reise zum Freuen ist. Aber ich liebe diese Traurigkeit, dann bin ich meiner Mutter und meiner Familie mit ihren Erlebnissen nah.

Nach einer Skilanglauftour im Thüringer Wald am Wochenende mit Richard und seinen Freunden bei herrlichem Schnee und Sonnenschein steige ich am Sonntagabend in den Zug und fahre zurück nach Leipzig. Auf dem Bahnsteig weht ein eisiger Wind. Da sehe ich sie wieder vor meinem geistigen Auge, meine Mutter, meine Oma und das kleine Lenchen. Es ist Winter 1946/47, ein Transport wird zusammengestellt, sie müssen raus aus Schlesien. Es ist wieder so ein kalter Winter wie zur Flucht 1945 und sie werden irgendwohin in Richtung Westen gefahren. Nun wissen sie endgültig, sie werden nicht mehr in die Heimat zurückkehren. Lenchen ist neun Jahre alt. Sie friert auf dem kalten Bahnsteig, im Güterwagen ist es auch kalt.

Ich steige in meinen Zug ein. Im Abteil ist es warm und ich habe eine Thermoskanne mit heißem Tee dabei. In anderthalb Stunden bin ich in Leipzig in meiner Wohnung, da stehen die vorgekochten Kohlrouladen im Kühlschrank, Anna wird da sein und alles ist gut.

Meine Mutter, meine Oma und Lenchen steigen in den Güterwagen, durch alle Ritzen zieht die Kälte, es gibt keine Toilette, alle frieren. Es gibt nichts zu essen und nichts Warmes zu trinken. Sie sehen entweder den Schnee auf den Feldern oder fahren durch zerstörte Städte. Sie haben dünne Mäntel an, die Schuhe sind zerschlissen und ihr einziger Koffer ist fast leer. Es ist nichts geblieben vom schönen und gepflegten Bauernhof und dem Haus. Kein Bettzeug, kein Topf, kein Handtuch, keine Kleider im Koffer, nichts. Keine Fotos, kein Schmuck und die Sparbücher weg. Frierend und hungernd, das kranke Lenchen, meine Oma mit ihren aufgesprungenen, verbrannten Händen aus dem Lager und meine Mutter mit ihrem vergewaltigten Körper und ihrer verletzten Seele. Wie haben sie das nur ausgehalten? Ich möchte weinen oder laut schreien. Ich möchte den Schrei schreien, der meiner Mutter in der Kehle steckte, den sie herunterschluckte und der ihr dann in den Kopf gestiegen ist als ein Klumpen, der ein Blutgefäß verstopfte, woraufhin sie plötzlich starb mit sechsundsiebzig Jahren. Sie, die nie krank war. Die ich nie, als Kind nicht und auch später nicht, tagsüber im Bett liegen sah mit Erkältung oder Grippe oder einer Magenverstimmung. Und die nie im Krankenhaus war und an nichts operiert wurde. Sie hätte noch zehn schöne Jahre haben können. Aber diese zehn schönen Jahre musste sie lassen auf dem zweijährigen Weg von Zedlitz nach Elmershausen, fünfhundert Kilometer quer durch das zerstörte Deutschland. Jahrelang die Trauer, keine Heimat zu haben. Keine altvertrauten Freunde, kein warmes Zuhause und so viele tot. Es gab niemanden, der sie beschützen konnte, als sie siebzehn Jahre alt war. Sie hätte tausend Gründe gehabt, sich umzubringen. Welch eine Stärke, dass sie es nicht tat.

Ich habe ein Buch gefunden von Katharina Elliger, Jahrgang 1929 und geboren in Schlesien. Der Titel: *Und tief in der Seele das Ferne,* der Untertitel: *Geschichte einer Vertreibung.*
Ich verschlinge Seite für Seite. Ich lese trotz meiner anstrengenden Theaterarbeit in nicht einmal zwei halben Nächten die zweihundertfünfzig Seiten minutiöser Beschreibungen, wie ein junges Mädchen diese schrecklichen Zeiten durchlebt.
Im Frühjahr 1945 zieht die Front auf dem Weg nach Berlin durch Schlesien und dieser Landesteil Hitlerdeutschlands wird von den Russen besetzt. Es gibt unendlich viele Vergewaltigungen. Wochenlang müssen sich die zurückgebliebenen Frauen und Mädchen in Kellern, auf Dachböden und im Wald vor den Russen verstecken und meistens nützt es ihnen nichts. Tagsüber müssen sie für die Russen arbeiten, Bahngleise von Unkraut säubern, einen Pferdekadaver ausgraben und vor der Stadt wieder eingraben, Heu aufschichten oder in der Kommandantur kochen und putzen. Die Behandlung durch die Russen ist unterschiedlich, mal sind sie freundlich, gut gelaunt und tanzen mit den Deutschen zur Balalaika. Mal haben sie getrunken, haben Heimweh und großen Schmerz, dann schießen sie wahllos durch die Gegend. Und sie schießen auf die Mädchen, wenn sie nicht mitkommen wollen.
So wird es auch bei meiner Mutter gewesen sein, vor ihren Augen haben die Russen ihre beste Freundin erschossen. Davon habe ich ein Bild im Kopf, obwohl ich das gar nicht erinnern kann. Die Mädchen stehen am Straßenrand, alle im Kreis, und werden eingeteilt zu einer Arbeit. Meine Mutter steht neben ihrer Freundin und auf einmal, peng, hat die Freundin ein Loch in der Brust, fällt um, blutet und stirbt. Ich habe mir das als Jugendliche manchmal vorgestellt, meine Mitschülerinnen und ich stehen auf dem Schulhof und auf einmal fällt neben mir meine Freundin tot um.
In diesem Buch beschreibt Katharina Elliger, wie dann im Juli 1945, nachdem die Russen abgezogen waren, die aus ihren Ostgebieten vertriebenen Polen nach Schlesien kamen

und das Land in Besitz nahmen, so wie es die Konferenz von Jalta und das Potsdamer Abkommen vorgesehen hatten. Aus den von ihr beschriebenen Details geht hervor, dass der Satz, den meine Omas und meine Mutter oft verbittert aussprachen, die pure Wahrheit war: „Und der Pole war noch schlimmer als der Russe." Dabei hatten sie am Anfang noch Hoffnung, schreibt die Autorin, dass es mit dem Abzug der Russen besser wird. Sie dachten, die Polen sind keine Siegermacht, sie haben die gleiche Kultur wie wir und sind katholisch. Aber diese Hoffnungen stellten sich als Irrtum heraus.

Die Russen haben zwar in großem Stil geplündert, aber die Polen hielten richtige Razzien ab, schreibt sie. *Jeden Moment, bei Tag und bei Nacht konnte ein Angehöriger der polnischen Miliz zur Tür hereinkommen, einen Deutschen zum Verhör mitnehmen oder sofort erschießen.*

Wenn es den in Schlesien verbliebenen Deutschen so ergangen ist, dann müssen meine Mutter und meine Oma zwei Jahre lang ununterbrochen Todesangst gehabt haben. Nun weiß ich, warum meine Mutter bei jedem Klopfen oder gar bei nächtlichem Klingeln so zusammenschrak.

Dazu gibt es eine Geschichte aus meiner Jugendzeit. Ein Freund hatte sich meinen Schlafsack geborgt und weil er fälschlicherweise dachte, ich brauche ihn am nächsten Tag, kam er spätabends noch, um ihn mir zurückzubringen. Es war kurz vor zweiundzwanzig Uhr, als es bei uns klingelte. Meine Mutter lag schon im Bett und ich ging auch nicht nachsehen, weil ich mit ihm nicht rechnete und auch sonst niemanden erwartete. Ich löschte das Licht. Es klingelte noch ein paar Mal, dann hörte es auf und ich wollte gerade einschlafen, als es an meinem Fenster klopfte. Das Fenster meines Zimmers lag nur einen knappen Meter über der Erde, man konnte einigermaßen mühelos einsteigen. Ich bekam es mit der Angst zu tun und ohne das Licht einzuschalten schlich ich mich ins Schlafzimmer zu meiner Mutter. Sie hatte das Klingeln und Klopfen natürlich gehört und war starr vor Angst. Ich kroch in ihr Bett und fragte sie flehend: „Mutti, was machen wir jetzt, das Klopfen hört nicht auf?" Meine Mutter sagte nichts, sie war unfähig, irgendetwas zu tun. Sie lag einfach da und rührte sich nicht. Sie konnte weder aufstehen und nachsehen, noch ans Telefon gehen, um die Polizei zu rufen. Wir lagen nebeneinander im Bett, zitterten vor Angst und rührten uns nicht, obwohl es in Abständen wieder und wieder klopfte. Auf einmal hörten wir die Nachbarin, wie sie nach uns rief. Sie klang völlig unaufgeregt und sagte: „Da ist ein junger Mann für Sie, der möchte etwas abgeben." Ich schaute aus dem Fenster und da steht mein Freund Andreas mit meinem Schlafsack in der Hand und sagt entschuldigend: „Ich wollte dir den doch nur zurückbringen, weil du morgen früh wegfahren willst."

Meine Mutter hatte Angst vor allem. Sie hatte Angst vor Einbrechern und Mördern, vor fremden Menschen, vor der Polizei und später, nach der Wende, hatte sie Angst vor ihren Hauseigentümern. Einmal hatte der Besitzer seinen jährlichen Besuch angekündigt und kurz vorher hatte Anna den Haustürschlüssel verloren. Völlig aufgelöst ruft meine Mutter bei mir an und spricht auf den Anrufbeantworter mit flehender Stimme, ich möge doch bitte sofort den Schlüssel nachmachen lassen, denn sie bekämen eine Wohnungsbegehung und wenn der Vermieter erfährt, dass ein Schlüssel fehlt, gäbe es Ärger. Als ich diese Nachricht im Beisein von Richard abhöre, sagte er: „Das Wort Wohnungsbegehung klingt bei deiner Mutter wie Evakuierung." Obwohl der Hauseigentümer nur nachschauen wollte, ob alles funktioniert in ihrer Wohnung, bekam es meine Mutter schon Tage vorher mit der Angst zu tun. Evakuierung, das hatte sie erlebt. Wer weiß, wie oft sie aus ihren Unterkünften vertrieben wurde.

Als die von Ostpolen ausgesiedelten Menschen in Schlesien ankamen, schreibt Katharina Elliger, *nahmen sie erst die großen, schönen Höfe in Besitz, dann die nächstkleineren und schließlich auch die kleinsten. Die verbliebenen Deutschen wurden so aus einem Haus nach dem anderen verjagt. Die Polen hatten einen großen Hass auf die Deutschen, der verständlich war. Die Deutschen hatten in Polen viel angerichtet, aber in Russland auch. Wenn ein Russe einen Deutschen mit einem Stück Brot erwischte, nahm er ihm das weg. Wenn ein Pole einen Deutschen mit einem Stück Brot erwischte, nahm er ihm nicht nur das Brot weg, sondern schlug noch auf ihn ein.*

Alle verbliebenen Deutschen, heißt es in dem Buch weiter, wurden zur Arbeit gezwungen und mit Gewehrkolbenschlägen dorthin geprügelt. Ab dem Sommer 1945 haben sie die Arbeitslager eingerichtet. Sie schreibt: *Am 4. September holten sie uns ab. Wir hörten Lärm auf der Straße, Schüsse, Schreie. Als ich aus dem Fenster sah, erblickte ich einen langen Zug von Menschen. Milizsoldaten holten die Leute aus den Häusern. Sie trieben sie an, schlugen sie mit ihren Gewehrkolben, traten sie mit Füßen. Sie durchkämmten die ganze Straße. Befehle und Drohungen flogen wie Geschosse durch die Luft, und wehe dem, der sie nicht verstand. Nichtverstehen oder Missverstehen lenkte den Zorn auf einen und das bedeutete erneut Schläge, Tritte, Flüche.*

Sie wurden abtransportiert, wohin, wusste im ersten Moment niemand. Dass die Deutschen in Lager gesteckt wurden, lese ich hier zum ersten Mal. Es gibt nur wenige Dokumentationen darüber und in der DDR durfte davon nicht gesprochen werden. Auch innerhalb meiner Familie ist das Arbeitslager, in dem meine Oma gewesen sein muss, nur vorsichtig angedeutet worden.

Das größte und schrecklichste dieser Lager war in Lamsdorf, schreibt die Autorin. *Dort haben von achttausend Inhaftierten nur zweitausend überlebt. Es waren regelrechte Vernichtungslager, ähnlich wie die Konzentrationslager.*

Das, was die Autorin hier beschreibt, muss auch meiner Familie passiert sein. Geschlafen wurde auf verfaultem Stroh, zu essen gab es fast nichts. Zur Arbeit mussten die Frauen marschieren und dabei Nazilieder singen. Die Polen haben sich daraus einen Spaß gemacht und vor lauter Freude darüber wild um sich geschossen. Nachts wurden die Frauen geholt, die ihnen gefielen. Einmal wurde die Autorin, die damals fünfzehn Jahre alt und gerade krank war, von einer polnischen Wache gezwungen, ihr Erbrochenes aufzulecken. Das Lager, in dem sie sich mit ihrer Familie befand, existierte ein ganzes Jahr, von Juli 1945 bis Juli 1946. Der Tagesablauf war immer der gleiche: Aufstehen, den ganzen Tag Zwangsarbeit, abends eine Scheibe Brot und die Toten einsammeln. Und es starben viele. Die Kraft reichte nur für den Augenblick, wer sich aufregte, brach zusammen oder beging Selbstmord. Die Toiletten waren Fallgruben, eklig und verdreckt, Waschgelegenheiten gab es nicht. Sie hatten Tag und Nacht die gleichen Sachen an, wie das die Frauen während ihrer Menstruation machten, war ihr unklar.

Dann kamen Kopfläuse, Kleiderläuse, Flöhe und Wanzen, schreibt sie. *Ein alter Mann, der nicht mehr die Kraft hatte, sie abzusammeln, wurde förmlich vom Ungeziefer aufgefressen, die Läusebisse hatten sich entzündet und er starb daran. Dann kam Typhus auf und jeden Morgen mussten noch mehr Tote eingesammelt werden. Sie wurden auf den Appellplatz des Lagers gebracht.*

Dort sah sie die Menschen liegen, mit denen sie noch kurz vorher gemeinsam gearbeitet hatte.

Mir stockt der Atem beim Lesen all dieser grausamen Geschichten. Von alledem wusste ich nichts und weiß auch jetzt nicht viel mehr. Wie lange war meine Oma in solch einem Lager? Musste sie auch, so wie ich es auf einem Foto gesehen habe, russische Leichen ausgraben mit bloßen Händen? Waren sie alle drei in diesem Lager oder nur meine Oma und war das kleine Lenchen mit oder nicht? Ich frage mich, ob diese jahrelange Todesangst meiner Mutter und meiner Oma der Schlüssel ist zu meinen jahrelangen Panikattacken mit einer Todesangst, die keinen realen Bezug hatte?

Im Lager gab es auch Vergewaltigungen, schreibt die Autorin. *Viele vergriffen sich nicht an Kindern, aber einige machten auch vor Achtjährigen und Kleinkindern keinen Halt.*
Das arme Lenchen, denke ich, war sie deshalb das „gebrochene Kind"?
Niemand mehr da, den ich fragen kann. Vielleicht auch besser so. Danach hätte ich nicht fragen können.

Nach ihrer Flucht kamen meine Mutter, meine Oma und Lenchen im Januar 1947 im thüringischen Heiligenstadt in einem Flüchtlingslager an. Dazwischen liegen zwei Jahre, zwei dunkle Jahre, die sie wahrscheinlich überwiegend, vom Lager abgesehen, in Primkenau verbracht haben. Zwei Jahre, über die ich nichts weiß.
Ich höre immer wieder den Satz meiner Mutter: „Ich will noch mal nach Primkenau, aber mit mir fährt ja keiner dorthin."
Was gäbe ich jetzt darum, ihr diesen Wunsch zu erfüllen. Und dabei gleichzeitig mir einen Wunsch zu erfüllen. Ich würde mit ihr all die Orte abgehen wollen, an denen sie gelitten hat. Ich würde gerne den Bauernhof sehen, wo sie gewohnt haben bei dem Polen, der gut zu ihnen war. Sie hat einmal erzählt, dass dieser Pole am liebsten meine Oma geheiratet hätte. Aber das kam für meine Oma nicht infrage, sie hat ja gehofft, dass ihr Mann aus dem Krieg zurückkommt und blieb ihm bis an ihr Lebensende treu. Meine Mutter hätte mir das „Grab" meiner Uroma zeigen können oder die Stelle, an der sie verscharrt wurde. Ein Kreuz und gar einen Stein wird es nicht gegeben haben, aber ich hätte mit meiner Mutter einen Blumenstrauß irgendwo hinlegen können auf dem Friedhof in Primkenau.
So wie in Ostpreußen, in der alten Heimat meines Vaters, als wir auf dem Friedhof in Bischdorf ein verwildertes Grab suchten, dass das Grab seiner Schwester Herta hätte sein können und Anna, sie war damals zwölf Jahre alt, plötzlich unaufgefordert einen großen Strauß Wiesenblumen pflückte, um sie

an einem namenlosen Holzkreuz niederzulegen. Anna war so eifrig beim Blumenpflücken und ich beim Suchen eines möglichen Grabes gewesen, dass meine Mutter zu schimpfen begann: „Hört endlich auf damit, dem Vater wird schon ganz komisch." Dabei freute sich mein Vater sehr über meinen Eifer und Annas Blumenstrauß. Es war wohl ihr eigener Schmerz, der hochkam. Ihr selbst wurde komisch und deshalb sollten wir aufhören, in diesen Erinnerungen zu wühlen.

Niemals hätte sie mit mir und einem großen Blumenstrauß auf diesen Friedhof gehen können. Sie hätte auch nicht ausgehalten, dass ich sie alles Mögliche gefragt hätte. Sie ist gestorben, als ich die Analyse anfing und ihr auf der Spur war. Und hat all ihre Geheimnisse mit ins Grab genommen, wie ihre Cousine Gerda gesagt hat.

Zum Ende der Zeit unter der polnischen Besatzung wurden die verbliebenen Deutschen in Viehwaggons verfrachtet, schreibt Katharina Elliger. *Wieder kamen die Polen mitten in der Nacht mit schussbereiten Gewehren in die Häuser. Sie trieben die Menschen raus auf die Straße, wieder brüllten sie herum und schlugen auf jeden ein, der nicht schnell genug war. Sie traten den Menschen vors Schienbein, damit sie hinfielen, schossen in die Luft und weideten sich an der Angst der Deutschen.*

Sie schreibt weiter, dass es noch im Waggon eine letzte Razzia gab und dass die Polen alles mitnahmen, was sie noch fanden. *Die Soldaten trampelten einfach über die Leute, dann fuhr der Zug ab. Es gab wieder nichts zu essen und vor allem nichts zu trinken. Kurz vor der Grenze wurden alle nochmals durchsucht und schamlos abgetastet, was besonders für die Frauen eine Schikane gewesen ist.*

Am Ende schreibt die Autorin über ihre Reise in die alte Heimat nach mehreren Jahrzehnten und wie sie dort von ihren Erinnerungen überwältigt wurde. Sie übernachtete in einem Kloster, in dem es noch deutsche Schwestern gab. Eine dieser Schwestern sprach zu ihr über die vertriebenen Schlesier, die ihre Heimat besuchen kommen: „Sie laufen hier herum, können keine Ruhe finden. Und dann kommen sie hierher und weinen, weinen, weinen."

Herr Gruber hatte gesagt: „Wenn Ihre Mutter ihre Erinnerungen zugelassen hätte, dann hätte sie mehrere Jahre lang weinen müssen."

Auf der Rückfahrt aus der alten Heimat begegnet die Autorin einer jungen Russin im Zug und sie kommen miteinander ins Gespräch. Als sie zu dem jungen Mädchen sagt, dass sie aus Schlesien stammt, sagt diese, Schlesien, das sei ihr ein Begriff, ihr Großvater habe an der Oder gekämpft. Dann erzählt sie weiter von ihrem Studium in Deutschland. Zum Abschied umarmt das junge russische Mädchen die alte deutsche Frau und sagt zu ihr: „Großmütterchen, da haben Sie Schreckliches mitgemacht."

Ich muss unbedingt noch etwas herausbekommen über diese zwei Jahre, die komplett im Dunkeln liegen. Ich kenne nun einige Erzählungen von den ersten Tagen der Flucht. Aber was war danach, als der Treck sich geteilt hatte und die meisten Zedlitzer weitergezogen waren?

Ich habe eine Idee. Ich schreibe einen Brief an alle noch lebenden Einwohner von Zedlitz, die ungefähr vom gleichen Jahrgang sind wie meine Mutter. Ich schreibe:

Liebe Frau ... / Lieber Herr ..., ich bin die Tochter von Luzia Fengler aus Zedlitz, Dorfstraße 102 und habe Ihre Adresse aus dem Heimatblatt Das Fraustädter Ländchen. Meine Mutter ist inzwischen verstorben und da ich sie nicht mehr selbst fragen kann, suche ich nach Mitbewohnern aus Zedlitz, die mit meiner Mutter Luzia Fengler, meiner Oma Clara Fengler und meiner Tante Lenchen Fengler (damals acht Jahre alt) gemeinsam auf der Flucht waren, speziell in dem Teil des Trecks, der bis Primkenau gekommen und dort „liegengeblieben" ist. Wenn Sie also irgendetwas wissen, würde ich mich sehr freuen, wenn Sie mir schreiben.

Diesen Brief kopiere ich, setze die Namen ein und verschicke ihn an dreißig alte Leute.

Es wird bald Frühling, Richard ist weggefahren und ich verbringe das Wochenende mit Laura in Leipzig. Im zeitgeschichtlichen Forum gibt es eine neue Ausstellung, da wollen wir hin. Das Thema: FLUCHT, VERTREIBUNG, INTEGRATION. Diese Ausstellung haben sie für mich gemacht, denke ich. Mit meiner Freundin Laura kann ich mein Interesse teilen, ihre Mutter stammt auch aus Schlesien. Als Laura einmal mit ihrer Mutter zu Besuch bei mir war, habe ich zu Anna gesagt, Lauras Mutter ist auch eine schlesische Oma. Ihr geht es aber gut, sie ist in viel besserer Verfassung als deine Oma je war. Da sagte Anna zu mir, die hat vielleicht auch nicht so viel mitgemacht wie meine Oma.
In der Ausstellung steht am Eingang ein alter Handwagen. Schon bei diesem Anblick fange ich an zu weinen, von der übrigen Ausstellung ganz zu schweigen. Die großen Flüchtlingsströme des zwanzigsten Jahrhunderts sind aufgezeigt, aber auch die „kleinen" Schicksale der einfachen Leute.
Ich schreibe mir eine Buchempfehlung auf: *Frau in Bernstein* von Agate Nesaule, ein Buch, in dem die Vergewaltigungen thematisiert sein sollen.

Ich habe beschlossen, im nächsten oder übernächsten Sommer noch mal nach Zedlitz zu fahren, diesmal in der warmen Jahreszeit. Ich möchte über die reifen Felder wandern und vor allem im Archiv stöbern, vielleicht bekomme ich beim Pfarrer die alten Kirchenbücher zu sehen. Im Heimatblatt *Das Fraustädter Ländchen* habe ich eine wunderbare Übernachtungsmöglichkeit entdeckt. Eine Freifrau von Schlichtingsheim in der Nähe von Zedlitz hat ihren alten Familienbesitz zurückgekauft, das Schloss Rothenhorn in Heyersdorf und hat ein paar Zimmer zu einem Hotel ausgebaut. In ihrem Artikel schreibt sie, sie freue sich auf deutsche Gäste, die in die alte Heimat fahren. Ich bin voller Vorfreude, es ist für mich wie Nach-Hause-Fahren. In Leipzig fühle ich mich nicht sonderlich heimisch und wenn ich jetzt von dort vertrieben werde, so würde es mir nicht im Geringsten etwas ausmachen.

Voller Freude halte ich nur zwei Wochen nach meinem Rundschreiben den ersten Antwortbrief von einem Zedlitzer in den Händen. Ich gehe auf meine Dachterrasse, schaue in den Himmel und lese den Brief meiner Mutter vor. Alwin Krause schreibt:

Natürlich kenne ich Ihre Mutter, wir sind zusammen zur Schule gegangen. Trotzdem sie drei Jahre älter war, haben wir doch als Jungens schon nach den Mädels geschaut. Ich musste ja an ihrem Haus vorbei, wenn ich zur Schule ging. Wir haben in der Nummer 115 gewohnt.

Wir sind am 21.1.1945 von Zedlitz mit dem Treck von vierzig Wagen aufgebrochen. Wir wurden abends auf mehrere Dörfer verteilt, denn alle Wagen konnten nicht in einem Dorf unterkommen. Frühmorgens ging es weiter. Zu der Frage nach dem Teil des Trecks, der in Primkenau liegengeblieben ist, kann ich nichts sagen, da ich zu der Zeit vierzehn Jahre alt war und mich um das Gespann, meine Mutter und meine Geschwister Anni und Hansi kümmern musste. Mein Vater war zu der Zeit dienstverpflichtet. Ich habe das Zurückbleiben eines Teils des Trecks nicht wahrgenommen.

Schade, von Alwin Krause erfahre ich leider nichts, aber ich schreibe ihm unverzüglich einen herzlichen Dankesbrief.

In allem war der Vorwurf, ihr habt das nicht erlebt

Anna macht inzwischen eine Ausbildung zur Fotografin. Sie hat als einzige von zehn Bewerbern eine Lehrstelle bekommen. Die Berufsschule befindet sich in Potsdam und von einem Ausstellungsbesuch in Berlin hat sie mir eine Broschüre mitgebracht. Freudig sagt sie zu mir: „Guck' mal, was ich für dich gefunden habe." Es handelt sich um eine Veranstaltungsreihe vom Frauenverband des Bundes der Vertriebenen zum Thema: „Die langen Schatten der Vergangenheit".
Ohne lange nachzudenken beschließe ich, dort hinzufahren. Ich erzähle niemandem davon, weil ich mich schäme. Ich habe Angst, des Revanchismus verdächtigt zu werden oder gar mit militanten Opas in Verbindung gebracht zu werden. Das waren die Ansichten, die die DDR über diese Verbände vertrat, ich habe sie übernommen. Wenn sich meine Eltern früher am „Tag der Heimat" die Reden der Verbandsvorsitzenden im Westfernsehen angeschaut haben, habe ich ihnen meine Ansichten darüber ins Gesicht geschleudert. Ich habe zu ihnen gesagt, dass das alles faschistische Revanchisten sind, die auf solche Veranstaltungen gehen und dass die das alte Deutschland wiederhaben wollen. Mein ostpreußischer Vater trumpfte dann gegenüber meiner Mutter auf, dass besonders der Vorsitzende der schlesischen Landsmannschaft die alten Gebiete zurückfordert und betonte ihr gegenüber, dass man von seiner ostpreußischen Landsmannschaft so etwas nicht hören würde. Und schon war ein weiterer Familienstreit darüber entbrannt, ob die Schlesier oder die Ostpreußen die besseren Menschen seien, und ich habe mit meinen Verurteilungen der Landsmannschaften im Allgemeinen den Streit noch verschlimmert.
Als ich meinen Vater vor einigen Jahren von einem seiner ostpreußischen Heimattreffen abgeholt habe, musste ich mei-

ne Meinung revidieren. An den Tischen des Veranstaltungsraumes in Osterode im Harz saßen lauter siebzig- und achtzigjährige Omas und Opas mit Tränen in den Augen, die sich einfach nur freuten, einander wiederzusehen. Von denen jedenfalls ging keine Kriegsgefahr aus.

Ich habe mir eine Abendveranstaltung herausgesucht mit dem Thema: „Die transgenerationelle Weitergabe von Traumata" und nichts hätte mich davon abhalten können, an diesem Abend nach Berlin zu fahren.

Unter den eingeladenen Wissenschaftlern ist der Psychiater Dr. Peter Heinle, dessen Buch mir Herr Gruber eines Tages gegeben hatte. An diesem Tag ging es mir so schlecht, dass ich nur mithilfe dieses Buches die Zeit bis zur nächsten Therapiestunde überstehen konnte.

Ich erzähle Herrn Gruber bei der nächsten Stunde von dem geplanten Besuch der Veranstaltung in Berlin, bei der Dr. Peter Heinle im Podium sitzen soll. Herr Gruber sagt zu mir: „Das ist ja toll, da würde ich auch gerne hinfahren." Das freut mich, aber je näher der Termin rückt, desto unangenehmer wird der Gedanke für mich, mit Herrn Gruber dort zusammenzutreffen. Zum Glück bietet er mir nicht an, mit ihm zu fahren. Nun sitze ich aber in einer Stuhlreihe mit ihm und fühle mich unbehaglich in seiner Nähe. Zu Beginn der Veranstaltung erfolgt eine Ansage, dass Dr. Peter Heinle kurzfristig wegen Krankheit absagen musste. Statt seiner ist ein Berliner Psychoanalytiker da, der mir gleich am Anfang des Podiumsgespräches einen besonderen Satz schenkt: „In den meisten Flüchtlingsfamilien war es so, dass die Kinder alles verstehen sollten, die Eltern aber verstanden von den Kindern nichts."

Das trifft genau meine Situation in meiner Kindheit. Meine kleinen Gefühle, meine kindliche Angst und meine Wehwehchen spielten keine Rolle angesichts dessen, was meine Eltern erlebt hatten. Wenn ich auf einem sonntäglichen Spaziergang Hunger oder Durst verspürte oder mir die Füße wehtaten, sagte mein Vater, ich solle nicht jammern wegen Kleinigkeiten, er hätte schließlich den Russlandfeldzug mitgemacht, ein Marsch über neunhundert Kilometer von Ostpreußen nach Leningrad, bei Wind und Wetter, da hätte er auch nicht gejammert. Und meine Mutter hat zu mir gesagt: „Du hast doch gar nichts auszustehen." Wenn ich Liebeskummer oder Probleme in der Schule hatte, hat sie nur gemeint, ich sei selbst schuld daran und ich würde doch meine Jugend in vollen Zügen genießen können.

In allem war dieser stille Vorwurf: „Ihr habt das alles nicht erlebt, was wir erlebt haben." Angesichts ihrer Erlebnisse waren natürlich all mein Kummer, meine Ängste oder Probleme geradezu lächerlich.

Bei den Vorträgen und der anschließenden Podiumsdiskussion geht es zwei Stunden lang um all die Auswirkungen von Flucht und Vertreibung auf die Kinder und Enkelkinder der Erlebnisgeneration. Es geht um Entwurzelung und die Fortsetzung der Familiendramen wie Bindungsunfähigkeit, Süchte, Ängste und Einsamkeit. Am Ende der Veranstaltung gibt es einen Imbiss und etwas zu trinken und alle können miteinander ins Gespräch kommen. Ich stehe am Rand, fühle mich unwohl und fahre bald nach Hause.

In der nächsten Therapiestunde beschreibt mir Herr Gruber seinen Eindruck von mir auf der Veranstaltung. Obwohl dort alle mit den gleichen Problemen in lockerer Runde zusammenstanden und über ihr ganz persönliches Schicksal reden konnten, stand ich abseits und redete mit niemandem. Sogar dort traute ich mich nicht über das, was in meiner Familie passiert ist, zu sprechen, konstatiert er.

Drei Wochen später fahre ich zur nächsten Veranstaltung. Wieder freue ich mich schon Tage im Voraus darauf. Das Thema dieses Abends heißt: „Kriegsgewalt gegen Frauen und Kinder".

Damit habe ich nicht unmittelbar zu tun, denke ich. Ich beschäftige mich zwar ständig mit dem Leid meiner Mutter, meiner schlesischen und meiner ostpreußischen Oma, aber ich habe es nicht selbst erfahren. Ich habe nur ihre Gefühllosigkeit und ihre Verhärtung erlebt und mein Kummer infolgedessen kommt mir im Vergleich zu ihren Erlebnissen ganz gering vor. Deshalb fühle ich mich fehl am Platze.

Die Veranstaltung beginnt und es geht nicht um Bombenangriffe und Tiefflieger, nicht um Frontverläufe und Abkommen von Potsdam und Jalta, sondern um Vergewaltigungen.

Freya Klier sitzt im Podium, sie hat eine Dokumentation geschrieben über Frauen, die 1945 aus Schlesien und Ostpreußen in die Sowjetunion verschleppt wurden. Diese Frauen waren die lebendigen Reparationszahlungen an die Sieger. Es waren meist junge Mädchen, die teilweise mit zwölf, dreizehn oder vierzehn Jahren in sibirische Arbeitslager abtransportiert wurden. Freya Klier hat vierundsechzig dieser Frauen aufgesucht, befragt und ihre Geschichten aufgeschrieben. Sie hat all diese Frauen auch nach der einen „Sache" gefragt und von vierundsechzig wurden nur drei nicht vergewaltigt.

„Das eigentlich Schlimme", sagt eine Frau im Alter meiner Mutter beim anschließenden Zuhörergespräch, „war das Nicht-darüber-sprechen-können. Die Vergewaltigung war eine schlimme Schande, die einem passiert ist. Man hat nichts gesagt, nicht mal seinen nächsten Angehörigen aus Angst vor deren Reaktion. Aus Angst vor der Entgegnung, hättest du dich nur genügend gewehrt, dann hätte der Russe bestimmt von dir abgelassen."

Dieses komplette Unverständnis der Mitmenschen muss furchtbar gewesen sein. Die Frauen konnten es niemandem erzählen, von therapeutischen Hilfen ganz zu schweigen. Im Podium sitzt eine Sozialarbeiterin, die in den Neunzigerjahren in einer großen Stadt ein Notruftelefon für vergewaltigte Frauen eingerichtet hat. Es war das erste seiner Art in Deutschland. Sie hat mit zumeist jungen Anruferinnen ge-

rechnet, aber zu ihrem großen Erstaunen haben sich sechzig-
und siebzigjährige Frauen gemeldet, die sich erstmalig einer
anonymen Telefonstimme anvertraut und erzählt haben, dass
sie als junge Frauen von Russen vergewaltigt wurden. Zu einer völlig fremden Person konnten sie plötzlich nach so langer
Zeit über ihre vermeintliche Schande reden. Meine Mutter
hätte bestimmt trotzdem nicht angerufen.

Diese Berlinfahrt hatte ich mit einem Arbeitsgespräch verbunden. Am Nachmittag war ich bei den Puppenbauern für
unsere „Faust"-Inszenierung. Ich habe Gretchen, Faust und
Mephisto begutachtet, wir haben ein mehrstündiges Gespräch
geführt über konzeptionelle Aspekte der Ausstattung und am
Ende, als ich gefragt wurde, wo ich jetzt hingehen würde, hörte ich mich sagen: „Ich gehe zu einer Veranstaltung vom Bund
der Vertriebenen, zu einem Vortrag über Kriegsgewalt gegen
Frauen und Kinder."

Ich war der Meinung, dass sie mich komisch und völlig entgeistert anschauten. Aber vielleicht habe ich mir das nur eingebildet. So, wie sich vergewaltigte Frauen einbilden, jeder
sähe ihnen die Schande an. Deshalb kümmern sie sich oft-
mals übertrieben um ihr Äußeres. Auch meine Mutter ging
nur schick gekleidet und überaus gepflegt aus dem Haus. Ein
Fleck auf der Kleidung, eine widerspenstige Locke, die die
Frisur durcheinanderbrachte oder gar eine Laufmasche in der
Strumpfhose waren eine mittlere Katastrophe.

Es kostete mich große Überwindung, bei Arbeitskollegen mein
Interesse an diesem Thema zuzugeben und ich stellte mir
dabei vor, wie meine Mutter von ihren Kollegen angeschaut
worden wäre, hätte sie ihnen zu DDR-Zeiten auf einer Versammlung der Gesellschaft für Deutsch-Sowjetische Freund-
schaft erzählt: „Ich bin von Russen vergewaltigt worden."

Das wäre sofort dem Parteisekretär gemeldet worden und
möglicherweise hätte man sie umgehend in eine Nervenklinik
eingeliefert. Niemand hätte ihr geglaubt.

Auf der Veranstaltung wird gesagt, dass ungefähr neunzig Prozent aller Frauen und Mädchen, die geflohen und auf Russen getroffen seien, vergewaltigt wurden.

In meiner Kindheit gab es das Kaffeekränzchen meiner Patentante Gertrud. Sie stammte auch aus Schlesien. Wenn sie Geburtstag hatte, kamen ihre Freundinnen zu ihr, sieben alleinstehende, katholische Frauen. Für uns Kinder war das eine skurrile Runde von alten Jungfern. Alle hatten ihre kleinen und großen Macken, über die sich meine Schwester und ich sehr amüsierten, wenn wir alljährlich zu ihrem Geburtstagskaffee eingeladen wurden. Das sind die Frauen, die keinen Mann abbekommen haben, hieß es. Fast alle stammten aus Schlesien und ich vermute nun, warum sie allein geblieben waren. Es war nicht nur der Männermangel nach dem Krieg, wahrscheinlich waren sie alle von Russen vergewaltigt worden und konnten keinen Mann mehr an sich heranlassen.

Eine ältere Frau hat das auf der Veranstaltung ausgesprochen. Sie sagte, dass sie nach den Vergewaltigungen zeitlebens nie mehr mit einem Mann schlafen konnte. Schon gar nicht mit einem Mann ihres Alters, der bestimmt bei der Wehrmacht war und bei dem sie sich hätte vorstellen müssen, dass er ebenfalls Frauen vergewaltigt hat, in Russland oder in Polen.

Im Anschluss an die Podiumsdiskussion dürfen Fragen gestellt werden vom Publikum, welches sich überwiegend aus Frauen älteren Semesters zusammensetzt. Eine Frau in meinem Alter steht auf und erzählt mit zittriger Stimme von ihrer Jugendzeit in der DDR im Allgemeinen und den ständigen Warnungen ihrer Mutter vor allen Männern im Speziellen. In ihrer Stadt befand sich eine große Russenkaserne und ihre Mutter hat sie beschworen, sie solle da bloß nicht hingehen, nicht einmal in die Nähe. Sie erzählt weiter, dass sie das damals überhaupt nicht verstanden hat, schließlich wäre es ohnehin zu keinerlei Kontakten gekommen, weil die Russen ihre Kaserne nicht verlassen durften. Aber ihre Mutter hat wieder und wieder mit Angst und Panik von dieser Russenkaserne gesprochen und ihr überhaupt jeden Umgang mit Jungen verboten. Unter Tränen sagt sie, jetzt werde ihr schlagartig klar, was mit ihrer Mutter gewesen sei und warum sie selbst mit über vierzig Jahren noch nie mit einem Mann zusammen war und keinerlei Bindungen eingehen konnte.

Ich habe mich nicht getraut, öffentlich etwas zu fragen und doch habe ich an diesem Abend eine wichtige Antwort bekommen auf meine Frage, ob es wirklich heilsam ist für die Frauen, auf ihr Trauma angesprochen zu werden, über ihr Schicksal reden zu müssen und damit all das noch einmal zu durchleben. Freya Klier hat erzählt, dass sie mit einigen der von ihr befragten Frauen nach Sibirien fahren wollte, an die Orte ihrer Zwangsarbeitslager. Sie hatte dazu zehn Frauen von den vierundsechzig angefragt. Zu diesem Zeitpunkt wusste sie noch nicht, ob diese Reise zustande kommt und wie viele Frauen sich anschließen würden. Sie hatte bezweifelt, ob überhaupt jemand mitfahren wollte. Die Reise wurde genehmigt und sie hat drei Frauen ausgewählt, die ihr physisch und psychisch stabil genug erschienen, die Konfrontation mit alledem durchzustehen. Danach haben die anderen Frauen, die von ihr nicht nochmal gefragt wurden, mit Bedauern gesagt, dass sie auch gern gefahren wären. Ausnahmslos alle wollten noch einmal an ihren Schicksalsort zurück.

Nun verstehe ich immer besser, warum meine Mutter nach Primkenau wollte. Bis an mein Lebensende wird es mich verfolgen, dass ich nicht mit ihr gefahren bin.

Diesmal habe ich mich am Ende der Veranstaltung getraut, mit anderen ins Gespräch zu kommen. Zu einer Frau habe ich gesagt, dass es mir unendlich leid tut, dass ich mich zu Lebzeiten meiner Mutter nie besonders für ihr Schicksal interessiert und nicht nachgefragt habe. Diese Frau sagte tröstend zu mir: „Machen Sie sich deswegen keine Vorwürfe, Ihre Mutter wird ihre Gründe gehabt haben, warum sie geschwiegen hat." Trotzdem, dieses Versäumnis steckt in meinem Leben wie ein Stachel in meinem Fleisch. Warum habe ich sie nicht einfach geschnappt, in mein Auto gesetzt und wäre mit ihr losgefahren nach Primkenau, diese lächerlichen dreihundertfünfzig Kilometer. Vielleicht hätte sie mir dort etwas erzählt. All das bleibt für immer ungefragt und unerzählt. Dabei würde ich so gerne genau wissen, wie es meiner Mutter und wie es währenddessen ihrer Mutter erging. Hat sie zusehen müssen und der Tochter nicht helfen können oder ist es auch ihr gleichzeitig passiert? Oder war meine Mutter allein und hat es danach ihrer Mutter nicht erzählen können? Oder hat sie es ihr gesagt und es hieß: „Um Gottes willen, diese Schande!" Gab es etwa ein Kind und was ist daraus geworden? Oder hatte sie Glück und ist nicht schwanger geworden? Ich weiß es nicht und werde es nie erfahren.

Es geht auf den Sommer zu, meine vierjährige Therapie ist in einem Jahr zu Ende. Ein bisschen habe ich jetzt schon Angst davor. Wer soll mir dann helfen bei meinen Problemen? Mit Anna ist auch noch nicht alles in Ordnung. Sie steht immer noch fest zu ihrem Freund, der im Maßregelvollzug sitzt, weil er mit fünfhundert Gramm Marihuana erwischt wurde.
Ich habe so dermaßen versagt bei ihr. Ich konnte ihr keine stabile Mutter sein. Bei mir haben sich Phasen des Kämpfens an der Arbeit und in meinen Beziehungen mit Phasen der totalen Erschöpfung abgewechselt. Ich war kein Halt für sie und sie hatte kein richtiges Zuhause. Ich habe sie nicht genug beschützt und zu selten in den Arm genommen. Aber ich selbst konnte auch nie den Kopf in den Schoß meiner Mutter legen.
Ich habe wieder einmal von Oma Clara geträumt. Eine Familienzusammenkunft in Elmershausen stand bevor. Ich bin hingefahren und meine Oma saß da und hatte, was in der Realität nicht vorkam, ausnahmsweise mal nichts im Haushalt zu tun. Da dachte ich mir, heute muss sie mir etwas erzählen. Heute zeige ich ihr das Buch von Katharina Elliger

und konfrontiere sie mit deren Berichten. Das kündigte ich dem Rest meiner Familie vorher an, durchaus begleitet von Zweifeln an der Richtigkeit meines Vorhabens. Und sofort schimpft meine Schwester mit mir: „Lass doch die arme Oma in Ruhe und rühre nicht in den alten Geschichten herum." Aber Oma fing schon an zu sprechen. Sie begann mir zu erzählen, dass im Lager alle Frauen auf einem Platz versammelt waren und alle diese Frauen weinten. Sie bekamen sehr schwere Arbeiten zugeteilt, eine Frau musste zum Beispiel von morgens bis in die Nacht hinein Berge von Wäsche bügeln. Sie stand den ganzen Tag am Bügelbrett mit einem schweren Plätteisen in der Hand und konnte ihren Arm nicht mehr anheben. Wie gebannt hörte ich ihr zu. Während sie redete, wurde sie allmählich lebendiger und ihre leblose Hülle fiel von ihr ab. Sie wollte gerade etwas von der ihr zugeteilten Arbeit erzählen, aber da war der Traum leider zu Ende.

In Wirklichkeit war meine Oma immer wie tot. Sie hat funktioniert wie ein schnurrendes Rädchen, sie hat wortlos unseren Haushalt gemacht, hat gekocht und abgewaschen, geputzt und gebügelt, und wenn sie mit allem fertig war, hat sie ihre Handtasche fest unter ihren Arm geklemmt und ist zur Kirche gerannt. Wenn die Messe vorbei war, ist sie schnell wieder nach Hause gekommen, denn inzwischen gab es erneut etwas zu tun im Haushalt. Das war ihr Leben, vierzig Jahre lang, von der Flucht bis zu ihrem Tod.

Inzwischen ist ein weiterer Brief von einem Zedlitzer gekommen, Adolf Lindner. Die Handschrift gehört einer Frau, seine Schwiegertochter hat diesen Brief für ihn verfasst, da er aufgrund seiner Kriegsverletzungen seine Hände nicht benutzen kann. Sie schreibt:

Mein Schwiegervater kannte Ihre Großeltern gut. Er war von 1939 bis 1944 bei der Wehrmacht, danach im Lazarett in Wien und kam von dort nach Hause. So kam es, dass er 1945 mit auf die Flucht gegangen ist. Der Sammelpunkt für die Flucht war Primkenau, ein Teil fuhr weiter nach Glauchau. Der Rest, auch meine Schwiegereltern blieben in Primkenau und wurden am 11. Februar von den Russen überrollt. Meine Schwiegermutter Erika und Ihre Mutter Luzia mussten für die Russen Vieh treiben. Nach vier Wochen konnten die jungen Mädchen wieder nach Hause. Am 24.06.1945 kam der Befehl, dass alle Deutschen über die Oder-Neiße-Grenze mussten. Zuvor wurden alle ausgeplündert. Danach haben sich alle verloren.

Zuerst hieß es, dass die Mädchen mit dem Viehtransport nach Russland sollten. Aber dann wurden sie glücklicherweise nach Primkenau zu ihren Familien geschickt. Ihre Mutter war noch ein sehr junges Mädchen, sieben Jahre jünger als Erika. Über den Viehtrieb kann meine Schwiegermutter nichts berichten. Meine Schwiegermutter ist leider 2003 verstorben.

Jetzt habe ich einen Faden in der Hand. Aber ich bin zu spät.

Die Kinder der Vertriebenen suchen etwas, das ihnen fehlt

Mit meiner Kollegin Marlene, deren Oma aus Königsberg stammt, fahre ich im Sommer für zehn Tage nach Russland und Polen, ins alte Ostpreußen. Wir wollen auf die Kurische Nehrung und ans Kurische Haff und dann nach Masuren, in die Heimat meines Vaters. Ich freue mich sehr auf die Natur, die Ruhe und darauf, wieder in der Heimat meiner Familie umherzureisen. Auf dem Schiff, der Fähre von Rostock nach Ventspils, bin ich während der sechsundzwanzigstündigen Überfahrt zur Untätigkeit verdammt. Eben noch im Stress zwischen allen Terminen und der Urlaubsvorbereitung ist plötzlich Ruhe. Ich kann nur lesen, schlafen oder essen, sonst nichts. Kein Haushalt ist zu machen und keine Theaterarbeit und nichts von diesem unerledigten Zeug, was ich immer vor mir herschiebe. Dieser Zustand des Nichtstuns ist für mich schwer auszuhalten.

Wir bleiben drei Tage in Litauen auf dem Zeltplatz. Hier gibt es viel Natur und frische Luft. Ich mache jeden Tag Sport, versuche, gesund zu leben und mich zu erholen. Inzwischen will ich auf mich aufpassen. Ich hatte das völlig vergessen in den letzten Jahren oder eigentlich noch nie so richtig getan. Bis dahin habe ich einfach in den Tag hineingelebt und nicht darauf geachtet, wenn ich zu viel arbeitete, zu viel rauchte oder trank. Und ich habe mir um die Regeneration meines Körpers oder meiner Seele nicht die geringsten Gedanken gemacht. Das Rauchen habe ich vor einem Jahr aufgegeben und ich kann inzwischen gut zu Hause sitzen, ohne dass eine Flasche Wein im Kühlschrank steht. Nun endlich, nach langer Therapie, kann ich mich freuen darüber, dass ich lebe.

Dieser Urlaub ist ein Wandeln auf den Spuren des Zweiten Weltkriegs. In Vilnius besuchen wir den ehemaligen Gestapokeller, das Ghetto, in welchem über vierzigtausend Menschen

zusammengepfercht wurden und das jüdische Museum mit einer erschütternden Ausstellung über die Vernichtung der Wilnaer Juden. Dazwischen lese ich abwechselnd in drei Büchern, Arno Surminski: *An fremden Wassern weinen*, ein Ostpreußen-Vertriebenen-Roman,
Die dunkle Spur der Vergangenheit – psychoanalytische Zugänge zum Geschichtsbewusstsein und
Was der Mensch im Zweiten Weltkrieg erleiden musste – Tagebuchaufzeichnungen von Soldaten und Zivilisten.
Nach den Tagen auf dem Zeltplatz fahren wir von Litauen über die Grenze in altes ostpreußisches Gebiet. In das erste Dorf auf russischer Seite führt eine holprige Landstraße. Viele kleine, verfallene, ehemals deutsche Häuser stehen dort. Wir durchqueren den Ort. Die erste Frau, der wir begegnen, ist eine alte russische Babuschka mit Wollrock und einem bunten Kopftuch. Wir fragen sie nach dem Weg zum nächsten Dorf und sie antwortet zu unserem Erstaunen auf Deutsch. Übergangslos erzählt sie uns, dass sie drei Jahre lang in Deutschland im Konzentrationslager war. Als die Deutschen die Sowjetunion überfielen, wurde sie in ein Arbeitskommando gesteckt, abtransportiert und musste in Dresden in einer Rüstungsfabrik arbeiten. Es war eine furchtbare Zeit, sagt sie, zum Ende des Krieges fielen immerzu Bomben. Und während die Deutschen im Luftschutzkeller saßen, mussten die russischen Zwangsarbeiterinnen weiter produzieren. Für sie gab es keinen Schutz vor der Bombardierung. Ihre Brüder sind einer nach dem anderen gefallen. Sie war fünfzehn Jahre alt, als sie nach Deutschland deportiert wurde und als sie nach dem Krieg in ihre russische Stadt zurückkam, war nichts mehr da. Alles war zerstört, sagt sie, ihr Elternhaus und ihre gesamte Familie gab es nicht mehr. Die Männer waren gefallen und die Frauen waren verhungert oder an verschiedenen Krankheiten gestorben. Von den Behörden wurde sie nach Ostpreußen gewiesen, um sich dort anzusiedeln. Das

war ja leer und was hätte sie auch anderes tun sollen, sagt sie.

Sie bittet uns, sie zur nächsten Kleinstadt zu fahren. Es regnet. Wir haben kein Platz im Auto, weil die Sitze ausgebaut sind, fahren gerade mit dem letzten Tropfen Benzin und eine Tankstelle ist weit und breit nicht in Sicht. So sagen wir zu ihr, dass wir sie leider nicht mitnehmen können, weil wir aus Benzinmangel nicht mehr den geringsten Umweg machen können. Ein paar Kilometer später bekomme ich ein schlechtes Gewissen. Wir hätten die Frau mitnehmen müssen, egal wie oder ich hätte ihr wenigstens fünfzig Euro geben sollen, einfach so, als Entschädigung für die Zwangsarbeit in Deutschland. Noch lange danach kann ich mich nicht beruhigen, die arme, alte russische Frau am Straßenrand stehengelassen zu haben.

Abends sind wir auf der Kurischen Nehrung in Rossitten. In diesem Ort hat eine Cousine meines Vaters gewohnt. Im Restaurant des kleinen Hotels sitzen am Nebentisch zwei deutsche Frauen, beide etwa in unserem Alter. Sie suchen auf einem alten deutschen Stadtplan und auf einer aktuellen Karte aus einem russischen Reiseführer eine bestimmte Straße in Königsberg. Ein Russe kommt hinzu und versucht ihnen zu helfen. Wie wir sind sie auf den Spuren ihrer Eltern und Großeltern. Die Kinder der Vertriebenen fahren hierher und suchen nach etwas, das ihnen fehlt.

Sie werden diese Straße nicht finden, weiß ich. Wir waren einige Tage in Königsberg, da stehen Ansammlungen von russischen Plattenbauten auf den völlig zerstörten Straßen und Plätzen von damals. Dort findet man nichts mehr. Weder den alten Straßenverlauf geschweige denn ein altes Haus. Unterwegs haben wir die halbabgebauten Backsteinkirchen in den Städten und Dörfern der Umgebung gesehen. Sämtliches Baumaterial wurde nach dem Krieg nach Königsberg gebracht. Die Stadt war völlig zerstört. Die sogenannte „Festung Königsberg" wurde von den Nazis noch bis Ende April 1945 gehalten, haben wir in einer Ausstellung gelesen, zu diesem Zeitpunkt stand der Russe schon in Berlin. So ein Irrsinn, und die Menschen, die eingeschlossen waren, kamen nicht mehr heraus.

Ich genieße diesen Urlaub, aber mit meinen Gedanken bin ich bei meinen traurigen Omas und meiner verstörten Mutter. Einzig mein Vater war halbwegs normal. Die Frauen meiner Familie waren jede auf ihre Weise geschädigt. Meine Mutter bewegte sich auf dem schmalen Grat zwischen zwanghafter Normalität und Verfolgungswahn, meine Oma Martha hatte ihren glühenden Hass auf die Russen, erzählte Gruselgeschichten von ihnen und brachte mich damit in Zwiespalt zur sozialistischen Völkerfreundschaft und meine Oma Clara sagte gar nichts mehr und schälte Kartoffeln.

Während ich die verschiedenen Vertreibungsgeschichten lese, kann ich meiner Mutter nah sein. So bin ich dicht dran an ihrem verdrängten Schmerz, der darin gipfelte, dass sie, als ihre Mutter gestorben ist, zum Pfarrer vor der Begräbnisfeier sagte: „Erwähnen Sie in Ihrer Rede über ihr Leben bloß nicht die Flucht oder etwas von der alten Heimat, sonst ist es bei mir aus."

Je tiefer ich durch meine vielfältige Lektüre in die Problematik der Vergewaltigungen in Ostpreußen und Schlesien eintauche, desto mehr glaube ich, dass niemand oder kaum jemand davon verschont blieb. Es wird beschrieben, dass die Russen systematisch jedes Dorf und jedes noch so kleine Gehöft nach Frauen durchsucht haben, und ich muss annehmen, dass auch meinen beiden Omas dieses Schicksal nicht erspart geblieben ist. Vielleicht konnten sie besser damit umgehen. Meine Oma Martha war damals vierundfünfzig und Oma Clara sechsundvierzig Jahre alt. Sie waren reife Frauen, lange verheiratet und hatten ihre Lebenserfahrung. Aber meine Mutter war erst siebzehn und völlig unaufgeklärt. Mit Bitterkeit hat sie oft gesagt: „Wir hatten doch damals überhaupt keine Ahnung von so etwas." Später fiel es ihr schwer, uns, ihre Töchter über die erste Regelblutung aufzuklären geschweige denn über den Geschlechtsverkehr. Unerträglich war es für sie, meine ersten und später sehr zahlreichen Bekanntschaften mit jungen Männern zu akzeptieren. Alles Sexuelle war für sie eine Bedrohung.

Im Buch *Was der Mensch im Zweiten Weltkrieg erleiden musste* schreibt eine neununddreißigjährige Frau aus Ostpreußen:

Am 29. Januar 1945 kam ich in Gefangenschaft. Wir wurden in die Bahnhofshalle gejagt. Die Männer wurden fast alle abtransportiert. Niemand hat sie jemals wiedergesehen. Übrig blieben Frauen und junge Mädchen ab fünfzehn Jahren. Hier begannen die Vergewaltigungen. Auf dem offenen Bahnhofsplatz sah ich, wie ein junges Mädchen, sechzehn Jahre alt, von russischen Soldaten vergewaltigt wurde. Die Mutter verteidigte ihre Tochter, weil die russischen Soldaten sie immer wieder gebrauchten, und besiegelte ihr Leben für den Mut und den Kampf nach zwei Tagen mit dem Tode.

Nach geraumer Zeit wurden wir in Behelfsheimen untergebracht. Ein Zimmer von diesen Behelfsheimen war für die Vergewaltigungen hergerichtet. Zuerst kamen die jüngeren Frauen dran, ich erst gegen Morgen. Danach mussten wir zur Unkenntlichkeit gemarterten Frauen uns sammeln und wurden auf den Todesmarsch nach der 21 Kilometer entfernten Stadt Preußisch-Holland gesetzt. Von 800 Menschen, meist Frauen und Kinder waren bei der Auflösung des Zuges kaum noch 200 Menschen am Leben. Ich und viele Tausend Frauen sind kaputt bis auf den heutigen Tag.

Ein russischer Soldat schreibt aus Königsberg an seine Braut zu Hause:

Nun will ich dir schreiben, wie unsere Männer mit den deutschen Frauen umgehen. Die Frauen haben nichts Gutes. Den Männern geht es nicht so schlecht, aber das Leben der Frauen ist schwer. Denn sie machen es so mit ihnen. Einer hält sie, und der andere macht mit ihnen, was er will. Es waren auch solche Frauen, die das nicht überleben konnten und es nicht aushielten und starben.

Wir fahren nach Rauschen und Cranz, in die noblen Seebäder des alten Ostpreußens. Meinem Vater sind sie so bekannt, wie mir in meiner Kindheit Ahlbeck und Heringsdorf auf Usedom. Ich sitze am Strand und genieße die Sonne, die sich endlich zeigt. Aber ich lebe in zwei Welten. In der des Krieges, der Flucht und des Elends und in meiner gegenwärtigen Welt, die aus Sonne, Strand und Frieden besteht.

Am nächsten Tag verlassen wir die russische Seite des ehemaligen Ostpreußens und fahren zum Grenzübergang nach Polen. Auf der russischen Seite sind wir noch einen ganzen Tag lang durch einsame Landstriche und verfallene Dörfer gefahren. In diesen Dörfern steht kein einziges neugebautes Haus. Es gibt noch ein paar der alten deutschen Häuser, an denen nichts renoviert wurde, seit die Bewohner sie vor über sechzig Jahren verlassen mussten. Zwischen diesen Häusern gibt es große Lücken, in denen nur noch die Grundmauern zu sehen sind. Die Kirchen sind teilweise abgebaut, oft haben sie keinen Turm mehr oder es steht nur noch ein Teil vom Kirchenschiff da. Zwischen diesen Orten breiten sich die endlose Weite der Landschaft und eine Stille aus, wie ich sie so noch nie erlebt habe. Eines Tages wächst das einfach alles zu, denke ich. Die Dörfer werden sterben, untergehen und in ein paar Jahrzehnten wird von diesem Teil der ostpreußischen Geschichte nichts mehr zu sehen sein.

Die nächsten Tage verbringen wir an einem See in der Nähe von Tharden, dem Heimatdorf meiner Oma Martha. Ich will auf den Friedhof. Auf unserer Reise zehn Jahre vorher waren etliche Gräber und Steine noch einigermaßen erhalten, wenn auch von Pflanzen überwuchert oder von Erde bedeckt und ich hatte mir vorgenommen, noch einmal hinzufahren mit einer Schaufel. Aber den Weg dorthin, an den ich mich erinnere, gibt es nicht mehr. Dort befindet sich jetzt ein eingezäuntes Grundstück und wir müssen stattdessen über eine große Wiese gehen, durch einen Bach waten und über den stillgelegten Bahndamm klettern und dann noch eine Kuhweide voller Kuhfladen überwinden. Wir steigen durch kniehohes Gras, Wolken ziehen auf und es beginnt zu tröpfeln. Über uns braut sich ein Gewitter zusammen. Als wir es endlich geschafft haben, bin ich enttäuscht. Außer ein paar Grabeinfassungen ist nichts mehr zu erkennen und vor zehn Jahren war hier noch so viel. Das kann doch nicht so schnell verschwunden sein, frage ich mich. Ich will wenigstens noch ein paar Fotos machen, aber meine Kamera funktioniert plötzlich nicht mehr. Komisch.

Ich erinnere mich, wie Herr Gruber einmal zu mir gesagt hat, als ich zu spät zur Analysestunde kam, weil mein Auto nicht angesprungen ist: „Auch die Dinge haben eine Seele." Tatsächlich funktionierte es am nächsten Tag wieder, ohne dass ich irgendetwas daran gemacht hatte.

Auf dem Friedhof meiner ostpreußischen Familie ist nichts mehr zu sehen und nichts will fotografiert werden. Vielleicht soll ich nicht mehr weiter forschen. Also reiße ich mich los und sage: „Tschüss, ihr Urväter, dann soll es eben ein Ende haben mit dem Graben in der Vergangenheit." Und meine Ahnen sagen mir: „Hier findest du nicht, was du suchst."

Ich bin Expertin der Geschichte meiner Mutter

An einem meiner letzten Urlaubstage besuche ich Elsa Heyne in Eisenhüttenstadt. So langsam werden diese Besuche Routine ich bin nicht mehr so emotional aufgewühlt wie am Anfang und während den Gesprächen bin ich inzwischen viel lockerer. Jetzt erzähle ich selber all das, was ich schon weiß. Ich bin die Expertin in Sachen „Geschichte meiner Mutter" und habe den Eindruck, viel mehr kann mir leider niemand mehr erzählen. Also versuche ich, genau zuzuhören, um noch kleine Details zu erfahren.

Elsa Heyne und meine Mutter waren gar nicht so gut miteinander bekannt damals in Zedlitz, denn Elsa ist evangelisch. Trotzdem stelle ich auch ihr meine zwei wichtigsten Fragen: „Warum war meine Mutter so verbittert und warum hat sie über fast nichts zu uns gesprochen?" Ich sage zu Elsa: „Sie hat nichts von der Flucht erzählt, das verstehe ich. Aber sie hat auch fast nichts vom Leben davor, von zu Hause erzählt, das verstehe ich nicht."

Elsa sagt etwas unsicher: „Vielleicht lag das an ihrem Zuhause. Wissen Sie, da war doch das mit dem Lenchen, da wurde ja nicht drüber gesprochen mit anderen."

Auch sie weicht mir aus. Nach mehrmaligen Ansätzen sagt sie schließlich, dass andere im Dorf auch ein mongoloides Kind hatten, nur drei Häuser weiter. „Da hatte jemand auch so ein Kind", sagt sie, „das war aber nun wirklich ganz behindert und so schlimm war das bei dem Lenchen nicht. Die sah auch gar nicht so aus. Der sah man das gar nicht so an. Vielleicht hat deine Mutter nichts erzählt, weil es nicht schön war zu Hause."

So etwas in der Art hatte Herr Gruber auch einmal gesagt: „Vielleicht war es nicht schön zu Hause bei Ihrer Mutter, aber das werden wir nie mehr erfahren."

Das aber will ich nicht wahrhaben, es soll gefälligst schön gewesen sein bei meinen Vorfahren. Ich klammere mich an die Aussagen der anderen Nachbarn und Freundinnen, die sagten, mein Opa hätte mit dem Lenchen gespielt in der Küche und so einen lieben Vater, wie meine Mutter hatte, hätten sie auch gerne gehabt.

Ich lenke zum Thema „Liegengeblieben in Primkenau" und sage geradeheraus, dass meiner Mutter dort Schreckliches passiert ist. Elsa nimmt mir das Wort förmlich aus dem Mund. „Ja, da waren doch die Vergewaltigungen", sagt sie, „und das hat ja jeden getroffen."

Sie selbst sei nicht unter die Russen geraten, aber sie erzählt, wie es einem Teil der russischen Frauen im Krieg ergangen ist. Als sie angekommen war in Sachsen nach acht Wochen Flucht, musste sie in einer Fabrik arbeiten, in der auch viele Russinnen waren. Die meisten Russinnen waren elegant und trugen Schuhe mit hohen Absätzen, aber eine Frau trug Turnschuhe. Sie ging immer gebückt, den Kopf eingezogen und mit schlurfendem Schritt. Diese Russin erzählte ihr eines Tages, dass sie während des Krieges den Männern an der Front hinterher ziehen musste. Die russischen Offiziere hatten Frauen dabei, mit denen sie angeblich „zusammen waren", aber letztlich waren es zwangsverpflichtete junge Frauen, die für die Offiziere ständig sexuell verfügbar sein mussten. Diese Frau sagte ihr, sie hätte sich am liebsten Gummibrüste umgebunden, so unerträglich waren diese ständigen Berührungen für sie und sie sei nun fix und fertig von all dem und mit den Nerven runter. Sie hat Elsa auch von anderen Gepflogenheiten in der Roten Armee berichtet. Die einfachen russischen Soldaten bekamen Schnaps und wurden so in den Kampf geschickt. Sie wurden sehr schlecht behandelt, wurden geprügelt und bekamen nie Urlaub von der Front. „Und so waren sie dann eben drauf, als sie nach Deutschland kamen", sagt Elsa mit einem leichten Anflug von Verständnis. „Und

das ist allen passiert", fügt sie nochmal fast vollkommen ab-
geklärt hinzu.

Elsa selbst hat ein schweres Leben gehabt. Ihre Eltern waren
arm und die Verhältnisse bescheiden. Sie zählt in einer enormen Geschwindigkeit auf, wen sie alles von ihrer Familie
warn und wie verloren hat. Zusammenfassend sagt sie, sie
hätte alles verloren. 1943 hat sie ihr erstes Kind verloren und
1944 ist ihr erster Mann gefallen. 1945 ist ihr Vater gefallen
und 1947, zwei Jahre nach der Flucht, ist ihre Mutter gestorben. 1951 starb ihre Oma und dazwischen erkrankte ihr drit-
tes Kind an Tuberkulose und starb daran. Sie erzählt das alles sehr gefasst und ich bin voller Hochachtung, wie sie mit
ihrem Schicksal umgeht. Ich glaube, ich fahre zu all diesen
alten Leuten mit ihren schweren Schicksalen, um mich zu
trösten. Wenn ich sehe, wie sie damit umgehen, gibt mir das
ein Stück Lebenskraft, die ich dringend brauche.

Später, viele Jahre nach der Flucht, hat Elsa noch einmal
geheiratet. Ihr ist eine Tochter geblieben, die noch in Zedlitz
geboren ist und ein Sohn aus der zweiten Ehe. Inzwischen hat
sie drei Enkelkinder. „Da gibt es auch viele Probleme", sagt
sie. „Ein Enkelsohn hat ganz viele Piercings, keine abgeschlossene Lehre und findet keine Arbeit." Ich frage nicht
nach, weil es ihr schwerfällt, darüber zu reden, denke mir
aber, das ist die Weitergabe der Probleme in die zweite und
dritte Generation. Genau wie bei mir und meiner Tochter.

Elsa hat für sich ein Mittel gefunden, um mit dem Schmerz
fertig zu werden. Sie ist die Ortschronistin von Zedlitz. Sie
schreibt geschichtliche Abhandlungen und Erzählungen, die
sie im Heimatblättchen veröffentlicht. Sie hat einen riesigen
Ortsplan gezeichnet mit allen Straßen und Wegen, mit allen
Häusern und den dazugehörigen Familiennamen der etwa
tausend Einwohner aus den Vierzigerjahren. Das war der
Plan, den ich in den Unterlagen meiner Mutter entdeckt habe
und der mir vor anderthalb Jahren geholfen hat, das Haus
meiner Familie zu finden.

Elsa macht ständig neue Pläne zu Heimattreffen und dreimal im Jahr fährt sie nach Zedlitz, von Eisenhüttenstadt sind das nur etwa hundert Kilometer. Bei ihren Besuchen übernachtet sie bei den polnischen Bewohnern in ihrem eigenen Haus. Mit denen hat sie sich angefreundet, sagt sie und schickt viel Geld dorthin zu Feiertagen und zu Geburtstagen. Im Gegenzug wird sie zu Festen eingeladen, zu Hochzeiten und Kindstaufen. Immerzu muss sie dorthin fahren und denen Geld geben. „So ist das eben", sagt sie lächelnd und thront dabei auf ihrem Sessel, eine kleine rundliche, aber energische Frau von dreiundachtzig Jahren. Sie ist drei Jahre älter als meine Mutter jetzt wäre und beklagt sich überhaupt nicht über ihr Alter. Nur einmal sagt sie zaghaft, dass sie all das, die vielen Reisen und die vielen Besuche bald nicht mehr machen kann. Sie hat sich heute schick angezogen für unseren Nachmittag und ihre kleine Neubauwohnung in der Plattenbausiedlung von Eisenhüttenstadt, die mit schlichten DDR-Möbeln eingerichtet ist, ist gepflegt und pieksauber. Sie spricht noch ein wenig diesen schlesischen Dialekt, von dem ich nicht genug bekommen kann. Das ist für mich wie Kindheit und ich fühle mich zurückversetzt in ein Behütetsein, dass es immerhin für einzelne Momente gab. Ich möchte mich da hineinfallen lassen und wieder Kind sein. Ich möchte nicht als einsame Frau mit perfekter Fassade in der Gegend herumfahren und die Bruchstücke meiner Familiengeschichte zusammenklauben, weil ich mich so heimatlos fühle.

Elsa ist trotz ihres Alters quicklebendig. Wenn sie aus ihrem Leben in der DDR erzählt, sitzt nicht die alte schlesische Oma vor mir, sondern die Schichtleiterin vom Eisenhüttenkombinat Ost. Sie stand zwar nicht am Hochofen, erzählt sie, aber sie hatte die Verantwortung für die gesamte Endkontrolle der Eisenprodukte. Als eines Tages wegen der in ostdeutschen Betrieben nicht unüblicher Schluderei eine Karre kostbaren Eisenerzes stehengeblieben ist in ihrer Nachtschicht, hat sie dies verantwortungsbewusst ins Rapportbuch geschrieben und musste sich daraufhin mit dem Parteisekretär auseinandersetzen, da die DDR-Funktionäre nur schlecht mit Kritik umgehen konnten.

Sie ist eine couragierte Frau, die trotz der großen Verluste in ihrem Leben alles gemeistert hat und der die Lebensfreude nicht abhandengekommen ist. All das steht wieder im Gegensatz zu meiner Mutter, die so verbittert war. Oder erscheint das mir nur so? Würden die Kinder von Elsa nicht auch ein anderes Bild von ihr zeichnen? Einem Besucher wäre meine Mutter vielleicht auch anders begegnet.

Elsas Vater musste am Ende des Krieges zum Volkssturm, obwohl er schon viel zu alt dafür war. Und da ist er im März 1945 noch gefallen, sinnlos wie alle anderen. Ich erzähle, dass mein Opa auch noch spät eingezogen wurde. Es hieß, dass Zechlitz noch einen Mann stellen musste zur Front und da kam er dran. Aus Schikane, hatte meine Mutter gesagt, weil er die Hitlerfahne nie herausgehangen hat. Das hatte der Ortsgruppenleiter natürlich registriert und beschlossen, wenn noch ein Mann gehen muss, dann geht der Fengler Paul. Darauf sagt Elsa spontan: „Das war der blöde Schygulla."

Da erzähle ich eine Geschichte, die ich vom Hörensagen kenne, und plötzlich wird sie von Elsa durch eine wichtige Information ergänzt. Ob dieser Schygulla noch lebt, überlege ich, dann könnte ich zu ihm fahren und sagen: „Sie sind schuld daran, dass mein Opa aus dem Krieg nicht wiedergekommen ist. Durch Ihre Schuld hat meine Mutter mit siebzehn Jahren ihren Vater verloren und meine Oma ihren Ehemann und vielleicht ist das kleine Lenchen deshalb gestorben, weil der Papa nicht wiedergekommen ist." Doch Elsa weiß nicht, ob er noch lebt.

Der blöde Ortsgruppenleiter Schygulla ist das Stichwort für Elsa und sie kommt auf den 21. Januar 1945 zu sprechen. „Ja, am 21. Januar, da sind wir raus", sagt sie, „da wurde der Treck zusammengestellt und der Gutsbesitzer vom Gutshof Hülße, der war der Treckführer." Elsa erzählt, dass sie alles allein aufladen musste. Ihr Vater war nicht da, der war zum Volkssturm eingezogen, sie hatte das kleine Kind, das knapp zwei Jahre alt war, und ihre Mutter war zu nichts zu gebrauchen. „Die war völlig mit den Nerven fertig", sagt Elsa und so war sie für alles allein verantwortlich. Ich frage, ob sie noch etwas davon besitzt, was sie damals mitgenommen haben, Fotos zum Beispiel oder Geschirr. Irgendetwas von solchen Erinnerungen, die es in meiner Familie nicht gibt. Sie sagt: „Nein", sie hätte auch nichts mehr. „Warum eigentlich nicht?", fragt sie sich in dem Moment selbst, „wir sind ja nicht überrollt wurden wie deine Mutter." Aber dann gibt sie sich selbst die Antwort: „Ich war mit alledem so überfordert und wusste gar nicht, was ich einpacken sollte. Und was ich dann eingepackt hatte, wurde größtenteils heruntergeworfen vom Ortsgruppenleiter Schygulla. Der hat einfach sein Zeug auf den Wagen gepackt und meine Bündel heruntergeworfen."

Und dabei hatte sie noch Glück, erzählt sie weiter, denn sie konnte auf einem luftbereiften Wagen fahren und musste nicht, wie viele andere, auf einem Ackerwagen über die vereisten Straßen.

Die Wagen des Trecks fuhren in einer bestimmten Reihenfolge. Ich frage, in welcher Richtung sie das Dorf verlassen haben. Bei meiner Reise im vorigen Jahr bin ich all die Wege abgelaufen, die im Winter 2006 genauso zugefroren waren wie im Winter 1945 und hatte mich gefragt, wie er aussah, der letzte Blick auf das Heimatdorf. Elsa sagt: „Wir fuhren raus über die Chaussee nach Heyersdorf und Kabel, über den Hauptweg und dann sind wir in die große Straße eingebogen in Richtung Sprottau. Wir sind gefahren am Montag, Dienstag und Mittwoch oder nein", korrigiert sie sich, „es war Sonntag, Montag und Dienstag."

Sie könne noch alles genau aufzählen, wo genau sie waren und in welcher Reihenfolge. „Am Mittwochabend sind wir in Primkenau angekommen und wurden aufgeteilt. Es waren an die einhundert Wagen und die wurden verteilt auf Primkenau und auf Sprottau. Ja, und deine Mutti", fragt sie sich, „wo war die eigentlich? Jetzt fällt es mir wieder ein", sagt sie. „Die sind dann nicht weitergefahren und Schuld hatte der Benno Fengler oder Bruno Fengler. Der hat gesagt, das hat doch alles keinen Zweck, wir fahren wieder zurück. Oder es war etwas mit dem Pferd", überlegt sie, „deshalb konnte er nicht weiter. Das Pferd bekam ein Fohlen. Ja, so wurde es gesagt."

Ich frage Elsa: „Wer war dabei in dem liegengebliebenen Treck meiner Mutter? Seit einem Jahr bin ich auf der Suche nach jemandem, der noch etwas Licht ins Dunkel jener zwei Jahre bringen könnte, in denen meine Mutter und meine Oma verschollen waren in Schlesien unter den Russen und Polen bis zur zweiten Vertreibung und ihrer Ankunft in Heiligenstadt im Januar 1947. Bis jetzt ist das für mich nur ein großer grauer Klumpen Zeit." Elsa denkt nach: „Der Fengler Benno und Niekes waren dabei, aber die sind schon tot. Vielleicht Frieda Winter. Die ist doch auch im offenen Güterwagen aus Schlesien raus", meint sie.

Der Name Frieda Winter sagt mir etwas. Sie hat mir auch geantwortet auf meinen Rundbrief, hatte aber geschrieben, es ginge ihr gesundheitlich nicht gut, sie wäre auch schon neunzig Jahre alt. Elsa sagt: „Ja, die könnte noch was wissen. Ich werde sie anrufen und ihr sagen, dass Sie sie besuchen wollen."

„So sind wir gefahren auf dem Treck", spricht Elsa weiter, „immer in einer bestimmten Reihenfolge und die wurde jeden Tag geändert. Wer den einen Tag an der Spitze war, musste am nächsten Tag als Letzter fahren." „Warum?", frage ich und Elsa sagt: „Die Letzten im Treck mussten manchmal über eine Stunde warten, ehe sie Quartier machen konnten und so wurde gewechselt, dass jeder mal der Erste war. Nur der Ortsgruppenleiter wollte natürlich jeden Tag voranfahren, der wollte immer Treckführer sein. Dabei konnte er nicht mal richtig mit einem Fuhrwerk umgehen und eines Tages ist ihm sein Wagen abgerutscht in den Graben und die Pferde standen hoch zur Deichsel. Ich wollte ihm helfen und habe zu ihm gesagt, er hätte den Wagen wahrscheinlich zu schwer beladen. Da hat er mich fürchterlich beschimpft. Aber dann ist der Gutsbesitzer Hülße zu mir gekommen, der eigentliche Treckführer, und der hat zu mir gesagt, komm Kleine, du bleibst jetzt bei mir. Ja, Kleine, hat er zu mir gesagt, obwohl ich schon selbst ein Kind hatte. Aber ich war ja wirklich noch sehr jung. Der Hülße hat mich dann bis zum Ende der Fahrt unter die Fittiche genommen und hat mich gegen den Ortsgruppenleiter verteidigt."

Ich frage: „Wie war das mit den Quartieren? Ich kann mir nicht vorstellen, wie das funktioniert haben könnte, es waren doch mehrere Hundert Leute, die unterzubringen waren", aber Elsa sagt: „Eigentlich hat das sehr gut funktioniert. Einmal sind wir bei einem Tischler untergekommen, der hat seine ganze Werkstatt für uns freigemacht. Dann wiederum haben wir in einer Scheune übernachtet, da wurden provisorische Betten hergerichtet. Und manchmal ging es sogar soweit, dass wir in den frisch bezogenen Ehebetten geschlafen haben, und ein anderes Mal, aber das war dann schon in Sachsen, war der Tisch für uns weiß eingedeckt und allerlei Essen stand darauf. Die Leute waren wirklich meistens hilfsbereit, aber es gab auch Andere. Einmal ging ich zu einem Bauernhof und da haben die sofort das Tor zugemacht. Dabei wollte ich nur ein wenig Tee für die Kinder haben und die haben uns nicht mal heißes Wasser gegeben. Die haben das Tor vor uns verriegelt und am nächsten oder übernächsten Tag mussten sie selber fliehen."

Elsa berichtet, wie sie im Jahr 1997 das große Treffen in Zedlitz organisiert hat. „Da war deine Mutter das erste Mal mit dabei", sagt sie. „Alle sind gekommen, die noch kommen konnten." Das war also der Moment, als meine Mutter ihre drei Schulfreundinnen wiedersah, zwei von ihnen nach über fünfzig Jahren. Elsa zeigt mir ein Foto von diesem Treffen. Auf dem Foto stehen siebzehn alte Frauen auf dem Dorfplatz von Zedlitz. Die sind da tagelang in diesem polnischen Dorf herumgelaufen und die Bewohner werden seltsam geschaut haben, denke ich. „Während dieses Treffens", sagt Elsa, „wollte deine Mutter nicht in ihr Haus gehen. Wir waren alle in unseren Häusern und auf unseren Grundstücken und wurden einigermaßen freundlich empfangen. Wir alle haben versucht, deine Mutter zu überreden, aber sie wollte einfach nicht."

Sie konnte nicht, denke ich. Sie hatte Angst vor der Wucht ihrer Erinnerungen. Vielleicht wäre sie zusammengebrochen und nie wieder aufgestanden. Sie musste ja nicht mehr stark sein, wie damals vor uns Kindern. Vielleicht hätte sie geweint und geschluchzt und alle hätten es mitbekommen. Das wollte sie auf gar keinen Fall.

Elsa sagt: „Na ja, wir haben das verstanden. Es war alles so verfallen und gar nicht gepflegt." Das aber wird nicht der Grund gewesen sein.

Ich zeige Elsa das alte Foto des Hauses meiner Mutter von 1935 und sie ruft begeistert aus: „Ja, so kenne ich das auch noch und jetzt sieht es gar nicht so viel anders aus, nur eben vernachlässigt." Sie fügt traurig hinzu: „Sehen Sie, bei meinem Haus ist das nicht so, da ist alles neu verputzt. Das ist jetzt ein ganz anderes Haus, das ist irgendwie nicht mehr mein Haus."

Ich freue mich, weil ich vor einem Jahr, als ich vor dem Haus meiner Mutter stand mit diesem Foto in der Hand, jeden Ziegel und jeden Mauervorsprung vergleichen konnte. Sogar das Scheunentor war noch das alte.

Ich sage zu Elsa: „Ich muss da noch einmal hinfahren. In diesem Haus hat nach dem Krieg nur eine einzige Familie gewohnt, da ist vielleicht noch etwas zu finden auf dem Dachboden oder im Keller. Irgendetwas muss doch übrig geblieben sein von den vorigen Bewohnern, die alles zurücklassen mussten." Ich stelle das als Frage in der Hoffnung, sie bestärkt mich. Aber sie sagt: „Bei mir war nichts mehr. Bei uns

haben seit dem Krieg sieben verschiedene Familien drin gewohnt." Sie lächelt mich alle meine Hoffnung zerstreuend an.
Ich werde es trotzdem versuchen. Ich werde weiter herumsu-
chen, so wie ich auf dem Friedhof in Tharden herumgesucht
habe. Ich kann einfach nicht aufhören zu graben, nicht bis ich
das Unterste zuoberst gekehrt habe. Vielleicht steht das Haus
inzwischen leer und die alte Frau ist gestorben. Oder der
Sohn hat sich zu Tode gesoffen. Wenn es so sein sollte, dann
grabe ich den Vorgarten um. Die Flüchtlinge haben damals
alle etwas versteckt. Ich will unbedingt etwas finden. Ich habe nicht einen einzigen Teller vom Familiengeschirr.
Ich frage Elsa noch einmal, warum meine Mutter so beharr-
lich geschwiegen hat und sie antwortet: „Deine Mutter hat
nicht darüber gesprochen und Punkt. Wir haben alle nicht
darüber gesprochen. Wir haben Schreckliches erlebt auf dieser Flucht, aber darüber wurde nicht gesprochen. Ich habe sie
selbst auch mal gefragt, was aus ihrer kleinen Schwester geworden ist und sie hat gesagt, die ist gestorben, und damit
war auch dieses Thema erledigt."
„Was wissen Sie von Erich Kober?", frage ich weiter. „Das war
der Mann, in den sich deine Mutter verguckt hatte", antwortet Elsa. „Ich weiß, wer das ist und wo er wohnt. Aber der ist
seltsam. Ich habe ihm mehrmals geschrieben, habe Einladun-
gen zu den Treffen und danach Reiseberichte geschickt und
dann noch die Ortschronik und den Dorfplan, aber er hat gesagt, dass er an dem Heimatkram kein Interesse hat und hat
nie wieder geantwortet."
Dann frage ich, wie groß die Landwirtschaft war, die meine
Großeltern hatten und was sie sonst noch besessen haben. Ich
weiß nur von einem Pferd, einem sogenannten Ackergaul, und
von irgendwelchen Feldern. Elsa antwortet: „Die meisten
Bauern hatten entweder ein Pferd und eine Kuh, die sie vor
den Karren gespannt haben oder sie hatten zwei Pferde. Da
es nur ein Pferd bei deiner Mutter gab, werden sie noch eine
Kuh gehabt haben. Landbesitz hatten die meisten mittleren

Bauern so um die dreißig Morgen", sagt Elsa und ich frage, wie viel ein Morgen ist. Das konnte ich mir schon in der Schule nie merken. „Ein Hektar sind vier Morgen", antwortet sie, „aber wie viel deine Großeltern genau besaßen, weiß ich auch nicht." Meine Mutter hatte mir gesagt, wie viele Morgen sie hatten, aber ich konnte mir darunter nichts vorstellen und habe es deshalb vergessen. Nun gibt es niemanden mehr, den ich fragen kann.

Elsa holt das Original des Dorfplanes heraus, es ist ein Blatt von doppelter Plakatgröße. Diesen Plan hat sie ganz allein angefertigt, das muss Monate gedauert haben. Auf dem Plan ist jedes Haus und jeder Weg verzeichnet und an allen Häusern stehen die Hausnummern und die Namen der Bewohner. Sie zeigt mir das Haus meiner Mutter und den Weg, der dort hinführt und sagt: „Da war ein Graben und der Weg neben dem Graben hieß Fenglerweg." Ich freue mich, dass es einen Weg gab mit dem Namen meiner Familie.

Jetzt ist Elsa in ihrem Element. Sie erzählt mir, wie sie sich in die Dorfgeschichte vertieft hat und wie sie versucht hat, ihren Vater wieder „auszugraben". Ihr Vater galt seit sechzig Jahren als vermisst und vor kurzem hat sie herausgefunden, dass er gefallen ist in der Festung Glogau. Auf dem Gelände der Festung befindet sich ein Massengrab und da drin soll er liegen. Heute ist dort ein polnischer Spielplatz. Sie hat überall hingeschrieben, an das Internationale Rote Kreuz und an die Kriegsgräberfürsorge, an die polnische Botschaft und an den Bund der Vertriebenen, an die Bundeskanzlerin und an den Bürgermeister von Glogau. Schließlich hat sie erreicht, dass Listen erschienen sind, auf denen siebzig Namen stehen. Es sind die Namen von den Gefallenen, die identifiziert worden sind, siebzig von ungefähr einhundertdreißig Männern, die darin liegen. Mit all ihren Schreiben hat sie erreicht, dass der Spielplatz aufgerissen werden soll und alle Toten umgebettet werden. Und nun, kurz vor dem Ziel und obwohl sie so viele Kämpfe deswegen geführt hat, weiß sie nicht, ob sie das überhaupt noch will. Zwanzig Jahre lang hat sie geforscht, um all das herauszufinden. Zwanzig Jahre hat sie darum gekämpft, ein Grab für ihren Vater zu bekommen. Aber jetzt sagt sie nachdenklich: „Vielleicht soll ich ihn doch dort in Ruhe liegen lassen und über ihm sollen die Kinder weiterhin spielen."

Da bin ich also nicht allein mit meinen nicht enden wollenden Nachforschungen. Ich bin nicht die Einzige, die wie ein Maulwurf buddelt, bis alles ans Tageslicht kommt.

Was ich bisher nicht wusste und jetzt von Elsa erfahre, ist, dass Zedlitz sich sehr nah an der damaligen Grenze zu Polen befand. Ich habe mich gewundert, als ich in den Unterlagen meiner Mutter einen Fragebogen zu ihrem Vertriebenenstatus fand, in welchem sie ihr Herkunftsgebiet mit Grenzmark Westpreußen/Posen angegeben hatte. Die polnische Grenze war weniger als drei Kilometer entfernt und Elsa sagt, dass es schon immer gefährlich war, in diesem Gebiet zu wohnen. Sie erzählt, dass sie schon einmal fliehen mussten, im September 1939, als der Krieg begann. Sie wurden evakuiert und mussten ihre Häuser verlassen. Aber es dauerte nur eine Nacht und einen Tag.

Von diesem 1. September 1939, dem Tag des Kriegsbeginns, der zu DDR-Zeiten immer mit einem streng-feierlichen Schulappell gewürdigt wurde, hatte mir meine Mutter erzählt. Sie war mit ihrem Vater gerade auf dem Feld zur Ernte, als zwei Männer kamen und ihren Vater vom Feld direkt zur Front wegholten. Sie war zwölf Jahre alt und stand plötzlich allein da in der Dämmerung. Ohne fremde Hilfe musste sie das Pferdefuhrwerk nach Hause fahren. Und am Himmel im Osten war ein riesiger roter Feuerschein. Sie hatte große Angst.

Elsa sagt: „Dieser Feuerschein, der kam von Heyersdorf, das lag in der Nähe. Ganz Heyersdorf hat gebrannt." Aber die Kriegshandlungen an der Grenze gingen recht schnell vorüber und in Schlesien war es wieder ruhig für ein paar Jahre, bis zur Flucht.

Über all diesen Erzählungen sind mehrere Stunden vergangen. Ich verabschiede mich herzlich von Elsa und fahre zurück nach Leipzig. Zweihundertfünfzig Kilometer liegen wieder vor mir, aber die lange Fahrt schreckt mich nicht. Ich genieße es, mich in meinen traurigen Gefühlen zu wälzen.

Zu Hause suche ich den Brief von Frieda Winter heraus. Sie hatte mir geschrieben:
Liebe Frau Baumgart, habe Ihren Brief dankend erhalten. Leider kann ich Ihnen nicht weiterhelfen. Ich bin einundneunzig Jahre alt, kann nicht viel helfen. Bin nicht mit Treck geflohen, sondern in einem offenen Viehwagen mit meinen Kindern. Ein Sohn war zehn Jahre alt und einer war erst vier Wochen. Der ist dann gestorben. Bin nervlich sehr runter, kann nicht viel denken. Das regt alles auf. Da hat man zu viel durchgemacht. Viele herzliche Grüße Frau Winter aus Zedlitz Nr. 103
Da Elsa Heyne sie auf meinen Besuch vorbereiten will, schreibe ich ihr erneut und frage an, wann ich kommen könnte.

Mein Urlaub ist zu Ende. Im August, während ich in Ostpreußen war, ist meine Patentante Gertrud gestorben, nachdem sie zwei Jahre lang ohne ein Wort zu sprechen im Pflegeheim lag. Zu Ostern hatte ich sie ein letztes Mal besucht. Am Montag nach meinem Urlaub ist das Requiem für sie früh um acht Uhr in der Pfarrkirche in Elmershausen. Ich werde also an meinem ersten Arbeitstag nicht an der Arbeit erscheinen, sondern um fünf Uhr aufstehen und hinfahren. Das bin ich ihr schuldig, aber das ist nicht der einzige Grund. Ich will auch Gretel und Hilde treffen, die letzten überlebenden Frauen des schlesischen Kaffeekränzchens. Mittlerweile weiß ich, dass Hilde aus demselben Ort stammt wie Gertrud. Nach dem Requiem stehen die alten Frauen wie erwartet vor der Kirche zusammen. Ich stelle mich dazu, begrüße alle freundlich und frage Hilde unverblümt: „Wie war das eigentlich bei euch mit der Flucht? Du und Gertrud, ihr stammt doch aus dem gleichen Ort in Schlesien, wie seid ihr beide denn nach Elmershausen gekommen? War es Zufall, dass ihr euch hier wiedergefunden habt?" und Hilde antwortet mir: „Nein, das war kein Zufall. Wir sind mit demselben Transport im Jahr 1947 raus." Da begreife ich, dass meine Mutter und Gertrud das gleiche Schicksal hatten, die Konfrontation mit den Russen, die Vergewaltigungen, das Viehtreiben, die Zwangsarbeit unter den Polen, die Demütigungen und die Schikane, den Hunger und die Todesangst. Deshalb hing meine Mutter so an ihr. Sie war ihre engste Bezugsperson. Gertrud war in unserer Familie so präsent wie eine nahe Verwandte. Sie war an Ostern, Weihnachten, Pfingsten da und an allen Geburtstagen und sonstigen Feiertagen. Und sie schenkte uns Patenkindern immer viel Geld. Als Kinder nannten wir sie liebevoll Gertchen. Mit ihr konnte meine Mutter ihre Erinnerungen teilen, wahrscheinlich ohne, dass sie jemals darüber gesprochen haben. Diejenigen, die „nur" die Flucht erlebt hatten, wussten nicht, was da noch geschehen war in den zwei langen, quälenden Jahren der Besatzung. Wann immer die Rede auf die Russen oder Polen kam, mussten sich die beiden nicht einmal vielsagend anschauen. Wortlos spürten sie ihre tiefe Verbundenheit.

„Der Eduard, Gertruds Bruder", sagt Hilde weiter, „ist auch erst spät aus der Gefangenschaft wiedergekommen. Da hat sich die Gertrud über alle Maßen gefreut." Am Anfang, in den Fünfzigerjahren, ging sie zu den Vertriebenentreffen, die es damals auch in der DDR gab. Sie war voller Hoffnung, als sie gefragt wurde und aufschreiben sollte, was sie alles verloren hatte. Sie und ihre Familie besaßen in Ohlau in Schlesien eine große Gärtnerei und immer hat sie gedacht, dass sie etwas zurückbekommt. Aber sie, Hilde, habe ihr schon damals gesagt, dass alles verloren sei, dass dort jetzt alles polnisch ist, sie nichts zurückbekommt und auch nicht mehr dorthin

zurück darf. „Das hat sie lange nicht begriffen und es hat sie sehr betrübt. Ihr Bruder, der Eduard, mit dem sie zusammenwohnte, hat nie geheiratet. Und das, obwohl es einen großen Männermangel gab nach dem Krieg und viele Frauen auf ihn erpicht waren. Irgendetwas war da nicht normal mit den beiden", mutmaßt Hilde. „Einmal ist eine Frau gekommen mit Rosen für den Eduard. Gertrud hat die Tür geöffnet, hat die Frau mit den Blumen gesehen und zu ihr gesagt, ihr Bruder sei nicht da. Dann hat sie ihr die Tür vor der Nase zugeschlagen. Zu ihrem Bruder hat sie gesagt, ein Mann hat geklingelt, der sich nach einem Nachbarn erkundigt hat. Wahrscheinlich wollte sie ihren Bruder für sich allein behalten, wo sie doch so viel verloren hatte", sagt Hilde.
Eduard ist Alkoholiker geworden und Gertrud hat sehr darunter gelitten. Aber zu einem Leben allein ist sie nicht imstande gewesen, obwohl meine Mutter ihr hundertmal zu einer eigenen Wohnung geraten hat. Sie lebten beide sehr anspruchslos und haben sich in den Jahren der DDR eine beträchtliche Summe zusammengespart. Als Anfang der Neunzigerjahre die Währungsunion kam und das Barvermögen, welches die Höhe von viertausend Mark überschritt, halbiert wurde, ist sie darüber verrückt geworden und wurde in die psychiatrische Klinik in Mühlhausen eingeliefert. Dass sie noch einmal so viel verlieren musste, hat sie bis an ihr Lebensende nicht verkraftet. Bis zu ihrem Tod hatten beide trotz der Geldentwertung einhundertfünfzigtausend Euro gespart, es lag all die Jahre unverzinst auf ihrem Girokonto und fiel später nach dem Tod ihres Bruders Eduard an den Staat.

Im Herbst wird mein Vater neunzig Jahre alt. In der Nacht, bevor die Familienfeier stattfindet, habe ich einen Traum. Ich fahre nach Elmershausen und habe viel zu tun mit der Vorbereitung. Gegen Mittag treffe ich mich mit Anna und meiner Mutter. Anna und ich beschließen, einen riesengroßen Blumenstrauß zum Geburtstag meines Vaters zu kaufen. Ich sage zu meiner Mutter: „Ich weiß, du magst den Vater nicht besonders. Aber wir machen das jetzt so, wie ich es mir ausgedacht habe." Und meine Mutter widerspricht mir nicht. Wir kaufen den größten Blumenstrauß, den es gibt, und ich weiß, das wird eine richtig schöne Feier. Ich nehme alle meine Taschen und Koffer, die ich mithabe und den großen Blumenstrauß und wir gehen zu meinem Auto, das ich am Frauenberg geparkt hatte. Als ich meine Sachen hineinlegen will, merke ich, dass es gar nicht mein Auto ist, sondern ein großer amerikanischer Straßenkreuzer. Ich stehe hilflos vor dem fremden Auto mit dem großen Blumenstrauß. Mein Auto steht nicht mehr am Frauenberg. Und weil ich es trotz ausgedehnter Suche nicht finde, können wir nicht zu meinem Vater gelangen.

Im November antwortet mir Frieda Winter auf meinen Brief. *Liebe Frau Baumgart, habe Ihren Brief dankend erhalten, habe mich sehr gefreut. Konnte Ihnen keine Antwort geben, weil ich einen Unfall hatte. Bin im Wohnzimmer gestürzt und habe den Unterschenkel gebrochen. Bin ins Krankenhaus, habe zwei Wochen gelegen, dann bin ich für drei Wochen in die Reha. Nun bin ich die zweite Woche zu Hause. Kann schlecht laufen. Wie Sie schreiben, wollen Sie mich besuchen. Gern, aber nicht am Freitag, da kommt die Putzfrau, weil ich nichts machen kann. Hoffentlich sind Sie gesund. Viele herzliche Grüße sendet Ihnen Frau Winter aus Altenburg.*

Wohlweislich lasse ich nicht allzu viel Zeit vergehen und fahre zu ihr. Frieda ist klein, alt und gebrechlich und schafft es kaum, mir die Tür zu öffnen. Aber sie freut sich sehr über meinen Besuch. Man sieht ihr die einundneunzig Jahre deutlich an, und obwohl sie erst nächstes Jahr im August zweiundneunzig wird, sagt sie immer wieder, dass sie ja schon fast zweiundneunzig ist. Wie so oft bei alten Menschen bringt auch sie die Zeiten durcheinander. Als ich ihr sage, dass mein Vater auch schon neunzig Jahre alt ist, fragt sie erstaunt: „Was, dein Vater, der Paul lebt noch?" und meint damit den Vater meiner Mutter. Der wäre jetzt einhundertneun Jahre alt und als ich sie über diesen Irrtum aufkläre, sagt sie: „Ach ja, natürlich, ich habe mich schon gewundert."

Elsa hatte mir Hoffnung gemacht mit ihrer Vermutung, Frieda wäre mit meiner Mutter zusammen gewesen in Primkenau. Aber tatsächlich war ihr Weg der Flucht anders als der meiner Familie.

Frieda erzählt: „Wir mussten alles Mögliche zusammenpacken und dann sind wir wie Vieh im offenen Viehwaggon gefahren. Das Vieh, das hat ja wenigstens sein Fell, aber wir haben gefroren bei diesem Frost und dann sind wir bis Primkenau gekommen. Dort sind wir privat bei entfernten Bekannten geblieben. Meine Eltern kamen auch nach Primkenau, die waren auf dem Zedlitzer Treck. Aber die sind dann zurück. Sie sind wieder in ihre Wirtschaft und nach einem Jahr wurden sie ausgewiesen, weil sie ja nicht polnischer Abstammung waren. Sie wurden in einen Zug verfrachtet. Der Zug hielt unterwegs auf freier Strecke, mein Vater ist austreten gegangen und meine Mutter blieb drin. Plötzlich fuhr der Zug weiter und wir haben nie wieder etwas von meinem Vater gehört. Der war einfach verschwunden. Meine Mutter landete irgendwo im Westen. Später kam sie zu mir in die ostdeutsche Zone, da hat sie noch neun Monate gelebt und ich habe sie hier in Altenburg beerdigt.

Wir waren vier Kinder zu Hause. Meine Geschwister waren alle viel älter, ich war die Jüngste. Eine meiner Schwestern heiratete einen Mann, der wurde während des Krieges nach Ostpreußen versetzt, nach Heilburg und sie ging mit. Der bekam dort eine Stelle als Melker. Er musste über hundert Kühe versorgen. Von denen haben wir auch nie wieder etwas gehört."

Ich erzähle ihr von den Anfragen zu meinen Großvätern beim Suchdienst des Deutschen Roten Kreuzes und darauf sagt Frieda: „Das ist eine gute Idee. Da muss ich auch noch mal nachforschen." Frieda ist einundneunzig Jahre alt und ihre Schwester wäre jetzt hundert und trotzdem bewegt sie das noch immer. Obwohl sie nicht mehr allzu lange leben wird, will sie unbedingt noch wissen, was mit ihrer Schwester passiert ist. Das Schicksal ihres Schwagers interessiert sie weniger. „Dieser Mann war meiner Schwester untreu!", sagt sie. „Er war an der Front und einmal ist er auf Heimaturlaub gefahren, aber nicht zu seiner Familie, sondern woandershin. Er war bei einer anderen Frau und hat meine Schwester schließlich verlassen."

Frieda Winter erzählt weiter: „Ich war zweimal verheiratet. Mein erster Mann hat mich auch sitzen gelassen. Mein erstes Kind ist 1934 geboren, ich war siebzehn, als ich schwanger wurde. Das ist irgendwie passiert. Wir waren ja überhaupt nicht aufgeklärt. Ich habe vier Söhne geboren und fast alle sind gestorben. Der eine war erst anderthalb Jahre, ein anderer ist mit acht Jahren an einer Infektionskrankheit gestorben. Ein einziger Sohn ist mir von vieren geblieben, der ist heute dreiundsechzig. Er war vier Wochen alt, als ich auf die Flucht musste."

Von einem geistig behinderten Lenchen in Zedlitz weiß Frieda nichts.

„Warum", fragt sie mich und sich immer wieder, „warum nur mussten wir alles zurücklassen? Wir hatten uns doch etwas angeschafft, das hat doch alles Geld gekostet. Und wir hatten eine so große Wirtschaft." Ich frage, wie groß denn ihre Landwirtschaft war und sie antwortet: „Wir hatten über vierzig Morgen und dazu noch viel Wiese und vier Kühe. Am Vormittag ging ich ein bisschen zur Schule und am Nachmittag musste ich mit den Kühen auf die Wiese. Ich habe die Kühe alle an einem Strick angebunden, so von den Hörnern bis zu den Füßen und da konnten die Kühe nicht weglaufen, sondern nur fressen. Und so habe ich in Ruhe Schularbeiten gemacht. Aber das hat meine Eltern nicht interessiert. Die haben zu Hause nie nachgeguckt, ob ich alles erledigt hatte. Das war nicht wichtig in der Landwirtschaft."

Frieda Winter springt in den Zeitebenen hin und her und fragt mich, wie alt ich war, als die Flucht begann und ich sage: „Ich war nicht dabei, ich bin doch erst vierundvierzig." Sie redet trotzdem weiter im WIR und IHR und sagt: „Wir wohnten in der Dorfstraße Nummer 103 und ihr in der 102."

Da ist es wieder, das schöne Gefühl, dazuzugehören und nicht aus der Welt gefallen zu sein.

Nach mehreren Stationen auf der Flucht gelangte sie schließlich in ein Dorf bei Plauen. „Da haben wir in einer Scheune gewohnt und wir haben Essen geklaut", sagt sie, „was blieb uns auch anderes übrig."

Frieda fragt mich zwischendurch immer wieder: „Na, wie finden Sie mich? Haben Sie noch irgendwelche Fragen? Was soll ich Ihnen noch erzählen oder ist das jetzt schon ausreichend? Soll das eigentlich ein Roman werden, weswegen Sie das alles fragen? Ach, das werde ich ja nicht mehr erleben. Das ist schade."

Ich frage nach dem Leben früher im Dorf, wie das war mit den Lebensmitteln und wo man was gekauft hat. Sie erzählt: „Brot haben wir eigentlich immer selber gebacken und Butter haben wir im Laden gekauft. Ein- oder zweimal im Jahr haben wir ein Schwein geschlachtet und das musste man sich einteilen. Es gab im Dorf aber auch einen Fleischer. Die Milch haben wir selbst produziert und in der Molkerei abgeliefert und beim Bäcker haben wir manchmal Kuchen gekauft. Oder wir haben den selbstgekneteten Teig zum Backen hingebracht. Hering, den gab es im Laden und Anziehsachen hat man in der Stadt gekauft. Zucker war billig und das meiste Gemüse hat man selbst angebaut." „Gab es auf dem Dorf Kaffee?", frage ich und sie sagt: „Es gab Gerstenkaffee, den hat man selber gebrannt im Kamin oder im Schornstein. Nur wenn eine Geburt nicht in Gang kam, dann wurde der Frau Bohnenkaffee verabreicht. Da gab es immer eine kleine Reserve, die man zu Hause aufbewahrte. Wir fuhren alles mit dem Fahrrad, auch bis nach Fraustadt in die Landwirtschaftsschule oder zum Einkaufen. Einmal war mein Vater schwer erkrankt und ich musste aus der Stadt ein Medikament holen. Auf dem Heimweg war es schon stockdunkel. Ich hatte zwar eine Karbidlampe am Fahrrad, aber die gab nicht viel Licht. Und dann kam ich an den Getreidefeldern vorbei und wenn sich das Getreide so bewegte, da habe ich schon gedacht, dass da gleich jemand herausgesprungen kommt. Aber eigentlich hat man nicht so viel Angst gehabt, denn damals ist einfach nicht so viel passiert. Und Krebs und das alles gab es auch nicht."

Ich sage bestätigend: „Die Lebensmittel waren selbst angebaut und daher gesund" und Frieda sagt: „Das ist das Gute früher gewesen. Wir haben nichts aus dem Ausland gehabt, denn alles, was aus dem Ausland kommt, ist gespritzt und davon kommt der Krebs. Krebs hat damals keiner gehabt. Manchmal ist auch einer gestorben, da wusste man nicht, was der hatte. Aber so wie heute war das damals nicht."

„Warum nur musste das alles ausgerechnet uns passieren?", unterbricht sie wieder ihre Rede von der friedlichen Zeit. „Einmal, vor etlichen Jahren, war ich in Zedlitz mit meinem Sohn. Der ist ja noch dort geboren. Aber da waren überall diese Polen und alles sah so verwahrlost aus. Da habe ich mich geschämt. Mein Sohn musste ja denken, dass es damals bei uns auch so verwahrlost war. Und unser Hof, der kam mir ganz klein vor. Ach nein, das war nicht mehr schön dort", sagt sie abschließend.

Sie kann mir nichts weiter dazu sagen, was passiert ist mit den Leuten, die „drin" geblieben sind. Sie spricht auch nicht davon, wie es ihrer Mutter in dem einen Jahr ergangen ist.

Nach dem Krieg hatte sie keinen Kontakt mehr zu meiner Mutter oder Oma. „Jeder war mit sich selbst beschäftigt", sagt sie. Sie haben sich erst durch Elsa Heyne in den Neunziger-jahren wiedergefunden und letztlich hat sie meine Mutter auch nie wiedergesehen. Sie haben sich nur ein paar Mal geschrieben.

Sie fragt sich wieder, warum sie so viel durchmachen musste und wundert sich, dass sie trotzdem so alt geworden ist. „Jetzt sitze ich hier und starre die Wände an, aber die Wände geben mir auch keine Antwort", sagt sie. „Ach, das Altsein ist nicht schön und das Alleinsein ist auch nicht schön. Aber ich bin Sternzeichen Löwe, ich habe immer gekämpft und mich immer wieder hochgerappelt." Ich sage zu ihr: „Elsa Heyne hat gesagt, Sie sind jetzt die älteste Einwohnerin von Zedlitz." An ihrer Reaktion merke ich, dass sie sehr stolz darauf ist. Sie sagt: „Auf gar keinen Fall gehe ich ins Heim, solange ich noch zu Hause bleiben kann. Da bin ich zwar allein, aber zu Hause ist es viel schöner. Selbst, wenn ich auf allen vieren zu Hause rumkriechen muss, ins Heim gehe ich nicht."

Mit ihrem zweiten Mann war sie dreißig Jahre lang verheiratet, er ist vor drei Jahren gestorben. „Dabei war der fünf Jahre jünger als ich. Ich habe mir gedacht, ich nehme mir einen jungen, alt wird der von selber", sagt sie und lächelt verschmitzt.

Dann wird Frieda wieder nachdenklich: „Wenn ich mir so überlege, wie wir das eigentlich alles gemacht haben auf der Flucht und in der schweren Zeit. Mein Sohn, der war vier Wochen alt. Wie haben wir das bloß gemacht mit den Windeln und mit dem Essen? Ich weiß das nicht mehr. Irgendwie haben wir das gemacht, aber wie, das weiß ich nicht mehr."

Nach zwei Stunden verabschiede ich mich. Ich wollte Frieda auch nicht länger mit den alten Geschichten behelligen. Es hat sie sichtlich angestrengt. Aber gleichzeitig hat sie mein Besuch auch sehr erfreut. Neues gab es für mich nicht zu erfahren.

Anfang Dezember. Ich bin müde und erschöpft. Am liebsten würde ich ein Jahr pausieren. Ein Jahr nicht mehr arbeiten und einen Garten anlegen. Ich weiß nicht, warum ich so missmutig bin, dabei arbeite ich gerade an einer tollen Produktion. Der berühmte Gunnar Freising inszeniert bei uns Arthur Schnitzlers „Reigen" und ich mache die Ausstattung. Ich habe inzwischen Erfolg, aber auch immer wieder Selbstzweifel.

Die Proben haben begonnen. Ich liege mit einer Erkältung im Bett, habe Fieber und Halsschmerzen. Ich frage mich, warum mir das ausgerechnet jetzt passiert, obwohl ich mich inzwischen anstrenge, gesund zu leben.

In den nächsten Nächten träume ich sehr intensiv. In ein paar Monaten wird meine Therapie zu Ende gehen und ich habe einen Albtraum von meiner letzten Therapiestunde. Ich träume, dass ich wie üblich am Mittwoch früh neun Uhr zu Herrn Gruber in die Praxis gehe. Auf dem Weg fällt mir ein, dass am Tag zuvor bei mir das Telefon geklingelt hat. Aber ich bin nicht rangegangen. Ich stehe vor der Tür und ahne, dass ich zur falschen Zeit gekommen bin. Eine andere Frau ist in meiner Stunde da. Sie hat einen totalen seelischen Zusammenbruch. Die Ehefrau von Herrn Gruber ist dabei, denn die Frau mit dem Zusammenbruch ist eine Freundin von ihr. Herr Gruber sagt zu mir: „Sie kommen jetzt aber zur falschen Stunde. Ich kann Sie hier gerade nicht gebrauchen" und ich sage schuldbewusst: „Ja, Sie haben bestimmt gestern angerufen und wollten absagen, aber ich bin nicht ans Telefon gegangen." Ich schaue diese andere Frau an. Sie ist auf der Couch zusammengesackt und hat eine schlimme Panikattacke. Herr Gruber versucht sie zu trösten, es gelingt ihm aber nicht. Ich denke, ihr geht es jetzt genau so wie mir am Anfang meiner Therapie. Während sie von der Couch, auf der sie kauerte, auf den Boden gesunken ist, habe ich die Hand unter ihren Kopf gelegt und nun ist mein Handschuh dort hängen geblieben. Ich versuche behutsam und ohne, dass die anderen

es merken, meinen Handschuh unter ihrem Kopf hervorzu-
ziehen. Nach einer ganzen Weile, während ich unablässig die
Frau beobachte, gelingt es mir. Ich gehe weg, beschämt, weil
ich zur falschen Zeit gekommen bin, aber erleichtert, weil es
mir viel besser geht als dieser Frau und ich diese Therapiestunde, die eigentlich meine war, nicht mehr so dringend
brauche.

Ein anderer Traum spielt sich in Elmershausen in der Straße
meiner Kindheit ab. Ich wohne nicht in einem Haus, sondern
am Rinnstein davor. Es kommen zwei Männer vorbei, bleiben
bei mir stehen und verwandeln sich im nächsten Moment in
zwei Leichen. Die Verwandlung geht sehr schnell und plötzlich liegen zwei Körper und zwei davon getrennte Köpfe neben
mir. Ich denke erschrocken, dass ich die Körper und Köpfe
unbedingt beseitigen muss und versuche, sie in den Gully am
Rinnstein zu stopfen. Aber sie rutschen nicht wirklich runter
und stecken fest. Ich drücke ein bisschen nach und lege den
schweren Gullydeckel drauf, aber sie sind immer noch zu sehen. Ich habe schreckliche Schuldgefühle. Ich habe sie zwar
nicht direkt umgebracht, aber versucht, sie beiseite zu schaffen. Beschämt denke ich, dass ich diese zwei Männer auf dem
Gewissen habe. Ich müsste es melden, tue es aber nicht. Nach
ein paar Tagen fangen sie an zu stinken und ich versuche, es
zu verheimlichen vor allen Leuten, die an meinem Rinnstein
vorbeigehen. Nach ein paar Tagen kommt Richard zu mir und
nach kurzem Zögern erzähle ich ihm, was passiert ist, bezie-
hungsweise was ich Schlimmes getan habe. Durch das Erzählen ist der Druck ein wenig geringer, aber mir wird klar, dass
ich mich stellen muss. Ich muss zur Polizei gehen und dann
werde ich dafür büßen müssen. Ich werde eine Gefängnisstra-
fe bekommen. Ich habe Angst, dass sie lange dauern wird,
aber ich werde es annehmen müssen, denke ich. Doch die
Schuldgefühle werden immer bleiben. Schweißgebadet wache
ich auf.

Alexander, mein Chef, hat sich auf die ausgeschriebene Intendanz in Zwickau beworben. Ich überlege, was es für mich bedeutet, wenn er mich in sein neues Team mitnimmt. Es bedeutet, dass ich nur noch anderthalb Jahre in Leipzig bin. Einerseits freue ich mich darüber, dass ich wieder zurückziehen kann nach Zwickau zu Richard. Andererseits muss ich alles in Leipzig aufgeben, meine schöne große Wohnung und meine Dachterrasse. Und ich muss Anna zurücklassen, obwohl ich sie erst hierhergebracht habe. Ich muss meine alten Freunde verlassen und meine neu geknüpften Verbindungen wieder kappen. All die neuen Freundschaften, die für mich mittlerweile ein wenig Heimat bedeuten. Nun fühle ich mich wieder wie aufgescheucht, kaum dass ich mich einigermaßen in Leipzig eingelebt habe.

Und schon habe ich wieder Albträume. Ich bin zu Hause in Elmershausen und der Himmel über der Stadt ist voller Feuerwerksraketen. Es sieht aus wie Krieg, ist aber keiner. Plötzlich stürzt eine der Raketen herab. Obwohl es eine relativ kleine Rakete ist, gibt es einen großen Einschlagkrater und am Boden fängt es an zu brennen. Im ersten Moment sieht es ungefährlich aus. Ich gehe zu meinem Elternhaus und auch da schlägt eine kleine Rakete ein. Diese allerdings richtet großen Schaden an und es brennt lichterloh in unserem Haus. Ich sehe mit Schrecken, wie sich das Feuer ausbreitet. Ich muss von hier fliehen. Ein Nachbar kommt, ich renne zu ihm hin und wir fliehen gemeinsam. Während wir davonrennen, denke ich, dass jetzt alles verbrennt, was mir gehört, vor allem die Fotoalben. Ich bin verzweifelt und muss voller Angst zuschauen, wie das Haus gänzlich abbrennt. Am Ende bleibt nur etwas von den Mauern stehen. Ich hoffe, dass ich nach dem Abkühlen der Asche in den Trümmern noch etwas finden kann, das mir gehört und das ich retten kann.

Die Proben zu „Reigen" laufen gut, aber ich bin immer noch krank. Heute war ich für ein paar Stunden im Theater und habe das Allerwichtigste erledigt. Es mussten Kostümanproben mit den Schauspielern gemacht werden und die Anfertigung der Prospekte in Auftrag gegeben werden. Jetzt liege ich wieder im Bett und bin erschöpft. Ich lese viel und versuche mich abzulenken. Aber ich sollte einmal nur still daliegen und all die Bücher und Zeitschriften weglegen. Wenn ich das für einen Moment versuche, komme ich trotzdem nicht zur Ruhe. Es arbeitet in meinem Kopf und ich denke unaufhörlich an all das, was noch zu erledigen ist und daran, dass ich nicht weiß, wie ich das schaffen soll in der knappen, mir noch verbleibenden Zeit bis zur Premiere.

Trotz Krankheit packe ich zu viel in meine Tage hinein. Der Arztbesuch dauert Stunden und nach mehreren dienstlichen Telefonaten unterhalte ich mich lange mit meiner Freundin Beate. Als Anna nach Hause kommt, koche ich ihr einen Kaffee. Am späten Nachmittag telefoniere ich mit Freunden in Zwickau, um Informationen wegen Alexanders Bewerbung einzuholen. Dann ruft mich Beate noch einmal an und erzählt mir die Probleme mit ihren Kindern. Abends schaue ich eine Fernsehsendung über Ostpreußen und telefoniere daraufhin mit meinem Vater, schaue mit Anna eine weitere Sendung über Depressionen und gegen Mitternacht ruft Beate noch einmal an.

So oder ähnlich geht es alle Tage. Es ist entweder zu viel für mich oder ich lasse zu viel an mich heran.

Meine Erkältung wird nicht besser. Alle sagen, ich sollte mich mal richtig ausruhen, aber ich halte die Ruhe nicht aus.

Ich denke immer öfter an Pausieren oder gar an Aufhören. Ich sehne mich nach einem Gartengrundstück. In Gedanken zähle ich mein erspartes Geld. Es sind fünfundzwanzigtausend Euro und ich freue mich, dass es schon so viel ist. Vielleicht kann ich mir eines Tages ein schönes kleines Häuschen davon kaufen.

Die Luzia, die hat so viel mitgemacht

Nachdem ich jegliche Hoffnung schon fast aufgegeben hatte, finde ich einen Brief im Briefkasten von Magda Schneider, jetzt wohnhaft in Röhrsdorf. Sie schreibt, dass sie mit meiner Mutter zusammen in Primkenau war. Ich renne jubelnd durch die Wohnung.

Liebe Frau Baumgart! Heute möchte ich Ihren Brief in Stichpunkten beantworten.

Zu in Primkenau liegen geblieben – von dort aus sind drei Mädchen aus Zedlitz mit deutschen Soldaten zurück ins Dorf, um nachzuschauen, was da ist und um vielleicht noch etwas holen zu können. Diese Mädchen waren Magda Liebach (also ich) und Gretel Fengler. An das dritte Mädchen kann ich mich nicht erinnern. Inzwischen ist der Zedlitzer Treck weitergezogen.

Nachdem die Russen immer näherkamen, sind wir in den Wald geflüchtet. Primkenau wurde von den Russen beschossen. Am 8. Februar 1945 sind die Russen dann einmarschiert. Alles wurde uns weggenommen, Wagen, Pferde, alles.

Die deutschen Frauen und Mädchen wurden auf die Straße geführt, es wurden zwanzig ausgesucht, darunter Luzia Fengler und ich. Mit Lastwagen wurden wir abtransportiert ohne bekanntes Ziel. In einem Dorf wurden wir ausgeladen und in einem Haus einquartiert. Solange wir für die Russen arbeiten mussten, wurden wir gut behandelt und es gab auch keine Vergewaltigungen. Wir wurden aufgeteilt, mussten alle Kühe zusammentreiben und es ging weg vom Dorf. Zwei der Frauen mussten im Dorf bleiben und kochen. Die restlichen Frauen und Mädchen mussten Kühe hüten und melken. Einen Teil der Milch haben wir erhalten. Alle hatten Läuse und wir haben uns gegenseitig von den Quälgeistern befreit. Besonders schlimm war Luzia betroffen. Nach etwa sechs Wochen wurden wir zurückgebracht. Danach hatten wir gedacht, wir könnten zurück nach Hause, aber wir wurden weiter nach Osten getrieben. Von unserer Habe war nichts mehr vorhanden. Es passte alles auf einen selbstgebauten Handwagen.

Bis August hatten wir es zu Fuß bis Dresden geschafft. Ab Dresden ging es mit dem Güterzug bis nach Zwickau. Von dort wurden wir dann von Zedlitzern, die bereits in Denneritz lebten mit Pferdewagen dorthin gebracht.

Das ist nun alles, was ich Ihnen von damals berichten kann. Ich hoffe, ich konnte Ihnen helfen. Übrigens, meine Großmutter und Luzias Großmutter waren Geschwister.

Mit freundlichen Grüßen Magda Schneider, geborene Liebach

Jetzt habe ich endlich einen Hinweis auf die zwei dunklen Jahre. Ich rufe sie sofort an und vereinbare einen Besuchstermin für das übernächste Wochenende. Das Wochenende rückt heran und Magda Schneider sagt mir ab. Sie wäre krank, sagt sie am Telefon. Ich vermute etwas anderes. Sie hat Angst vor meinem Besuch. Ich muss es ein paar Wochen ruhen lassen, schade.

Anna ist inzwischen häufig in ihrer Berufsschule in Potsdam. Ich fühle mich oft allein. Es verbleiben nur noch wenige Therapiestunden bei Herrn Gruber.

Ich hatte wieder einen seltsamen Traum. Ich bin mit Richard zusammen in eine neue Wohnung gezogen. Diese Wohnung befand sich genau gegenüber von meinem Elternhaus. In meinem Elternhaus hatte ich jemanden umgebracht und dessen Extremitäten auf verschiedene Mülleimer verteilt. Ich wollte das heimlich entsorgen, habe es aber nicht geschafft und schaue nun von meiner neuen Wohnung aus ängstlich hinüber auf mein Elternhaus. Vor allem auf das Fenster des Zimmers, in dem früher meine Oma Martha wohnte, denn dort liegen die Leichenteile. Plötzlich bemerke ich, dass das Licht eingeschaltet wird und demzufolge die Polizei da ist. Ich fürchte mich sehr, denn gleich werden die Beamten alles finden. Ich habe keine Angst vor den Konsequenzen, aber quäle mich mit Scham und Schuldgefühlen. Als Richard in unsere neue gemeinsame Wohnung kommt frage ich ihn, ob ich das geträumt oder ob ich das wirklich getan habe. Er tröstet mich nicht, sondern sagt, kann schon sein, dass du es getan hast. Ich bin verzweifelt und schaue wieder unentwegt hinüber zu der alten Wohnung. Inzwischen sieht es so aus, als ob die Polizei die Wohnung verlässt und nichts gefunden hat. Wenn es so ist, kann ich die Überreste der Leiche noch unbemerkt verschwinden lassen in der Mülltonne, die demnächst abgeholt wird, denke ich. Aber selbst, wenn mir das gelingt, lastet diese Schuld auf mir und die werde ich mein Leben lang nicht vergessen können.

In der nächsten Stunde erzähle ich Herrn Gruber diesen Traum. Er fragt mich: „Was ist es, das Sie umbringen müssen in Leipzig, wenn Sie mit Richard zusammenziehen?"

„Ich habe Angst, meine Eigenständigkeit und meine vielen Freunde zu verlieren", antworte ich. „Und vor allem fällt es mir schwer, Anna zu verlassen. Zu Richard in seine Eigentumswohnung zu ziehen, die er ohne mich zu fragen gekauft hat, ist für mich wie in ein Gefängnis zu gehen", sage ich. „Ich muss meine schöne Wohnung in Leipzig aufgeben und bei ihm habe ich nicht einmal ein eigenes Zimmer und keine Rückzugsmöglichkeit." Herr Gruber sagt: „Sie müssen unbedingt vorher eine finanzielle Regelung mit Ihrem Freund treffen. Sie müssen sich einbringen in diese Eigentumswohnung, finanziell. Bei Ihrer Lebensgeschichte ist es nicht gut für Sie, wenn Sie bei einem Partner wohnen, aber jederzeit hinausgeworfen werden könnten."

„Ich bin neidisch auf Richard", sage ich, „bei ihm ist alles in Ordnung, er hat sein Leben viel besser im Griff als ich." Darauf sagt Herr Gruber: „Fragen Sie sich mal, warum er ausgerechnet mit Ihnen zusammen ist. Vielleicht, damit er sich besser fühlen kann, weil er alles besser geregelt bekommt als

Sie. So lange Sie viel bedürftiger sind als er, muss er seine eigene Bedürftigkeit nicht spüren."

In meiner Beziehung bin ich nach wie vor voller Unsicherheit und Zweifel, aber an meiner Arbeit gewinne ich an Stärke und Selbstbewusstsein. „Der Reigen" war ein großer Erfolg und Gunnar Freising hat mir eine weitere Zusammenarbeit angeboten.

Es ist Karfreitag. Ich habe mir nichts vorgenommen für den freien Tag, außer spätabends zu Richard fahren. Dazu habe ich eigentlich keine Lust, denn er fährt schon am nächsten Morgen für eine Woche zum Skifahren und das verletzt mich. Ich werde also die Feiertage wieder einmal ohne ihn verbringen. Deshalb fahre ich am Sonnabendnachmittag nach Elmershausen zu meiner Schwester. Dort ist die heile Familie. Am Ostersonntag deckt meine Nichte den Frühstückstisch für alle und stellt jedem Familienmitglied ein Osternest hin. Ich freue mich, aber ich kann es kaum ertragen. Das habe ich mit meinen wechselnden Lebenspartnern so nicht gelebt und habe es demzufolge auch Anna nie so geboten, wie es hier bei meiner Schwester ist. Da ist ihr Mann und die beiden Kinder und das eigene Haus mit Garten und alle essen zusammen am Ostersonntag Frühstück und danach gehen alle gemeinsam in die Kirche.

Herr Gruber hat neulich gesagt, dass es in kriegstraumatisierten Familien oft so ist, dass die Nachkommen auf verschiedene Weise die grausamen Erfahrungen der Eltern und Großeltern widerspiegeln. Das eine Geschwisterkind bekommt den depressiven und das andere den manischen Part. Ich habe ihm gesagt: „Bei uns ist das nicht so, bei meiner Schwester ist alles in Ordnung und bei mir ist nichts in Ordnung." Daraufhin hat er gesagt: „Dann ist es möglicherweise bei Ihrer Schwester nur verkapselt und wenn da mal etwas passiert, zum Beispiel mit ihrem Mann, dann bricht vielleicht auch bei ihr alles zusammen."

Tatsächlich sieht meine Schwester äußerlich gar nicht so gesund und stabil aus. Sie ist nicht nur sehr schlank, sondern geradezu mager. Sie ist immer blass und kümmert sich nicht um ihr Äußeres. Ihre Wangen sind eingefallen, die Haare grau, ihr Gesichtsausdruck verhärmt. Während ich sie betrachte, drängt sich mir die Erkenntnis auf, meine Schwester sieht so aus, wie ich mich fühle. Ich dagegen ziehe mich immer schick an, färbe meine Haare und lache oft. Aber das ist meistens nur Fassade.

Nach der Kirche holen wir Anna vom Bahnhof ab. Sie hat ausnahmsweise den verabredeten Zug erreicht, ist ausgeruht und gut gelaunt. Wir spazieren über den Friedhof, zeigen ihr das frisch bepflanzte Grab von ihrer Oma, holen unseren Vater in seiner Wohnung ab und gehen zusammen essen. Am Ende ist es ein gelungener Tag mit meiner Familie und ich konnte es genießen. Das wird auch Anna guttun.

Nach seinem Osterurlaub gibt es mit Richard wieder Diskussionen. Ich habe die gesamten Feiertage über das Gefühl gehabt, alle haben ihre Partner und unternehmen etwas zusammen, nur meiner ist wie so oft verreist.

Aus Frust darüber setze ich ihn unter Druck und sage zu ihm: „Vielleicht will ich gar nicht zu dir nach Zwickau ziehen. Denn dann wohne ich bei dir, bin immer da und du fährst andauernd weg. Das halte ich nicht aus."

Herr Gruber sagt: „Hinter Ihrer Drohung steckt nur Ihre Traurigkeit." Wenn ich mich so verletzt fühle, wie bei unserem Streit nach seinem Urlaub am Telefon, dann bin ich nicht die erwachsene Frau, sondern das kleine Kind. Ich bin fünf Jahre alt. Meine Mutter schimpft mit mir und sagt: „Geh mir aus den Augen." Ich krieche im ungeheizten Schlafzimmer unter das Doppelbett meiner Eltern und beschließe, nie wieder hervorzukommen. Es ist kalt und hart auf dem blanken Parkettboden und es liegen viele Flusen, die dem Reinemachen meiner Mutter entkommen sind, herum. Sie hat mal wieder wie so oft zu mir gesagt: „Du bist ein schreckliches

Kind, du bist trotzig und bockig und bringst mich noch ins Grab." Ich weiß nicht, was ich falsch gemacht habe und fange an zu heulen. Ich fühle mich verstoßen. Keiner liebt mich und ich weine da unter dem Bett. Nach einer Weile aber warte ich darauf, dass mich jemand hervorholt. Aber so oft ich da lag, es ist nie jemand gekommen, meine Mutter nicht und mein Vater auch nicht, nicht einmal meine Oma.

„Warum war sie nur immer so böse zu mir?", frage ich Herrn Gruber. „Ihre Mutter", erklärt er mir geduldig, „hat ihre tödliche Wut, die sie in sich hatte durch ihre schrecklichen Erfahrungen, an Ihnen ausgelassen. Das war für Sie sehr schlimm, aber Ihrer Mutter hat das geholfen zu leben."

Mir wird bewusst, wie ich in meiner Kindheit immer wieder entwertet wurde. Auf mich wurde draufgehauen, mit Worten und mit Schlägen. Und ich selbst konnte Anna auch keine bessere Mutter sein. Jetzt aber könnte ich das ändern. Ich könnte zu Anna viel liebvoller sein. Und ich könnte endlich mal unter dem Bett hervorkriechen und einen Schritt auf Richard zugehen und ihn nicht immer wegen seiner Unzulänglichkeit beschimpfen. Ich entwerte ihn oft genauso, wie es meine Mutter mit mir gemacht hat. Auch Anna wirft mir inzwischen vor, ich hätte ihr nie etwas zugetraut und deshalb habe sie kein Selbstbewusstsein.

Ich bin hin- und hergerissen zwischen Leipzig und Zwickau. Ich werde abwarten, was Alexander macht und dann für mich selbst noch einmal überlegen.

Schneller als gedacht fällt die Entscheidung. Ein paar Tage später ruft mich Alexander am späten Abend an und sagt, er hat seine Bewerbung zurückgezogen und erläutert mir die Gründe. Völlig gefasst sage ich ihm, dass ich seine Entscheidung verstehe und respektiere. Nachdem ich den Hörer aufgelegt habe, trifft es mich wie ein Schlag. Beinahe wäre das Alleinsein vorbei gewesen. Ich habe mir sehr gewünscht, mit Richard zusammenleben und trotzdem meine tolle Arbeit machen zu können. Auch Richard ist enttäuscht, lässt es sich aber wie üblich nicht anmerken. Nun muss in unserer Beziehung etwas anderes passieren. Jetzt wünsche ich mir, dass er mich heiratet oder ich werde ihm einen Antrag machen.

Ich habe Magda Schneider noch einmal geschrieben und einen neuen Besuchstag vorgeschlagen. In ihrem Antwortbrief hat sie zaghaft zugesagt. Ich beschließe hinzufahren, ohne vorher noch einmal anzurufen. Marlene hat mir das geraten. Sie sagte: „Ruf nicht vorher an, sonst kann sie es wieder absagen. Rufe erst an, wenn du losgefahren bist, und sage, dass du in einer Stunde da bist." Als ich Magda Schneider vom Auto aus anrufe, sagt sie mir: „Nun ja, wenn Sie jetzt schon losgefahren sind, dann kommen Sie halt her. Ich wollte eigentlich wieder absagen. Ich bin doch schon dreiundachtzig und kann nicht mehr so gut, aber meine Tochter hat zu mir gesagt, du kannst ihr nicht wieder absagen." Der Rat von Marlene war also goldrichtig.

Ich fahre in ein Dorf im Vogtland, zweihundertachtzig Kilometer von Leipzig entfernt. Etwa zwei Kilometer vor meinem Ziel wird die Straße holprig und vor mir fährt ein altes Pferdefuhrwerk mit zwei Pferden. Die Räder klappern auf dem Kopfsteinpflaster. Ich fahre wieder einmal in die Vergangenheit und das dazugehörige Bild wird gleich mitgeliefert.

Ich hatte Zurückhaltung befürchtet, aber als ich in der Tür stehe, empfängt mich Magda Schneider überaus warmherzig und meint: „Wir sagen gleich du zueinander, wir sind doch sozusagen verwandt."

Magda zeigt mir zuerst ein Foto von ihrem Haus in Zedlitz. Ich staune und sage: „Oh, so ein großes Bauernhaus!" Und sie sagt: „Ja, wir hatten eine große Landwirtschaft. Es war eine der größten im Dorf, achtzig Morgen Land."

Ich bin voller Erwartung, habe aber Bedenken, dass sie mir nicht viel sagen wird, wo sie doch wieder absagen wollte. Aber schon nach den ersten Sätzen ist kein bisschen Fremdheit mehr zwischen uns. Sie fängt sofort an, ausführlich zu erzählen, wir holen den Dorfplan heraus und sie zeigt mir ihre Fotos, die sie noch hat und ich zeige ihr die Bilder von meiner Reise vor zwei Jahren. Wir kommen auf den Ortsgruppenleiter von Zedlitz zu sprechen. Magda sagt: „Ja, der Ortsgruppenleiter, das war der Herr Lindner, der war in der NSDAP." Ich wundere mich, denn in der Erzählung von Elsa Heyne war Herr Schygulla Ortsgruppenleiter, aber ich frage nicht nach, vielleicht gab es mehrere. „Mit dem Herrn Lindner waren wir gut bekannt und später haben mein Mann und ich ihn mal in Templin besucht", erzählt Magda. „Der hat sich da wieder etwas aufgebaut, eine große eigene Landwirtschaft. Der hatte ja auch noch alles, als sie dort ankamen. Der hatte noch seinen Wagen und alle Pferde."

Das ist die Ungerechtigkeit der Welt und meine Mutter hätte dazu gesagt: „Das ist typisch, die Parteileute haben ihre Schäfchen ins Trockene gebracht und der kleine Mann musste zusehen, wo er bleibt."

Ich erinnere mich, dass wir in meiner Kindheit einen Film über die Flucht im Fernsehen gesehen haben, ein Film nach einem Roman von Arno Surminski: *Jokehnen oder wie lange fährt man von Ostpreußen nach Deutschland.*

In einer Szene geht einer der Männer des Ortes Jokehnen Anfang Januar 1945 zum Ortsgruppenleiter und sagt: „Die Front, die Russen sind schon ganz in der Nähe, wir müssen alle flüchten, wir müssen unsere Familien in Sicherheit bringen." Der Ortsgruppenleiter sagt daraufhin zu ihm: „Wenn ich sehe, dass du zusammenpackst und anspannen lässt, lasse ich dich standrechtlich erschießen." Der Mann geht eingeschüchtert zur Tür hinaus und mit hängendem Kopf zu seiner Familie. Kameraschwenk, Schnitt und man sieht, wie der Ortsgruppenleiter sein Personal anweist, alle seine Sachen zu packen und sich per Telefon über die Parteizentrale ein Auto besorgt. Bei dieser Szene rief damals meine Mutter aus: „Genauso war es!"

Wir kommen auf die Einwohnerversammlung vom 20. Januar 1945 zu sprechen. Magda sagt: „Ich erinnere mich genau. Mein Vater war bei dieser Einwohnerversammlung, aber er kam wieder und durfte nicht sagen, was dort besprochen wurde." Ich frage erstaunt: „Wieso durfte er nichts sagen?" und sie antwortet: „Auf dieser Einwohnerversammlung waren doch nur Parteileute und...", sie stockt, „nun ja, mein Vater war doch auch in der Partei."

So ist das also. Jetzt sitze ich hier bei Leuten, die in der NSDAP waren und die den Ortsgruppenleiter später auch noch besucht haben. Da erzähle ich doch mal, denke ich mir, die Geschichte, dass mein Opa damals von diesem oder jenem Ortsgruppenleiter so spät noch an die Front geschickt wurde. Magda sagt darauf gleichmütig: „So war das eben damals. Aber der war auch nicht nur ein schlechter Mensch. Alle mussten ja noch zum Volkssturm und alle sind draufgegangen. Von denen ist niemand wiedergekommen."

Magdas Version vom Beginn der Flucht ist eine andere als die, die ich bisher kenne. Sie sagt, dass ihr Vater in der Familie nur vage angedeutet hat, manche sollen fort und er müsse dableiben.

Sie gingen dann alle am Sonntag, an diesem 21. Januar um zehn Uhr in die Kirche und dort wurde von der Kanzel herab verkündet: „Zwölf Uhr sammeln sich alle Familien auf der Straße zum Treck."

Die Gespanne der Bauern wurden eingeteilt. Nur wenige hatten noch ihre Pferde und konnten ein Fuhrwerk ausrüsten, sodass manchmal vier Familien auf ein Gespann kamen. Betten, Hausrat und Essen, alles wurde verpackt, Magda nahm noch ihr Fahrrad mit und um dreizehn Uhr ging es los.

Ich sage ihr: „Meine Mutter hat erzählt, dass an der Einwohnerversammlung am Sonnabend alle erwachsenen Bewohner teilgenommen haben und beschlossen wurde, am Sonntag früh sieben Uhr aufzubrechen. Das wiederum ist ihr unverständlich und die Frage bleibt offen, wie es wirklich war.

Magda sagt, sie habe meine Mutter vorher nur flüchtig gekannt, denn sie war ein paar Jahre älter. Sie ist mit Alois
zusammen in die Schule gegangen.

Bevor ich weiter meine Fragen stelle, sage ich zu Magda, dass
meine Mutter manchmal komisch war und es nicht gerne gesehen hätte, dass ich einfach so zu ihren Bekannten und Verwandten fahre. Beim Aussprechen dieses Satzes merke ich,
dass das unbehagliche Gefühl, welches ich bei meinen ersten
Besuchen hatte, inzwischen nachgelassen hat. Ich bin freier
und rede, worüber ich will. Aber ich warte noch, um zu dem
mir wichtigsten Punkt zu kommen und lasse Magda von ihrer
Familie erzählen.

Sie hat einen Bruder und eine ältere Schwester gehabt. Mit
der Schwester und deren beiden Kindern im Alter von fünf
und sieben Jahren war sie zusammen auf der Flucht. Ihr
Bruder war wie so viele Männer im Krieg und blieb vermisst.
Vor drei Jahren hat sie erfahren, wo er umgekommen ist. Er
war während des Krieges in Rumänien an der Front, von dort
aus ist er in ein russisches Kriegsgefangenenlager am Ural
gekommen und in diesem Lager kurz vor Kriegsende gestorben. Ich höre die Erleichterung heraus, dass sie noch, wenn
auch spät, etwas über die genauen Todesumstände ihres Bruders erfahren hat. Der Mann ihrer Schwester war während
des Krieges in Frankreich stationiert. Dort konnte man damals noch einige Sachen bekommen, die es in Deutschland
längst nicht mehr gab. Er hat einen schönen blauen Militär-
mantelstoff gekauft und in einem Päckchen nach Zedlitz geschickt. Aus diesem Stoff wurden für die beiden Kinder zwei
warme Mäntel genäht und mit den nagelneuen Mänteln gingen sie auf die Flucht. Als sie in Primkenau ankamen und ein
paar Tage später die Russen einmarschierten, mussten die
beiden Kinder als Erstes diese Mäntel hergeben.

Magda erzählt weiter: „Wir sind vier Tage gefahren bis nach
Primkenau und haben unterwegs Quartier gemacht. Mal da
und mal dort, ich könnte noch alles ganz genau aufzählen. Na

ja", sagt sie, „wenn du mich heute fragst, so genau habe ich es natürlich nicht mehr im Kopf. Mittwochabend kamen wir in Primkenau an und wurden aufgeteilt. Es waren ja an die hundert Wagen und so wurden wir auf mehrere Dörfer verteilt, einige kamen nach Sprottau, einige blieben in Primkenau und einige Wagen kamen noch in zwei andere Dörfer. Und wo war dann eigentlich deine Mutter?" fragt sie sich und dann fällt es ihr ein: „Ja, deine Mutter, die sind dann nicht weitergefahren.

Die Zedlitzer, die mit dem Treck weitergezogen sind nach Sachsen, nach Denneritz, Seiffersdorf, Meerane und Crimmitschau, die haben alle ihre Sachen behalten können, ihre Pferde und ihre Wagen. Ungefähr zwei Drittel der Zedlitzer sind dort gelandet. Die haben wenigstens noch etwas behalten. Aber bei uns kamen die Russen und uns wurde alles weggenommen, Pferde und Wagen. Wir hatten nichts mehr."

Die Russen waren einmarschiert und wir kommen an die für mich entscheidende Stelle. Magda versucht sich zu erinnern, wie es genau war. Sie sagt: „Wir wollten zu dritt, drei Freundinnen, noch einmal zurück nach Zedlitz und sind von Primkenau aus losgezogen. Es waren ja nur etwa vierzig Kilometer. Aber wir sind da gar nicht reingekommen. Also sind wir wieder zurückgelaufen und die Russen haben uns unterwegs beschossen. Die Tiefflieger sind nur einen Meter über uns geflogen."

Ich sage dazu: „Ich kann mir das gar nicht vorstellen, dass ein Flugzeug über längere Zeit so tief fliegen kann." „Doch", sagt Magda, „die sind so tief geflogen und haben uns gesehen und uns regelrecht verfolgt. Wir haben uns in die Kartoffelfurchen gelegt, um nicht entdeckt zu werden. Wir waren alles junge Mädchen, aber die haben keine Rücksicht auf uns genommen. Na ja, es muss ja auch schlimm gewesen sein, was die Deutschen in Russland gemacht haben", fügt sie nachdenklich hinzu.

„Irgendwie kamen wir dann wieder in Primkenau an. Dort wurden wir zusammengetrieben. Da war deine Mutter dabei. Wir waren insgesamt so an die zwanzig Mädchen. Diese Russen, die waren eigentlich nett zu uns. Solange wir für die gearbeitet haben, waren die echt freundlich. Die haben uns nichts getan, die haben uns ordentlich behandelt. Wir haben Kühe gehütet und saßen am Straßenrand den ganzen Tag und haben uns gegenseitig entlaust."

Ich frage: „Worüber habt ihr euch unterhalten den ganzen Tag?" und sie sagt: „Wir haben gar nicht so viel geredet, wir waren immerzu mit den Läusen beschäftigt und deine Mutter, die hat es besonders schlimm getroffen. Ja", seufzt sie tief, „die Luzia, die war am allerschlimmsten dran. In einem Haus unterwegs haben wir eine Flasche Essigessenz gefunden und die haben wir der Luzia auf den Kopf geschüttet, damit die Läuse weggehen. Da hat sich der Grind abgelöst und da war die Essigessenz direkt auf ihrer offenen Kopfhaut. Deine Mutti, die hat so viel durchgemacht. Die hat so viel durchgemacht", wiederholt sie noch einmal und betont: „Mit den Läusen! Und unter dem Grind, da waren ja wieder Läuse", sagt sie, „das habe ich genau gesehen."

„Wir dachten erst", erzählt Magda weiter, „dass wir wieder zurückkönnen. Wir hatten ja so eine Evakuierung schon einmal mitgemacht, beim Polenkrieg im September 1939. Da mussten wir auch schon mal raus. Das ging so ein paar Tage, wir haben im Wald geschlafen, sind aber morgens und abends in unsere Häuser und haben das Vieh versorgt. Wir haben gedacht, das ist jetzt genauso. Alles ist nur vorübergehend und wir können wieder zurück. Aber dann haben wir langsam begriffen, dass es diesmal anders ist." Nach einer Pause sagt sie: „Doch, wir haben uns unterhalten. Wir hatten alle Angst, dass wir nach Sibirien müssen. Darum drehten sich unsere Gedanken und Gespräche immerzu. Und später haben wir immer mal wieder darüber gesprochen, dass wir Glück gehabt haben, dass wir nicht nach Sibirien gekommen sind.

Einige Tage später wurden wir in ein anderes Dorf gefahren, nach Kotzenau. Auf einem Lastwagen wurden wir hin transportiert und mussten dort auch den ganzen Tag über Kühe hüten. Wir haben sogar bei den Kühen geschlafen. Es kamen immer wieder neue Kühe, die mussten wir hüten und dann wurden die weitergetrieben durch andere Mädchen. Wir haben also den ganzen Tag Kühe gehütet und aufgepasst und wir saßen im Gras und die Russen waren echt nett, weil die uns die ganze Milch gaben. Milch konnten wir nehmen, soviel wir wollten, aber zu essen gab es nichts."

Ich frage sie: „Wenn es da nicht ganz so schlimm war mit den Russen, warum war meine Mutter diesbezüglich trotzdem so verbittert?" Ich sage ihr nicht, was ich weiß, ich will horchen, was sie sagt und sie meint stockend: „Na ja, da waren auch andere Russen, vielleicht ist sie vergewaltigt worden."

Ich sage: „Ja, leider nicht nur vielleicht" und füge hinzu, „Charlotte Köpke hat es mir erzählt." Darauf sagt sie: „Ja, stimmt, da war irgendwas mit deiner Mutter." Ich warte, aber mehr sagt sie dazu nicht. Und nach einer Weile: „Aber ich habe Glück gehabt."

Sie erzählt, dass sie und einige andere Mädchen in einem Haus gewohnt haben, in welchem oben die russischen Offiziere einquartiert waren. Deshalb haben sich die einfachen Soldaten nicht getraut, die Mädchen anzurühren. Aber sie erzählt von einer Nachbarin aus Zedlitz, deren Tochter siebzehn Jahre alt war und sagt: „Da haben wir die Schreie gehört, die ganze Zeit. Das war nur drei Häuser weiter. Wir haben das immer wieder gehört und die Mutter stand daneben und konnte nichts machen." Mir läuft es kalt über den Rücken, denn ich begreife, wen sie damit wohl meint.

„Aber ich hatte irgendwie Glück", sagt sie nochmal. „Einmal bin ich mit einem Russen in einem Auto gefahren und plötzlich legte der die Hand auf mein Knie. Ich bin erschrocken und habe laut geschrien und der Russe ist mit dem Wagen an einen Baum gefahren. Da bin ich ausgerissen, bin in den

Wald gerannt und es war mir völlig egal, wo ich hinlaufe. Ich bin einfach immer weiter gerannt und der hat mich nicht gekriegt. Da habe ich einfach Glück gehabt."

Ich frage, wie es mit ihr und den anderen Mädchen weiterging, und Magda sagt: „Wir mussten anfangs sechs Wochen lang die Kühe hüten. Danach kam ich zu einem anderen Arbeitskommando und musste mehrere Wochen lang Klaviere verpacken. Die wurden alle nach Russland geschickt. Als wir nach vielen Wochen doch noch mal zurück nach Zedlitz kamen, waren da schon die Schlitzaugen, diese Mongolen. Und in dem einen Haus, da lagen viele deutsche Soldaten, alle erschossen. Diesen Anblick werde ich nicht vergessen.

Deine Mutter hatte ich ja in Primkenau getroffen, beim Viehtreiben. Aber wo sie nach dem Viehtreiben hinkam und wo sie danach geblieben ist, das weiß ich nicht. Da hatten wir keinen Kontakt mehr. Warum deine Mutter dortgeblieben ist, kann ich mir nicht erklären. Wir hatten zwar alle keine Pferde mehr und keine Wagen, aber meine Familie ist dann eben zu Fuß weiter. Nur bei deiner Mutter war ja noch die alte Oma Schimke, meine Großtante."

„Weißt du, wann sie gestorben ist?", frage ich Magda, aber sie weiß es auch nicht. „Irgendwann in Primkenau wird sie gestorben sein", sagt sie, „und das wird der Grund gewesen sein, weshalb die nicht weiterkonnten. Andererseits gab es auch gelegentlich spezielle Transporte. Da war zum Beispiel Liesel Nitschke, die hatte ein kleines Baby, das war im Dezember 1944 geboren. Für solche Fälle gab es einen Transport von Primkenau weg in den Westen und diese Liesel lebt da heute noch im Sauerland. Warum bei diesem Transport deine Mutter mit ihrer Mutter und dem Lenchen nicht mit ist, wundert mich", sagt Magda.

Das war das Stichwort und ich lenke das Gespräch auf Lenchen. Magda sagt: „Die war doch nicht ganz gesund. Ich wusste das aber nur von meiner Schwester Margot. Von der Luzia habe ich das nicht gehört", sagt Magda, „die war da verschwiegen."

Als ich ihr sage, dass ich nach dem Tod meiner Mutter herausgefunden habe, dass mit dem Lenchen etwas nicht stimmte, bestätigt mir Magda, dass Lenchen geistig behindert war. Und als ich das kleine Foto von Lenchen heraushole, sagt sie: „Ja, das sieht man doch ganz deutlich, dass sie mongoloid war. Aber bevor mir meine Schwester das gesagt hat, wusste ich davon nichts. Ich wusste auch nicht, was im Dorf geredet wird. Ich habe das Lenchen nie gesehen, ich habe das gar nicht zu Gesicht bekommen."

Na logisch, denke ich mir, ihr Vater war in der NSDAP und sie war mit der Schwiegertochter vom Ortsgruppenleiter befreundet, da wurde ihr das Lenchen möglichst nicht gezeigt.

Magda ist mit ihrer Familie nach ein paar Monaten von Primkenau mit dem Handwagen weitergezogen Richtung Westen. Sie hat von sich ein paar Sachen mitnehmen können, vor allem aber hat sie das Fotoalbum eingepackt. So hat sie all ihre Fotos retten können.

„Zu Fuß sind wir dann über die Neiße", sagt sie weiter und fragt sich: „Wann genau sind wir eigentlich über die Neiße? Da kamen schon die Polen und die Russen zogen ab, es muss im Sommer 1945 gewesen sein. Wir hatten nichts zu essen und wir hatten großen Durst, wir haben aus dreckigen Pfützen Wasser getrunken. Im August hatten wir es bis Dresden geschafft. Da war ja gerade erst der große Bombenangriff."

Der war doch schon im Februar, denke ich, das war ein halbes Jahr vorher, aber für ihr Zeitgefühl war es wohl gerade erst geschehen und wahrscheinlich sah es auch überall so aus, als wäre es kurz vorher passiert.

„Wir haben einfach auf der Straße geschlafen", sagt sie, „es gab da überhaupt nichts mehr. Eines Tages wurden wir von den Zedlitzern aus Denneritz abgeholt, mit Pferd und Wagen, weil die das ja alle noch hatten."

Ich frage, ob sie etwas von den Zwangsarbeitslagern weiß, die die Polen errichtet haben und sage, dass meine Oma oder auch meine Mutter und Lenchen in so einem Lager gewesen sein müssen. Sie sagt sofort: „Ja, es gab diese Lager. Diese Lager waren schlimm und die Polen waren schlimm." Und auch Magda sagt den Satz, den ich oft gehört habe: „Die Polen waren noch schlimmer als die Russen. Da müssen ganz böse Dinge passiert sein." Ich sage ihr: „Ich wusste vorher nichts von diesem Lager, ich habe nur einmal gehört, dass meine Oma mit bloßen Händen Eichenrinde aus kochendem Wasser holen musste." Und frage sie: „Wozu hat man damals Eichenrinde gekocht?" „Aus Eichenrinde kann man einen guten Tee machen", antwortet Magda, „aber wozu die das sonst gebraucht haben, weiß ich auch nicht."

Mehr erfahre ich leider nicht. Magda erzählt noch ein wenig von sich. Sie sagt, sie wäre nicht gerne zur Schule gegangen, sie hat lieber Landwirtschaft gemacht. Die Schule hat ihr keinen Spaß gemacht und sie war froh, als die acht Jahre vorbei waren.

So unterschiedlich ist das. Meine Mutter ging gern in die Schule und wäre am liebsten noch länger gegangen als nur die acht Jahre zur Volksschule. Und sie hat sich immer geärgert, wenn sie in der Landwirtschaft arbeiten musste, statt Hausaufgaben machen zu können. Meine Mutter hätte gerne studiert und wollte weg vom Dorf in die Stadt.

Magda erzählt weiter, dass sie mit ihren Eltern in Denneritz angekommen von einem Bauern aufgenommen wurden. „Als die mich aber gesehen haben, haben sie ausgerufen, die nehmen wir nicht. Die kann ja nicht arbeiten, die sieht so schlecht aus. Ich hatte auf der Flucht in Dresden Ruhr gehabt, es kam vorne und hinten raus und alle dachten, ich sterbe. Ein deutscher Soldat hat dann zu meiner Mutter gesagt, kochen sie der jungen Frau Salzkartoffeln und das hat mir faktisch das Leben gerettet. Also die Bauern sagten zu meinen Eltern, wir nehmen nur die ältere Schwester auf und die jüngere nicht.

Ach, wie ich damals aussah", seufzt Magda, „ich war ja so sehr abgemagert. Auch die anderen Bauern waren alle geizig, die wollten keinen Flüchtling reinlassen. Die großen Höfe waren zu. Ringsum waren die Mauern, es gab ein hohes Tor und das blieb verschlossen. Aber ich denke, wenn die Trecks durchkamen, hat es ihnen doch das Herz zerrissen. Ich bin dann in Seifferitz in eine Weberei gekommen, aber da bekam ich starke Kopfschmerzen von dem Lärm der Webstühle. Ich kannte ja nur die Landwirtschaft, die Ruhe und die frische Luft. Und alle haben dort vogtländisch geredet und ich habe überhaupt nichts verstanden.

Eines Tages ist dann mein Cousin aus der Gefangenschaft zurückgekommen. Er ist den ganzen Weg von Russland hierhergelaufen und stand auf einmal vor meinem Bett in Denneritz. Ich habe vor Glück fast einen Herzschlag bekommen. Genauso war es, als der Alois wiederkam und meine Schwester Margot wiedergesehen hat, da haben die sich fast tot gedrückt vor Freude. Später habe ich viele Jahre in einer Großküche gearbeitet und drei Kinder bekommen.

Meine erste Tochter ist vor kurzem sechzig geworden, mein Sohn ist zehn Jahre später geboren und dann kam noch meine jüngste Tochter, Jahrgang 1963. Mein Mann ist mit achtundvierzig Jahren gestorben, das ist jetzt siebenunddreißig Jahre her. Er war ein Einheimischer. Wir waren glücklich miteinander, aber das ist jetzt auch schon so lange her."

Sehr bedrückt erzählt sie mir, dass sich ihr Sohn mit neunzehn Jahren das Leben genommen hat. Am Anfang unseres Gespräches hatte sie beiläufig erwähnt, er wäre an einer Gehirnhautentzündung gestorben. Nun sagt sie plötzlich: „Ach, ich kann eigentlich ehrlich zu dir sein, er hat sich umgebracht. Er hat immer viel gearbeitet. Er hatte erst Heizungsbauer gelernt und wollte später in den Werkstätten der Berliner Staatsoper arbeiten. Eines Tages hat er zu mir gesagt, er fährt nach Berlin und schaut sich eine Vorstellung an. Am nächsten Tag kam er wieder nach Hause und gegen Mittag war er plötzlich verschwunden. Ich habe nach ihm Ausschau gehalten und mich gewundert, dass die Tür zum Dachboden verschlossen war. Dann habe ich ihn weitergesucht und jemand hat mich gerufen. Ich bin wieder hoch auf den Dachboden und da lag er, man hatte ihn schon abgenommen. Ich kann mich nur noch erinnern, dass ich auf dem Sofa lag und ununterbrochen geschrien habe. Man musste mir eine Morphiumspritze geben.

Ich weiß bis heute nicht, warum er das getan hat. Er hat überhaupt nichts hinterlassen. Du kannst dir nicht vorstellen", sagt sie zu mir, „wie oft ich den Dachboden abgesucht habe, um noch irgendetwas zu finden. Ich stehe immer wieder genau an der Stelle, wo er sich aufgehangen hat. Das ist jetzt zweiunddreißig Jahre her, aber der Schmerz geht nicht weg."

Wir schweigen eine ganze Weile, dann kehren wir wieder zurück in die Vergangenheit nach Schlesien. „Zedlitz war ein schönes Dorf", sagt Magda, „es hatte drei Wirtshäuser und eine große, neu gebaute Badeanstalt. Zedlitz war nah an der Grenze. Es waren nur zwölf Kilometer bis zur nächsten größeren polnischen Stadt, Lissa. Wir sind oft nach Polen rübergefahren", sagt sie, „zum Beispiel zum Friseur, mit dem Fahrrad. Das war überhaupt kein Problem und oft waren wir dort zum Einkaufen. Viele deutsche Bauern hatten bei den Polen Wiesen gepachtet."

Magda erzählt, dass sie nach der Flucht noch dreimal „zu Hause" war. Das erste Mal fuhr sie bereits in den Fünfzigerjahren nach Zedlitz. „Da wohnten ältere polnische Leute in unserem Haus und im Wohnzimmer standen noch unsere Möbel", sagt sie. „Das war sehr schlimm für mich. Aber die Leute waren nett und wir durften uns überall im Haus umsehen. Da habe ich noch Verschiedenes mitgenommen vom Dachboden und vom Keller. Und ich fand tatsächlich noch einige Fotos und andere persönliche Sachen."

In den Neunzigerjahren ist sie noch einmal hingefahren und zuletzt war sie vor vier Jahren dort. „Aber jetzt, wo es theoretisch möglich wäre, wieder dort hinzuziehen", sagt sie, „kann ich mir das nicht mehr vorstellen." Aber dann fügt sie hinzu: „Höchstens, wenn sie alle täten hinmachen, dann ja."

Ich komme noch einmal auf Lenchen zu sprechen und auf die nicht vorhandene Freude meiner Mutter, als meine Schwester und ich schwanger waren. Magda stimmt mir zu: „Ja, deine Mutter wird immer Angst gehabt haben, dass sich das vererbt mit dem Lenchen. Das wird ihre Befürchtung gewesen sein durch ihre Erfahrung mit der kranken Schwester." Sie sagt: „Aber traurig oder verbittert war deine Mutter nicht, zumindest nicht bei uns, wenn sie zu Besuch war. Bei uns war sie unbeschwert und fröhlich." Nach kurzem Nachdenken schränkt sie es ein und sagt: „Doch, es gab da etwas. Aber die Luzia war verschwiegen." Das gibt sie mir mit auf den Weg, als wir uns herzlich und mit inniger Umarmung voneinander verabschieden.

Auf der Rückfahrt denke ich, Magda hat mir etwas Entscheidendes verschwiegen. Irgendetwas an dieser Geschichte mit den Läusen stimmt nicht, oder richtiger gesagt, das mit den Läusen stimmt, aber es fehlt etwas. Die schlimme Geschichte mit den Läusen steht noch für etwas anderes. Mit welchem Nachdruck und welcher Tragik in der Stimme sie mir immer wieder gesagt hat: „Die Luzia, die hat so viel mitgemacht." Das können nicht nur die Läuse gewesen sein.

Ich denke, vielleicht ist das Leben manchmal auch gerecht. Meine Mutter hat es sehr schwer gehabt auf der Flucht und Magda hat eher Glück gehabt, weil ihr nicht so viel Schlimmes passiert ist. Im weiteren Leben schließlich hat Magda viel Unglück erfahren. Sie hat ihren Mann früh verloren und ihr Sohn hat Selbstmord begangen. Meine Mutter dagegen hatte ihren Mann bis an ihr Lebensende, auch wenn sie das nicht schätzen konnte. Und mit meiner Schwester und mir hat sie, von kleineren Schwierigkeiten abgesehen, auch keine

Probleme gehabt. Eigentlich hätte sie in ihrem Leben nach der Flucht einigermaßen glücklich sein können. So wie Herr Gruber es neulich gesagt hat: „Sie hätte mit Freude auf ihre Kinder und Enkel schauen können, aber alle Freude war ihr vergällt."

Unterwegs lese ich die Kurznachricht von Richard auf meinem Handy:

Wo treibst du dich rum? Du gehst seit Stunden nicht mehr ans Telefon. Wo bist du eigentlich so lange?

Ich denke: „Tja, ich war so lange in Zedlitz in Schlesien."

Ich hatte mir vorgenommen, nach meinem Besuch bei Magda noch ins Theater zu fahren. Am Abend ist eine Vorstellung von „Der Reigen", Gunnar Freising ist da und ich würde ihn gern begrüßen. Ich bin unentschlossen, denn eigentlich will ich lieber allein sein. Ich habe all diese Geschichten im Kopf und will mich nicht davon ablenken. Magda hat mir so viel erzählt, was ich noch nicht wusste. Ein halbes Jahr nach der Flucht ist aufgehellt. Aber wie meine Mutter und Oma die weiteren anderthalb Jahre bis zur Vertreibung Anfang 1947 verbracht haben, das wird für immer im Dunkeln bleiben.

Auf der Rückfahrt habe ich mir traurige Arien von Händel angehört. Dabei kann ich so herrlich weinen. Und mit den Tränen fühle ich mich nah am Leid meiner Mutter. Damit geht es mir besser, als wenn ich mit fröhlichen Menschen zusammen bin. In deren Gemeinschaft fühle ich mich nicht wohl und nicht zugehörig. Ich gehöre zu diesen traurigen Geschichten.

Herr Gruber sagt: „Damit, dass Sie immer darin herumwühlen, halten Sie Ihre Mutter am Leben."

Vor allem die Geschichte mit der Essigessenz geht mir nicht aus dem Kopf. Es ist, als kann ich ihren körperlichen Schmerz spüren. Meine Mutter hat immer nur in Andeutungen gesprochen: „Was wir alles mitgemacht haben! Was ich alles durchmachen musste!" Wenn sie zum Beispiel nur diese eine Geschichte konkret erzählt hätte, so hätte ich mir etwas vorstellen können. Dann hätte ich Mitleid empfunden. Aber ihr allgemeines Gejammer wollte ich nicht hören und als Kind habe ich sowieso nichts von ihrem Zustand verstanden. Ich hatte keine Ahnung, woher ihre große, fast mörderische Wut kam, die sie viele Male an mir ausgelassen hat. Ich wurde von ihr beschimpft oder mit verschiedenen zur Verfügung stehenden Haushaltsgegenständen wie Kleiderbügel, Teppichklopfer oder Besenstil geschlagen. Als kleines Kind konnte ich nichts dagegen tun. Aber als meine Kindheit vorbei war, habe ich begonnen, mich gegen ihre Angriffe zu wehren. Als ich vierzehn war, habe ich einmal heimlich von meinem Sparbuch vierhundert Mark abgehoben und mir damit in der Jugendmode eine schwarzweiße Kunstfelljacke gekauft. Ich musste diese Jacke unbedingt haben, denn ich hatte mich in einen drei Jahre älteren Jungen verliebt, den ich mit dieser tollen Jacke beeindrucken wollte. Als meine Mutter das herausfand, war sie zu Recht entsetzt und fing an, mich zu schlagen. Doch diesmal habe ich zurückgeschlagen. Diese Geschichte fällt mir nun ein, aber jetzt weiß ich das mit den Läusen und der Essigessenz auf ihrem Kopf und den Vergewaltigungen und habe ein schlechtes Gewissen wegen all der Dinge, die ich ihr angetan habe.

In der Nacht nach dem Besuch bei Magda träume ich wieder einmal von meiner Mutter. Ich fahre mit ihr im Zug. Diesmal ist es kein Albtraum wie sonst. Es ist nur der alltägliche Wahnsinn, der allgegenwärtig war in unserer Familie und sich für mich normal anfühlte. Ich bin mit meiner Mutter unterwegs zu einem unbekannten Ziel. Plötzlich wissen wir nicht mehr, wo unser Gepäck ist. Es ist nicht im Zug und wir sind unsicher, ob wir es überhaupt mitgenommen haben. Ich hatte es nicht geschafft, die Taschen fertig zu packen und deshalb sind sie wohl noch zu Hause. Demnächst müssen wir umsteigen. Ich weiß nicht, wo unser Anschlusszug ist und ob es diesen überhaupt gibt. Und außerdem stellt sich die Frage, ob wir noch einmal zurückfahren, um unser Gepäck zu holen. Wir steigen aus, hetzen auf dem Bahnhof hin und her und kommen zu spät auf den Bahnsteig, von dem unser nächster Zug abfahren soll. Ich fühle mich sehr gestresst, weil ich die Verantwortung für alles habe. Ich bin gerade die wichtigste Person für meine Mutter, sie hat niemand anderen. Trotz der Aufregung im Traum wache ich am nächsten Morgen mit einem guten Gefühl auf. Mit dem Gefühl unendlicher Vertrautheit. Mir ist, als wäre meine Mutter die ganze Nacht bei mir gewesen.

Ich fahre die Autobahn bei Elmershausen entlang. Ich bin mit meinen Gedanken in der Vergangenheit meiner Familie. Von der Autobahn, die um Elmershausen herumführt, hat man einen schönen Blick auf die Stadt. Sie liegt eingebettet in einem Tal und ringsherum erheben sich Hügel und Wälder. Ich denke an den Satz von Alois, den er auf eine Karte aus der Gefangenschaft schrieb: *Da seid ihr also in Elmershausen. Dort soll es doch sehr schön sein.* Aber für meine Mutter war es nicht schön. Für sie war nie wieder etwas schön. Die herrliche Lage der Stadt, das viele Grün und das schöne Haus mit Garten, in dem wir gewohnt haben, all das hat ihr nichts genützt. Ihr ging es nie wieder richtig gut. Und mir darf es auch nicht gut gehen, davon bin ich überzeugt.
Bei einer israelischen Psychologin habe ich gelesen, dass es für die zweite oder dritte Generation der Holocaust-Überlebenden typisch ist, dass sie nicht gut mit ihrem Leben zurechtkommen. Sie inszenieren Probleme in der Gegenwart, die eigentlich mit der schrecklichen Vergangenheit ihrer Eltern oder Großeltern zu tun haben. Durch diese selbstinszenierten Schwierigkeiten geht es ihnen annähernd genauso schlecht. Und wenn es ihnen ausnahmsweise mal gut geht, ist das mit Schuldgefühlen verbunden.
Bei mir ist es ähnlich. Wenn es mir schlecht geht, fühle ich mich meiner Mutter und meinen Omas nah. Es gibt selten

einen glücklichen Normalzustand für mich und ich finde keinen sicheren Ort, an dem ich mich geborgen fühle. „Den einzig sicheren Ort finden Sie für sich", sagt Herr Gruber, „wenn Sie in die Vergangenheit gehen. Wenn Sie eines Tages die Vergangenheit hinter sich lassen würden und in der Gegenwart ankommen könnten, dann wäre es für Sie, als würden Sie die Heimat ihrer Eltern ein zweites Mal aufgeben. Das empfinden Sie als Verrat."

Wenn ich an die wenigen Momente denke, die ich mal allein mit meiner Mutter war, fällt mir auf, dass wir immer mit irgendetwas beschäftigt waren. Sie hat sich in meiner oder ihrer Wohnung zu schaffen gemacht, hat aufgeräumt oder geputzt oder Wäsche gewaschen. Oder sie hat gekocht und ich habe gegessen oder wir waren zusammen einkaufen. Nie saßen wir einfach nur so da.

Kurz vor ihrem Tod hatte ich mir vorgenommen, mit ihr einmal spazieren zu gehen. Dabei wollte ich sie einiges zu unserem schwierigen Verhältnis fragen. Es ist nicht mehr dazu gekommen. Wenn ich es jemals versucht hätte, sie hätte es verhindert. Sie hätte gesagt, dafür habe sie keine Zeit und hätte die vielfältigen Hausarbeiten vorgeschoben. Meine Mutter wäre nie mit mir allein spazieren gegangen. Da hätten wir miteinander reden müssen.

„Als Kind haben Sie natürlich versucht, Ihrer Mutter nah zu sein", sagt Herr Gruber. „Sie sind Ihrer Mutter gefolgt, aber die war nicht da. Die war in Schlesien."

Eine Freundin aus Kindertagen meinte neulich zu mir: „Bei euch zu Hause war das Wohnzimmer immer kalt und unbewohnt, die Möbel waren abgedeckt. Das fand ich komisch, da fand kein Leben statt." Ja, denke ich, das war kein Ort zum Leben.

Mit Essen wurde alles zugestopft in unserer Familie

Einen Besuch muss ich noch machen, ich fahre zu Gerhard Schimke, dem Cousin meiner Mutter. Er war es, der mir vor vier Jahren bei der Beerdigung die zwei wichtigen Andeutungen machte, dass Lenchen mongoloid war und dass meine Mutter und meine Oma „liegengeblieben" sind auf der Flucht. Gerhard war es, der nach meiner kleinen Rede am Grab zu mir kam und sagte, wie sehr ihn das berührt habe und wie recht ich mit alledem hätte. Von da an wusste ich, dass ich mit ihm unbedingt nochmal über all das sprechen muss.

Gerhard und seine Frau wohnen in einem Dorf bei Berlin. An einem Montagmorgen stehe ich halb fünf Uhr auf, fahre Anna in ihre Berufsschule nach Potsdam und sitze um neun bei Schimkes am Frühstückstisch.

Wir fangen bei meinen Urgroßeltern an. Gerhard spricht von meinem Uropa Carl, dem bösen Maurerpolier, der immer die größte Portion beim Essen bekam und von meiner Uroma Hedwig, die einen Schlaganfall hatte und auf der Flucht in Primkenau gestorben ist. Carl und Hedwig hatten drei Kinder. Josef, der Älteste, wurde 1893 geboren und ist Gerhards Vater. Sechs Jahre später folgte meine Oma Clara, das einzige Mädchen. Leo, der Jüngste, ein Nachzügler, kam knapp zehn Jahre später zur Welt.

Alle Kinder sind in Zedlitz geboren. Meine Urgroßeltern hatten ein Haus, Carl arbeitete als Chef einer Maurerbrigade und nebenbei betrieben sie den Hof. Der älteste Sohn, Josef, ging mit zwanzig Jahren aus dem Haus und baute sich eine eigene Landwirtschaft im zwölf Kilometer entfernten Ilgen auf. Warum er als Erstgeborener den Hof nicht erbte, weiß Gerhard nicht. Er vermutet, dass Carl und Hedwig den Hof selber noch weiter bewirtschaften wollten. Josef heiratete

Gertrud Hoffmann und bekam mit ihr zehn Kinder. Gerhard ist das achte von ihnen.

Den Hof erbte schließlich meine Oma Clara. Sie heiratete Paul Fengler aus Kabel, einem Dorf in der Nähe von Zedlitz. Mit ihm übernahm sie die Landwirtschaft ihrer Eltern, die, wie üblich, im Haus wohnen blieben. Ihre Mutter Hedwig kümmerte sich rührend um das behinderte Lenchen und als sie später den Schlaganfall hatte, wurde sie jahrelang von ihrer Tochter gepflegt. Leo, der Jüngste, wollte den Hof nicht. Er machte eine Friseurlehre in Fraustadt und ging ins große, weit entfernte Berlin. Dort bewohnte er ein möbliertes Zimmer und machte im Jahr 1936 seine Meisterprüfung im Friseurhandwerk, wie es eine gerettete Urkunde, die sich im Besitz meiner Mutter befand, bezeugt. Alle paar Monate besuchte er seine Familie in Zedlitz.

Diese Besuche waren für meine Mutter Höhepunkte. Leo war ihr Lieblingsonkel. Er war neunzehn Jahre älter als sie und sie himmelt ihn an. Er war ein weltgewandter junger Mann, der sich in Berlin sicher bewegte, und bei seinen gelegentlichen Besuchen brachte er Neuerungen mit ins kleine schlesische Dorf. So besaß er zum Beispiel einen eigenen Fotoapparat, was damals selten war und machte eigenhändig Familienfotos. Er hatte viele Frauenbekanntschaften, erzählte von Konzert- und Theaterbesuchen und nährte damit in meiner Mutter die Sehnsucht nach einer großen Stadt.

Ich stelle Gerhard auch die Frage, wer später den Hof von Oma Clara hätte übernehmen sollen. „Alois, der Älteste, der eine Bäckerlehre gemacht hatte, war froh, dem Hof entkommen zu sein", sagt Gerhard. Ich sage zu ihm, dass meine Mutter auch keine rechte Lust auf die Landwirtschaft hatte und lieber eine Ausbildung in der Stadt machen wollte. Darauf sagt er: „Das hätte sie sich aus dem Kopf schlagen müssen, klar hätte Luzia den Hof weiterführen sollen und sie hätte einen Bauern heiraten müssen." Nach einem kurzen Moment sagt Gerhard: „Obwohl, da war ja noch dieses Enkelkind" und ich frage verwundert: „Welches Enkelkind?" Er sagt: „Das Kind vom Leo." Ich erinnere mich, wie seine Schwester Gerda dieses Kind schon erwähnt hatte. Nun bin ich gespannt auf Gerhards Version.

„Als der Krieg begann, war Leo einundzwanzig Jahre alt und wurde zur Wehrmacht eingezogen. Er war in Russland, entweder an der Front oder im Hinterland", berichtet Gerhard.

Wahrscheinlich im Hinterland, denke ich. Von meinem Vater, der in rückwärtigen Diensten war, weiß ich, dass es keine Seltenheit war, dass deutsche Soldaten mit jungen hübschen Russinnen Liebesverhältnisse angefangen haben.

„Leo hatte eine russische Freundin, die ein Kind von ihm erwartete", erzählt Gerhard weiter. „Eines Tages stand sie hochschwanger auf dem Hof mit einem Brief von Leo in der Hand. In diesem Brief stand die eindringliche Bitte an seine Schwester, sie möge seine Freundin aufnehmen. Es war mitten im Krieg und die Höfe hatten viele russische Zwangsarbeiter. Aber diese Frau war ganz allein gekommen, sie war schwanger und fiel auf im Dorf."

Wie mir schon Gerda erzählt hat, sagt auch Gerhard, dass meine Oma aufgeregt und voller Angst ihren Bruder Josef aus Ilgen angerufen hat. Auch er berichtet: „Sie haben gemeinsam beraten und gesagt, es ist das Kind von unserem Bruder. Wir können sie nicht einfach wegschicken."

„Aber was ist aus ihr und dem Kind geworden?" frage ich. Und Gerhard sagt genau wie seine Schwester: „Die Russin war dann irgendwie weg."

Das klingt so, als wäre sie von selbst gegangen. Aber wohin soll sie gegangen sein, frage ich mich, mitten in Deutschland, mitten im Krieg, als Russin und hochschwanger? Ich verstehe, dass sie Angst hatten, aber sie haben wohl auch Schuld auf sich geladen. War ihnen das bewusst?

Ich frage mich, wenn die Russin plötzlich weg war und niemand weiß, was aus ihr geworden ist, woher wissen sie dann, dass das Kind ein Junge war?

Gerda hatte gesagt, Leo wäre bei der Gestapo gewesen. Aber Gerhard sagt: „Nein, bei der Gestapo war der nicht. Doch er hatte schon damals eine ganz kleine Kamera, die war halb so groß wie eine heutige Digitalkamera."

Von einer speziellen Kamera hatte meine Mutter nichts erwähnt, sie sprach nur von einem ganz normalen Fotoapparat. Alle Bilder, die es von ihrem Zuhause gab, hat er gemacht, aber alle diese Bilder sind verloren gegangen bei den Plünderungen in Primkenau.

Die einzigen vier alten Fotos, die ich heute besitze, stammen aus Leos Zimmer in Berlin, ebenso wie die Urkunde von seinem Meisterbrief. Dieses Zimmer wurde 1948 ausgeräumt und aufgelöst, als Leo immer noch nicht zurückgekommen war. Wegen dieser Zimmerauflösung gab es eine familiäre Auseinandersetzung. Meine Mutter hatte gesagt, dass sie und ihre Mutter Leos persönliche Gegenstände mitgenommen haben und dass es daraufhin Ärger gab. Es wurde meiner Oma vorgeworfen, alles von ihrem Bruder an sich genommen und den anderen Verwandten nichts gegeben zu haben.

Gerhard sagt, er wisse nicht, wer das Zimmer am Ende ausgeräumt hat, aber ich spüre, dass es immer noch ein heikles Thema ist. Ich sage zu ihm: „Nur weil es dieses Zimmer noch gab, haben wir wenigstens ein paar Fotos. Sonst gäbe es nicht einmal die."

Diese Fotos und meine eigenen Kindheitsfotos haben für mich eine große Bedeutung. Ich habe oft darüber nachgedacht, was ich als Erstes retten würde, wenn meine Wohnung brennt und mir war klar, zuallererst würde ich mein Fotoalbum mitnehmen mit den Bildern meiner Kindheit.

Auch Gerhard hat die wenigen Dinge, die ihm geblieben sind, fein säuberlich verpackt und aufgehoben. Er besitzt noch die Eheurkunde seiner Eltern und eine Erklärung zum Tod seines Vaters. In seinen Unterlagen findet sich auch das Schreiben von 1996 vom Deutschen Roten Kreuz. Meine Mutter hatte damals an den Suchdienst geschrieben und nach Informationen zum Tod ihres Onkels Leo und ihres Vaters gefragt. Die Antwort auf ihre Anfrage hat sie offensichtlich Gerhard umgehend geschickt.

Über dieses Schreiben hatte meine Mutter nie zu mir gesprochen, aber ich habe es eines Tages gefunden. Meine Eltern waren verreist und ich musste Blumen gießen in ihrer Wohnung. Unbewusst auf der Suche nach verheimlichten Dingen habe ich ein bisschen hier und da herumgestöbert, unter anderem im Nachtschränkchen meiner Mutter. Dort bewahrte sie persönliche Sachen auf und da lag dieses Schreiben. In einem Brief ging es um Onkel Leo und in einem weiteren fragte sie nach Hinweisen zum Verbleib ihres Vaters. In dem Antwortbrief zu ihrem Vater stand:

Ihr Angehöriger ist hier als Verschollener registriert. Mittlerweile liegt uns die Auskunft der Deutschen Dienststelle in Berlin vor, wo leider keine Feststellungen über den Verbleib von Paul Fengler, geboren am 3.11.1898 in Kabel, Kreis Fraustadt, getroffen werden konnten. Trotz Prüfung von Schreibvarianten und unter Einbeziehung möglicher Übermittlungsfehler fand sich kein Hinweis, dem wir noch hätten nachgehen können. Paul Fengler gehört daher nach wie vor zu jenen Menschen, deren Schicksal ungeklärt ist.

Im Antwortschreiben zu Onkel Leo steht:

Der Suchdienst des Deutschen Roten Kreuzes hat aus den Archivbeständen der Gemeinschaft Unabhängiger Staaten Meldungen mit den Namen deutscher Kriegsgefangener erhalten, die auf dem Gebiet der früheren Sowjetunion verstorben sind.

In diesen Unterlagen ist auch Ihr Angehöriger Leo Schimke aufgeführt, der im Gebiet von Woroschilowgrad (S)/10 in Kriegsgefangenschaft war und dort am 24.08.1945 verstorben ist.

Angaben zur Todesursache und der Grablage können wir nicht machen.

Am Ende dieses amtlichen Schreibens steht sogar ein überaus emotionaler Satz:

Wir bedauern, diese Nachricht, die auch nach so vielen Jahren für Sie schmerzlich sein wird, übermitteln zu müssen. Wir sind jedoch sicher, dass sie als Befreiung von einer langjährigen Ungewissheit empfunden wird.

Beigefügt ist diesem Schreiben eine skizzenhafte Karte der Sowjetunion mit einer Einteilung in verschiedene Gebiete, die nummeriert sind. In der Legende kann man nachschauen, wo sich (S)/10 befindet und dann weiß man, in welcher Gegend der weiten Sowjetunion der Angehörige umgekommen ist.

Leo ist im August 1945 gestorben, da war er siebenunddreißig Jahre alt.

Auf einer Postkarte schrieb Alois 1948 aus der Gefangenschaft: *Onkel Leo ist ja inzwischen ein alter Junggeselle geworden, aber wenn er dieses Jahr noch heimkehrt, ist es zum Heiraten noch nicht zu spät.* Als Alois das schreibt, ist Leo schon drei Jahre tot.

Ich saß damals auf dem Boden im Schlafzimmer meiner Eltern und starrte auf diese Schriftstücke. Es waren Todesnachrichten aus grauer Vorzeit, aber sie berührten mich. Und noch mehr berührte mich, dass meine Mutter solche Briefe schreibt und Antworten erhält, ohne dass sie mir auch nur das Geringste davon erzählt. Sie forscht nach ihren und auch meinen Angehörigen, ohne mich einzubeziehen und schließt mich damit aus ihrem Leben aus.

In zwei weiteren Briefen, die ich finde, erschließt sich noch eine dunkle Geschichte. Einer der Brüder von Gerhard hieß auch Leo. Er wurde 1930 geboren, als Sechster von den zehn Geschwistern. Mit achtundsechzig Jahren nahm er sich das Leben. Er brachte sich um, scheinbar grundlos, am 31. Dezember des Jahres 1998. Anderthalb Jahre, nachdem das Schreiben vom Suchdienst über den Tod seines gleichnamigen Onkels eingetroffen war. Er hatte eine liebe Frau, zwei nette Kinder und drei Enkel, eine schöne Wohnung und ein ruhiges

Rentnerdasein. Und zu Silvester ging er auf den Dachboden und hat sich aufgehangen. Auch darüber hat meine Mutter nie mit mir gesprochen. Aus den Briefen ging hervor, dass bis heute in der Verwandtschaft über diesen mysteriösen Selbstmord gerätselt wird.

„Wir haben nicht darüber gesprochen", sagt Gerhard, „deine Mutter nicht und deine Oma auch nicht. Über die schlimme Zeit wurde einfach nicht gesprochen. Ich weiß nur, deine Oma, die war zum Viehtreiben und musste bis nach Russland. Von dort ist sie dann abgehauen und zu Fuß zurückgelaufen." Ich frage nach, aber jetzt kommt Gerhard schon ins Zweifeln, ob es meine Oma oder vielmehr meine Mutter war, die zum Viehtreiben musste. Ich weiß inzwischen, dass meine Mutter Glück hatte und nicht nach Russland musste. Doch nun frage ich mich, ob Oma Clara in Russland war. Aber wo, um Gottes willen, war dann in dieser Zeit das Lenchen?

Wir kommen auf die schöne Zeit zu sprechen, die Zeit vor der Flucht. „Einmal im Jahr", sagt Gerhard, „kamen wir zu euch zu Besuch." Auch er sagt „zu euch", dabei gab es mich damals noch gar nicht.

„Zu euch" heißt bei ihm zur Familie seiner Tante Clara in Zedlitz, in das Haus in der Dorfstraße 102. Drei Generationen wohnten dort zusammen, meine Urgroßeltern, meine Großeltern und deren drei Kinder Alois, Luzia und Lenchen. Zu ihnen kamen die Cousins und Cousinen aus Ilgen zu Besuch und so entsteht für mich wieder einmal ein lebendiges Bild von dieser Familie.

„Da saßen wir alle an dem großen langen Tisch in der Küche wie zu allen Familienfeiern. Da wurde gekocht, gebacken und gebraten. Es gab bei Fenglers immer ganz viel zu essen", erzählt Gerhard weiter.

Dieses „Es-gab-ganz-viel-zu-essen" kommt mir sehr bekannt vor. Das viele Essen und das gute Essen, das stand bei meiner Mutter im Mittelpunkt. Diese Tradition der überbordenden Gastfreundschaft wurde nur unterbrochen durch die Flucht und die schlechte Zeit danach. Aber sobald es wieder besser wurde, hat meine Mutter an diese Tradition angeknüpft und unaufhörlich gekocht und gebacken, egal, ob wir allein waren oder Besuch kam.

Ich habe diese Linie gekappt. Ich konnte das viele Essen nicht mehr sehen. Ich habe mich geweigert, kochen zu lernen, habe selten etwas zubereitet und zu einem warmen Mittagessen musste meine Tochter in Zwickau zu meiner Mutter gehen.

Mit diesem ewigen Essen wurde alles zugestopft in unserer Familie. Wenn ich am Mittagstisch mal etwas von mir erzählen oder mit meiner Mutter über etwas reden wollte, dann wurde ich schnell gefragt, ob ich noch Fleisch, Soße oder Kartoffeln haben wollte. Und ohne meine Antwort abzuwarten, hatte ich es auf dem Teller. Da war ich satt und beleidigt und habe nichts mehr gefragt und nichts mehr von mir erzählt.

Erst seit meine Mutter tot ist, habe ich diese Tradition unbewusst wieder aufgenommen. Inzwischen koche ich oft und gern. Als Herrin über Zutaten und Zubereitung fühle ich mich lebendig und wenn es mir nicht gut geht, kann ich mich ins Kochen und Backen flüchten und meine Stimmung bessert sich sofort.

„Der Onkel Paul, dein Opa, der war ein Lieber", sagt Gerhard, „die anderen Väter, die haben auch herumgeschrien und rumgemeckert, aber der Onkel Paul, der war immer lieb. Das war so ein Stiller. Deine Mutter hat ihn sehr geliebt. Sehr traurig, dass der nicht wiedergekommen ist", fügt er hinzu.

Alle haben nur Positives über meinen Opa zu berichten gewusst. Schade, dass ich ihn nie kennengelernt habe. Er wäre fünfundsechzig Jahre alt gewesen bei meiner Geburt und hätte so ein richtiger Opa sein können, mit weißen Haaren und mit viel Zeit für mich. Der hätte mit mir gespielt und rumgealbert wie damals mit dem Lenchen.

„Ich war neun Jahre alt und die Flucht begann am 21. Januar. Das war ein Sonnabend oder Sonntag und einen Tag vorher war eine Einwohnerversammlung", erzählt Gerhard.

„Mein Vater hat oft mit Onkel Leo aus Berlin zusammenge-
hockt. Wenn der kam, haben die viel miteinander geredet,
was wir Kinder nicht mitbekommen sollten. Der Leo hat Radio London gehört in Berlin und der wusste etwas und hat es
meinem Vater gesagt. Und deshalb hat mein Vater auch vorher schon einiges klargemacht. Er hat seinen Hof und das
Haus einem Polen versprochen. Überhaupt hat mein Vater
mit den Polen immer irgendwelche Geschäfte gemacht. Da
war ja auch gleich die Grenze bei uns, ganz nah. In den
Grenzorten hat man manches vorher gespürt, da war es immer unsicher. In der Schmiede war zum Beispiel eine Magd,
die war Russin und ein Knecht, der war Pole. Die haben bei
der Familie mit am Tisch gesessen. Das haben die Nazis eigentlich nicht zugelassen, aber manche Familien haben das
trotzdem gemacht. Die Russin und der Pole haben Pläne für
die Zeit nach dem Krieg gemacht und deshalb haben die in
der Schmiede auch schon einiges geahnt."

Ich erwähne Primkenau und Gerhard erinnert sich geradezu
freudig: „Ja, wir waren auch in Primkenau. Aber das Gute
war bei uns, dass wir immer vor den Russen waren. Nur Tante Clara und die Luzia, die wurden von den Russen überrollt."
Mehr sagt er zu diesem Thema nicht und ich spüre, er möchte
oder kann nicht darüber sprechen.

„Mein Vater Josef", erzählt er weiter, „wurde auch noch eingezogen zum Volkssturm. Er war schon über fünfzig. In unserer Nähe war die Festung Glogau, dorthin wurde er beordert,
im November 1944. Er bekam nochmal zwei Tage Urlaub,
kam zum Heiligabend nach Hause und am zweiten Weihnachtsfeiertag musste er wieder los. Im Januar ist er von dort
abgehauen. Die sind da alle desertiert, sie sind einfach ge-
türmt. Die wussten schon, dass das mit dem Krieg sinnlos ist.
Aber sie wurden wieder eingefangen und am 18. April 1945

ist er dort umgekommen." Gerhard schildert mir die Einzelheiten seines Todes, das haben sie durch Kameraden, die überlebt haben, in Erfahrung bringen können.

Das ist mir bei allen aufgefallen, die ihre nahen Verwandten auf tragische Weise verloren haben. Alle forschen so lange, bis sie etwas wissen. Und dieses Wissen, das manchmal nur aus einem einzigem Satz besteht, wird an die nächste Generation weitergegeben.

Gerhard sagt: „Mein Vater hat einen Bauchschuss gehabt. Er hat seine Hand auf den Bauch gehalten und zu den anderen gesagt: ‚Geht weiter, ich kann nicht mehr!' "

Dass der Vater 1945 in Glogau gefallen ist, hat die Familie erst 1947 vom Roten Kreuz erfahren. Gerhard zeigt mir die Sterbeurkunde. Sie wurde vom Amt nachträglich ausgestellt und damit hatte die Ehefrau Gertrud einen Nachweis für ihre Witwenrente und für die Halbwaisenrente für ihre zehn Kinder.

In der Klarsichthülle der Sterbeurkunde befindet sich auch die Heiratsurkunde seiner Eltern: *Bauer Josef Schimke heiratet am 2. Mai 1929 Gertrud Hoffmann*

All diese Urkunden hütet er wie einen Schatz, wie alle Vertriebenen die wenigen Zeugnisse hüten, die ihnen von damals geblieben sind.

Mutter Gertrud geht mit ihren zehn Kindern auf die Flucht und es verschlägt sie ins Brandenburgische, nach Seeburg, einem kleinen Ort in der Nähe von Potsdam. Dort bewohnt die große Familie einige Jahre später ein eigenes, kleines bescheidenes Haus. Es werden wieder Familienfeste gefeiert, Gerhard zeigt mir Fotos von Erstkommunionen und Hochzeiten der vielen Kinder. Auf einem dieser Fotos ist meine Mutter zu sehen, als schöne junge Frau in einem langen Kleid und einem Lächeln auf dem Gesicht. Auf den meisten Fotos aus meiner Kindheit hat meine Mutter einen verkniffenen Gesichtsausdruck. Im Kreis ihrer Familie aus der alten Heimat sieht sie entspannt aus.

Gegen Mittag kommt Renate, Gerhards jüngste Schwester dazu. Zum Zeitpunkt der Flucht war sie eineinhalb Jahre alt und weiß natürlich nichts mehr davon. Aber sie erinnert sich an die ersten Jahre in Seeburg und erzählt, dass meine Oma einmal mit dem Lenchen gekommen sei. Sie hatte sich gefreut und wollte mit Lenchen spielen, weil sie dachte, dass Lenchen im gleichen Alter ist. Ich sage: „Lenchen war doch acht Jahre älter als du." Und sie sagt: „Das ist mir jetzt auch klar. Aber Lenchen war damals so zart und klein und zurückgeblieben, da dachte ich, sie wäre so alt wie ich. Überhaupt war Lenchen ganz still und hat überhaupt nicht mit mir gespielt. Sie war ganz auf sich bezogen und in sich gekehrt. Sie hat vor sich hingestichelt und getan, als wolle sie etwas nähen. Das hat sie stundenlang gemacht."

Auf meine Frage an beide, was denn nun genau mit dem Lenchen war, sagt Gerhard: „Das Lenchen, die war irgendwie krank. Also heute gehen ja solche auch in Schulen, aber das Lenchen ist in keine Schule gegangen." Mehr sagt er nicht. Ich frage auch nicht mehr weiter, denn ich weiß ja schon genug.

Gerhard war mit seiner Frau und seinen zwei Kindern auch einmal in seiner alten Heimat, in Ilgen in Schlesien.

Wir rätseln, wer in den Siebzigerjahren als Erster dort hingefahren ist. Ich bin überzeugt, dass Gerhard zuerst dort war und erst danach hat sich meine Mutter getraut zu fahren. Sie hatte ja vor längeren Reisen immer Angst, noch dazu eine Reise ins Ausland, nach Polen, ins Ungewisse. Das kann sie nicht als Erste gewagt haben, bin ich überzeugt. Wir vergleichen die Fotos von diesen Reisen und das Alter der Kinder und finden schließlich heraus, dass meine Mutter doch die Erste war. Es muss sie etwas dorthin getrieben haben, das stärker war als all ihre Ängste.

Gerhard sagt, dass er zwar erst neun Jahre alt war, als sie raus mussten, er sich aber an alles erinnern konnte, als sie in den Siebzigerjahren dort waren. Er wusste noch genau, wo welches Gebäude steht und wo sie mit dem Auto lang fahren müssen. Er wusste, wem die Gehöfte gehörten. Und alle Namen der Nachbarn sind ihm wieder eingefallen.

Ich frage Gerhard, ob er weiß, wie es Alois, dem Bruder meiner Mutter im Krieg und in der Gefangenschaft ergangen ist. Aber er sagt: „Auch über dessen schwere Zeit wurde nicht gesprochen."

Deshalb weiß ich auch nicht, ob Alois an der Front oder im Hinterland war oder direkt im Kessel von Stalingrad war und wie lange er genau in der Gefangenschaft war. Einen Hinweis hatte ich kürzlich gefunden in einem Schreiben meiner Mutter an den Bund der Vertriebenen. Sie führte mit einem der Vertreter einen hochemotionalen Briefwechsel wegen der Zahlung der sogenannten Entschädigung. Nach der Wende wurde von der gesamtdeutschen Regierung beschlossen, dass auch die Flüchtlinge aus den ostdeutschen Provinzen, die in der DDR geblieben sind, eine einmalige Zahlung von viertausend D-Mark bekommen sollten. Dies war eine Entscheidung, angelehnt an das Lastenausgleichsgesetz, das im Westen Deutschlands in den Fünfzigerjahren angewandt wurde und Entschädigungen vorsah für Flucht, Vertreibung und Verlust von Hab und Gut. Die Zahlung der viertausend Mark an meine Mutter wurde abgelehnt, weil sie drei Tage vor dem Stichtag in die BRD übergesiedelt ist. Wütend zählte sie in ihrem Schreiben an den Vertriebenenvertreter alle Schicksalsschläge ihres Lebens auf und ließ ihren Brief enden mit der Frage, ob denn diese vielen Schicksalsschläge nicht ausreichten, um ihr diese Zuwendung zu gewähren. Zu dieser Aufzählung gehörte: *Bruder sechs Jahre in Gefangenschaft in Stalingrad.*

Meine Mutter hat noch mehrere Jahre verzweifelt um dieses Geld gekämpft und Briefe bis hin zu Bundeskanzler Schröder geschrieben. Dabei ging es ihr nicht um das Geld, es ging ihr um die Anerkennung ihres Leidens.

Gerhard fällt dann doch etwas dazu ein. Weil Alois Bäcker und Konditor gelernt hatte, durfte er nach einiger Zeit der

Gefangenschaft in den zerstörten Häusern von Stalingrad den Stuck erneuern und musste nicht mehr, wie alle anderen, im Bergwerk arbeiten. In der Lagerleitung dachte man, dass ein Konditor geübt ist in Tortenverzierungen und da das im weitesten Sinne mit Gipsverzierungen zu tun hat, durfte Alois eine qualifiziertere und angenehmere Arbeit machen. Wenn es ums Überleben geht, ist es gut, wenn man etwas Besonderes kann. Aus dieser Erfahrung her rührt wohl der Leitsatz meiner Eltern: „Streng dich an und lerne was, damit du was kannst und später was darstellst. Denn damit hast du es im Leben einfacher."

Gerhard sieht meinem Onkel Alois sehr ähnlich. Mit seinen siebenundsechzig Jahren sieht er jetzt so aus, wie Alois vor zwanzig Jahren aussah, vor seiner Krankheit, als es ihm noch gut ging. Als die Krankheit voranschritt, konnte er nicht mehr zu uns in die DDR zu Besuch kommen und so habe ich ihn mindestens drei Jahre vor seinem Tod nicht mehr gesehen. Er starb fünf Monate vor dem Mauerfall.

Wir reden und essen und reden und schauen uns den Garten an und ich besichtige das Haus und darüber ist es spät am Nachmittag geworden. Unter gegenseitigen herzlichen Beteuerungen, dass wir uns bestimmt bald wiedersehen, verabschiede ich mich von Gerhard und Renate. Ich nehme mir vor, nach dem Tod meiner Mutter den Kontakt zu ihren Cousins und Cousinen aufrechtzuerhalten. So habe ich wenigstens noch ein bisschen Verwandtschaft.

Als werde ich zur Zwangsarbeit verurteilt

Herr Gruber hat mir ein Buch empfohlen von William G. Niederland: *Folgen der Verfolgung: Das Überlebenden-Syndrom.*
Schon der Klappentext trifft mich wie ein Blitz: *Die Gutachten Niederlands vermitteln nicht nur ein konkretes Bild von den Verfolgungsschäden und deren Erlebnishintergrund, sondern auch davon, wie die Tatsache und die Folgen der Verfolgung verleugnet, verneint und verdrängt wurden. Die Ereignisse jener Zeit liegen heute Jahrzehnte zurück. Das durch sie verursachte Leid und die dadurch bedingten schwerwiegenden Leidenszustände aber dauern meist unverändert fort.*
Es geht in diesem Buch um zumeist jüdische Überlebende von Ghettos und Konzentrationslagern, aber wenn ich die Aufzählung der Ursachen der seelischen Zerrüttungen lese, trifft dies so ähnlich auch auf meine Mutter und Oma zu. In den ungefähr zwei Jahren unter russischer und polnischer Besatzung gab es die von Niederland beschriebenen Umstände:
- *Leben in einer Atmosphäre der ständigen Bedrohung*
- *hiermit einhergehende leiblich-seelische Zermürbung des Personenganzen*
- *häufige akute Todesgefahr und Todesangst*
- *schutzloses Dasein in einem Dauerzustand völliger Rechtlosigkeit*
- *Überflutung des geistigen Ich-Gefüges durch den unaufhörlichen Ansturm von öffentlichen und persönlichen Beschimpfungen, Verdächtigungen, Verleumdungen und Anschuldigungen*
Nach Überleben all dieser Zustände spricht der Autor von Entwurzelungsdepression und Umstellungsdepression, ausgelöst durch den *sozialen Abstieg, die Trennung von den Angehörigen, die Zerreißung enger Familienbande, das Gefühl der Heimatlosigkeit, die enormen Anpassungsschwierigkeiten, die*

Notwendigkeit, erstmals im Leben Wohlfahrtseinrichtungen in Anspruch zu nehmen und Almosenempfänger zu werden.

Da nahezu alle der von mir Untersuchten langanhaltende und zum Teil tiefgehende Veränderungen des seelischen Gefüges aufweisen, schreibt der Psychiater weiter, *ist mit hoher Wahrscheinlichkeit zu erwarten, dass die festgestellten Schäden sich noch weiter in der Eltern-Kind-Beziehung auswirken werden. Der bei ihren Eltern bestehende Stress hat sich auf sie übertragen, und wie die Eltern empfinden sie die Welt als gefährlich und bedrohlich.*

Der redet von mir, denke ich, genauso geht es mir seit Jahren und es gibt immer wieder Beispiele dafür, wie ich vor normalen Dingen des Alltags Angst bekomme. Vor kurzem habe ich das Kostümbild zu „Hamlet" entworfen. Am zweiten Probentag bekomme ich von der Assistentin eine Kurzmitteilung, dass der Regisseur zur Abendprobe mit mir über das Kostüm für den Darsteller des Hamlet reden will und ich Probenkostüme mitbringen und Vorschläge machen soll. Weil ich von ihm diese Aufforderung vorzeitig bekommen habe und nicht wie üblich schon alles perfekt vorbereitet hatte, breche ich in Panik aus. Ich denke stundenlang an nichts anderes, gehe in den Fundus und suche Wäschekörbe voller unterschiedlicher Hemden, Hosen, Pullover, Westover, Jacketts, Krawatten und Schuhe heraus und schleppe alles auf die Probebühne. Dann mache ich hundert Vorschläge, bringe damit alle durcheinander und denke die ganze Zeit, ich bin nicht gut genug. Jetzt, wo die Sache ein paar Monate her ist, fällt mir auf, durch welche abgrundtiefe Unsicherheit ich immer geprägt war. Da habe ich eine simple Nachricht bekommen, in der es hieß, dass ich machen soll, was ich schon seit Jahren mache, nämlich Kostüme entwerfen und Probenkostüme heraussuchen. Aber statt diese Arbeit in Ruhe anzugehen, verfalle ich in Hektik und Selbstzweifel und denke, dass mir bestimmt diesmal nichts einfallen wird und ich sowieso nur durch Zufall Ausstatterin geworden bin. Diese einfache Aufforderung durch den Regisseur löste bei mir eine übertriebene Angst aus. Ich fühlte mich, als werde ich zur Zwangsarbeit verurteilt.

In dem Buch von Niederland finde ich weitere wichtige Erkenntnisse:

Darin liegt vielleicht die stärkste Tragik des unermesslich Bösen der Nazi-Zeit, dass sie nämlich im Grunde nicht vergangen ist, sondern nun auch die junge Generation in Mitleidenschaft zieht.

Das Grübeln in meinem Kopf über die Vergangenheit meiner Familie hat noch nicht aufgehört. Während andere feiern, unbeschwert sind, sich pflegen oder ausruhen, lese ich ein Gutachten nach dem anderen, ein schlimmes Einzelschicksal nach dem anderen. Ich verschlinge förmlich diese furchtbaren Geschichten jüdischer Menschen, die noch viel Schrecklicheres erdulden mussten als meine Eltern, Großeltern, Onkel und Tanten. Trotzdem spiegeln diese traurigen Geschichten die Atmosphäre meiner Kindheit und meines Elternhauses wider.

Eine Frau schildert, dass sie vor Angst zu zittern und zu schluchzen beginnt, wenn sich ihre Kinder – neunzehn und fünfzehn Jahre alt – gelegentlich beim Heimkommen verspäten. Sie wird dann erregt und verstört, schreit sie an und schlägt auf sie ein. Danach ist sie tief beschämt, weil sie sich nicht beherrschen konnte, und bittet ihre Kinder um Verzeihung.

Auch das kenne ich gut. Eines Abends kam ich sehr spät von einem Ausflug zurück. Ich war fünfzehn Jahre alt und bin mit drei Freunden nach Greiz gefahren, um den Bruder des einen Freundes zu besuchen, der dort arbeitete. Wir haben gemütlich beim Bier zusammengesessen, die Rückfahrt im Trabant dauerte etwas länger als geplant und es war nach dreiundzwanzig Uhr, als ich nach Hause kam. Meine Mutter stand im Bademantel in der Wohnungstür, ganz aufgewühlt und noch bevor sie losschrie, bekam ich einen harten Schlag ins Gesicht. Nur um Verzeihung hat sie mich später nie gebeten. Ich erinnere mich an ihren Gesichtsausdruck, sie sah vollkommen zerstört aus, so als hätte sie gerade Furchtbares erlebt.

Herr Gruber hatte mich einmal gefragt, was ich dabei empfunden habe, wenn ich als Kind Prügel bekam. Er wollte wissen, ob ich Wut auf meine Mutter gehabt und sie so gehasst habe, dass ich sie am liebsten umgebracht hätte. Ich überlegte lange und antwortete: „Nein, ich habe keinerlei Wut empfunden. Meine Mutter war in diesen Momenten außer sich und hat schmerzhaft zugeschlagen, aber hinter ihren Schlägen, hinter ihrem Schreien und Brüllen schimmerte ihre unendliche Hilflosigkeit durch. Eigentlich habe ich dabei immer gedacht, sie fällt gleich um und bricht zusammen. Deshalb habe ich es über mich ergehen lassen und als Kind habe ich sowieso gedacht, ich hätte es verdient."

Eine Frau äußerte bei der Schilderung ihrer Symptome, *dass sie nur ganz selten etwas beim Geschlechtsverkehr empfinde, da sie nichts empfinden dürfe, wenn doch ihre Familie umgekommen und sie am Leben geblieben sei. Es sei unrecht, nach all dem Geschehenen Lebens- oder Geschlechtsgenuss zu haben*, denkt sie.

Auch solche Gedanken kenne ich. Früher hatte ich mit Sex und mit meinen Orgasmen nie Probleme, aber seit der Beschäftigung mit der Geschichte meiner Familie habe ich kaum noch Lust. Ich bilde mir ein, dass ich es nicht brauche, doch wahrscheinlich habe ich Angst davor. Ich kann den Sex nicht mehr genießen, bin nicht bei der Sache. Immer wieder tauchen dabei Bilder meiner vergewaltigten siebzehnjährigen Mutter auf. Hätte ich doch nur nicht in der Vergangenheit gewühlt! Früher habe ich mich gefreut, wenn mich ein Mann erobern wollte oder ich ihn dazu bringen konnte, sich in mich zu verlieben. Ich habe mich mit Genuss fallengelassen in den Rausch, denn wenn ich mit Männern geschlafen habe, habe ich Zärtlichkeit und Liebe bekommen.

Meine Freundinnen erzählen mir oft, wie sie sich einen guten Tee kochen und eine Kerze anzünden oder sich zur Entspannung in die Badewanne legen. Ich kann das alles nicht. Ich arbeite immer nur und wenn ich zu Hause bin, ist der Haushalt zu machen. Ich kann mich nicht einfach so in die Badewanne legen, denke ich. Im Winter, wenn ich richtig durchgefroren bin, mache ich das, aber das kommt ein- oder zweimal im Jahr vor. Kaum liege ich im warmen Wasser, denke ich an das kleine Lenchen und an die Erfrierungen, die es hatte. Ich bekomme ein schlechtes Gewissen, weil ich jetzt hier im Warmen liege und Lenchen zwei Winter lang so frieren musste. Ich kann dann nicht in Ruhe baden und deshalb bereitet es mir keine Freude. Anfangs mache ich das Wasser viel zu heiß, rutsche unruhig hin und her und warte, bis es kälter wird. Und schließlich ist mir schwindlig, wenn ich rausgehe. Ich stelle fest, dass ich überhaupt nicht zur Ruhe gekommen bin und weil mir schummrig ist, bekomme ich Panik. Das geschieht mir recht. Denn wenn ich schon das große Glück habe, einfach so baden zu können, wann immer es mir einfällt, muss es mir wenigstens schlecht gehen dabei.

Überlebensschuld heißt das in dem Buch über die KZ-Überlebenden.

Eine der begutachteten Frauen klagt über *Ängste, Erregungszustände und Depressionen, die in unregelmäßigen Abständen und ohne äußere Ursache wiederkehren mit Kopfschmerzen und Grübeleien über die Vergangenheit und über die Zwecklosigkeit des Lebens.*

Eine andere Frau sagt: *Sie weilt in Gedanken immer noch unter den Toten und Sterbenden im Lager. Sie ist sich klar darüber, dass alle diese Ereignisse viele Jahre zurückliegen, und kann doch von den Erinnerungen und quälenden Fantasien nicht loskommen. Sie lebt mit anderen Worten immer noch im Konzentrationslager.*

Genau wie es Herr Gruber über meine Oma Clara gesagt hat: „Für Ihre Oma ging der Zweite Weltkrieg immer weiter."

Was die Frauen in diesem Buch über ihren gegenwärtigen Alltag erzählen ist ähnlich, wie es bei uns zu Hause war. Ich wuchs auf in einer Atmosphäre von Düsternis und latenter Bedrohung. Meiner Oma Clara, die über nichts sprechen konnte, ging es so, wie der Gutachter schreibt:

Das Aufdecken von traumatischen Erlebnissen wird als schmerzvoll und peinigend empfunden und daher nach Möglichkeit vermieden. Die Scheu, die inneren Schuldgefühle und die Angst führen dazu, dass die Patienten höchst unwillig oder nur andeutungsweise über ihre Erlebnisse sprechen.

Was vom Autor nachdrücklich erwähnt wird, sind die besonderen Auswirkungen bei jungen Menschen. Er schreibt:

Es sind jene Fälle, bei denen die schädigenden Erlebnisse einen seelisch noch unausgereiften jugendlichen Menschen betrafen und so zu einer schweren Entwicklungsstörung geführt haben.

Neulich habe ich mich mit Erik unterhalten. Wir haben uns ausgetauscht, woher unsere Vorfahren kommen und da seine Oma ebenfalls aus Schlesien stammt, habe ich ihm berichtet, was ich inzwischen über meine Familie herausgefunden habe. Ich habe ihm und das war das erste Mal, dass ich zu einem Freund und Kollegen darüber sprechen konnte, erzählt, dass meine Mutter von Russen vergewaltigt worden ist, mit siebzehn Jahren. Erik hat daraufhin mitfühlend gesagt: „Dann war der Russe der erste Mann für deine Mutter."

In dem Buch heißt es weiter:

Man kann nicht annehmen, dass die tief liegende Schädigung, die im empfindsamen Pubertäts- und Nachpubertätsalter entstanden ist, sich ohne lange Psychotherapie in nennenswerter Weise bessern wird.

Das stimmt, eine Therapie hätte meine Mutter machen müssen. Aber das war nicht üblich und wo hätte sie das machen können in der DDR?

Es wird in dem Buch ein Symptom beschrieben, wie ich es auch bei meiner Mutter gesehen habe:

Während der Befragungen der Betroffenen kam es bei emotionell belasteten Erinnerungen sehr häufig zu einer starken Röte des Gesichts und der Halspartien.

Das hatte meine Mutter in ihren letzten Lebensjahren. Wahrscheinlich, weil im Alter *alles wieder hochkam*, so wie sie es an Uli und Liesel Wirth in ihrem letzten Brief geschrieben hatte.

Meine Mutter hatte genau die gleichen Ängste, wie sie in dem Buch beschrieben werden, Angst vor uniformierten Polizisten und Angst vor Autoritäten, früher vor ihrem Chef, später vor dem Hausbesitzer und immer hatte sie Angst vor neugierigen Nachbarn. Kleinere Schreckenserlebnisse waren für sie Katastrophen, so wie die Geschichte mit dem Schlafsack meines Freundes Andreas.

Eine weitere gruselige Situation fällt mir ein. Wir waren im polnischen Ostpreußen, in der alten Heimat meines Vaters. Irgendetwas war mit der Hotelbuchung schiefgegangen, sodass wir in der ersten Nacht nur ein Doppelzimmer für fünf Personen zur Verfügung hatten. Die Hotelleitung kümmerte sich um Ersatz in einem Ausweichquartier, schränkte aber ein, dass dies nicht so komfortabel sei. Obwohl ich sofort bereit war, zu dem am Stadtrand gelegenen Ersatzquartier zu gehen, bestand meine Mutter darauf, dass Anna, mein damaliger Freund Manuel und ich das Doppelzimmer nehmen und sie mit meinem Vater in die andere Unterkunft geht. Gesagt, getan. Am nächsten Morgen wollte ich beide von dort abholen. Meine Mutter saß aufgerichtet in ihrem Bett und war außer sich vor Schreck und Angst. Das Ausweichzimmer befand sich in einer polnischen Kaserne. Früh um sechs hatte aus Versehen ein polnischer Soldat an ihre Tür geklopft und sie mit lautem polnischen Rufen geweckt. Er hat die Klinke heruntergedrückt, weil er sich in der Tür geirrt hatte, stand fast im Raum, aber verzog sich höflich entschuldigend sofort wieder. Meine Mutter aber ist tausend Tode gestorben und konnte sich noch Stunden später nicht beruhigen, obwohl mein Vater die ganze Zeit bei ihr war. Jeder normale Mensch hätte couragiert den eingetretenen Polen hinausbefördert, aber meine Mutter war gelähmt und paralysiert vor Schreck. Sie war genauso ein *psychisch gestörtes, verbittertes, schuld- und angstbeladenes Individuum*, wie der Autor des Buches einige der von ihm untersuchten jüdischen Patienten beschreibt.

Es gibt auch noch einen interessanten Aspekt bezüglich der Eheschließungen im späteren Leben der Opfer. Der Psychiater schreibt:

Es ist bekannt, dass gerade bei Verfolgten, die entweder alle oder einen großen Teil ihrer Familienangehörigen verloren hatten, die äußere und innere Vereinsamung, das Anlehnungsbedürfnis, das qualvolle Fehlen des Gefühls der Geborgenheit und Sicherheit, Faktoren waren, die diese Menschen bewusst oder unbewusst in schnelle, zuweilen wenig glücklich gewählte Eheschließungen trieben, und zwar meist in eine Ehe mit gleichfalls der Verfolgung entronnenen Partnern. Von solcher Ehe erhofften sich viele dieser Opfer in ihrer Seelennot eine auf magisch-intim-persönlichem Wege erreichbare Wiederherstellung der zerrissenen Familienbande, der verlorenen Liebes- und Lebensgüter.

Auch meine Mutter hat einen Heimatvertriebenen geheiratet und die Schicksale beider Familien ähnelten sich sehr. Beide Omas waren „dringeblieben", in Schlesien und in Ostpreußen und beide mussten während der Besatzung für die Russen arbeiten. Beide haben eine Tochter verloren in jungen Jahren, bei beiden blieb der geliebte Ehemann im Zweiten Weltkrieg vermisst. Meine ostpreußische Oma hat ihre Tochter eigenhändig begraben müssen, meine schlesische Oma musste ihre Mutter unterwegs auf der Flucht verscharren. Bei beiden Omas war der einzige Sohn lange im Krieg, wurde vermisst und kehrte erst spät aus der Gefangenschaft zurück. Das Wiederfinden nach der Flucht gelang beiden Restfamilien erst Jahre später durch den Suchdienst. Beiden Omas war in ihrem Wohnort in Elmershausen nach Flucht und Vertreibung

nur noch ein Kind geblieben, das sich als einziger Halt erwies. Und dieser einzige Sohn und diese einzige Tochter verlieben sich schließlich in den „falschen" Partner, der zu allem Unglück auch noch der falschen Konfession angehörte. Für meine schlesische Oma war der evangelische Schwiegersohn unerträglich und meiner ostpreußischen Oma war alles Katholische zuwider. Die Eheschließung meiner Eltern erfolgte dann auch ohne die beiden Mütter. Sie fuhren beide allein nach Wernigerode. Diesen Ort hatte mein Vater ausgesucht, weil ihm das dortige Rathaus so gut gefiel. Sonst gab es keinerlei Bezug zu dieser Stadt und so ließen sie sich nach dem Standesamt von einem fremden Pfarrer in einer fremden Kirche nach katholischem Ritus trauen. Darauf hatte meine Mutter bestanden. Der Pfarrer hat zu ihnen gesagt: „In dieser Ehe ohne mütterlichen Segen wird es viele Tränen geben."
Und er hat recht behalten. Wobei, geweint hat meine Mutter nicht, sie konnte gar nicht weinen oder ihren Schmerz auf normale Art zeigen. Auch meinen beiden Omas ist es für den Rest ihres Lebens nicht gelungen, sich über ihr Leid auszutauschen oder sich gegenseitig zu trösten. Stattdessen haben sie sich gestritten und gehasst und ihren jeweiligen Schwiegerkindern das Leben schwer gemacht. Meine Mutter hat ihrer Schwiegermutter vorgeworfen, dass sie nicht einmal auf dem Treck war und stattdessen für die Russen Brot gebacken hat, während sie selbst mit ihrer Mutter bei Frost und Schnee geflohen ist und später schwere Zwangsarbeit verrichten musste. Zeitlebens hat meine Oma meine Mutter mit Verachtung gestraft und sie mit ihrer Sparsamkeit und ihrem Geiz verfolgt. Sie hat ihr heimlich das Wasser abgestellt, wenn meine Mutter im Sommer den Garten beregnen wollte. Dann musste meine Mutter über das gesamte Grundstück zurück in den Keller gehen und das Wasser wieder anstellen. Diese Prozedur fand während des Beregnens unter sich steigernden wechselseitigen Beschimpfungen drei bis vier Mal hintereinander statt, bis eine von beiden aufgab. Für meine Mutter

war es die reinste Schikane ihrer Schwiegermutter und mit deren Sparsamkeit nicht zu entschuldigen, da wir das Wasser aufgrund einer besonderen Stellung unseres Hauses nicht einmal bezahlen mussten.

In der Küche hat meine ostpreußische Oma meine schlesische Oma beschimpft, weil sie die Kartoffelschalen so dick abschält. Dies sei die pure Verschwendung, sagte sie. Meine schlesische Oma, die das aus Gewohnheit tat, da früher bei ihr auf dem Hof mit den Schalen die Tiere gefüttert wurden, hat ihr wiederum vorgeworfen, dass sie die Kartoffeln zu dünn schälte, so dass man die schwarzen Flecken mitessen musste. Auch dafür gab es eine Erklärung, denn meine ostpreußische Oma hatte die Hungersnot nach dem Ersten Weltkrieg erlebt. Sie wohnte in der Stadt, dort gab es nicht so viel zu essen wie auf dem Land. Zwei Kinder waren ihr im Säuglings- und Kleinkindalter gestorben und sie musste zusehen, wie sie ihre beiden verbliebenen Kinder durchbrachte. Für die andere Oma auf ihrem schlesischen Dorf war die Hungersnot in den Jahren 1917/18 kein Thema. Es gab kein gemeinsames Bedauern oder Betrauern, im Gegenteil, sie haben sich wechselseitig die Schwere ihres Schicksals aufgerechnet.

Es war bei uns genauso, wie es Niederland in seinem Buch schlussfolgert:

Die KZ-Überlebenden haben nie mehr ein glückliches Familienleben führen können. Die Patienten sind allesamt seelisch vereinsamt, da sie die Gemütsverfassung anderer, die nicht dasselbe erlebt haben, nicht verstehen können, wie sie auch selbst sich von den anderen nicht verstanden fühlen.

Fast alle begutachteten Patienten haben eine immerwährende Todesfurcht, haben Angst, ohne äußeren Anlass in einer alltäglichen Situation sterben zu müssen. Ich als Tochter und Enkelin von Überlebenden der Vertreibung, der Lager und der Zwangsarbeit habe diese Angst auch. Aber durch meine lange Therapie hat es sich gebessert. Meine Angstzustände sind weitestgehend verschwunden, doch ich hadere oft mit meinem Leben und wälze meine Probleme hin und her. Ich ärgere mich darüber, dass ich kein zweites Kind bekommen habe. Ich überlege, warum ich keine glückliche Beziehung führen kann. Ich grüble endlos darüber nach, warum meine Mutter schon tot ist und ich fast keine Verwandten mehr habe. Ich frage mich, warum ich meine Arbeit als so anstrengend empfinde. Von außen betrachtet ist bei mir alles in Ordnung, ich habe eine feste Stellung, lebe in einer Beziehung und meine Tochter absolviert erfolgreich ihre Ausbildung und hat sich stabilisiert. Trotzdem werde ich meine Schwere nicht los.

In seinen Gutachten weist Niederland nach, dass es sich bei seinen Patienten nicht um eine anlagebedingte psychische Störung handelt. Bei den kurz nach dem Krieg erstellten Gutachten behaupteten die meisten Ärzte, dass bei den Patienten schon vor der Verfolgung etwas nicht in Ordnung gewesen sein muss, wenn sie heute so leiden, obwohl die Zeit im KZ vorbei ist und sie inzwischen in schönen Wohnungen leben, genug zu essen haben, verheiratet sind und Kinder großziehen. Niederland schreibt, das Gegenteil ist der Fall. Die Überlebenden haben in schwierigen Situationen Geistesgegenwart und Nervenstärke bewiesen, um für ihr weiteres Überleben richtige Entscheidungen zu treffen, und dass sie von überaus guter gesundheitlicher Konstitution gewesen sein müssen, um das alles überstehen zu können. Er schreibt: *Es ist unwahrscheinlich, dass eine von Haus aus nervöse, konstitutionsgeschwächte Person die Strapazen der Verfolgungsjahre hätte überhaupt überstehen können. Es deutet eher auf eine nervlich intakte, ja robuste Persönlichkeitsstruktur hin.*

Ja, denke ich, die waren auch stark, meine Omas und meine Mutter. Sie haben das alles überlebt, die Kälte, die Strapazen, die Schläge, die Vergewaltigungen und die Erniedrigungen. Meine Oma Clara hat das polnisches Zwangsarbeitslager überstanden, hat jahrelang allein ihre Familie durchgebracht, ist putzen gegangen, hat ihren eigenen und unseren Haushalt versorgt, hat sich um uns Kinder gekümmert und ist dabei vierundachtzig Jahre alt geworden. Meine Mutter hat die Vergewaltigungen überlebt ohne durchzudrehen. Sie hätte auch den Rest ihres Lebens im Bett liegen können, arbeitsunfähig und vollgepumpt mit Medikamenten oder Alkohol. Sie hat es geschafft, uns großzuziehen und uns gut zu versorgen. Sie hat unsere Wohnung in Ordnung gehalten, hat einen Facharbeiterabschluss nachgeholt, ist immer arbeiten gegangen und hat wunderbar gekocht und gebacken. Die Schimkes und Fenglers waren eine gesunde und tatkräftige Bauernfamilie. Davon habe ich doch etwas abbekommen.

Weil meine Mutter nur sechsundsiebzig Jahre alt geworden ist, obwohl sie vorher nie ernsthaft krank war, glaube ich, dass sie letztlich an den Folgen der Flucht, der Besatzungszeit und der Vertreibung gestorben ist. Auch dazu steht in diesem Buch:

...organische Gesundheitsschäden, Myokardinfarkte und Hirnblutungen sind bei solchen durch jahrelange Angst und Depression gesundheitlich unterminierten Personen nicht selten zu beobachten.

Wobei meine Mutter nicht einmal Depressionen hatte. Die hatte nur ich. Sie hat einmal zu mir gesagt: „Alle reden jetzt von Depressionen und haben welche. Und nun will sogar meine eigene Tochter welche haben." Und weiter sagte sie dazu: „Die sind alle selbst schuld und auch du bist selbst schuld daran, denn du hast keinen Glauben. Wenn du den christlichen Glauben hättest, dann hättest du auch keine Depressionen."

Der Psychiater Niederland schreibt, dass die nach der Befreiung geborenen Kinder in das Verfolgungsschicksal ihrer Eltern mit einbezogen werden und Symptome aufweisen, die denen ihrer gestörten Eltern ähneln oder auch ihnen entgegengesetzt sind.

Und es steht noch etwas dort, was meine Oma betrifft:

Bei denen, die eine KZ-Haft überlebt haben, findet man nicht selten eine besondere psychische Tiefenspur, die von der Begegnung mit dem Tod in dessen furchtbarsten Formen herrührt. Diese Spur wird nur dem erfahrenen Beobachter durch das schattenhafte, halb furchtsame, halb gedrückte Verhalten des betreffenden Menschen und durch dessen geisterhafte Blässe sichtbar.

Ich habe das Gesicht meiner Oma vor Augen und erinnere mich, wie sie mit ihren kleinen trippelnden Schritten, ihre Handtasche fest unter den Arm geklemmt, in die Kirche gerannt ist. Immer leicht gebückt huschte sie den Gehsteig entlang, als würde sie verfolgt werden. Im tiefen Kniefall auf der harten Kirchenbank versunken, hat sie sich geduckt vor dem Kreuz, an dem der tote Jesus hing, vor dem Pfarrer, der von Schuld gepredigt hat und vor meinem Vater, der in ihrer Vorstellung der Herr im Haus war. Sie hat sich geduckt vor allen Autoritäten. Wenn wir gelegentlich Besuch bekamen, von Kollegen meines Vaters zum Beispiel, ist sie sofort und für den Rest des Abends in der Küche verschwunden, unsichtbar für jeden. Sie hatte keine Freundinnen und keinerlei Kontakte außerhalb der Familie. Nie ist sie, außer in die Kirche, allein ausgegangen oder hat jemanden besucht. Nie saß sie einfach mal so beim Kaffeetrinken in Ruhe da. Immer hat sie etwas zu tun gehabt, ununterbrochen hat sie im Haushalt „rumort". In einem anderen Buch habe ich neulich gelesen, dass die deutschen Frauen in den polnischen Lagern mit bloßen Händen halbverweste Leichen von sowjetischen Kriegsgefangenen ausgraben mussten, um sie woanders wieder einzugraben. Vielleicht hat sie auch so etwas machen müssen. Diese Spur des Todes, das sogenannte *Todesenneagramm*, von dem Niederland spricht, das hatte Oma Clara auch im Gesicht.

Am Ende seines Buches schreibt Niederland, dass er sich oft dem Vorwurf ausgesetzt sah, die subjektiven Angaben der Opfer seien fragwürdig. Zu seiner Verteidigung erklärt er:

Bei meinen Untersuchungen habe ich immer wieder beobach-
tet, dass Überlebende bei ihren Schilderungen nicht übertrei-
ben, sondern viel eher untertreiben. Diese Tendenz zum Unter-
treiben hat mit der Angst der Verfolgungsopfer zu tun, dass sie
bei der Exploration ihrer Erlebnisse die Selbstkontrolle verlie-
ren und seelisch unter der Wucht der aufkommenden Erinne-
rungen zusammenbrechen könnten.

Das Fazit all seiner Untersuchungen lautet:

Es ist Tatsache, dass unter den bisher untersuchten Fällen
kein einziger ist, der die KZ-Zeit ohne Dauerstörung überwun-
den hat.

Es war immer eine geheime Angst in der Familie

Seit mehreren Jahren liegt der Hefter mit Annas Zeitzeugen-befragung in meinem Bücherschrank.

Ich habe ihn oft hervorgeholt. Ich habe die Bilder herausge-nommen für meine Fahrt nach Zedlitz und für die Besuche bei den Bekannten und Verwandten. Ich habe die Karten von meinem Onkel aus der Gefangenschaft gelesen. Aber ich habe nie gelesen, was Anna aufgeschrieben hat von meiner Mutter. Nun endlich habe ich die Kraft dazu.

Am Anfang des Hefters befindet sich in einer Prospekthülle der letzte Brief, den die Familie meiner Mutter vom Vater aus dem Krieg bekommen hat.

Er ist datiert vom 12. Januar 1945

Liebe Frau, Luzia, Lenchen und Oma!

Die Briefe von Neujahr, 4. und 8. Januar habe ich gestern und heute erhalten. Also im Brief von Neujahr schreibt ihr, dass Luzia im Varieté war. Das ist ja ganz nobel bei Euch, so etwas kennen wir gar nicht hier. Hier gibt es leider nicht mal ein Kino, nur ein Kasino ist vorhanden. Ich war gestern Abend wieder mal dort, man bekommt dort ein paar Glas Bier und auch warmes Essen ohne Marken, schmeckt ganz gut. Dir liebe Frau geht es also nun schon wieder besser und der Zentner ist wieder vorhanden. Ja, das mit dem Bangen, das lass man ruhig sein, nur jetzt nicht alles so tragisch nehmen. Gedroschen habt ihr also auch und auch noch ganz gut. Freut Euch recht, dass das alles so klappt.

Alfred hat sich also gemeldet und ist sogar gekommen. Also wie ihr daraus seht, ist es schon so, nicht gleich allzu schwarz-sehen. Ihr wünscht mir einen Kurzurlaub, ja, damit ist es schon nichts, die Kontrollen sind da recht scharf und ein Kompaniechef wagt und darf es gar nicht machen. Muss schon noch warten, bis ich an der Reihe bin, vielleicht dann zur

Frühjahrsbestellung. Ja und von unserem lieben Alois, das ist schon so ein Kapitel, da müssen wir halt das Hoffen nicht aufgeben. Es ist vielleicht besser, als wir denken.

Nun zum zweiten Brief, Frau Paul war also auch wieder mal da. Ihr Mann ist also Gefreiter geworden. Na, bei der alten Kompanie wäre ich wohl auch schon weiter, doch bin ich bestimmt einverstanden, wenn ich ohne Beförderung bis zum Kriegsende hierbleiben könnte.

Das Schlachten geht also auch schlecht vorwärts, ist denn bei den Franzosen keiner dabei, da war doch mal einer beim Fleischer?

Der Volksturm wird also rührig und Krause ist eingezogen? Sind da nicht andere ...

An dieser Stelle endet der Brief. Ich frage mich, wie es ihnen gelungen ist, bei allem Chaos und allen Plünderungen diesen einen letzten Brief zu behalten.

Es folgen die von Anna handgeschriebenen Angaben zur befragten „Zeitzeugin",

Name: Luzia Baumgart, geboren am 28.02.1927, in Zedlitz, Kreis Fraustadt (Niederschlesien) an der polnischen Grenze.

Zu Beginn der einzelnen Abschnitte stehen Überschriften, es sind die Fragen, die Anna für die Schule abarbeiten musste.

Die erste Überschrift lautet: *Bevor Hitler an die Macht kam* und es folgt, was meine Mutter ihr dazu erzählt hat:

Zedlitz war ein Dorf und die Familie war in der Landwirtschaft tätig. Der Vater war Mitglied der Zentrumspartei, dies war eine christliche Partei. Die Grundmeinung in der Familie war: Wer Hitler wählt, wählt Krieg!

Von Auseinandersetzungen zwischen Kommunisten und Nazis haben sie im Dorf auch etwas mitbekommen, es gab sogar Prügeleien.

Es war gang und gäbe, dass Juden mit ihrer Ware durch die Dörfer zogen und verkauften. In ihrer Familie wurde auch oft bei Juden gekauft.

Die nächste Überschrift lautet: *Seit der Machtübernahme Hitlers (1933)*
Die Juden wurden in ihren Rechten immer mehr beschränkt und kamen nicht mehr so oft in die Dörfer. In der Schule wurde zunehmend über die herausragende Stellung der deutschen, arischen Rasse erzählt.
Sie war auch im Jungmädchenbund, bei dem sie eine regelrechte Gehirnwäsche bekam. Ihr Vater war immer dagegen und verweigerte ihr, da eine Führungsposition einzunehmen.

Das nächste Stichwort ist: *„Reichskristallnacht" 9./10. November 1938*
Im Dorf merkten sie nicht so viel davon, aber was in der Stadt vor sich ging, war auch zu Hause Gesprächsthema Nummer eins.
Ihr Vater arbeitete im Untergrund. Sie bekamen auch mit, dass die Kommunisten weggeschafft wurden. Es war immer so eine geheime Angst in den Familien.

Kriegsbeginn 1. September 1939
Sie waren gerade beim Heu ernten, als ein Kurier von der Gemeinde den Vater holte und mitteilte, dass der Krieg ausgebrochen sei. Da war sie zwölf Jahre alt. Sie musste dann Pferd und Wagen allein nach Hause bringen und hörte schon unterwegs Kanonenschüsse. Am Horizont sah sie einen riesengroßen Feuerschein. Als sie zu Hause ankam, war der Vater schon im Einsatz gegen Polen. Einige Tage später zogen deutsche Panzergeschütze auf und die Dorfbewohner und der Umkreis mussten die Gefahrenzone verlassen und im nahegelegenen Wald Schutz suchen. Vieh und Habe wurden mitgenommen. Sie konnten nach einer Nacht schon wieder zurück in ihre Häuser, weil die Polen keinen wesentlichen Widerstand leisteten.
Ohne den Vater wurde die Landwirtschaft von der Frau, der Oma und den Kindern erledigt.

Der Vater kam dann aber nach nicht so langer Zeit unversehrt wieder.

Ende 1942 wurde der Vater wieder eingezogen und musste an die russische Front. Das war ein einschneidendes Erlebnis für die Familie und der Bruder wurde in Russland schon als vermisst gemeldet.

Mit fünfzehn Jahren bewirtschaftete sie mit ihrer Mutter allein das Land. Zu dieser Zeit mussten sie nicht unwesentliche Kontingente abgeben für die Versorgung im Land und an der Front. Es gab ein Winterhilfswerk. Sogar die Kirchenglocken wurden für die Rüstungsindustrie abgebaut und eingeschmolzen.

Auf dem Land gab es noch genug Lebensmittel. Es kamen Bombenflüchtlinge aus westlichen Großstädten in die Dörfer. Im Laufe der Zeit mussten viele osteuropäische Zwangsarbeiter aus Russland und Polen auf dem Land und in den Betrieben arbeiten. Jeglicher Kontakt war verboten und sie wussten, dass sie sonst bestraft würden. Sie wurden behandelt wie Tiere.

Ihre Mutter aber hatte Mitleid mit ihnen und hat oft Brote geschmiert für die Zwangsarbeiter. Einmal wäre sie beinahe aufgeflogen.

Die Zwangsarbeiter auf dem Dorf durften nicht mit den Bauern an einem Tisch sitzen, aber ihre Mutter hat das einfach trotzdem gemacht.

Sie wussten zwar von der Verschleppung der Juden, aber haben nie etwas von den Konzentrationslagern geahnt. Sie mussten sich fast noch als Kinder im Kino den Propagandafilm „Jud Süß“ anschauen.

Mit der Zeit wussten sie zwar, dass die Front immer näherkommt, rechneten aber überhaupt nicht damit, dass sie jemals den Heimatort verlassen müssten.

Ende 1944 gab es einen Befehl, dass alle dazu fähigen Bewohner Panzergräben ausheben sollten als Falle für die russischen

Panzer. Aber es war ihnen allen klar, dass das im Ernstfall sowieso nichts gebracht hätte.

Am 12. Januar 1945 bekam die Familie den allerletzten Brief des Vaters, kurz vor der Evakuierung. Doch er konnte nur Persönliches schreiben, weil die Soldatenbriefe durch die Zensur gingen.

Am 19. Januar 1945 gab es eine plötzliche Versammlung im Gasthaus. Teilnehmen durften nur die Haushaltsvorstände. Auf dieser Zusammenkunft wurde durch den Ortsgruppenleiter und den Gutsbesitzer mitgeteilt, dass alle das Dorf am nächsten Tag verlassen sollten. Die Flucht war schon geplant worden, alles war fertig, die Einteilung der Pferde, Wagen und was man mitnehmen durfte.
Die achtzigjährige Mutter wurde in den Planwagen verfrachtet. Für jede Person durfte ein Sack gepackt werden, Betten und Anziehsachen. Essen wurde soviel mitgenommen, wie man hatte und soviel, wie noch auf die Wagen passte.
Die Mitteilung war, dass die, die nicht wollten, strafrechtlich verfolgt werden oder erschossen werden. Es sei nur eine Evakuierung bis über die Oder und nur so lange, bis der Russe geschlagen sei, dann dürften sie wieder zurück. Sie sagt, dass sie alles geglaubt haben, was man ihnen erzählte. An diesem Nachmittag traf sie den Ortsgruppenleiter, der zu ihr sagte, was sie bis heute noch ganz genau im Ohr hat: „Tja, Luzia, jetzt wird's ernst!"
Am 20. Januar 1945 um sieben Uhr war Treffpunkt. Alle zogen los. Sie sagt, die Hetze gegen die Russen war groß, man glaubte, dass sie den Kindern die Ohren abschneiden würden. Davor hatten sie große Angst.
Es wurde solange gefahren, bis die Pferde schwach wurden. Unterwegs bekamen sie nichts zu essen und es war sehr kalt. Sie mussten laufen, um nicht zu erfrieren. Bei der Rast wurden als Erstes die Pferde versorgt. Sie machten Quartier in

einem Dorf und sind bei anderen Familien untergekommen. Auf der Fernverkehrsstraße war alles verstopft und sie mussten lange in der Kälte warten, weil so viele Menschen auf der Flucht waren. Sie sagt, weil sie keinen Fleischer mehr im Heimatdorf hatten, konnten sie keine Wurst mitnehmen, aber Butter und Brot hatten sie.

Früh ging es dann weiter und wieder solange, bis die Pferde nicht mehr konnten, ins nächste Dorf und wieder Kälte und immer mehr Flüchtlinge.

Die Probleme und Schäden unterwegs waren: Wagen kaputt, Säcke sackten runter, Ladung lag auf der Straße und das alles in der Kälte. Schwache Pferde mussten erschossen werden. Das Essen war noch einigermaßen erträglich. Insgesamt sind sie circa fünfzig Kilometer gelaufen. Nach drei bis vier Tagen haben sie die Oder überquert. Sie wurden auf drei Dörfer verteilt und die Pferde sollten sich erholen. Man sagte, sie wären in Sicherheit. Der Russe wird zurückgedrängt und sie könnten nach einer Woche zurück.

Nach einer Woche kam der Befehl, entgegen der vorherigen Propaganda, dass sie weiterziehen müssen! Zu dieser Zeit lag viel Schnee und alle meinten, dass sie das nicht schaffen. Deshalb wurde einmütig zwischen den Flüchtlingen und den Bewohnern beschlossen, auf das Schicksal zu warten.

Im Dorf konnten sie auch kochen und die Unterbringung war nicht schlecht.

Durch die Verteilung auf mehrere Ortschaften sind die meisten des Heimatdorfes weitergezogen.

Sie waren sehr in Angst, weil sie die Nachricht bekamen, dass die Front immer näher rückt. Zu dieser Zeit kamen auch flüchtende Soldaten, die ihre Erlebnisse erzählten, das waren meist Deserteure, die nicht mehr mitmachen wollten.

Ungefähr im März 1945 kam das Grollen und Dröhnen der Kanonenschüsse immer näher und auch die Flugzeuge. Sie sind vor Angst schon immer mehr zusammengerückt. Dann haben sie Erdlöcher ausgehoben mit dem Spaten und mit bloßen Händen. In Hektik sind sie auf Felder und in Gräben und haben sich versteckt. In diesen Gräben haben sie den Rückzug der Deutschen und den Einzug der Russen über sich ergehen lassen müssen. Nachts konnten sie auch mal kurz ins Haus, das ging so zwei, drei Tage lang.

Danach war eine unheimliche Stille, eine Totenstille, fast einen ganzen Tag lang. Als es dann dunkel war, haben sie sich, so zwanzig, dreißig Leute in dem Haus versammelt. Dann kam die erste Konfrontation mit den Russen. Es waren etwa zehn Russen mit aufgepflanztem Bajonett auf dem Gewehr, einige auch mit Maschinenpistolen. Sie mussten sich im Kreis aufstellen und wurden mit Blicken fixiert. Sie hatten Angst, dass sie erschossen oder erstochen werden und dass man ihnen die Ohren abschneidet. Nach längerer Zeit sagten die Russen, dass sie die erste Zivilbevölkerung wären, die sie antreffen. Ihre Körper wurden nach Wertsachen untersucht, Uhren und Ringe wurden ihnen abgenommen. Dann zogen die Russen weiter. Ab und zu kamen noch mal welche, die aber nicht mal was zu essen wollten. Sie haben sich an ihrer Angst geweidet, aber nichts gemacht.

Im April hat die Nachhut nach flüchtenden Soldaten gesucht und die Häuser nach Waffen durchforscht.

Ein Vater und sein Sohn wurden erschossen, weil die Russen auf ihrem Dachboden Waffen gefunden hatten. Durch den Durchzug der Front lag überall Munition verstreut, die sie alle an einer Stelle aufschichten sollten. Der Berg war dann zwei, drei Meter hoch.

Es mehrten sich Übergriffe, Überfälle und Vergewaltigungen ...durch die dafür ausgebildete Nachhut. Es wurden alle jungen Leute zusammengezogen und sie mussten die vorhandenen Kühe zusammentreiben und dann immer der Front hinterher, damit die Nahrung für die kämpfende Truppe gesichert war.

Sie mussten tagsüber das Vieh treiben und die Kühe melken. Es gab kaum Essen. Früh ein Stückchen Brot und abends ein Liter Milch. Aber sie konnte Milch nicht trinken, bis heute nicht und hatte deshalb noch weniger. Sie mussten den ganzen Tag laufen, sechs Wochen lang, bis der Krieg zu Ende war. Dann sollten sie die Kühe zurücktreiben bis nach Russland, so war der Plan, doch als sie in der Nähe ihres Flüchtlingsdorfes waren, kam der Befehl, dass sie ganz schnell zu ihren Leuten zurücksollten. Sie konnten dann auch ohne die Kühe zurück. Sie haben ihre Leute gesucht, aber der Ort war leer.

Im Mai sollten sie ins Nachbardorf, weil ein großes Unglück passiert ist. Ein Berg von Granaten ist in die Luft geflogen. Es gab drei tote Kinder. Ein Schloss ist zur Hälfte zerstört worden und ein Wirtschaftsgebäude. Die Familie hatte die Explosion auch gesehen.
Dort gab es auch wieder Vergewaltigungen …
Eine russische Kommandantur wurde eingerichtet. Sie bekamen nur zwei Pfund Brot pro Woche, deshalb haben sie noch Pilze und Beeren im Wald gesucht.

Im Sommer mussten sie ernten und hatten immer mehr Arbeit, aber es gab auch wieder mehr zu essen. Die einfachen russischen Soldaten mussten auch schwer arbeiten und die Ranghöheren der Armee, die Offiziere feierten Feste und holten sich die jungen Mädchen. Sie und eine Freundin wurden davor gewarnt und sie haben sich dann jede Nacht auf einem anderen Dachboden versteckt. So ging das über ein halbes Jahr.

Im Winter mussten sie in einem Silo arbeiten und Säcke schleppen und die Ernte musste abgepackt werden. Dort gab es zwar etwas zu essen, aber die Familie zu Hause hatte nicht viel. Manchmal mussten sie auch außerhalb des Dorfes arbeiten und schlafen. Dabei mussten Frauen und Mädchen den *ganzen Tag über Säcke schleppen, die mehr als einen Zentner wogen.*

Im Frühjahr 1946 war der Landabtritt von Polen an Russland, die sogenannte Westverschiebung Polens. Die Bevölkerung wurde aus den Ostgebieten, die an die Sowjetunion fielen, vertrieben und in Schlesien angesiedelt, in den von den Deutschen verlassenen Dörfern. Doch vorher haben die Russen alles weggeschafft an Möbeln, Tische, Stühle, Sofas und so weiter, Getreide und Vieh! Kein Saatgut war mehr da, nichts war da!
Die russische Kommandantur löste sich auf und die Polen nahmen das Land in Beschlag. Dann plünderten die Polen noch das Verbliebene von den Deutschen.
Die Großmutter verstarb an Altersschwäche, aber auch an Hunger. Sie sind mit dem Handwagen zum Friedhof und haben sie selbst begraben.
Unter der polnischen Besatzung mussten sie wieder arbeiten. Sie hatte Glück, weil sie bei einem ehemaligen polnischen Zwangsarbeiter auf einem Bauernhof war. Aber ihre Mutter war schlimmer dran, sie musste zum Beispiel Eichenrinde mit bloßen Händen aus kochendem Wasser nehmen und Weiteres ertragen durch die polnische Miliz.
Kurz vor Weihnachten befahl die polnische Miliz, dass die Deutschen das Land verlassen müssen. Sie sind durch jedes Haus gegangen und haben jeden einzeln aufgesucht. Sie sollten sich am Bahnhof Primkenau einfinden mit ihrem letzten Hab und Gut. Einen Tag und eine Nacht warteten sie auf den Güterzug, bis die neue Order kam, dass die westlichen Zonen über Weihnachten keine Flüchtlinge mehr aufnehmen. Sie wurden zurück und in eine Kaserne gebracht. An Weihnachten wurde ein Hering für zehn Mann ausgeteilt.

Nach Neujahr 1947 wurde tatsächlich ein Güterzug bereitgestellt. Davor musste jeder noch seine letzten Habseligkeiten kontrollieren lassen. Sie mussten die Koffer ausschütten und die Polen schauten nach, was sie noch gebrauchen könnten. Dann begann die Fahrt nach Heiligenstadt. In Forst an der Grenze wurde Station gemacht und alle mussten in die Entlausungsanstalt.

In Heiligenstadt mussten sie drei Wochen bleiben und wurden in einer Schule einquartiert mit vielen anderen Flüchtlingen. Da gab es auch schon mal einen Arzt, warme Räume und regelmäßig etwas zu essen. Sie wurden von Heiligenstadt aus auf die Dörfer und Städte im Umkreis von fünfzig Kilometern aufgeteilt. Da ein Diphtherieverdacht unter den Flüchtlingen aufgetreten war, mussten sie noch mal in Quarantäne in Baracken am Siebenbornsee in der Nähe von Elmershausen. Von 1946 zu 47 war wieder ein strenger Winter, es waren bis zu minus zwanzig Grad und das mussten sie ertragen ohne Heizung drei Wochen lang. Das war eine große Strapaze. Dann wurden sie wieder aufgeteilt.

An dieser Stelle liegt im Hefter eine Quarantänebescheinigung, ausgestellt am 18.01.47.
Diese Bescheinigung hat eine handgeschriebene Überschrift:
Gültig bis 14 Tage nach Verlassen des Lagers!
Fengler, Clara mit Luzia und Helene, eingetroffen aus dem Osten in Thüringen am 3. Januar 1947 als Umsiedler, hat in unserem Lager vom 03.01. bis 18.1.47 Quarantäne abgeleistet. Gegen die Aufnahme in einer Gemeinde Thüringens, die Aushändigung von Lebensmittelkarten sowie die Beförderung auf öffentlichen Verkehrsmitteln bestehen für die Dauer der Gültigkeit dieses Ausweises keine ärztlichen Bedenken mehr. Ist nach diesem Zeitpunkt ein fester Wohnsitz noch nicht gewählt und nachweisbar eingenommen, so muss eine vierzehntägige Quarantäne erneut durchlaufen werden, worüber eine 2. Quarantänebescheinigung vorliegen muss. Diese Bescheinigung ist gültig bis 28.02.47
Es folgt die Unterschrift vom Lagerleiter und vom Lagerarzt.

Der 28. Februar 1947 war der zwanzigste Geburtstag meiner Mutter.

Ende Januar wurde sieben Personen, allesamt Flüchtlinge, eine winzige Wohnung zugewiesen, das waren zwei Krankenschwestern mit zwei Jungen, denen die Mutter auf dem Weg gestorben war und deren Vater im Krieg vermisst war, und sie, ihre Mutter und ihre Schwester. Diese Wohnung in Elmershausen bestand aus zwei Dachzimmern, die nur mit einem kleinen Kanonenofen beheizbar waren und drei Betten. Toiletten und Kochmöglichkeit gab es nur zwei Etagen tiefer.

Ab Februar 47 gab es Lebensmittelkarten. Darauf stand, was und wie viel man bekommt, aber das war nur das Allernötigste. Es gab auch Bezugsscheine für Kleider, aber die musste man teuer bezahlen.
Sie mussten sich anmelden und Arbeit suchen, egal was und wie. Sie kam ja aus der Landwirtschaft und nun musste sie in eine Fabrik, die Zollstöcke herstellte. Pro Woche bekam sie zwanzig Mark, das musste für Miete und zu dritt leben reichen! Ihre Mutter hatte wegen ihrer Arbeit in der Landwirtschaft keine Papiere und bekam daher auch nur eine schlechte Anstellung als Haushaltshilfe.
Eines Tages tauchte der Vater der zwei Jungen auf und die zwei Krankenschwestern zogen aus. So hatten sie die Wohnung für sich allein. Inzwischen wurden ihr noch zwanzig Mark Halbwaisenrente ausgezahlt. Von Freunden aus der Heimat, die in der Nähe ein Stückchen Land bewirtschafteten, bekamen sie immer mal ein Stückchen Butter. Ihre Mutter hat dort gelegentlich mitgearbeitet. Sie haben im Wald Holz gesucht, weil Kohlen zu teuer waren.
Eine große Freude war die Nachricht vom Roten Kreuz, dass der Bruder noch lebt. Er war seit 1943 in Russland vermisst und befand sich in russischer Gefangenschaft. Bald danach kam auch eine persönliche Nachricht von ihm.

An dieser Stelle ist die originale Suchanfrage meines Onkels eingefügt. Sie ist auf den 19.01.1947 datiert und an den Deutschen Suchdienst in Berlin-Dahlem adressiert. In Druckbuchstaben hat Alois geschrieben:

Ich bitte um Nachforschung über den Verbleib meiner Eltern, Paul Fengler und Clara Fengler, geb. Schimke, zuletzt wohnhaft in Zedlitz 102, im Kreis Fraustadt / Niederschlesien.

Für die Bemühungen im Voraus bestens dankend zeichnet hochachtungsvoll Alois Fengler

Es folgt eine zweite Karte vom 16.02.1947 mit der nochmaligen Anfrage:

Ich bitte um Nachricht über meine Eltern. Der Eingangsstempel des Deutschen Suchdienstes ist vom 20. März 1947.

Eine Seite weiter im Hefter folgt die Kopie des Antwortschreibens vom Deutschen Suchdienst an *Fengler, Alois, Moskau UdSSR, Rotes Kreuz, Postfach 362 / 9, Datum: 22.10.47*

Der Eingang Ihres Schreibens wird bestätigt. Ihre Anschrift wurde den Obengenannten mit herzlichen Grüßen sofort mitgeteilt. Eine direkte Nachricht von Ihnen ist Ihren Angehörigen in Aussicht gestellt worden.

Die dem Schreiben beigefügte Antwortkarte wird Ihnen in der Anlage übersandt.

Der Deutsche Suchdienst hofft, nunmehr die Verbindung mit Ihrem Angehörigen wiederhergestellt zu haben.

Auf der nächsten Seite folgt die erste Karte von Alois aus Russland direkt nach Elmershausen. Sie ist datiert auf den 8. November 1947. Eine kleine Zeichnung ist auf dieser Karte, ein Tannenzweig, daran hängen ein Stern und zwei Weihnachtsbaumkugeln. Eine brennende Kerze ist mit einem goldenen Lichtschein gezeichnet und darunter ein Spruchband, auf dem steht: *Fröhliche Weihnachten aus Russland wünscht Euch Euer lieber Alois. Wieder ist Weihnachten und ich noch so fern, doch in Gedanken bin ich immer ganz bei Euch. Auf ein baldiges Wiedersehen!*

Aber über den Verbleib des Vaters erfuhren sie nichts. Es blieb ihnen nur der letzte Brief des Vaters als Soldat in Polen vom 12.01.1945.
Von Jahr zu Jahr wurde es besser mit dem Verdienen und den Lebensmitteln.
Die große Freude vor Weihnachten 1950 war, dass der Bruder aus der Gefangenschaft zurückkam. Doch die Wiedersehensfreude war getrübt durch die ärmlichen Wohnverhältnisse und die verlorene Heimat und alles verlorene Hab und Gut.

Auf einer dieser Originalkarten, die im Hefter liegen, stand die Frage von Alois: *Von meinen Sachen habt ihr wohl nichts mehr?*

Ab 1951 arbeitete der Bruder dann als Bäcker, womit die Versorgung mit Brot gesichert war.
1953 stellte man im Zuge einer Röntgen-Reihenuntersuchung bei ihr eine Oberflächen-Lungen-Tuberkulose fest. Sie kam sechs Wochen in Quarantäne und dann zur Halbjahreskur nach Friedrichroda. Sie bekam zwanzig Tabletten am Tag, obwohl man im Westen schon welche hatte, von denen eine am Tag reichte. Die Tabletten hat sie immer weggeschmissen. Sie wurde erwischt und musste sie schließlich unter Kontrolle einnehmen. Über die Kirche bekam sie später sogar die Westtabletten. Die Kur war erfolgreich. Sie bekam wieder Arbeit, aber nicht mehr in der Fabrik, sondern bei der Deutschen Notenbank.

Bis heute gab es kein Lebenszeichen vom Vater.

Am 16. Januar 1996 bekam sie Nachricht über den Verbleib des vermissten Bruders ihrer Mutter, der in russischer Kriegsgefangenschaft gestorben war.

Am Schluss des Hefters kommt Annas Auswertung:

Sie hat mit gutem Erinnerungsvermögen erzählt und war sehr offen.
Aber sie war sehr gefordert, sich an all diese Erlebnisse zu erinnern. Nur manchmal war sie sich in den genauen Zeitangaben nicht ganz sicher.
Sie erzählte es auch ein bisschen kalt, weil sie ihre Emotionen nicht freilassen konnte.
Ich hätte nicht so viel Offenheit erwartet.

Von Lenchen, ihrer Krankheit und ihrem Tod steht in dem ganzen Hefter nichts.

Ich beschließe, eine Anfrage an die Stadtverwaltung Elmershausen zu richten. Ich schreibe:
Sehr geehrte Damen und Herren, hoffentlich können sie mir weiterhelfen. Ich benötige eine Auskunft aus dem Sterberegister der Stadt Elmershausen.
Name: Helene Fengler, geb. 23.08.1937 in Zedlitz / Kreis Fraustadt (ehemals Schlesien), gest. circa November / Dezember 1949. Zum Zeitpunkt des Todes wohnhaft in Elmershausen, Bornstraße 22 bei Schuhmann.
Darüber hinaus möchte ich wissen, von ich genaue Angaben zur Todesursache bekommen könnte.
Mit freundlichen Grüßen

Einige Wochen später bekomme ich vom Standesamt eine Sterbeurkunde zugesandt. In dieser steht:
Helene Fengler, wohnhaft in Elmershausen (Thüringen) ist am 30. November 1949 um 22.00 Uhr in Elmershausen (Thüringen) verstorben.

Einige Tage später bekomme ich ein weiteres Schreiben von der Stadtverwaltung.

Sehr geehrte Frau Baumgart,
bezugnehmend auf Ihr Schreiben, teile ich Ihnen mit, dass bei
Helene Fengler als Todesursache Lungentuberkulose – Herz-
schwäche – angegeben wurde.
Die Auskunftsgebühr beträgt 5,00 Euro, Sie erhalten dafür
eine Rechnung.
Mit freundlichem Gruß

Ich grübele über den Inhalt des Hefters nach. „Sie war sehr offen", hatte Anna geschrieben. Das, was meine Mutter ihr erzählt hat, war das für sie höchstmögliche Maß an Offenheit, zu dem sie imstande war. Einiges hat sie erzählt, vieles nicht. Für das Leben und Sterben und die Behinderung von Lenchen fand sie keine Worte. Die Inhaftierung meiner Oma in einem Lager hat sie nicht erwähnt. Für die erlittene Vergewaltigung gab es nur den einen angefangenen Satz: *Es mehrten sich Übergriffe, Überfälle und Vergewaltigungen …*
Aber Anna kam von einem dieser Abende bei meiner Mutter zu mir und sagte: „Ich glaube, die Oma ist vergewaltigt worden."
Anna gegenüber hat sich meine Mutter ein wenig geöffnet, ich war von diesem Geheimnis ausgeschlossen. Und dieses Geheimnis hat sie mit ins Grab genommen. Deutlicher darüber zu sprechen, war ihr bis an ihr Lebensende nicht möglich.

Ich kann immer noch nicht aufhören und kaufe mir das Buch von Agate Nesaule: *Frau in Bernstein,* dessen Titel ich mir in der Ausstellung „Flucht, Vertreibung und Integration" notiert hatte. Es war angekündigt, dass darin eine Frau erstmalig direkt über die Vergewaltigungen von 1945 schreibt. Und tatsächlich berührt mich zutiefst die Geschichte von Hilda, einer jungen Frau aus Pommern. Wie in Schlesien folgte auch in Pommern der durchziehenden Front die Nachhut, bestehend aus den russischen Soldaten, von denen meine Mutter sagte, dass sie eigens „dafür" ausgebildet waren. Ausgebildet war wohl nicht das richtige Wort, aber ich habe gelesen, dass den Soldaten gesagt und befohlen wurde, dass sie in den besetzten Gebieten alles machen dürfen. WEHE DEN BESIEGTEN haben wir in der Schule als altes lateinisches Sprichwort gelernt.

Sie durchsuchen die Kleider der Frauen und tasten ihre Körper ab. Als Hilda zögernd und nervös an ihren Knöpfen nestelte, schlugen sie sie und schrien sie an. Dann wollten zwei Soldaten sie hinter eine Trennwand ziehen. Nein, schrie sie. Sie fiel auf dem schmutzigen Boden auf die Knie und hob die Hände wie zum Gebet. Nein, nein, nein, flehte sie. Doch die Soldaten blieben ungerührt. Sie zerrten sie nur noch brutaler weg, sodass ihre Knie über den rauen Zementboden schleiften. Für den Moment verschont geblieben, blickten die anderen Frauen weg. Wenn die Soldaten Hilda nahmen, würden sie vorläufig ihnen nichts tun. Hilda stöhnte, dazwischen das Grunzen, das Gelächter und Gejohle der Soldaten. Hilda schrie ein paar Mal schrill auf, dumpfe Geräusche folgten, dann brachte sie nur noch ein Wimmern hervor. Schließlich gab sie keinen Laut mehr von sich. Schließlich stießen die Soldaten Hilda hinter der Wand hervor. Krampfhaft zog sie den Mantel über der Taille zusammen; Gesicht und Hals waren hochrot angelaufen. Ihre dicken braunen Baumwollstrümpfe bauschten sich um die dünnen Knöchel, ihre Beine waren blau. Sie sah aus, als schäme sie sich. Als sie zaghaft an ihren Platz zurückgekehrt war, rückten die Frauen enger zusammen, weg von ihr. Hilda hielt die Augen gesenkt, so, als hätte sie etwas Schreckliches getan. Und dann begann Hilda zu wimmern. Sie wiegte sich vor und zurück, in ihrem Wimmern schien der ganze Schmerz der Welt zu liegen.

Einen Tag später, nach den furchtbaren Ereignissen, schreibt die Autorin, hat Hilda nur noch einen stieren Ausdruck im Gesicht und wiederholt mit monotoner Stimme: *Ich bring mich um, ich bring mich um.*

Später ist Hilda von den Russen schwanger und ertränkt sich im See.

Meine Mutter hat weitergelebt. Sie war oft gefühlskalt zu mir, aber manchmal auch voller Warmherzigkeit. Sie hat mich oft geschlagen, aber sie hat mir auch die schönsten Gerichte gekocht. Sie hat mich oft von sich gestoßen, aber dann war ich wieder die wichtigste Person in ihrem Leben.

Sie hat mich um meine unbeschwerte Jugend beneidet und oft zynisch zu mir gesagt: „Ja, du kannst eben dein Leben genießen." Aber sie hat all ihr Geld gespart, damit ich es erbe. Sie ist gestorben, ich habe das Geld geerbt und damit meine Therapiestunden bezahlt.

Demnächst geht die Analyse nach fünf Jahren zu Ende. Ich habe Angst vor diesem Ende und Herr Gruber sagt: „Es ist Ihre Angst vor Trennung. Denn Trennung bedeutet für Sie Sterben. Das ist in Ihrer Familie drin." Er gibt mir etwas mit auf den Weg: „Versuchen Sie", sagt er, „wenn die negativen Gefühle in Ihnen wieder zum Ausbruch kommen und Sie es an Richard auslassen, sich in Gedanken neben Ihre Mutter zu stellen. Schauen Sie mit ihr gemeinsam nach Schlesien und sagen Sie zu ihr: ES WAR NICHT AUSZUHALTEN!"

Das Festival „Theater der Welt" ist in vollem Gange. Die Vorbereitungen waren anstrengend, aber nun sind meine beiden eigenen großen Projekte erfolgreich gelaufen. Mehrere Wochen lang habe ich jeden Tag fünfzehn bis sechzehn Stunden gearbeitet. Wenn ich zwischendurch eine Stunde Pause gemacht und das Handy ausgeschaltet habe, habe ich es trotzdem in Gedanken dauernd klingeln hören.

Inmitten der vielen Arbeit gab es einen Streit mit Richard, der trotz meiner Einladung zur Eröffnungsveranstaltung nicht mitkommen wollte, sondern lieber das Eröffnungsspiel der Fußballeuropameisterschaft angeschaut hat. Ich war empört, dass er keinen Anteil nimmt an meiner Arbeit.

Zu allem Unglück habe ich zu Beginn des Festivals einen Leberfleck an meinem Rücken entdeckt, der dringend herausgeschnitten werden muss. In einer winzigen Arbeitspause schaffe ich es, zur Operation zu gehen. Nach dieser Operation habe ich große Angst vor dem Befund, den ich erst nach zwei Wochen erfahren werde. Richard ruft selten an, tröstet mich nicht in dieser Situation und ich errichte wieder diese Wand um mich herum. Diese Wand, die mich von anderen trennt.

„Auch das ist in Ihrer Familie", hat Herr Gruber gesagt. „Die hatten alle eine Wand um sich. Wie bei Ihren Familienmitgliedern kommt auch Ihnen kein Wort Ihres tatsächlichen Leidens über die Lippen."

„Wenn ich diese Mauer um mich herum wahrnehme, möchte ich mich entweder eingraben oder ganz weit weglaufen", habe ich zu Herrn Gruber gesagt und er sagte darauf: „Sie bleiben immer Flüchtling. Selbst wenn Sie eines Tages bei Richard einziehen, werden Sie trotzdem in Ihr geplantes Gartenhaus flüchten."

Am letzten Abend vor der Spielzeitpause bin ich einundzwanzig Uhr ins Bett gegangen und habe dreizehn Stunden geschlafen. Als die letzte Premiere des Festivals vorbei war, habe ich nichts mehr gefühlt, nicht einmal Erleichterung. Erst nach über einer Woche ließ der Druck nach. Nun bin ich den ganzen Tag zu Hause und genieße es, Wäsche zu waschen, meine Wohnung aufzuräumen, die Dachterrasse zu kehren und neue Blumen zu pflanzen. Inzwischen kann ich gut mit mir allein sein, ich genieße es, frei zu haben. Nur der ausstehende Befund vom entfernten Leberfleck lässt mich nicht zur Ruhe kommen.

Mit Beginn meines Urlaubs läuft es auch mit Richard wieder besser. Wenn wir uns gut verstehen, weiß ich nicht, was mich immer wieder so von ihm entfernt. Ich begreife, dass ich lieben lernen muss und nicht immer davonlaufen darf.

Gestern Abend habe ich meine Cousine Ulrike angerufen, ein lange vor mir hergeschobenes Telefonat. Ein paar Wochen zuvor hatte ich ihr einen Brief geschrieben, begeistert davon berichtet, dass meine Schwester Barbara und ich im Sommer eine gemeinsame Reise nach Zedlitz planen. Ich habe sie gefragt, ob sie Interesse daran hätte. Sie hatte mir auf diesen Brief nicht geantwortet. Eigentlich wollte ich bei diesem Telefonat nicht mehr nachfragen, aber sie selbst begann, mir wortreich zu erklären, warum sie nicht mitkommen wolle. Ihre Begründung war, dass ihr Vater Alois nie darüber gesprochen hat und dass diese Tatsache überdeutlich gezeigt hat, dass er damit nichts mehr zu tun haben wollte. Für ihn war die Vergangenheit nicht mehr wichtig, behauptet sie, er hatte damit abgeschlossen. „Und deshalb", sagt sie mit Nachdruck zu mir, „interessiert mich das auch nicht." Sie sagt: „Du könntest mir irgendein Haus zeigen und sagen, das war das Elternhaus von Alois. Das wäre mir egal. Der Papa hat nie etwas erzählt und deshalb fahre ich da auch nicht hin."

Ich höre aus ihren Worten heraus, dass in ihrem Leben alles in bester Ordnung sei und spüre ihren Vorwurf, ich solle in der Vergangenheit nicht herumwühlen. Deshalb habe ich ihr gegenüber Schuldgefühle, weil ich keine Ruhe geben kann mit meinen alten Geschichten.

Ich muss sofort meine Schwester anrufen, um ihr das zu sagen, aber sie ist nicht zu erreichen. Zum Glück habe ich noch eine einzige Therapiestunde und kann es Herrn Gruber erzählen. Er sagt: „So unterschiedlich ist das, wie die Menschen mit ihrem Erbe umgehen. Auch hier spürt man genau, wie das Gesetz des Schweigens in Ihrer Familie wirkt."

Mir fällt die Geschichte von einem Theaterkollegen ein. Seine Vorfahren haben die Firma Topf & Söhne besessen, die in Erfurt die Öfen gebaut hat für die Krematorien von Buchenwald und Auschwitz. Auch er hat in der Geschichte seiner Familie geforscht. Er hat die Verstrickungen mit dem NS-Regime aufgearbeitet, eine Ausstellung dazu gemacht und ein

Buch geschrieben. Und als er nach all seinen Aktivitäten seine Schwester besucht hat, die mit Mann und Kindern auf einem schönen Anwesen in Süddeutschland lebt, hat sie ihn bei seiner Ankunft angeschrien und gesagt: „Hör endlich auf damit und lass die alten Geschichten ruhen!"

„Vielleicht", sagt Herr Gruber, „hat Ihre Cousine zu große Angst, dass daran gerührt wird. Sie wissen ja von sich, wie schwierig es war, all das aufzudecken und in Ihr Leben zu integrieren.

Darüber hinaus gibt es in den Täter- und Opferfamilien einen unausgesprochenen Konsens darüber, worüber geredet wird und worüber geschwiegen wird. Wenn der Konsens in Ihrer Familie war, dass darüber geschwiegen wird, dann sind Sie der Außenseiter und daher kommt Ihr ungutes Gefühl. Sie fühlen sich damit wie ausgestoßen aus der Familie."

Genau hier fuhren sie

Es ist Mitte Juli. Der histologische Befund des entfernten Leberflecks war harmlos. Keine bösartige Zellveränderung.
Meine Therapie ist zu Ende. Der Abschied von Herrn Gruber war schwer und doch bin ich schließlich erleichtert weggegangen. Ich habe mich erwachsen gefühlt.
Nun fahre ich mit meiner Schwester Barbara, meiner Nichte Carolin und meiner Tochter Anna nach Zedlitz.
Diesmal bin ich gar nicht aufgeregt. Entspannt suche ich mir alles zusammen, was ich mitnehmen will. Ich will die alten und neuen Fotos mitnehmen, die Ausgabe von *Das Fraustädter Ländchen*, in der die Adresse des Schlosses steht, in dem wir wohnen wollen. Ich muss den Ortsplan von Zedlitz einpacken und die Namen und Geburtsnamen der alten Frauen heraussuchen, die ich besucht habe. Als kleines Dankeschön möchte ich ihre Häuser fotografieren und ihnen die aktuellen Fotos davon zuschicken. Ich werde wieder Kaffee, Schokolade und Wein mitnehmen für den Pfarrer, für die Leute im Haus meiner Mutter und für die junge polnische Familie, die ich vor zwei Jahren kennengelernt habe. Bei ihnen habe ich unseren Besuch angekündigt und dem katholischen Pfarrer habe ich einen Brief geschrieben mit der Bitte um Einsicht in die alten Kirchenbücher, die er mir in Aussicht gestellt hatte.
Die Übernachtung in dem Schloss, die ich für uns gebucht habe, wird etwas Besonderes sein. Die Gutsbesitzerin, Sigrun Freifrau von Schlichting-Bukowa, so lautet ihr vollständiger Name, die ihr Schloss in Heyersdorf zurückgekauft hat, hatte dazu eine Anzeige im Heimatblättchen geschaltet. Auf der Landkarte nachschauend stelle ich fest, dass es nur drei Kilometer von Zedlitz entfernt ist.

Wir sind sehr früh am Morgen losgefahren, aber es ist vierzehn Uhr, ehe wir Primkenau erreichen.

Wir legen eine Pause ein, setzen uns ins Gras an den Rand der Landstraße und machen Picknick mit unserem mitgebrachten Kaffee, den geschmierten Schnitten, den geschälten Möhren und den Apfelstückchen. Ich sage, dass hier ein wichtiger Ort unserer Familie ist, aber Weiteres kann ich den anderen dazu auch nicht berichten. Uns allen wird bewusst, dass wir niemanden mehr fragen können. Wir wissen nicht, wo das Quartier während des Trecks war und wo sich der Hof des polnischen Zwangsarbeiters befand, auf dem sie längere Zeit verbracht haben. Wir wissen nicht einmal, wo unsere Uroma vergraben ist. Ein Gang durch den Ort hätte also keinen Zweck. Das Einzige, was wir machen könnten, ist ein Gang zum Bahnhof. Dort könnten wir daran denken, wie sie gewartet haben auf ihren Transport im Güterwagen bei der Vertreibung im Januar 1947, als wieder zwanzig Grad Kälte waren.

Doch wir werden weiterfahren zu den Wurzeln unserer Familie, zu dem Haus und dem Landbesitz meiner Mutter.

Gleich hinter Primkenau verläuft die Straße nach Glogau. Da liegt sie jetzt im schönsten Sonnenschein und genau hier entlang fuhr der Treck bei eisiger Kälte. Hier fuhren sie, die vielen Pferdewagen und Handwagen bei Eis und Schnee und die erfrorenen Säuglinge lagen am Wegesrand.

Wir verlassen Primkenau und fahren über die Oder, die der Schicksalsfluss der Schlesier genannt wird.

Jeder aus Zedlitz, den ich nach Flucht und Vertreibung gefragt habe, erzählte von Primkenau oder von Petersdorf. Es wurde immer gesagt: „Ja, da waren wir auch."

Alle freuten sich, in Richtung Westen bis über die Oder gekommen zu sein, denn es gab die Versicherung der Hitler-Regierung, die Sowjetarmee wird es nicht schaffen, die Oder zu überqueren. Spätestens hier wollte die Wehrmacht die Russen zurückschlagen, so die größenwahnsinnige Annahme oder auch nur noch Propaganda von Hitler. Deshalb hatten die Flüchtenden vorübergehend ein Gefühl der Sicherheit. Es gab einen Moment des Ausruhens und des Überlegens. Sollen wir weiterfahren oder abwarten und später wieder zurückfahren? Die Entscheidung, die meiner Uroma, Oma und Mutter samt dem kleinen Lenchen aufgezwungen und zum Verhängnis wurde, war a b w a r t e n. Das ist aus damaliger Sicht absolut nachvollziehbar. Vielleicht waren sie im Moment sogar erleichtert als der Fengler Benno oder Bruno dies verkündete. Leider war es ein Fehler.

Wir fahren vorbei an den schlesischen Häusern, den Höfen und den Kornfeldern und ich denke an die Postkarte von Alois, auf der er schrieb: *Möchte so gern wieder mal ein Getreidefeld sehen.*

Ich freue mich auf Zedlitz im Sommer, auf die Wärme, auf sonnige Feldwege und auf die wogenden Kornfelder. Und bin gespannt, wie der Hof im Sommer aussieht.

Ich frage Barbara, ob sie noch weiß, wie meine Mutter die Worte Glogau oder Fraustadt aussprach und Barbara sagt: „Aus ihrem Mund waren das nicht Worte, da war es ein Gefühl."

Nach einer knappen Stunde Fahrt kommen wir in Zedlitz an. Unsere Töchter haben eine Idee. Mein Vater liebte es, gestellte Familienfotos zu machen, und es gibt von unserer Reise im Jahr 1975 viele davon. Einige habe ich mitgenommen. Auf einem dieser Fotos stehen meine Mutter, meine Schwester und ich am Ortseingangsschild von Zedlitz, ordentlich aufgereiht. Wir haben diese Stelle gefunden und stellen uns genauso auf wie damals. Das Ortsschild ist nicht mehr dasselbe, aber die Bäume und die Häuser im Hintergrund stimmen mit denen auf dem alten Foto überein. Nur unsere Mutter fehlt natürlich auf dem Bild. Carolin korrigiert unsere Haltung und unseren Gesichtsausdruck und Anna fotografiert. Wir haben viel Spaß miteinander und benehmen uns, als wären wir hier zu Hause.

Gleich nach der Ortseinfahrt hat Barbara „das Wäldchen" entdeckt, von dem meine Mutter gesprochen und welches sie uns bei unserer gemeinsamen Reise gezeigt hatte. Wenn sie über ihre Felder gesprochen hat, fanden wir das als Kinder nicht interessant, aber als sie sagte, dass sie ein kleines Stückchen Wald besaßen, waren wir begeistert. Das hätten wir als Kinder auch gerne gehabt, ein Stückchen Wald unser Eigen nennen zu können.

Als sie damals mit uns dorthin ging, tobten wir herum und kletterten auf die Bäume. Vor zwei Jahren im Winter habe ich „das Wäldchen" vergeblich gesucht und Barbara hat es nun sofort gefunden. Sie war damals schon fünfzehn und wo „das Wäldchen" war, hat sie sich gemerkt. Alles Furchtbare hat sie verdrängt. Nur ich habe all diese Geschichten im Kopf. Als die Psychoanalyse begann, fiel mir vieles ein, was mir über Oma Martha erzählt wurde, dass sie zum Beispiel ihre verstorbene Tochter eigenhändig auf dem Handwagen zum Friedhof gefahren hat und sie ganz allein begraben musste. Wenn ich das Barbara erzählte, sagte sie meist: „Davon wusste ich gar nichts."

Auch jetzt kommt mir eine Erinnerung. Ich ging mit meiner Mutter in diesem Sommer 1975 in Zedlitz über die Brücke des kleinen Dorfbachs und sie erzählte mir von Herta, der Schwester meines Vaters. Sie sagte: „Es mussten doch damals alle zum Viehtreiben bis nach Russland und dort wurde sie von den Russen vergewaltigt. Die Herta kam zwar wieder zurück. Aber sie starb bald darauf und es wurde gesagt, sie ist an Diphtherie gestorben. Aber das ist Quatsch, was die Oma dir da erzählt hat. Sie ist nicht an Diphtherie gestorben. Die Herta ist an den Vergewaltigungen gestorben."

Daraufhin habe ich den Rest dieses „Urlaubs" und den Rest meiner Kindheit über das Schicksal meiner ostpreußischen Oma und ihrer Tochter Herta geweint.

Während meiner Schulzeit mussten wir im Rahmen des Festivals des sowjetischen Films ins Kino gehen. Wir mussten uns Filme anschauen, die von den ruhmreichen Taten der

Sowjetarmee während des Großen Vaterländischen Krieges handelten. Mitte der Achtzigerjahre unter dem Einfluss von Glasnost und Perestroika wurden die Filme differenzierter und künstlerisch hochwertiger. Darunter war der Film des berühmten Regisseurs Elem Klimow *Geh und sieh!*, der mir jahrelang nicht aus dem Kopf ging. Es ging um einen siebzehnjährigen russischen Jungen, dessen weißrussisches Dorf von der deutschen Wehrmacht während des Zweiten Weltkrieges besetzt wurde. Seine Mutter und seine Schwester wurden von der SS ermordet und als Partisan wurde er Zeuge, wie ganze Dörfer von den deutschen Soldaten ausgelöscht wurden. Die Bevölkerung wurde zumeist in der Holzkirche zusammengetrieben und diese dann in Brand gesteckt. Recherchen zufolge ist das in über sechshundert Dörfern allein in Weißrussland so praktiziert worden. Innerhalb eines Jahres hatte dieser Junge so viel Leid erlebt, dass er graue Haare bekam und aussah wie ein verbitterter alter Mann.

Er hatte eine Freundin im Nachbardorf und eines Tages musste er mit ansehen, wie seine junge Braut aus einer Unterkunft der deutschen Soldaten zurückkam. Sie war barfuß, nur noch mit ihrem Unterhemd bekleidet und ging schwankend auf ihren Freund zu. Blut lief ihr an der Innenseite der Beine hinunter. Bei diesem Bild habe ich immer meine Tante Herta vor Augen gehabt.

Und dreißig Jahre später finde ich heraus, dass meine Mutter mir damals ihre eigene Geschichte erzählt hat, mir, dem elfjährigen Mädchen. Sie versuchte es loszuwerden, indem sie ihre eigenen Erlebnisse der Herta zuschrieb. Unter dem Eindruck dieser Reise vergaß sie sogar ihren Grundsatz, dass man kleinen Kindern nichts Schreckliches, was ihnen Angst machen könnte, erzählen sollte, einer ihrer Vorwürfe an meine Oma Martha. Eines Tages war ich zwar erwachsen, aber auch dann konnte sie nicht mit mir darüber sprechen.

So gesehen macht ihr Tod am Beginn meiner Psychoanalyse einen Sinn. Ich hätte mich nicht beherrschen können während meiner Nachforschungen, ich hätte jede Einzelheit nachgefragt und das wäre für sie nicht auszuhalten gewesen.

Ich weiß nicht, ob sie auf der damaligen Reise nur mir diese Geschichte erzählt hat oder auch meiner Schwester. Wenn sie es uns beiden erzählt hat, warum habe nur ich mir das gemerkt? Oder hat sie es nur mir erzählt und mir damit eine „Aufgabe" zugeteilt. Meine Freundin Beate sagte, das ist oft so in der Familienkonstellation, einer bekommt diese „Aufgabe". Einer muss etwas stellvertretend für alle anderen tun, einer muss alles aufarbeiten. Meine „Aufgabe" bestand also darin, eines Tages lauter eingebildete Varianten der Todesängste meiner Mutter und meiner Omas zu bekommen, um daraufhin aus Leidensdruck eine Therapie zu beginnen und in jahrelangen Sitzungen das Unterste zuoberst zu kehren.

Wir schlendern weiter durch das Dorf. Ich bemerke, dass wir auffallen. Ich will mir alle Häuser ganz genau anschauen, möchte aber nicht, dass die Polen, die jetzt hier wohnen, Angst bekommen. Also blicke ich jedem Menschen, der uns begegnet, offen ins Gesicht und grüße ganz freundlich wie ein Tourist. Wir möchten nichts zurückhaben und das möchte ich ausstrahlen.

Ich erkenne inzwischen „unser" Haus von weitem und meine Schritte werden schneller. „Das ist es!", rufe ich meiner Schwester und den beiden Kindern zu und bin stolz, dass ich mich schon so gut auskenne. Ich will die Steine anfassen, aber da ist auch schon die alte Frau hinter der Gardine und wir gehen langsam weiter. Unser Besuch im Haus ist erst für morgen angekündigt.

Mir ist es egal, wie alt und verfallen das Haus aussieht und dass es ungepflegt und verwahrlost ist. Im Gegenteil, ich finde es schön. Es atmet den alten Geist. Bestimmt hat es mein Uropa gebaut, der böse Maurerpolier, dem seine Mitarbeiter das Haus in Brand gesteckt haben. Aber ob dieses Haus abgebrannt oder das hier das neugebaute ist, werde ich nicht mehr herausfinden.

In der Nähe der Kirche treffen wir den Pfarrer. Er hatte mir nicht geantwortet auf meinen Brief mit der Frage nach den alten Kirchenbüchern und ich weiß noch nicht, ob er sie tatsächlich besorgen konnte. Wir begrüßen uns herzlich, der Pfarrer fragt ausführlich, wie es uns geht und wie die Fahrt verlaufen ist. Er erkundigt sich, was die Töchter studieren und was meine Schwester arbeitet, aber mich interessiert nur die eine einzige Frage, ob er meinen Brief bekommen hat und ob er die Kirchenbücher besorgen konnte. Ich warte, ob er von selbst etwas sagt, aber da nichts kommt, gedulde ich mich und warte höflich noch etwa dreißig Sätze Gespräch ab, ehe ich mich traue zu fragen. Nach einer mir endlos erscheinenden Pause sagt er endlich, ja, er habe die Bücher. Es wäre nicht einfach gewesen, denn er musste sie aus dem Ordinariat holen und wusste nicht genau, für welche ich mich interessiere. Ist doch klar, dachte ich, die, in denen meine Mutter drinsteht. Aber natürlich, woher sollte er wissen, was ich suche, es hätte ja auch etwas aus dem siebzehnten Jahrhundert sein können. Endlich sagt er zu uns: „Kommen Sie morgen vierzehn Uhr und bringen Sie einen Fotoapparat mit, damit Sie alles festhalten können."
Er kennt sich aus mit den Wünschen der Entwurzelten.

Wir klingeln bei Marya und Tomasz. Ihr Sohn öffnet die Tür und macht uns verständlich, dass seine Eltern nicht da sind. Sie sind auf einer Hochzeit in Schlichtingsheim. Ich habe mich im Tag geirrt. Ich hole ihren Brief heraus, da steht tatsächlich, dass sie unseren Besuch erst am Sonntag erwarten. So müssen wir das von mir festgelegte Programm ändern und morgen alles auf einmal absolvieren, den Gottesdienst, den Besuch im Haus, den Besuch bei Marya und Tomasz, die Kirchenbücher anschauen und die fünf Stunden Rückfahrt.
Wir beschließen nach Ilgen zu fahren, in das Heimatdorf von Gerda, Gerhard und Renate. Ilgen ist ein wunderschönes

Dorf. Die Häuser liegen verteilt in der Landschaft auf der grünen Wiese und bilden kleine Wege und Gässchen.

Gerhard hat mir ein Foto von seinem Haus aus dem Jahr 1977 mitgegeben und eine mündliche Wegbeschreibung. Aber ich habe mir nicht alles gemerkt und nun weiß ich nicht, ob ich bei der Kirche nach vorne, nach hinten, nach rechts oder nach links laufen soll. Ich stehe ratlos da und die anderen sind genervt, weil wir noch an den See wollen. Ich will Gerhard aber seinen Wunsch erfüllen und ihm ein aktuelles Foto mitbringen. Es wird langsam Abend und wenn wir noch rechtzeitig zum Sonnenuntergang am See sein wollen, muss ich mich trauen, einen Polen nach dem Weg zu fragen. Ich zeige das alte Foto und versuche mit Gesten zu erklären, dass dieses Haus hier in der Nähe sein müsste. Der Mann zeigt uns die Richtung und nach ein paar Schritten haben wir es gefunden. Es sieht aus, als wäre es nicht bewohnt und ich hoffe, dass ich ungestört herumstöbern kann. Aber da kommt ein Mann heraus. Er ist Mitte fünfzig, reagiert freundlich, ich zeige ihm die alten Fotos und versuche ihm zu erklären, dass ich sein Haus fotografieren muss. Dabei gehe ich wie selbstverständlich davon aus, dass jeder weiß, dass hier früher Deutsche gewohnt haben, von denen immer mal welche kommen und ihre alten Häuser suchen. Aber der Mann versteht nichts davon. Mir wird klar, dass viele nicht wissen, was hier vor sechzig Jahren geschehen ist. Sie wissen gar nicht, dass sie in fremden Häusern leben. Ich bin enttäuscht, weil ich glaubte, alle würden sich dafür interessieren.

Vor einiger Zeit hatte ich einen Bericht über Israel gesehen. Es ging darum, wie Kinder von Holocaust-Überlebenden ihre Eltern darauf angesprochen haben, dass sie in palästinensischen Häusern wohnen. Die Eltern, durch ihre Erlebnisse im Holocaust zutiefst verbittert, wollten nichts davon wissen. Sie entgegneten ihren Kindern, sie hätten diese schreckliche Verfolgungszeit und die Konzentrationslager überlebt und hätten jetzt das Recht, hier zu wohnen.

Auch die Polen haben viel Furchtbares durch die Deutschen erlebt, deshalb hinterfragen auch sie ihr Wohnrecht nicht.

Der Mann gibt mir die Erlaubnis, zu fotografieren, ich nehme das Haus von allen Seiten auf und bin beruhigt.

Wir gehen zum Ilgener See und erleben einen wunderbaren Sommerabend. Es ist warm und Anna springt ins Wasser.

Als Gerhard hier mit seiner Familie war, war es zum Baden zu kalt, hat er erzählt. Aber seine Kinder sind trotzdem hineingegangen und haben gesagt: „Wir müssen baden gehen in Papas See." Da war er stolz.

Wir setzen uns auf eine Bank. Ich schaue auf die schimmernde Wasseroberfläche und es fühlt sich an wie Urlaub. Ich spüre, ich bin durch mit den schlimmen Familiengeschichten. Ich habe all das Furchtbare in mein Leben integriert und damit hat es seinen Schrecken verloren. Es ist traurig, dass meine Mutter auf dieser Reise nicht mehr dabei sein kann, aber selbst dieser sonst brennende Schmerz ist gerade nicht so schlimm. Solange ich hier bin, bin ich ihr nah und die Freude darüber überstrahlt den Schmerz. Ich könnte hier ewig sitzen bleiben.

Am späten Abend fahren wir zu unserem Hotel-Schloss in die Einsamkeit von Heyersdorf. Es ist stockdunkel und es gibt keinerlei Straßenbeleuchtung, nur die Sterne blitzen. Das große Tor zum Hof ist verschlossen und es ist vollkommen still. Wir fragen uns, ob wir womöglich ganz allein sind in dem Schloss heute Nacht. Wer weiß, ob die Freifrau überhaupt hier wohnt und die Angestellten, von denen es ohnehin nur ein oder zwei gibt, schlafen sicherlich zu Hause. Wir schließen mit unserem großen Schlüssel, den wir bei unserer Ankunft bekommen haben, das Tor auf und gehen mehrere Treppen hinauf zu unseren Zimmern. Es ist gruselig und ich kann nachvollziehen, dass man in einem einsamen Schloss verrückt werden kann. Für uns ist es natürlich lustig, dass wir die einzigen Gäste sind und in diesem großen Schloss schlafen dürfen für nur fünfundzwanzig Euro die Nacht.

Beim Einschlafen stelle ich mir vor, wie die Russen am Ende des Krieges in dieses Schloss kamen. Was muss das für eine Genugtuung gewesen sein, hier herein zu latschen und alles kaputtzumachen. Ich verstehe, dass sie das Gefühl hatten, alles gehört jetzt ihnen und sie können damit machen, was sie wollen. Bei den Gedanken an das Schöne, was wir heute erlebt haben, schiebt sich mir trotzdem das Bild des Krieges dazwischen. Doch dann schlafe ich wunderbar mit Anna in einem riesengroßen Bett in dem riesengroßen Zimmer.

Am nächsten Morgen stehen wir früh auf, bekommen ein sensationell tolles Frühstück serviert und die Freifrau bietet uns eine Führung durch das Schloss an. Wir dürfen in alle Zimmer schauen und den Schlossturm bis ganz nach oben besteigen. Dort haben wir einen wunderbaren Ausblick auf das schlesische Land, auf die Getreidefelder und die Wiesen mit den grasenden Kühen. Auch hier legt sich das graue Bild des Krieges über die farbige Idylle und ich sehe, wie die Front über diese Landschaft rollt, wie alles aufgewühlt und zerschossen ist. Jetzt sind die Wiesen grün und die Felder gelb. Ich habe das nicht erlebt, trotzdem sehe ich den aufgewühlten Schnee, den Schlamm, die grauen Uniformen und die schwarzen Granaten. Und ich sehe, wie alles kaputtgelatscht und kaputtgeschossen war. Jetzt nach dreiundsechzig Jahren weiß die Landschaft nichts mehr davon. Es ist ruhig und friedlich.

Wir führen ein tolles Gespräch mit der Freifrau von Schlichting-Bukowa. Leider ist unsere Zeit zu knapp. Sie erzählt, dass ihr Schloss seit Hunderten von Jahren in Familienbesitz war und sie seit einiger Zeit wieder hier wohnt. Aber sie lebt hier „unter Polen", sagt sie. Das bleibt ein ewiger Zwiespalt für sie, denke ich. Soll sie in einer schönen Eigentumswohnung in Deutschland leben, mit Freunden und Bekannten oder auf dem eigenen Landsitz, aber gänzlich unter Fremden, die eine andere Sprache sprechen als sie? Ganz zu Hause wird sie sich nie fühlen.

Einen ähnlichen Zwiespalt kenne ich auch. Schon länger träume ich von einem eigenen Stückchen Land. Ich möchte mir eines Tages ein Grundstück kaufen mit einem Gartenhaus, aber wo soll ich es kaufen? Will ich in die Umgebung von Zwickau zu Richard oder lieber in der Nähe von Leipzig bei meiner Tochter bleiben? Oder möchte ich in den Thüringer Wald, wo ich aufgewachsen bin, mich aber fremd fühle? Oder kaufe ich mir ein Häuschen in Schlesien, in der Heimat meiner Mutter oder in Ostpreußen bei den schönen Seen, von denen mein Vater schwärmte. Manchmal wünsche ich mir, dass ich wieder in das Haus meiner Mutter einziehen könnte und meine Seele dort zur Ruhe käme. Aber Herr Gruber hat gesagt: „Selbst wenn Sie dort wohnen könnten, Ihnen und Ihrer Seele würde das nichts mehr nützen. Ihrer Mutter hätte es noch geholfen, wenn sie hätte zurückgehen können."

Als Kind von Flüchtlingen bin auch ich in einem Dilemma.

Die Freifrau von Schlichting-Bukowa sagt zu mir: „Alle kommen wieder nach Hause. Alle suchen ihre Wurzeln, so wie Sie auch gerade. Das ist das Blut", sagt sie, „das ist ganz normal. Es ist viel passiert hier in der Gegend, damals", erzählt sie weiter, „und die katholische Kirche hat keine gute Rolle gespielt dabei." Sie meint die Zeit, als die Polen hier angesiedelt wurden und viele Deutsche noch da waren.

„Die Polen", sagt sie, „sind liebe Menschen. Aber sie machen, was ihnen gesagt wird. Die Pfarrer haben von der Kanzel den Hass auf die Deutschen gepredigt und dann haben die Polen all diese schlimmen Dinge getan. Wenn sie jetzt ihre Dachböden ausbauen und renovieren, dann finden sie die vertrockneten Blutlachen der erschossenen Deutschen.

Es sind immer die Besitzlosen", sagt sie, „die geleitet von Hass und Neid in Umbruchzeiten nach oben kommen und dann nicht wissen, wie man mit Macht umgeht und deshalb Schlimmes anrichten."

Wir müssen los, zehn Uhr dreißig beginnt der Gottesdienst und wir wollen nicht zu spät kommen. Sie gibt mir eine Flasche Wein mit für den Pfarrer.

Der Gottesdienst ist meiner Schwester und meiner Nichte sehr wichtig. Mir ist nur die Kirche als Gebäude wichtig. Sie ist das Haus mit der Seele des Dorfes. Wir sitzen auf den alten Kirchenbänken, auf denen unsere Vorfahren gesessen haben. Hier sind sie jeden Sonntag hingegangen und hier ist meine arme Oma eingeschlafen während der Messe, wenn sie müde und überarbeitet war, weil sie den Hof in den Kriegszeiten allein bewirtschaften musste. Und die jungen Wirth-Mädchen, Uli und Liesel, haben darüber gelacht, wenn ihr bei der Predigt die Augen zugefallen sind.

Nur jetzt nicht alles so tragisch nehmen, schrieb mein Opa Paul im Januar 1945 von der Front. Zu dieser Zeit war Alois vermisst und beide Brüder, Josef und Leo, ebenfalls im Krieg. Ihre Mutter mit dem Schlaganfall musste gepflegt werden und das behinderte Lenchen musste versteckt werden. Die Lage war ungewiss und die Flucht stand bevor. Wie hat sie das nur alles bewältigt?

In der ersten Reihe sitzt völlig allein ein kleines Mädchen. Es ist etwa sieben Jahre alt und trägt ein weißes Sommerkleid. Es hat blonde Zöpfe und große Schleifen im Haar und schaut sehr ernst nach vorn. Doch manchmal dreht es sich um und ich sehe es im Profil. Sein Profil ist außer der kleinen Stupsnase gerade und flach und die Augenlider haben einen leicht asiatischen Schwung. Das Mädchen wirkt auf mich wie eine Erscheinung, wie die Reinkarnation des kleinen Lenchens.

„Sie haben es immer schick angezogen, das Lenchen", wurde mir gesagt, „mit schönem Kleid und mit einer weißen Schleife im Haar."

Und genauso sieht dieses Mädchen aus. Bei der heiligen Wandlung kniet es andächtig auf dem bloßen Steinfußboden, weil sich vor der ersten Sitzreihe keine Kniebank befindet. Es sitzt den ganzen Gottesdienst über da vorn in seinem schönen, sauberen Kleid.

Das Lenchen wird nach dem Krieg nie wieder ein weißes Kleid getragen haben. Es konnte nicht mehr zur Ersten Heiligen Kommunion gehen, der Traum jedes kleinen katholischen Mädchens. Es ist gestorben, wahrscheinlich in einem Lumpenhemd von fremden Leuten, zugedeckt mit einer alten Wolldecke. Ich weiß das natürlich nicht, aber das ist mein inneres Bild vom Tod des kleinen Lenchens.

Und sechzig Jahre später sitzt ein weißgekleidetes Mädchen auf der Bank in der Dorfkirche von Zedlitz und sieht aus wie ein Engel. Wenn ich eine Affinität zur Esoterik oder zur Wiedergeburtstheorie hätte, wäre ich überzeugt gewesen, dass Lenchen mir erschienen ist. Das ist natürlich Quatsch, trotzdem konnte ich meinen Blick bis zum Ende nicht von diesem Mädchen lösen.

Sie waren der Container, in den das hineingetan wurde

Vor uns in der Kirchenbank sitzen ältere polnische Frauen. Alle haben ihre besten Sonntagskleider an, schwarz mit silbernen und goldenen Stickereien oder mit großen fliederfarbenen und violetten Blumen darauf. Einige drehen sich ein paar Mal vorwurfsvoll zu uns um. Wahrscheinlich, weil wir tuscheln oder einfach nur, weil wir fremd aussehen. Ich aber kann das Tuscheln mit meiner Schwester nicht lassen, ich kann unmöglich mit all meinen Eindrücken eine Stunde lang schweigen.

Plötzlich sehe ich diese polnischen Frauen mit den Augen meiner Mutter. Es ist etwas Böses in ihren Blicken. Diese Frauen waren die „Siegerinnen" und eine dieser Frauen mit dem vorwurfsvollsten Blick kann es gewesen sein, die auf einer Behörde saß oder Aufseherin in einem dieser Lager war und die Deutschen schikaniert hat. Schikanieren, das war so ein typisches Wort meiner Mutter.

So sprach sie häufig: „Ich werde schikaniert von meinem Chef oder von meiner Kollegin Fräulein Linckelmann."

Fräulein Linckelmann war ihrer Meinung nach gewiefter als sie und schmeichelte sich beim Chef ein. Sie falle dadurch hinten runter, sagte meine Mutter.

Fräulein Linckelmann war eine Einheimische und deshalb bekam sie die höhere Position, die eigentlich meiner Mutter zugestanden hätte, davon war sie felsenfest überzeugt.

„Das war wiedermal die reine Schikane", hat sie am Abendbrottisch zu meinem Vater gesagt und endlos davon berichtet, welche kleinen Bosheiten sich Fräulein Linckelmann wieder ihr gegenüber herausgenommen hatte. Innerlich ist meine Mutter „diese bösen polnischen Frauen" nie mehr losgeworden. Immer nur wurde ausgerechnet sie schikaniert, nie jemand anderes. Das war ihre selektive Wahrnehmung.

Auch ich hatte mich eines Tages in der Therapie bei Herrn Gruber darüber ausgelassen, dass mein Chef immer nur mich kritisiert und „runtermacht". Dass er sich das bei keinem anderen Kollegen trauen würde. Nachdem ich den Zusammenhang mit meiner Mutter endlich erkennen konnte, hat es noch ungefähr drei Jahre und unzählige weitere Therapiestunden gedauert, ehe ich mich aus meiner Opferrolle lösen konnte. Meine Mutter kam aus dieser Rolle nicht mehr heraus. Sie hat nie lernen können, wie man es schafft, die Vergangenheit und die Gegenwart auseinanderzuhalten.

In Annas Hefter stand, dass sie kurz vor der Vertreibung nichts mehr besaßen, außer einem einzigen Koffer mit persönlichen Sachen. Und diesen Koffer mussten sie am Bahnhof von Primkenau noch einmal ausschütten und die Polen nahmen sich vom Verbliebenen das, was sie gebrauchen konnten.

Das wird meine Mutter gemeint haben mit dem Satz: „Und der Pole war noch schlimmer als der Russe." Es könnten diese ganz persönlichen Demütigungen gewesen sein, diese bewussten Schikanen. Als die Front und die Sowjetarmee kamen, war Krieg und alles, was die Russen taten, gehörte zum Krieg. Die Deutschen wussten, dass sie die Besiegten waren. Sie wussten, die russischen Soldaten waren müde und abgekämpft, sie waren zornig, voller Rachegedanken und süchtig nach Frauen. Das musste man über sich ergehen lassen, das war eben Schicksal. Aber dann war Frieden und wie die Polen sich verhalten haben, als sie das Land und die Höfe bekommen haben, das hätte so brutal nicht sein müssen. Da hätte es menschlicher zugehen können.

Meine Mutter hat lebenslang Misstrauen fast allen Menschen gegenüber gehegt und sie hat es an mich weitergegeben. Du musst immer vorsichtig sein, hieß es schon in meiner Kindheit und Jugend und bloß nicht zu viel anderen Menschen erzählen. Die Menschen sind falsch und hinter deinem Rücken reden sie über dich und schwärzen dich irgendwo an. Sei also immer auf der Hut. Vertraust du dich jemandem an, dann hat er dich in der Hand und kann die erzählten Dinge gegen dich verwenden.

Und genauso habe ich mich später verhalten. Außer ein paar wenigen engen Freundinnen gab es gegenüber anderen immer eine gewisse Vorsicht und Skepsis. Ich habe selten etwas von mir preisgegeben. Damit bloß niemand erfährt, wie es mir wirklich geht. Herr Gruber sagte eines Tages zu mir: „Ich habe Sie gestern in Ihrer Straße getroffen, aber Sie haben mich nicht gegrüßt."

Ich erwiderte: „Ich habe Sie nicht gesehen" und er erklärte mir: „Es war direkt vor Ihrem Haus, vielleicht wollten Sie mich nicht sehen. Sie wollten nicht, natürlich nur im übertragenen Sinne, dass ich sehe, wo Sie wohnen. Und Sie wollen auch hier in der Therapie nicht, dass ich erfahre, wer Sie wirklich sind."

In den letzten Jahren ist es mir gelungen, offener auf die Menschen zuzugehen. Aber jedes Mal, wenn ich Freunden der Kollegen von meiner Familie erzählt habe, von meiner vergewaltigten Mutter oder dem behinderten Lenchen, folgten darauf sehr unangenehme Träume, deren Inhalt sich oft um meine Ausscheidungen drehte. Ich träumte zum Beispiel, ich habe bei anderen Leuten auf der Toilette gesessen und daneben gepinkelt und finde keinen Lappen, um es aufzuwischen oder es ist ein Kothaufen von mir in der Wohnung von Bekannten und voller Angst versuche ich es wegzumachen, bevor es jemand entdeckt. Es dreht sich immer darum, dass ich etwas hinterlassen habe, was mir peinlich ist.

Das „Bösartige" im Blick dieser polnischen Frauen habe nur ich gesehen. Es ist wahrscheinlich Einbildung gewesen und meine Schwester hat das nicht einmal bemerkt. Nur ich habe diese Geschichten so lebendig in mir. „Sie waren der Container", sagte Herr Gruber, „in den Ihre Eltern und Omas das alles hineingetan haben."

Der Gottesdienst ist zu Ende. Ich übergebe dem Pfarrer die Flasche Wein von der Freifrau, die sie mir mit den Worten gab: „Der Pfarrer kümmert sich rührend um die Deutschen, die hierherkommen. Er tut es ganz von sich aus, er müsste das nicht tun."

Ich sage zu ihm, dass die Freifrau sehr positiv von ihm gesprochen hat. Der Pfarrer bedankt sich höflich, aber sagt zu mir: „Das ist sehr freundlich von ihr, aber sie hat mich noch nie zu sich eingeladen."

So schwierig ist das also immer noch nach über sechzig Jahren zwischen den Deutschen und den Polen. Ich möchte am liebsten vermitteln zwischen diesen beiden wichtigen Personen des Dorfes, zwischen der deutschen Rückkehrerin aus altem Adelsgeschlecht und dem polnischen Pfarrer. Denn diese beiden Menschen sind gebildet und eigentlich bereit zur Versöhnung. Da wird mir klar, wie schwer es ist an anderen Stellen mit anderen Menschen.

Nach dem Gottesdienst gehen wir zu Marya und Tomasz. Sie sind zurück von den Hochzeitsfeierlichkeiten und ich bitte sie, uns zu begleiten in „unser" Haus zu der alten polnischen Frau und ihrem Sohn. Marya muss unsere Vermittlerin sein, denn diesmal möchte ich mich genauer umschauen. Und sie kann den Bewohnern erklären, dass wir nicht die bösen Deutschen sind, die etwas wiederhaben wollen.

Sehr oft habe ich mir in letzter Zeit diesen Besuch vorgestellt. Ich möchte vor allem auf den Dachboden gehen und in die Scheune. Ich hoffe, noch etwas zu finden, einen alten Porzellanteller, ein Bild, ein Holztischchen oder sonst irgendetwas. Die Chancen stehen gut, denn es gab nur diese eine Familie seit der Flucht, die hier gewohnt hat. Wenn die Russen damals nicht alles geplündert haben, dann muss noch etwas da sein. Manche Geschichten der alten Leute gaben mir Nahrung für diese Hoffnung, zum Beispiel die von Magda, die in den Fünfzigerjahren ihr Wohnzimmer so vorfand, wie sie es verlassen hatte, derselbe Tisch und dieselben Stühle, nur saßen andere Leute darauf. Auch Alwin Krause hatte mir bei einem Telefonat erzählt, dass er in Zedlitz war, in sein Haus kam und sehr nett aufgenommen wurde. Er entdeckte in der Scheune ein altes landwirtschaftliches Gerät seines Vaters und die Polen boten ihm an, es mitzunehmen. Das Problem ist nur, selbst wenn ich einen Teller finde mit einem deutschen Aufdruck weiß ich nicht, ob er wirklich meiner Familie gehört hat. Ich kann ja niemanden mehr fragen. Aber wenn ich etwas fände und einigermaßen sicher sein könnte, würde ich es nach Hause tragen wie einen kostbaren Schatz. Dieser Schatz bekäme den schönsten Platz in meiner Wohnung und all die geerbten Schränke meiner Omas wären nicht so viel wert wie dieser Teller. Denn diese Schränke, obwohl sie alt sind, waren nur übernommen von anderen Leuten in Thüringen nach der Flucht.

Wenn meine Mutter noch leben würde, würde ich ihr den „Schatz" mitbringen und voller Stolz sagen: „Schau mal, was ich hier habe." Und wenn sie dann gesagt hätte, ja, ich erinnere mich, das hat uns gehört, das wäre eine Freude gewesen. Aber noch viel schöner wäre es, wenn sie jetzt dabei wäre und ich zu ihr sagen könnte: „Mutti, ich habe alles vorbereitet, wir dürfen jetzt in dein Haus gehen. Meine polnische Freundin ist da und übersetzt. Du kannst alles fragen und darfst dir alles angucken. Überallhin darfst du gehen, in den Stall, in die Scheune und auf den Dachboden. Und wenn ihr damals was vergraben habt, dann kannst du es heute ausgraben."

Sie hatte früher erzählt, dass ihre Mutter die Eheringe und Schmuck im Heu versteckt hat. Und ich weiß, dass sie damals auf unserer Reise unbedingt hineinwollte in ihr Haus, obwohl die damals vierzigjährige polnische Frau sie schrecklich beschimpft hat. Meine Mutter ist einfach an ihr vorbei gestürmt. Die schimpfende Frau war ihr egal. Aber sie kam auch schnell wieder heraus. Die polnische Frau hat sie wohl nicht nach irgendwelchen Ringen suchen lassen.

Ich will etwas überprüfen. Eines Tages hatte ich Herrn Gruber erzählt, dass ich ein genaues Bild in mir habe von einem

Zimmer im Haus meiner Mutter in Zedlitz. Wenn man in das Haus hineinkommt, so war es in meiner Vorstellung, ging es rechts ins Wohnzimmer. Das Wohnzimmer war ein relativ großer Raum mit hölzernen Dielen und einem Teppich in der Mitte. An der linken Wand stand ein großer Schrank und an der rechten Wand stand ein Büfett. Ein großer Tisch und mehrere Stühle standen in der Mitte. Alles war ein bisschen karg, aber sehr ordentlich.

„Kann es sein", fragte ich Herrn Gruber, „dass ich mich an etwas erinnere, an das ich mich eigentlich gar nicht erinnern kann?"

Und er antwortete: „Die Tatsache, dass Sie ein solch genaues Bild haben, ist Ausdruck dessen, wie stark das alles in Ihnen ist."

Ich glaube, dieses Bild ist entstanden, als meine Mutter an der polnisch schimpfenden Frau vorbei in ihr Kindheitshaus stürmte und wir draußen stehen bleiben mussten. Da habe ich versucht mir auszudenken, wie es drinnen aussah und habe mir die Bilder der Kindheit meiner Mutter ausgemalt. Sie konnte uns leider nicht zeigen, hier stand mein Bett oder hier habe ich gespielt. Als sie damals in das Haus stürmte, war die Flucht dreißig Jahre her. Jetzt sind weitere dreißig Jahre vergangen.

Heute muss ich nachsehen, ob es dieses Wohnzimmer wirklich gibt. Vor zweieinhalb Jahren stand ich in der Küche und warf nur einen kurzen Blick in das nächste Zimmer. Mehr hätte ich nicht verkraften können.

Wir begrüßen Frau Hartmann und ihren Sohn. Frau Hartmann hat sich heute ein schönes dunkelblaues Kleid zu unserem Besuch angezogen und ihre Haare zu einem Knoten frisiert. Sie begrüßt uns, sieht meine Schwester an und sagt: „Dieses Gesicht kenne ich. Diese Frau war schon mal da." Meine Schwester ist jetzt achtundvierzig Jahre alt und damals, bei unserer ersten Reise war meine Mutter achtundvierzig.

Wir werden in die Küche gebeten und ich setze mich wie selbstverständlich an den Tisch.

Aber worüber sollen wir uns unterhalten? Das Gespräch ist holprig und bleibt nur schwer im Gang. Ich müsste polnisch sprechen können, dann könnte ich all das fragen, was ich dringend wissen will. Wie es hier aussah, als sie ankamen nach dem Krieg und was hier noch von den ehemaligen Bewohnern sein könnte. Aber so genau kann Marya das nicht übersetzen, dafür reichen ihre Sprachkenntnisse nicht aus. Um die Verlegenheit zu überspielen, packe ich meine Fotos aus, die vielen Fotos von vor zweieinhalb Jahren, einige der Fotos von 1975 und das eine Foto von 1935. Da geht der Sohn von Frau Hartmann, der heute auch schick angezogen ist und offenbar nur wenig getrunken hat, ins Nebenzimmer und holt einen zerschlissenen Schuhkarton, der vollgestopft ist mit wild durcheinander liegenden Fotos. Mein Herz beginnt heftig zu klopfen. Ich hoffe, dass wir jetzt Aufnahmen meiner Familie finden, die sie damals zurücklassen mussten. Er holt ein paar Fotos wahllos heraus und mir wird klar, ich werde diese Kiste durchsuchen bis auf den letzten Schnipsel. Aber wie mache ich das, ohne dass es peinlich wird? Ich bin wie süchtig danach und weiß nicht, ob ich die Kontrolle über mein Benehmen in einem fremden Haus behalte. Glücklicherweise scheint es für die Gastgeber kein Problem zu sein. Wir gucken alle Fotos durch. Wir finden alte und ganz alte und schauen erwartungsvoll auf die Jahreszahlen auf der Rückseite. Aber immer steht da 1970 oder 1964.

Ein Foto ist sehr alt und das Haus sieht aus wie auf dem Foto von 1935. Eine Hochzeitsfeier ist abgebildet und ich bin schon ganz aufgeregt. Aber als ich es umdrehe, steht hinten 1948 drauf und mir wird erklärt, es sei die Hochzeit von Frau Hartmann. Das Brautpaar steht vor dem Eingang des Hauses und das Haus sieht so aus, wie es meine Oma und Mutter nur drei Jahre vorher verlassen haben.

Nun sind wir am Ende des Kartons angekommen und immer wieder waren nur fremde polnische Menschen auf den Fotos. Schade, der Sohn hatte das falsch in Erinnerung, als er vor zwei Jahren zu meinem alten Foto von 1935 sagte: „Solche Bilder haben wir auch noch." Die Bilder von 1935 und 1948 ähnelten sich.

Die Küche kommt mir klein und eng vor. Hier haben sie gesessen, drei Generationen unter einem Dach. Es gab immer enge Bindungen in unserer Familie, später waren sie vor allem auch symbiotisch. Meine Mutter hat ihre Mutter nie allein gelassen, auch nicht, als ihr in den Fünfzigerjahren die Tür zur Flucht in den Westen offenstand. Ich bin nach meiner ersten Scheidung wieder zu meiner Mutter nach Hause gezogen und als sie alt war, haben wir nur drei Straßen auseinander gewohnt. Die Oma Schimke hat sich um ihr Enkelkind Lenchen gekümmert, Oma Clara hat mich und meine Schwester versorgt und meine Mutter hat sich genauso rührend um ihre drei Enkelkinder gekümmert. Und ich freue mich schon jetzt auf mein erstes Enkelkind, damit ich mich auch wieder um etwas kümmern kann.

Mein Blick schweift in der Küche umher. Ist die Tür noch original? Oder die Türklinke oder der Türrahmen? Vielleicht auch das Einbauschränkchen? In der Küche steht ein alter Herd, wie man ihn früher hatte zum Heizen und Kochen gleichzeitig, mit Ofentüren und den herausnehmbaren Kochplatten. Er ist silbern angestrichen. Es könnte der Herd meiner Oma sein. Hinter einem Vorhang, meinem Sitzplatz gegenüber, befindet sich ein altes gusseisernes Waschbecken. In meiner Kindheit hatten wir auch so eins, es wurde „der Ausguss" genannt. Der wird auf jeden Fall von damals sein. In diesem Ausguss hat meine Oma wie später in Elmershausen die Heringe für den weihnachtlichen Kartoffelsalat ausgewaschen. Ich würde ihn gern berühren, aber da komme ich mir komisch vor.

Wir werden durch das gesamte Haus geführt. Es scheint für die polnische Familie kein Problem zu sein, uns alles zu zeigen. Sie entschuldigen sich nur, dass sie nicht überall gründlich aufgeräumt hätten.

Gern würde ich hier stundenlang bleiben, aber ich schaue mich überall nur kurz um und bin um Zurückhaltung bemüht. Es ist schließlich eine fremde Wohnung.

Am Ende des Rundganges gibt es eine Enttäuschung. Das Wohnzimmer entspricht nicht meinem inneren Bild. Die Wohnräume liegen alle auf der linken Seite des Hauses und es gibt keinen einzigen, der so groß ist.

Der Sohn beschreibt, was er alles umgebaut hat, wo er eine Wand versetzt hat und was er alles noch so vorhat, mit dem Haus. Er redet ununterbrochen auf Polnisch und ich verstehe kein Wort. Vielleicht gab es doch dieses Zimmer, es ist nur nicht mehr zu sehen. Zu Anna sage ich flüsternd: „Fotografiere alles, aber nicht so auffällig." Ich muss das alles festhalten für mich.

Nun wird es nochmal spannend, wir dürfen auf den Dachboden gehen. Dort befindet sich noch ein Zimmer. Es ist hellblau gestrichen. An einer Stelle ist die Farbe abgeplatzt, darunter kommt ein altmodisches Tapetenmuster hervor. Ich zeige darauf und frage: „Original?", aber der Sohn übergeht meine Frage und redet immer weiter. Wie soll er auch wissen, dass ich fieberhaft nach irgendwelchen Spuren der Vergangenheit suche? In diesem Zimmer liegt viel Kram herum, Plastikblumen und künstliche Weihnachtsdekorationen, aber nichts davon ist auch nur annähernd sechzig Jahre alt.

Die Zeit drängt, es ist vierzehn Uhr. Wir sind mit dem Pfarrer verabredet und es wäre unhöflich, ihn warten zu lassen. Barbara ist es peinlich, dass ich überall herumkrauchen will und mich nicht von dem Haus trennen kann, also sage ich zu ihr: „Geht ihr schon vor, wir kommen gleich nach." Und ich zerre Anna wieder hinter mir her und flüstere ihr zu: „Drücke einfach auf den Auslöser, auch wenn es dunkel ist, ich brauche wenigstens ein Foto vom Dachboden."

Plötzlich entdecke ich noch eine schmale Stiege, die ganz nach oben unters Spitzdach führt. Ohne zu fragen steige ich hinauf. Aber hier befindet sich rein gar nichts. Nicht einmal ein alter Karton oder so. Ich habe noch nie einen so leeren Dachboden gesehen, auf dem einfach überhaupt nichts herumliegt. Da ist auch keine getrocknete Blutlache. Dass ein Dachboden so leer sein kann. Der Dachboden meiner Kindheit war voller Gerümpel. Da konnte man herrlich herumwühlen. Einmal fand ich einen Karton mit sehr altem Geschirr, war stolz auf meinen Fund und schleppte es meiner Mutter in die Küche. Doch sie wollte es nicht haben und ich war enttäuscht. Jetzt denke ich, was sollte sie auch mit fremdem Geschirr? Meine Hoffnung, auf diesem Dachboden wenigstens einen alten Teller zu finden, ist nun zerschlagen.

Wir gehen hinunter und stehen auf dem Hof. Ich will unbedingt noch in die Scheune. Ich komme nicht weg, das Haus hat mich magisch in seinen Bann gezogen. Mir geht es anders als meiner Cousine Ulrike, die sagte, dass sie das Elternhaus ihres Vaters nicht interessieren würde. Dabei steht sie verwandtschaftlich zu diesem Haus im selben Verhältnis wie ich. Früher habe ich oft gesagt, ich könnte ein Haus in Schlesien erben, aber es gehört mir nur zu einem Drittel. Ich müsste es mit meiner Schwester und meiner Westcousine teilen. Mit meiner Cousine allerdings werde ich es wohl nicht zu teilen brauchen, wenn es eines Tages zu haben sein sollte.

Wie Herr Gruber angedeutet hatte, steckt ihre Angst vor den alten Geschichten in dieser Aussage. Warum zum Beispiel hat Ulrike nie ein Kind bekommen, frage ich mich. Welches Vermächtnis erfüllt sie unbewusst?

Die bittere Erfahrung unserer Oma mit einem behinderten Kind, welches unter den Nazis versteckt werden musste und schließlich die Flucht nicht überlebt hat, saß auf verschiedene Weise tief in unserer Familie. Meine Mutter hat sich um alle nachfolgenden Kinder immer übergroße Sorgen gemacht. Ich erinnere mich an den Blick auf Anna kurz nach ihrer Geburt. Sie trat erst zögerlich ins Zimmer, dann stürzte sie auf das Baby zu mit einem entsetzlich ängstlichen Blick. Heute weiß ich, dass sie in diesem Moment gedacht hat: Um Gottes willen, hoffentlich ist es gesund!

In der Scheune liegt noch einiges an Gerümpel herum. Aber auch das ist alles nicht wirklich alt. Es gibt einen selbstgebastelten Schaltschrank, einen kaputten Stuhl aus den Siebzigerjahren, ein zerbrochenes Tischchen und vieles andere. Ein kleines Möbelstück allerdings fesselt meine Aufmerksamkeit, ein mit mehreren Farbschichten weiß angestrichenes Schränkchen mit einem roten Kreuz darauf. Das war mir bei der letzten Reise schon aufgefallen, da hing es noch in dem kleinen Raum neben der Küche. Jetzt liegt es auf dem Boden in der Scheune. So etwas hatten wir zu Hause auch, es hieß „das Verbandskästchen". Anna fotografiert es und bei nächster Gelegenheit werde ich fragen, ob sich jemand erinnert, dass Fenglers so ein Schränkchen zu Hause hatten. Aber wer wird sich daran noch erinnern können?

Hier in der Scheune stand bestimmt das Pferd, um das ich meine Mutter immer beneidet habe. Als Kinder haben wir oft nach ihrem Pferd gefragt und uns sonst was vorgestellt. Aber sie hat gesagt: „Da braucht Ihr nicht neidisch zu sein, das war nur ein Ackergaul." Wir aber wollten wissen, ob sie darauf geritten ist, im Trab und im Galopp, und sie hat immer wieder gesagt: „Das Pferd war nur für die Feldarbeit da." Wir haben nicht verstanden, dass man nicht darauf reitet, wenn man schon ein Pferd zu Hause besitzt.

Wenn sie als Kind gefragt hätte, ob sie das Pferd mal reiten darf, hätte ihr Vater wohl mit dem Kopf geschüttelt. Ein Pferd war zum Arbeiten da und nicht für irgendwelche Ausritte, nur so zum Spaß.

Auch die Geschichte mit dem Pferd endete traurig. Sie mussten es abgeben für den Krieg und das zu einem Zeitpunkt, als ohnehin alles schon zu spät war.

Jetzt möchte mir der Sohn noch den Stall mit seinen Schweinen zeigen und er ist stolz, denn er erklärt mir mit Händen und Füßen, er habe den Stall selbst gebaut.

Am Ende unserer Besichtigungstour will ich ihm eine Freude machen und sage zu Anna, sie soll uns beide fotografieren vor dem Hauseingang. Und wie erwartet freut er sich darüber und legt mir den Arm um die Schulter.

Nun habe ich ein Bild, auf dem ich mit einem fremden, polnischen Mann vor dem Hauseingang meiner Mutter stehe. Marya hat zu mir gesagt, der Sohn sucht eine Frau zum Heiraten. Er hat sie bei der Ankündigung meines Besuches gefragt, wie alt ich sei und ob ich noch zu haben wäre. Marya hat ironisch gezwinkert und gesagt: „Keine schlechte Idee, wenn das Problem mit dem Alkohol nicht wäre."

Ich denke belustigt, wenn ich ihn wirklich heiraten würde, dann könnte ich in das Haus meiner Mutter einziehen. Ich würde es erben von der alten Frau Hartmann. Natürlich ist das völlig abwegig. Aber wenn ich dieses Opfer bringen und diesen Mann heiraten würde, würde ich meine Mutter wieder in ihre alten Rechte einsetzen.

Anna und ich finden mit traumwandlerischer Sicherheit den kürzesten Weg vom Fenglerschen Haus zur katholischen Kirche.

Der Pfarrer hat auf uns gewartet, aber die Bücher liegen noch nicht da. Er bietet uns etwas zu trinken an und verwickelt uns in allgemeine Gespräche. Er erzählt ausführlich, dass er in mehreren Städten Deutschlands dienstlich zu tun hatte. Ich versuche, das Gespräch auf seine Geschichte zu lenken. Ich möchte wissen, ob er aus der Ukraine stammt, so wie Frau von Schlichting es gesagt hatte. Aber seine Familie, sagt er, kam wie fast alle anderen aus Ostpolen. Zum Zeitpunkt der Neuaufteilung von Ostmitteleuropa, also seiner Vertreibung war er noch klein. Er erinnert sich, dass sich seine Großeltern nie eingelebt haben in der neuen Umgebung, in Schlesien. Sie haben gedacht, das sei alles nur provisorisch. Er sagt, sein Großvater sei 1965 gestorben, zwanzig Jahre nach dem Krieg, aber er habe bis zuletzt gehofft, dass er wieder zurück in seine Heimat kann.

Die Polen sind also nicht jubelnd in die deutschen Höfe eingezogen, so wie es meine Mutter voller Verbitterung immer dargestellt hat. Sie hatten Angst, dass alles nur vorübergehend ist. Von den geflohenen und vertriebenen Deutschen wurden sie natürlich beneidet. Die haben gedacht, den Polen geht es richtig gut, die haben unsere Höfe bekommen mit allem, was drin war.

Der Pfarrer sagt: „Glücklich sind sie damit nicht geworden. Sie haben immer befürchtet, dass die Deutschen zurückkommen und alles wiederkriegen."

Bei unserer ersten Reise nach Zedlitz war der Krieg dreißig Jahre her und die polnischen Dorfbewohner haben uns sehr misstrauisch beäugt. Auf beiden Seiten gab es so viel Leid, das war nicht vergessen. Frau Hartmann, hatte uns Marya übersetzt, konnte sich noch gut daran erinnern, an den Sommer 1975, als die Deutschen auf ihr Grundstück kamen, die Deutschen in Gestalt meiner Mutter mit meinem Vater und uns beiden Kindern. Da hätte sie Angst gehabt, sagte sie, denn die Deutschen hatten Schlimmes bei ihr zu Hause angerichtet im Krieg. Sie erinnert sich an ein großes, schreckliches Feuer, ähnlich wie in Weißrussland wurden auch in Polen die Menschen in der Dorfkirche zusammengetrieben und im Anschluss die Kirche in Brand gesteckt.

Die polnische Frau, die als Kind zusehen musste, wie die Deutschen ihr Heimatdorf vernichteten, und die deutsche Frau, die unter der polnischen Miliz Zwangsarbeit leisten musste, stehen sich dreißig Jahre danach auf dem Hof, der beiden gehört, gegenüber. Glücklich ist keine von ihnen geworden. Die, die alles verloren hat, sowieso nicht und die, die ebenfalls ihre Heimat verloren, dann aber einen fremden Hof bekommen hat, auch nicht.

Niemand konnte in seine alte Heimat zurückgehen. Die Deutschen nicht und die Polen auch nicht und für die zweite und dritte Generation ist es jetzt egal und sowieso zu spät.

Endlich, nach einer langen halben Stunde, holt der Pfarrer das für mich „Allerheiligste" hervor, ein großes, altes Buch. Auf diesem steht: *Das Taufbuch der Parochie Zedlitz von 1897 bis 1944.* Das Buch ist erstaunlicherweise immer noch sehr gut erhalten, nur ein paar Seiten sind lose und hier und da ist ein kleines Stückchen ausgerissen. Wir beginnen es langsam durchzublättern, ganz von vorn. Auf den ersten Seiten finden wir den Eintrag vom Täufling Paul Fengler, geboren in Kabel. Kabel ist ein winziges Dorf in der Nähe und gehört zur Parochie Zedlitz. Dieser Eintrag ist für mich wichtig, da ich von seiner Herkunft nichts weiß und auch niemand jemals etwas erzählt hat. Seine Eltern spielten offenbar keine Rolle, nie hatte meine Mutter ihre Großeltern väterlicherseits erwähnt. Es war, wenn überhaupt, nur von Oma Claras Eltern und deren Brüdern Josef und Leo die Rede. Neben dem Namen des Täuflings Paul Joseph Richard stehen die Namen der Eltern.

Die Mutter hieß Anna Rosina Bogedain. Was für ein seltsamer Name, denke ich, er klingt ein bisschen polnisch. Nun ja, die Grenze zu Polen war ja nur zwölf Kilometer entfernt.

Der Vater des Täuflings ist nur mit dem Nachnamen *Fengler* eingetragen. Der Vorname wurde offenbar später mit Bleistift hinzugefügt: *Franz, von Beruf Arbeiter*, dies ebenfalls mit Bleistift eingetragen.

Das kommt mir merkwürdig vor. Ein Taufregister ist eine offizielle Angelegenheit und der Pfarrer schreibt üblicherweise mit seiner ordentlichsten Schrift und mit Tinte hinein. Wieso gibt es hier eine Eintragung mit Bleistift? War etwas unklar mit dem Vater des Täuflings? Was hat meine Urgroßmutter Anna Rosina Bogedain dem Pfarrer gesagt? Der Vater des Kindes ist irgendein Fengler und den Vornamen habe ich gerade vergessen? Oder ich weiß den Vornamen, sage ihn aber nicht? Von der Verwandtschaft meines Opas wurde nie gesprochen, wahrscheinlich weil etwas nicht „in Ordnung" war. Nach dem Namen des Täuflings und den Namen der Eltern folgt eine Spalte, in die das Geschlecht eingetragen wurde und daneben konnte ehelich oder unehelich angekreuzt werden. Das Kreuzchen ist hier bei ehelich eingetragen. Wenn Anna Rosina verheiratet war, wieso wusste sie dann den Vornamen ihres Ehemannes nicht? Oder hat der Pfarrer ein Auge zugedrückt und einfach ehelich angekreuzt? Als meine Eltern mit uns Kindern vor dreißig Jahren in genau demselben Buch blätterten, fielen meinem Vater mehrere Kreuze in der Spalte unehelich auf und er hat meine Mutter damit geärgert, dass es bei den Katholiken so viele uneheliche Kinder gab. Und meine Mutter hat sich wiederum über meinen Vater geärgert, dass er sie damit aufgezogen hat. Es war ein heikler spannungsgeladener Moment, erinnere ich mich. Nun ist mir klar warum.

In einer Spalte ganz rechts findet sich das Hochzeitsdatum des Täuflings. Es ist der 21. November 1922, an diesem Tag heiratete Paul Joseph Richard Fengler Clara Schimke, die Tochter von Carl und Hedwig Schimke, geborene Schubert. Die Trauzeugen sind Joseph Fengler aus Zedlitz und Joseph Schimke aus Ilgen, der Bruder meiner Oma.

Der Pfarrer, der das alles beurkundet hat, heißt Wittig. Dessen Unterschrift zieht sich durch das gesamte Buch bis 1944, bis zum Ende. Das bedeutet, dass er dort über fünfzig Jahre tätig war und meine gesamte mütterliche Familie getauft, verheiratet und beerdigt hat.

Im Jahr 1899 finden wir den Taufeintrag unserer Oma, Clara Anna Schimke. Zum Vater Carl Schimke, dem bösen Maurerpolier, finden wir noch einen Eintrag im Sterberegister. Hier steht auch sein Geburtsdatum, der 24.02.1860, gestorben ist er am 06.04.1919. Meine Mutter hat ihn also gar nicht mehr kennengelernt und hat ihre Informationen über ihn nur aus den Erzählungen ihrer Mutter. Als sein Beruf ist *Bauunternehmer* angegeben. Er ist nur neunundfünfzig Jahre alt geworden und seine Frau, meine Uroma Schimke, die 1945 auf der Flucht starb, hat ihn um sechsundzwanzig Jahre überlebt.

Als Nächstes kommt der Taufeintrag von Alois im Jahr 1924, die Paten sind: *Leo Schimke, Junggeselle, aus Fraustadt* und *Gertrud Schimke, Ehefrau aus Ilgen.*

Am 28.02.1927 folgt der Eintrag meiner Mutter, *Luzia Anna Hedwig*, die Paten sind: *Josef Schimke* und *Theresia Wirth.* Theresia Wirth wird die Mutter von Uli und Liesel gewesen sein. Ich schaue auf die weiteren Vornamen meiner Mutter, die hatte ich mir gemerkt und deshalb meine Tochter Anna so genannt. Wie ich jetzt erfahre, war es nicht nur der zweite Vorname meiner Mutter, sondern auch der zweite Vorname meiner Oma Clara.

Nun suche ich Lenchen. Wir blättern das gesamte Jahr 1937 durch und finden sie nicht.

Aus den Erzählungen Charlottes weiß ich, dass ihre Schwester Dorothea, das Dorchen, im gleichen Zeitraum wie Lenchen geboren ist. Wir suchen vorher und nachher und finden schließlich den Taufeintrag vom Dorchen im August 1936. Und genau eine Zeile darunter, mit dem Taufdatum vom 27. August steht da: *Helene Hedwig Fengler*, die Eltern, *Paul Fengler, Landwirt* und *Clara Fengler, geborene Schimke.*

Kein Zweifel, das muss Lenchen sein. Ich schaue Anna entgeistert an. Wieso ist Lenchen 1936 geboren, meine Mutter hat 1937 gesagt? Auch in der Sterbeurkunde, die mir das Standesamt Elmershausen geschickt hat, stand als Geburtsjahr 1937.

Trotz aller schlimmen Erlebnisse werden sie sich doch das Geburtsjahr von Lenchen gemerkt haben. Augenblicklich schießt mir eine Erklärung in den Kopf und gleichzeitig spricht Anna sie aus: „Lenchen war doch so zurückgeblieben in ihrer Entwicklung und damit das nicht so auffällt bei anderen Leuten, haben sie sie einfach ein Jahr jünger gemacht." Diese falsche Angabe haben sie aufrechterhalten bis an das Lebensende meiner Mutter und ich fahre siebzig Jahre später hierher und finde das heraus. In der Spalte Taufpaten steht bei Helene Hedwig Fengler niemand.

Nun haben wir das dicke Buch durchgeblättert und Anna hat alles abfotografiert. Jetzt habe ich wenigstens die Lebensdaten meiner Familie auf eine SD-Karte gebannt. Ich bin glücklich und kann dem Pfarrer gar nicht genug danken. Nachdenklich steigen wir ins Auto und er winkt uns nach. Wir fahren bei schönstem Sonnenuntergang wieder nach Hause.

Mitternacht kommen wir an in Leipzig. Ich liege im Bett, aber ich spüre, meine Seele ist noch auf dem Acker in Zedlitz. Jetzt habe ich alle Bilder.

Sie hat mich nicht geliebt, weil sie ihre Seele verloren hat

Ich habe Urlaub und wieder Zeit zum Nachdenken. In Gedanken lege ich manchmal meinen Kopf in den Schoß meiner Mutter und es fühlt sich gut an. Vor fünf Jahren ist sie gestorben, aber ich habe ihren Tod noch nicht verwunden. Jeden Tag wünsche ich mir, dass sie noch lebt. Aber wer weiß, wie es weitergegangen wäre. Weil in ihrem Leben alles so tragisch war und sie das nie aufarbeiten konnte, hätten wir uns ohne meine Analyse immer weiter gestritten. Und durch die Analyse und die damit verbundene Aufarbeitung all dieser Themen wäre ich ihr zu nah gekommen. Das hätte sie nicht zugelassen.

Ein halbes Jahr später. Es ist Winter. Richard und ich sind im französischen Les Trois Vallées zum Ski fahren und es war den ganzen Tag sehr kalt, minus fünfzehn Grad.
An einem Tag sahen wir uns plötzlich ausgeliefert an die Natur. Wegen eines schweren Sturmes fuhren die Lifte am Nachmittag nicht mehr, wir aber mussten noch über den Pass in das gegenüberliegende Tal. Auch die Seilbahn hatte ihren Betrieb eingestellt und erst nach mehr als einer Stunde sickerte die Information durch, dass wir eventuell von einer Pistenraupe abgeholt werden. Auf dieses Fahrzeug mussten wir mitten in den Bergen – es begann bereits zu dämmern – noch über zwei Stunden warten. Meine Füße waren eiskalt und ich musste mich immerzu bewegen, um nicht ganz auszukühlen. Als die Pistenraupe endlich kam wurde es auch nicht besser, denn zusammen mit den anderen Skigästen wurden wir außen auf die Plattform gewiesen. Auf dieser Plattform mussten wir stehen die ganze Fahrt über den Berg bei tiefen Minusgraden und eisigem Sturm.

Damals auf der Flucht gab es manchmal Panzer oder Militär-
fahrzeuge, die Frauen und Kinder mitnahmen. Meine Oma
und meine Mutter haben gehofft, dass auch sie jemand mitnimmt. Aber es konnte sie keiner mitnehmen, denn sie hatten
die Oma Schimke, die bettlägerig war.
Auch auf die Pistenraupe kam nur der, der beweglich war und
hinauf klettern konnte über das Räderwerk auf die Plattform.
Ich hatte große Angst, ob ich da mit meinen Skischuhen hoch-
komme.
Schließlich hatten wir es geschafft und waren in unserer Unterkunft angekommen. Aber abends im Bett durchlebe ich
alles noch einmal und es vermischt sich mit den Erinnerungen meiner Mutter. Auch mit denen, die ich gar nicht wissen
kann.
„So wie uns heute Nachmittag ist es meiner Oma, meiner
Mutter und dem kleinen Lenchen wochenlang gegangen", sage ich zu Richard und er sagt: „Kannst du nicht endlich mal
an etwas anderes denken. Wir sind doch hier im Urlaub, da
muss es dir doch gut gehen."
Und gleichzeitig höre ich auch meine Mutter entnervt von
oben sagen: „Hör' endlich mal auf damit!"
Und ich schreie zu ihr hoch: „Es geht nicht, das ist doch alles
drin in mir!"
All das wütet weiter. Die Prophezeiung von Lew Kopelew, der
als Major in der Roten Armee die Front nach Berlin voran-
trieb, ist in Erfüllung gegangen. In seinen Kriegserinnerun-
gen schrieb er:
Was ist zu tun, damit der Soldat Lust zum Kämpfen behält?
Erstens: Er muss den Feind hassen wie die Pest, muss ihn mit
Stumpf und Stiel vernichten wollen. Und damit er seinen
Kampfeswillen nicht verliert, damit er weiß, wofür er aus dem
Graben springt, dem Feuer entgegen in die Minenfelder
kriecht, muss er zweitens wissen: Er kommt nach Deutschland,
und alles gehört ihm – die Klamotten, die Weiber, alles! Mach,

was du willst! SCHLAG DREIN, DASS NOCH IHRE ENKEL UND URENKEL ZITTERN!

Es wird Frühling. Ich fahre wie jedes zweite Wochenende nach Zwickau zu Richard. Es ist spät abends und es regnet. Die Straßen sind dunkel. Ich lege mir eine CD ein, die Brockes-Passion von Johann Gottfried Händel, eine wunderbar traurige Musik. Morgen früh muss ich wieder nach Elmershausen zu meinem Vater. Er ist jetzt einundneunzig Jahre alt und ich muss mich um seinen Haushalt kümmern. Ich werde seine Wäsche waschen und die Wohnung putzen. Eine Haushaltshilfe will er nicht. Er ist der Meinung, er hätte schließlich zwei Töchter, die das machen können.
Mein Vater hat jetzt meine Mutter um fünfzehn Jahre überlebt. Ich hätte lieber meine Mutter behalten.
Ich stelle mir vor, wie sie, wäre mein Vater zuerst gestorben, zu mir gesagt hätte: „Was soll's, da der Vater tot ist, ziehe ich eben zu dir nach Leipzig." Ich hätte in meiner großen Wohnung ein Zimmer für sie freigemacht und sie hätte in aller Ruhe mit mir und Anna zusammenwohnen können. Ich wäre von meiner anstrengenden Arbeit im Theater nach Hause gekommen und sie hätte mir Kaffee gekocht und einen Kuchen gebacken. Am Wochenende hätten wir abwechselnd gekocht. Abends hätte sie meine Wäsche gebügelt und Annas Strümpfe gestopft. Meine Wohnung wäre immer sauber gewesen und ich hätte mich nie allein gefühlt.
Vielleicht wäre sie auch zu einer Therapie gegangen, dann wäre sie von ihrer Stunde wiedergekommen und hätte erleichtert gesagt: „Endlich versteht mich ein Mensch in diesem Leben." All ihre schlimmen Geschichten hätte sie erzählen können.
Und wenn ich eine Premiere gehabt hätte, hätte ich sie zur Vorstellung mitgenommen. Und wir wären zusammen in die Oper gegangen, die sie so liebte. Sie hätte Stadtbummel gemacht und sich etwas Schönes zum Anziehen kaufen können.

Im Sommer hätte sie auf meiner Terrasse gesessen, die Blumen gegossen, meine Sträucher verschnitten und das Unkraut gejätet. Sie hätte Anna in ihrem Fotogeschäft besucht und sich ein neues Passbild machen lassen können von ihrer Enkelin. Und sie hätte mich jeden Tag gefragt, wie es an der Arbeit war und ich hätte ihr allen Ärger erzählen können. Alle zwei Wochen wäre ich zu Richard gefahren und sie wäre mitgekommen. In Zwickau wäre sie in den Zug nach Elmershausen gestiegen, hätte Barbara besucht und das Grab vom Vater auf dem Friedhof gepflegt. Und am Sonntag hätte ich sie wieder mitgenommen. Wir hätten uns vom Wochenende erzählt und in der Arbeitswoche hätte wieder jeden Nachmittag der Kaffee für mich und Anna auf dem blitzsauberen Küchentisch gestanden. So hätte es sein können. Wenn sie noch leben würde. Wenn sie eine andere Mutter gewesen wäre.

Es wird Sommer. Ich sitze in einem Café in der Nähe vom Theater. Auf der Freilichtbühne im Hof steht mein ungefähr fünfundsechzigstes Bühnenbild, das ich entworfen habe. In ein paar Tagen ist Premiere. Das Bühnenbild sieht fantastisch aus und ich weiß es. Ich bin mit mir zufrieden.
Mit meiner Mutter habe ich innerlich meinen Frieden gemacht. Ich weiß, sie hat mich nicht lieben können, weil sie ihre Seele verloren hat.
Ich habe in den letzten Jahren vieles geschafft in meinem Leben. Nur die Beziehung mit Richard bekomme ich nicht so gut hin. Immer wieder bin ich schrecklich streitsüchtig und von den kleinsten Dingen verletzt. Aber es führt zu keinen Katastrophen mehr. Es ist Ruhe in meinem Leben einkehrt.

Ich habe einen Film von Pedro Almodóvar gesehen. Zwei Schwestern aus einfachen Verhältnissen quälen sich durch ihr alltägliches Leben. Die eine, Sole, betreibt einen illegalen Friseursalon in ihrem Wohnzimmer, die andere, Raimunda, ist Putzfrau und hat ein uneheliches Kind. Raimundas Le-

benspartner will eines Tages ihre vierzehnjährige Tochter
Paula sexuell verführen. Das Kind ist voller Angst, nimmt ein
Messer aus der Küche und verletzt den Freund der Mutter
tödlich. Nun hat Raimunda ein Problem mit der Beseitigung
der Leiche.

Eine alte Freundin, Agustina, aus dem gemeinsamen Heimatdorf will herausfinden, was mit ihrer Mutter geschehen
ist. Diese ist genau an dem Morgen, als das Haus der Eltern
von Sole und Raimunda brannte und beide darin umkamen,
auf mysteriöse Weise aus dem Dorf verschwunden. Agustina
ahnt, dass Raimunda etwas wissen könnte. Aber die hat genug mit sich selbst zu tun und kann sich nicht um die Ange-
legenheiten ihrer Freundin kümmern. Sie muss die Leiche
ihres Freundes verschwinden lassen und hat auch ohne dies
genug andere Schwierigkeiten. Zu ihrer vierzehnjährigen
Tochter Paula verhält sie sich distanziert und lieblos. Es wird
einige Male erwähnt, dass Raimunda viel durchmachen
musste. Sie ist von ihrer Mutter weggegeben worden, bei ihrer Tante aufgewachsen und hat in ihrem Leben nicht viel
Liebe abbekommen.

Eines Tages erscheint Raimundas tot geglaubte Mutter Irene.
Sie liegt unter dem Bett im Zimmer von Paula und spricht in
der Nacht mit ihrem Enkelkind. Sie sagt dem Mädchen, dass
es wichtig ist, den Menschen, mit denen man zusammenlebt,
täglich zu zeigen, wie lieb man sie hat. Am nächsten Morgen
gibt Paula ihrer Mutter zur Begrüßung einen Kuss. Raimunda ist verstört, freut sich aber verhalten. Ein paar Tage später geht sie in das Zimmer ihrer Tochter. Paula verrät ihr
Geheimnis und zeigt unter ihr Bett. Da schaut die Mutter
Irene hervor, sieht ihre Tochter an und sagt: „Ich bin zurückgekommen, um dich um Verzeihung zu bitten." Und sie erzählt ihrer Tochter das sorgsam gehütete Familiengeheimnis.
Sie hatte nicht bemerkt, wie ihr eigener Mann die Tochter
vergewaltigt hat, und konnte somit nicht verhindern, dass die
damals halbwüchsige Raimunda schwanger wurde von ihrem

Vater. So ist Paula zugleich die Tochter und die Schwester von ihr. Als Irene es herausfand, hat sie das Haus angezündet, in dem sich ihr Mann mit seiner damaligen Geliebten vergnügte. Diese Geliebte war die Mutter der jetzt krebskranken Freundin Agustina.

Die wieder aufgetauchte Mutter Irene hat somit nicht nur ihr Familiengeheimnis aufgedeckt, denn die krebskranke Agustina weiß nun auch, was mit ihrer Mutter geschehen ist. Die Familie ist wieder beisammen und Irene bleibt bei ihren beiden Töchtern und der Enkelin wohnen. Es gibt ein Happy End.

Aber meine Mutter wird nicht mehr erscheinen. Sie wird nie zurückkommen und mich um Verzeihung bitten. Mein Leben ist kein Film und ich muss und werde allein klarkommen.

Es ist Ende Juni. In zwei Wochen werde ich Richard heiraten. Ich gehe über den Marktplatz von Leipzig und sehe eine Hochzeit vor dem Rathaus. Ich denke an meine eigene bevorstehende Hochzeit, freue mich und möchte gleichzeitig am liebsten davonlaufen. Herr Gruber hat mir in der letzten Stunde erklärt: „Sie schaffen es nicht, Ihr Herz an einen Mann zu hängen, aus übergroßer Angst vor dem Verlust. Wenn Sie es eines Tages schaffen, dann haben Sie für sich einen ganz großen Schritt getan."

Am Tag meiner Eheschließung habe ich oft an die Heirat meiner Eltern gedacht, wie sie ganz allein nach Wernigerode gefahren sind, um sich dort trauen zu lassen in der Fremde. Keine Verwandten waren dabei, denn die beiden Mütter waren entschieden dagegen und tief zerstritten.

Richard und ich haben seine Eltern und meinen Vater eingeladen, alle unsere Kinder und ein paar Freunde und wir haben eine schöne Feier gemacht. Und Lauras Mutter hat mir einen schlesischen Streuselkuchen gebacken.

Ich habe mich gefürchtet vor diesem Tag. Ich hatte große Angst, dass ich ganz traurig werde, weil meine Mutter nicht mehr da ist. Aber dann war es nicht so. Ich habe eine kleine Rede gehalten und ihrer gedacht und ich war fröhlich dabei. Ich war getragen von der Woge der Aufmerksamkeit, eingebettet in meine Familie und meine Freunde. Und ich dachte plötzlich, bis zu unserer Silberhochzeit wird es drei Beerdigungen geben, die von meinem Vater und die von Richards Eltern. Aber bis zu unserer Silberhochzeit werden auch mindestens noch drei Enkelkinder geboren. Das ist der Lauf der Zeit.

NACHTRAG

Im Frühjahr 2009 besuche ich nach langer Zeit Tante Hiltrud, die Frau von Alois.
Sie zeigt mir handschriftliche Notizen ihres Mannes, in denen steht:
Hedwig Schimke, geborene Schubert
geboren am 7.10.1866
gestorben am 24.2.1946 auf der Flucht in Jakobsdorf/Schlesien im Zweiten Weltkrieg
Auch ihn hat also das Schicksal seiner Oma sehr bewegt.
Hiltrud erzählt mir noch zwei Anekdoten von Alois' Gefangenschaft:
Alle Gefangenen wurden zur Kontrolle wöchentlich in den Po gekniffen. Wenn auch nur ein wenig „Speck" daran war, wurden sie sofort wieder zur Arbeit ins Bergwerk geschickt.
Nach einigen Jahren in der Gefangenschaft, als es allmählich etwas besser wurde, konnte er sich ein wenig Geld hinzuverdienen. Bei den Stuckarbeiten, die er beim Wiederaufbau der Häuser in Stalingrad/Wolgograd verrichtete, blieb immer mal etwas Gips übrig. Von diesem Gips haben die Gefangenen kleine Leninbüsten gegossen und für ein paar Rubel verkauft.
Auf meine Frage, ob sie etwas von der Lagerzeit meiner Oma weiß antwortet sie: „Ich weiß nur, dass die Oma dort viel geschlagen wurde."

Mit meiner Cousine Ulrike habe ich mich Anfang 2010 versöhnt. Wir haben uns über alle Verstimmungen ausgesprochen und haben eine lange Wanderung im Thüringer Wald unternommen. Sie hat mir erzählt, dass ihr Vater Alois von seinem Vater Paul ein einziges Mal Prügel bekommen hat, als er den Ackergaul schweißnass geritten hatte. Also konnte man doch auf dem Pferd reiten

Im Frühjahr 2010 treffe ich nach siebenunddreißig Jahren Anette wieder, die Tochter von Renate, der jüngsten Cousine meiner Mutter. Sie ist begeistert von meinen Familienforschungen und gemeinsam finden wir heraus, dass das Kind von Leo in Berlin-Zehlendorf aufgewachsen ist.

Mit Anette zusammen fahre ich zu einer weiteren, schon hochbetagten Cousine meiner Mutter und frage sie nach dem Eintrag meines Opas im Taufregister.

Da sie nichts dazu sagt, bohre ich weiter und frage nach diesem polnisch klingenden Namen: Anna Rosina Bogedain und da antwortet sie: „Der war ganz und gar polnisch!"

Ermutigt frage ich weiter nach dem merkwürdigen Eintrag mit Bleistift und sie sagt: „Ich wollte erst nicht so deutlich werden, aber dein Opa war ein uneheliches Kind."

Nach erfolgreicher Kombination weiterer Aussagensplitter innerhalb der Familie muss ich vermuten, dass der Vater meines Opas ein schlesischer Großgrundbesitzer war, der eine polnische Magd geschwängert hat und einem der Knechte befahl, das schwangere Mädchen zu heiraten.

Im Ohr habe ich die Worte meines Vaters, der meine Mutter oft damit aufzog, sie würde sich verhalten als sei ihre Familie etwas Besseres gewesen, als seien sie „derer von Zedlitz".

Mit Tante Christa habe ich mehrmals versucht, ein Treffen zu vereinbaren. Bei meinen Fragen am Telefon habe ich gespürt, dass sie nur stoßweise Andeutungen machen konnte zu den schrecklichen Erlebnissen der Flucht. Ein Besuch bei ihr kam aufgrund ihrer wie sie sagte angegriffenen Nerven nie zustande.

Martel Weber ist ein Jahr nach meinem Besuch verstorben.

Mit Charlotte Köpke telefoniere ich ab und zu und schreibe ihr zu Weihnachten und zum Geburtstag.

Smyk Mariechen, die vierte des Freundinnenkreises meiner Mutter hat mir nie auf meinen Brief geantwortet und ist 2009 gestorben.

Frieda Winter ist dreiundneunzig Jahre alt geworden und hat bis zum Schluss allein in ihrer Wohnung gewohnt.

Elsa Heyne erzählte mir neulich am Telefon, dass ihr Abend für Abend beim Einschlafen Zedlitz erscheint und sie in Gedanken alle Straßen und Wege abgeht.

Von Magda Schneider habe ich nie wieder etwas gehört.

Als mein Vater, zweiundneunzigjährig, am 5. April 2010 stirbt, finde ich in seinen Unterlagen ein Schreiben meiner Mutter, welches mir die Frage, wer alles im Zwangsarbeitslager war, beantwortet.

Meine Mutter schreibt in ihrem Antrag auf Gewährung einer einmaligen Zuwendung für Vertriebene folgende Begründung für das Fehlen ihrer sämtlichen Urkunden:

Da alle Unterlagen von meinen Eltern, Geschwistern und mir verloren gingen, möchte ich einen kurzen Bericht zu meiner Person abgeben:

Unter unsäglichen Strapazen erreichten wir den Bezirk Sprottau. Von dort wurde unser Treck auf drei Dörfer verteilt. Da die Rote Armee immer weiter vordrang, sollte unser gesamter Treck nach ungefähr drei Wochen weiter westlich flüchten. Infolge heftiger Schneefälle waren wir in unserem Ort Kleinheinzendorf völlig von der Außenwelt abgeschnitten und konnten den Anschluss an unseren Treck nicht erreichen. So mussten wir hier das Herannahen der Front und den Einmarsch der Roten Armee mit all den Grausamkeiten über uns ergehen lassen. Hierbei wurden wir das erste Mal ausgeplündert. Nun mussten wir bei der Besatzungsmacht alle möglichen Arbeiten verrichten, unter anderem Viehtreiben vom Kreis

Sprottau bis nach Bunzlau und zurück. Durch einen glücklichen Umstand blieb mir der Viehtransport bis nach Russland erspart.

In dieser Zeit wurden alle Bewohner des Ortes, in dem meine Mutter, Schwester und Großmutter Unterschlupf gefunden hatten, brutal aus den Häusern gejagt, wobei nun der Rest unserer noch vorhandenen Habe und vor allem unsere Papiere und Wertsachen von den Russen in Beschlag genommen und vernichtet wurden.

Nach Ablauf des Jahres 1945 wurden die Bug-Polen in den Ortschaften angesiedelt und das Land unter polnische Verwaltung gestellt. Alle Deutschen wurden in einzelnen Häusern zusammengepfercht.

Nun begann wieder ein neuer Leidensabschnitt. Gab es bei der Roten Armee noch in der Woche ein halbes Brot, so gab es nun gar nichts mehr. Meine Großmutter ist hier an Hunger gestorben. Meine Mutter und Schwester wurden von den Polen in ein Zwangsarbeitslager gebracht. Dort waren Hungern und Schläge an der Tagesordnung. Da ich in dieser Zeit schwer krank war, blieb ich von diesem Schicksal verschont und kam zur Arbeit zu einer polnischen Familie. Obwohl ich hier wenigstens satt zu essen hatte, ließ mich die Sorge um meine Angehörigen nicht zur Ruhe kommen.

Nach qualvoller Zeit kamen meine Mutter und Schwester aus dem Zwangsarbeitslager zu einer polnischen Familie in das Dorf Weißig, Krs. Primkenau. Ende des Jahres 1946 wurden wir von den Polen in ein Sammellager nach Sorau gebracht und von dort im Januar 1947 in einem Viehtransportwagen nach Heiligenstadt ausgewiesen.

Im Lager in Sorau haben die Polen den Rest unserer Habe an sich genommen, sodass wir nur mit dem, was wir anhatten, in Heiligenstadt im Quarantänelager ankamen.

Spärliche Hinweise auf die Zustände in den Lagern und bei der Vertreibung finde ich in dem ansonsten zweifelhaften Buch *Der Tod sprach polnisch*:

Die Menschen in den Dörfern wurden nachts plötzlich in großer Eile zusammengetrieben. Die Schwerkranken legte man auf die Straße, hier starben sie oder wurden von den Milizianten getötet. Die anderen mussten den ganzen Tag über vor dem Büro stehen, um auf ihre Registrierung zu warten. Hier wurde den Menschen ihre letzte verbliebene Habe, Mantel, Rock, Schuhe, geraubt; sie wurden geprügelt, mit Gewehrkolben gestoßen, mit Kabelenden geschlagen.

Rücksichtslos wurden die Familien auseinandergerissen; Treffen von Familienangehörigen waren verboten.

Die Arbeit, die im Arbeitslager von den Internierten geleistet werden musste, bestand im Ziehen von schweren Kartoffelwagen, Jauchefässern, Pflug oder Egge auf dem Acker. Auch Frauen mussten diese Arbeiten verrichten; sie mussten auch Leichen, die längst verwest waren, mit den bloßen Händen umbetten.

In einem Erlebnisbericht finde ich folgende Angaben von der Zeit unter der polnischen Miliz:

Aus den Wohnungen wurden täglich Deutsche vertrieben, oft durften diese nicht mal Lebensmittel mitnehmen, geschweige noch Wäsche und Kleidung. Ebenso ließen die Vergewaltigungen nicht nach, es gab Fälle, wo 8jährige Mädchen und Frauen von 70 bis 80 Jahren vergewaltigt worden sind.

In einem Erlebnisbericht aus dem Lager Lamsdorf heißt es:

Auf jedem Internierten hat neben der täglichen Todesbedrohung das Bewußtsein schwer gelastet, verhungern zu müssen. Ohne Hilfe von außen wäre das in fünf Wochen geschehen.

Kinder sind oft vor Körperschwäche hingefallen. Viele Kinder sind in kurzer Zeit gestorben. Von 700 Kindern im Lager sind höchstens 300 lebend heraus gekommen.

Während des Winters 1945 bis April 1946 wütete der Typhus im Lager. Bei dem engen Zusammenwohnen und der Unmög-

lichkeit, sich sauber zu halten, musste die Krankheit ungeheuer grassieren. Ich habe Kranke gesehen, denen die Läuse die Haut durchgefressen hatten, so dass die Brustkorbknochen frei zu sehen waren. Auf manchen saßen die Läuse millimeterdick.

Aus dem Lager Potulice steht in einem Erlebnisbericht:

Die Kinder von einenhalb bis zehn Jahren befanden sich in einer Kinderbaracke. Diese durften nur mittags etwas draußen sein. Den sonstigen Tag hockten sie eingeschüchtert und verängstigt auf den Betten. Zu den grausamsten Tagen zählten die, wenn die Mütter mit ihren Kindern, auf dem Platz antreten mussten, die Kinder ihnen fortgenommen wurden und sie nicht wussten, wo sie blieben.

Zu den Erlebnissen bei der Vertreibung steht:

Der polnische Sicherheitsdienst drang immer zur Nachtzeit in Behausungen der Deutschen ein, griff eine Anzahl Personen heraus, schaffte sie ins Gefängnis oder Lager und schaffte sie nach kurzem Aufenthalt, wieder bei Nacht über die Grenze. Bei diesen Transporten wurden die armen Menschen in unbeschreiblicher Weise misshandelt und bis aufs letzte ausgeraubt.

Der Erlebnisbericht meiner Mutter deckt sich mit den Berichten unzähliger Betroffener. Ihnen allen zum Gedenken habe ich dieses Buch geschrieben.

Literaturnachweis

Arnct-Verlag (Hrsg.): Der Tod sprach polnisch. Kiel 1999

Bettelheim, Bruno: Kinder brauchen Märchen. Deutscher Taschenbuch Verlag, München 1980

Hans Dollinger (Hrsg.): Kain, wo ist dein Bruder? Was der Mensch im Zweiten Weltkrieg erleiden mußte. Fischer Taschenbuch Verlag, Frankfurt am Main 1987

Elliger, Katharina: Und tief in der Seele das Ferne. Die Geschichte einer Vertreibung aus Schlesien. Rohwolt Taschenbuch Verlag, Hamburg 2004

Heinl, Peter: „Maikäfer flieg, dein Vater ist im Krieg..." Seelische Wunden aus der Kriegskindheit. Kösel, München 1994

Jirgl, Reinhard: Die Unvollendeten. Carl Hanser Verlag, München Wien 2003

Klier, Freya: Verschleppt ans Ende der Welt. Schicksale deutscher Frauen in sowjetischen Arbeitslagern. Ullstein, Berlin 1998

Kopelew, Lew: „Aufbewahren für alle Zeit!" Deutscher Taschenbuch Verlag, München 1979

Nesaule, Agate: Frau in Bernstein. C. Bertelsmann, München 1997

Niederland, William G.: Folgen der Verfolgung: Das Überlebenden-Syndrom, Seelenmord. Suhrkamp, Frankfurt am Main 1980

Dank an Erdmute Hufenreuter, Ralf Meyer, Dr. Jutta Vogel, Michael Neubauer, Claudia Pulcini, Jörg Bouillon, Anna Kolata, Barbara Dimanski, Anette Horvath, Dr. Joachim Süss und alle, die mir ihre Geschichte geschenkt haben.